CHAIN DISASTERS

チェーン・ディザスターズ

高嶋哲夫 Takashima Tetsuo

集英社

チェーン・ディザスターズ／目次

本書はフィクションです。
2024年10月現在の、最新の研究をもとにしておりますが、
災害の設定はあくまで著者によってシミュレートされたものです。
また、実在の地名・施設等が登場しますが、
実際とは異なる描き方がされている場合があります。

チェーン・ディザスターズ

第一章　第一の危機

1

早乙女美来《さおとめみく》はヘリから身体《からだ》を乗り出した。

高所恐怖症のはずだが恐怖はさほど感じなかった。怖さよりも高揚と使命感が先に立ったのか。眼下には海岸線が続いている。しかしそれは名ばかりで、砂浜など見えない。黒っぽい瓦礫《がれき》の連なりと表現するのが正確だ。大部分が建物の一部と日用品の山だった。だがそれらはすべて、瓦礫と化している。瓦の取れた屋根や柱、ボンネットが開きドアの取れた車、冷蔵庫や洗濯機などの家電類、その他にベッドやタンス、本棚などの家具類、ポリタンクや布切れなど、かつては人々の生活の一部であり、町を構成していた、ありとあらゆる生活用品が海岸線を覆って連なっている。数人乗りのボートや漁船も船底をさらしていた。その中をブルーや灰色の制服を着た数えきれない男たちが、長い棒を持って歩いていた。消防と警察、さらに自衛隊の隊員だ。流され、漂着した遺体を回収、あるいは探しているのだ。

美来は瞬《まばた》きした。夏の陽光が海に反射して瞳を刺すように輝いている。

「これが日本なの——」

呟《つぶや》きにも似たかすれた声が漏れ、全身に震えに似た戦慄が走った。落ち着け、冷静に。懸命に自分自身に言い聞かせた。

「どうかしましたか」

「何でもない。しっかりこの光景を見ておかなきゃと思って」

ヘリから身を乗り出すように窓に顔を付け視線を下げた。

「しっかり目に焼き付けておいてください。人間は忘れやすい動物ですから」

公設秘書の津村《つむら》の声が聞こえる。

総理官邸のヘリポートを出たヘリは横浜、小田原《おだわら》を経て、伊豆《いず》半島の海岸線に沿って飛び、駿河《するが》湾を北上していた。飛行時間一時間半、眼下の海岸線は同様に瓦礫で埋まっていた。

前方には、富士山が光の中に浮かぶように見える。

富士市、静岡市の海岸線に近づくにつれ、湾の様子は一変した。海には数百メートルに渡って瓦礫が漂っている。沿岸の家々と人々の生活が海に流れ込んだのだ。

ヘリは静岡市上空に入った。海岸沿いに目立つ空き地は、木造家屋や古いビルが津波に流された跡だ。全国で百二万戸の家が被害にあったと報告が来ている。ただしこの数は今後増えるという注意書きがあった。瓦礫の広がりの中に、かろうじて残った高層ビルが目立っている。

ヘリは御前崎《おまえざき》をすぎて速度を落とし、高度を下げた。

「下に見えるのが浜岡《はまおか》原発です。巨大堤防で津波の直撃は免れ、原発には大きな被害は出ていません」

津村の言葉で美来は目を凝らした。御前崎から西に約十キロ弱のところに、巨大なコンクリートの建造物が見える。その前には瓦礫が散乱していない。浜岡原子力発電所だ。一九七一年に建設が始まり、一九七六年より稼働していた。しかし二〇一一年の東日本大震災時に起こった東京電力・福島第一原発の事故から二か月後、政府の要請に従って原子炉を停止したままとなっている。

「被害はなかったの」

「止まっていましたからね。それにあの堤防も無事でした」

「発電所の上を飛んでください。よく見ておきたいですから」

美来はパイロットに告げた。ヘリは大きく旋回して発電所の北側に向かった。

ヘリが高度を下げる。発電所構内の建物に被害はないようだ。東日本大震災の教訓から、原発の津波対策は過剰なほど行なわれている。

「外部電源は来てないんでしょ。沿岸地域の発電所、送電線、変電所は壊滅状態だと聞きました。電力関係者も多くが亡くなっている。復旧には数か月かかると報告がありました。県が貸し出す発電機も病院や警察、消防署など、緊急対応が必要な施設に限られてると言っていました」

「外部からの送電はすべてストップしていますが、夜、発電所内の照明はついています。真っ暗闇の中に唯一の明かりです。すべて予備電源による発電ですが」

「また津波が来ても問題ないのね」

「動いてないですから。震度七の揺れにも問題なかったそうです。急ぎましょう。みなさん、待っておられます」

津村の言葉でヘリは原発の上空を離れて西に向かった。浜松市《はままつ》、浜名湖《はまな》の上空を飛行し、三河《みかわ》湾に入った。湾の半分以上が瓦礫で埋まっている。瓦礫の上を歩いて湾を横切れそうだ。

「海岸から内陸部に向かうとき、もう少し高度を下げることはできますか」

美来の言葉でヘリは高度を下げ始めた。町中は夏の光を浴びて輝いている。まだ、津波の水が溜《た》まっているのだ。七月に入り、暑い日が続いている。感染症にも気を付けなければならない。

瓦礫の中に高層ビル群が目立った。大きな被害は免れたように見える。その他の建物は津波に流されたのだろう。高層ビルの間を通る津波は、ビルの抵抗で高さは増すが勢いは衰える。町中に浸入した津波が五メートル以上に膨れ上がったという報告も受けている。湾の西側にまだ黒煙を上げているコンビナートが見える。

二〇二×年、七月十八日。午後二時十八分。

南海トラフが崩壊して起こる三つの地震、東海地震、東南海地震、南海地震のうち、東海地震、東南海地震が連動して起こったのだ。その結果、神奈川から紀伊《きい》半島までの太平洋岸が約二百キロに渡り、最大震度七、二十メートルを超える津波に襲われた。今日は地震発生から三日目だ。現在までで、死者五万四千人、行方不明者は十万人を超えている。この数は今後、何倍にも膨れ上がるだろう。負傷者、倒壊家屋など、ほとんどの状況はまだ把握できていない。

愛知県沖三十キロの海溝ではマグニチュード9・2の巨大地震が起こり、名古屋を震度七の揺れが襲った。その十二分後に十七メートルの津波が伊勢《いせ》湾を襲い、堀川《ほりかわ》、矢田川《やだがわ》、庄内川《しょうないがわ》をさかのぼって名古屋市を冠水させ、地下街に流れ込んだ。

伊勢湾の西側、四日市《よっかいち》や津《つ》などの中京工業地帯は壊滅的な被害を受けている。連なる化学コンビナートに甚大な被害が出たのだ。揺れと津波による石油、化学コンビナートのプラントの倒壊はもとより、火災と爆発が起きている。

周辺の工業地帯も津波が襲い、沿岸沿いの工場に壊滅的な被害をもたらした。自衛隊のヘリから送られてくる映像により、状況の把握はできていたつもりだったが、実際に見ると衝撃的だった。

愛知県の被害は特に大きかった。人的には県議会議員の半数が亡くなり、残りの半数もどこかに怪我《けが》を負っている。議会の最中でいっせいに出口に詰めかけ、圧死者が出たのを皮切りに、町中に押し寄せてきた津波に呑《の》まれたのだ。

「ヘリは県庁西にある愛知県警本部の屋上に着陸します。美来先生には直ちに県庁に行ってもらいます。歩いて十分余りです」

大きな紙袋を抱えている津村が言う。

「県庁の屋上にヘリポートはないの」

「西庁舎の屋上にありますが支援物資の集積所になっていて、ヘリの離着陸は危険だということです」

美来の表情が変わった。県庁はこの地域の災害復旧の司令塔であるべきところだ。そこが倉庫になっている。何をしているのだ、美来は言葉を自分の中に押し込めた。全員が気が動転しているのだ。それを正常に戻すことも来訪の目的の一つだ。

「県議会議員の三分の二が亡くなったか、重傷を負って入院中です。残った議員も怪我を負ったり家族を亡くした者がほとんどです。美来先生の顔を見れば、勇気づけられると思います」

美来の気持ちを察してか、津村が耳元で言った。

愛知県議と名古屋市議を合わせて百七十人ほど。普通に動ける議員は三分の一の約六十人というところか。

東京都心でも最大震度六強を記録している。国会から議員会館に戻る議員は普通地下トンネルを使うが、危険だと判断され歩いて帰っていた。その議員たちの列に余震の揺れでハンドルを取られた数台の乗用車が突っ込み、二十人近くが亡くなった。交通機関は今も全面的に止まり、そのため都内には五百万人の帰宅困難者で溢《あふ》れている。彼らが自宅に帰る目途はまだついていない。

倒壊ビル、マンションも多くあった。数か所で火事が起こり、百六十二棟が焼失している。

美来はタブレットを立ち上げ、中部地方の被害情報を呼び出した。伊勢湾周辺と太平洋側はほぼ壊滅状態になり、愛知県知事と名古屋市長はともに亡くなっている。現在指揮を執っているのは副知事と副市長だ。政府の救援を求めているが、行政は被害状況すら正確には把握していない。そのため急遽《きゅうきょ》、環境大臣の美来が派遣されたのだ。

ヘリは県警本部のヘリポートに着陸した。屋上には県議と職員を含めて十人余りが待っている。

津村が紙袋を美来の前に出した。

「県警本部から出る前にこれに着替えてください。政府の防災服です。長靴も入っています」

「これじゃまずいの。派手じゃないでしょ」

美来は自分の姿を見た。地味ではあるが普通のパンツにブレザーを着ている。履いているのは白のスニーカーだ。官邸でアメリカ大使と今後の支援についての打ち合わせ後、そのまま屋上で待機していた自衛隊のヘリに乗ったのだ。

「県庁まで歩きたいと言ってましたね。町には被災した多くの市民がいます。まだ瓦礫に埋もれた家族や友人を探しています」

「女性用の更衣室はあるでしょ。そこを借りる」

出迎えに来ていた本部長に頼み、更衣室に案内してもらった。

美来が防災服に着替えて出てくると、津村も同じような服を着ている。

早乙女美来は高知県一区の衆議院議員だ。父の早乙女善治《よしはる》は民自《みんじ》党幹事長、財務大臣、経産大臣を歴任した元衆議院議員だが、五年前に脳梗塞を起こした。三か月で退院したが左半身に麻痺《まひ》が残った。当時、秘書だった美来が父の後を継ぎ、初当選した。去年、新内閣の目玉として、当選二回にもかかわらず環境大臣に任命された。まず女性であること、大臣最年少で美人であることでマスコミに騒がれたが、彼女自身は意外と醒《さ》めていた。「環境大臣か」父のがっかりしたようなひと言を聞いたのだ。だが美来本人は、今後重要なポストになることを自覚していた。

津村明弘《あきひろ》は美来の秘書だ。善治の頃からの秘書で、父と娘の二代に渡って秘書として務め、永田町《ながたちょう》に精通している。善治の懐刀とも言われ、突っ走りそうになる善治のいさめ役でもあった。美来も子供の時からよく知っている六十二歳だ。

県警本部を出ると美来は思わず息を止めた。身体中の細胞を破壊するような、重い空気が全身を包んだのだ。

「ヘドロの臭いです。津波は海と川のヘドロを巻き込んで堀川をさかのぼり、この辺りまで溢れました。片付けましたが、臭いはそこら中に染み込んでいます」

道路が灰色の泥で覆われている。まだ少し湿っているが、乾くと舞い上がると聞いている。道路脇には故障車両の張り紙がある車が並んでいた。

「動かなくなったり、持ち主が分からない車です。緊急車両を通すために取りあえず路肩に寄せています。瓦礫も同様です」

東京では今朝の段階で壊れた建物が道路をふさぎ、落ちた看板が道路脇に積まれていた。道路に散乱した瓦礫で緊急車両が進めない場面を度々見かけた。

「かなり効率よく片付けられているじゃない。話じゃ手が付けられないって言ってたのに」

美来は周囲を見ながら言った。

昨夜、長瀬《ながせ》総理から美来に電話があった。

〈名古屋では知事と市長が亡くなっている。かなりひどい状況で、緊急に国の支援が必要だと泣きついてきた。東京も議員の犠牲者が多かったのと、帰宅困難者の対応で手いっぱいだ。きみが行って、現状を報告してほしい〉

一瞬躊躇《ちゅうちょ》したが分かりましたと答えた。東京も混乱していて、離れることに抵抗があったのだ。

長瀬総理は正確には総理代理だ。日下部《くさかべ》内閣の副総理だった。日下部総理は東海、東南海地震の揺れで官邸の階段から滑り落ち、頭を打って亡くなった。即死だった。打ち所が悪かったといえばそれまでだが、人の運命を強く感じた。その結果、総理大臣継承順位一位の長瀬優司《ゆうじ》が総理大臣に繰り上がったが、まだ認証式は行なわれていない。

「この辺りの人はどこに避難しているのですか」

「近くの公園や学校が避難所に指定されています。大部分の住民はそこです」

「市内は割と落ち着いていますね。すでに復旧が始まっているのですか」

道路を隔てた広場ではブルドーザーやショベルカーが轟音《ごうおん》を響かせ、ダンプカーが行き交っている。道路をふさいで放置されている車はなかった。

その時、美来の身体が大きく揺れ、思わず津村の腕をつかんだ。津村も横の車に手をついて身体を支えている。ドンと突き上げるような衝撃の後に数秒間の横揺れが続いた。

「余震です。大小合わせて、日に数十回起こります。今のは小さい部類です。我々は慣れっこになっていますが、東京から来た方は慌てるでしょう」

県庁の職員が落ち着いた口調で言う。

通りを隔てたコンビニの前に二、三十人の男女が集まっている。その中の中年女性が美来たちの方を指さして話している。

中年女性と十人余りの男女が美来たちの方に来た。

「あんた、環境大臣の早乙女美来だろ。何しに来たんだ」

「名古屋地区は大きな被害を受けていると聞いています。総理の指示を受けて視察に来ました」

「環境大臣だろ。瓦礫の仕分けについてじゃないか。木材も鉄くずもコンクリートも山ほど出てるからな。環境を壊さないように処理してくれってか」

皮肉を込めた声が聞こえる。

「政府は何をしてくれるんだ。来るって分かってた南海トラフ地震だ。対策は取ってたと言うが、このありさまだ。時間はあった。コロナ対策には十兆円以上の金を使ったんだ。コロナで三年間で何人死んだ。この地震と津波で一瞬のうちに何人死んだか知ってるのか」

「落ち着いてください。そんな数を比較してどうなるんです」

「三万対十五万だ。コロナと南海トラフ地震は関係ないというわけか。政府はいつだって東京目線だからな」

「とりあえず、一緒に瓦礫の撤去を手伝ってくれるんだろ。防災服を着てるんだから」

男たちの声が飛んでくる。

「新品じゃないか。多少汚れるのは我慢してもらわなきゃ」

笑い声が上がった。いつの間にか、美来たちは五十人近い住民に取り囲まれている。

「道を開けろ。ここの状況を見に来たんだ。悪いことじゃない」

男たちの背後から声が飛ぶと、美来たちに向けられていたヤジがやんだ。

「さっさと道を開けるんだ、彼らは県庁に行くんだろ」

声とともに群衆は左右に分かれた。美来は津村に腕を取られて、小走りに歩き始めた。振り向いて声の主を探そうとしたが、美来に集中している視線に負けて諦めた。

歩きながら美来は昨夜の総理からの電話のことを考えていた。

「交通関係はどうなっていますか」

〈名古屋市内の鉄道、航空機、高速道路、ほぼすべての交通は止まっています。海岸に近い鉄道は津波にやられ、高速道路も地震によってかなりの箇所で被害が出て、全線封鎖しています。復旧までに数週間、数か月を要すると報告を受けています〉

美来の問いに総理はかなり悲観的な言葉で答えたが、当然のことと受け止めていた。

「名古屋市が陸の孤島化しているということですか」

〈救助はヘリか徒歩しかないという状況です〉

「食料もないと考えるべきですね」

〈何が必要か、いつまでに必要か。どうやって運べばいいか。避難者の命がかかっています。大事な仕事です〉

くれぐれも気を付けるように、と言って電話は切れた。政府も状況を正確につかんではいないということか。


十分ほどで県庁に着いた。

県庁の大会議室に〈中京地区緊急対策本部〉の紙が貼られている。

正面の壁には七十五インチモニターが横に三台、上下に三段の計九台並べられている。部屋には百人ほどの職員が働いていた。

出てきたのは副知事の北村《きたむら》深雪《みゆき》だった。彼女が知事の代理として対策本部の本部長になっている。

「愛知県の対策本部ですが、静岡と三重との対策本部ともオンラインで情報を共有しています。さらに、各県から二人が出向しています。お互いに関係が深い県ですから」

伊勢湾を囲む三重県の四日市辺りには化学コンビナートが連なっている。配管の多いプラントは地震の揺れに弱く、ヘリからも炎と黒煙を上げるコンビナートが見えた。

「状況を具体的に教えてください」

「まずは県を越えて人命救助を優先しました。三県で現場にもっとも近い消防と警察が対応に当たり、県境を越えて動いています。医療、避難所も経験のある近隣住民の協力を得ています。かなりの人を救出できたと考えています」

周りの職員たちも頷《うなず》いている。

「全国からの支援物資の分配も同様です。県境にこだわると運搬がうまくいきません。備蓄物資にも、県によって足りているものと不足しているものがあります。現在はお互いに融通し合っています。医薬品などの緊急性のあるものも、県にかかわらず、近くの備蓄場所からドローンで運ぶことにしています」

副知事はモニターを指して説明する。

美来と津村は顔を見合わせた。東京では、揺れと津波の大きかった愛知県を中心に、最悪の事態が起きているとしか聞いていなかった。

「かなりスムーズに動いているようですね。総理からは知事と市長が亡くなり、混乱しているので緊急に視察してくるように言われています」

「昨日までかなり混乱していました。県と市の職員の三分の一近くが亡くなり、多くの職員が怪我をしたり、家族を亡くして職場を離脱しています。完全に人員不足でした。さらに津波により、パソコンなどの事務用品、備蓄品の多くは泥水を被《かぶ》って使えなくなりました。非常用電源も壊れたり、燃料不足で十分動かすことができず、残ったパソコンやスマホの充電にも困っていました。静岡と三重も同様です。太平洋側はどこも同じだと思いますが、陸続きでありながら孤立化しています」

「しかし、見たところかなりうまく機能しています」

「スムーズに動き始めたのは、昨日の午後からです。ノートパソコン百台と非常用発電機二十台の供給を受けました。トランシーバーを含めて、電源車と通信車とその燃料もです。ここを本部にすれば、県内の各拠点からはスマホでアクセスできます。他県はパソコンも水に浸かって使えないものも多いし、電源がありません。他の通信機器も繋《つな》がりにくいと聞いています。アンテナ基地が軒並み壊れています。準備はしていましたが、想定外に大きな揺れと津波で壊れたのもあるし、予備電源も燃料切れが続出しています」

「ここはその両方があるというのね」

「周辺県にも電源車を手配して、スマホだけは使えるようになりました。現在は各避難所からスマホで送られてくる情報を本部で集約して、共有しています。市民にはスマホを中心にして情報を流しています。避難所の運営にはなくてはならないものです。物資輸送のトラックも、パトカーや救急車同様に緊急車両として取り扱っています」

「避難所も混乱していると聞いています」

「地震発生当日は混乱していました。三分の一の避難所が津波で使えなくなりましたから。各避難所には、収容人数の三日分の食料、日用品を備蓄していましたがすべて廃棄しました。しかし現在は正常に運営されています」

北村は美来を壁に貼ってある地図の前に連れて行った。地図には無数の書き込みがある。

「現在、三県合わせて二百近くの避難所があります。各避難所にいる被災者は数十人から数百人に及びます。千人を超えている避難所も、十二か所あります。その避難所に食料や日用品を送るのが、集積所です」

北村は地図の青いピンを指した。

「集積所が三県合わせて十五あります。全国からの支援物資は集積所に送られます。そこから必要な物資が各避難所に送られます。インターネット方式だと言っていました。備蓄倉庫と避難所をつなぐ輸送路が重要で、たとえどこかが途切れても、支障のないルートが確保できると。品物も大事だが、それを運ぶルートがなければないのと同じです」

「このバツ印は何ですか」

避難所と書かれている場所に赤いマーカーで大きなバツ印が描いてある。

「不適切避難所と言ってました。まずは津波や土砂災害などの危険性を含んでいるところ。周辺の道路事情を考えて、支援物資が届きにくい所もあるようです。土砂災害や津波で水浸しになっているところもあります。独自の避難マップを作っていたようです」

美来は地図の前に立ち、しばらく見ていた。

「どうやって、不適切避難所だと決めたんですか」

「AI技術を使って点数化している、と言ってました。だから客観性があると。まずは安全かどうか。地盤の性質、海や川にどれだけ近いか。地震後、周辺道路はどうなるか。色んな要素をプログラムに入れて、八十点以下となれば避難所としては失格だそうです。そんな避難所に行くと、命を失うと」

美来は津村と顔を見合わせた。津村も目を見開いて聞いている。

「どなたです。パソコンや非常用電源を供給してくれたという方は」

美来が聞くと、北村は時計を見た。

「そろそろいらっしゃるはずですが」

と言って、ドアの方を見ている。

長身で無精ひげの男が入ってくると、まっすぐに北村副知事のところにやって来た。

北村が美来を紹介しようとすると、男が先に話し始めた。

「ボランティアの受け入れは、二日待ってください。まだ、受け入れ態勢が取れていません。混乱するだけです。事故が起こればよけい混乱します。まずは避難所の維持と高齢者の健康に人員を割きたい」

男は現在、組織を立ち上げてボランティアの受け入れ態勢を整えていることを話した。

「いちばんの問題は、どこにどんなボランティアが何人必要かを調べることです。ただ送り込むだけではなく、どの避難所に何人送り込むかの判断です。気分だけの烏合《うごう》の衆はかえって邪魔になる。ただ現在は人手不足で、すべてが遅れています。我々もボランティアは確保したい」

すでに半数は半年前の登録で、経験や職業を含めて、様々なデータを把握していると言った。

「おっしゃられたように、県と市の職員の十名ほどをボランティア担当とします。人選は終わっています。よろしくお願いします」

「余震と津波の情報がほしい。大学と役所が連携して、定期的にスマホに上げてくれると有り難い。避難所には人が足らない。特に女性が」

「分かりました。担当者を送りますから指示してください。通信状況はよくなりました。助かっています。その他、不備があったらアドバイスをお願いします」

北村は男に丁寧に頭を下げ、美来に向き直った。

「こちらは——」

「環境大臣の早乙女美来さんですね。視察に来られたんですね。大変な事態になっています。国が試されるときです。よろしくお願いします」

男は美来に視線を向けると、かすかに頭を下げて出て行った。

「利根崎高志《とねさきたかし》さんです。行方不明者の捜索と救助、避難所の運営にご尽力願っています」

「テレビで何度かお見かけしました。でもあの人、半導体関係の企業の代表でしょ。ネクスト・

アース社のCEO」

「地震が起こって最初の日は大変でした。多くの人が亡くなり、行方不明者もかなりいます。いちばんの問題は津波で電子機器がダメになったのと、電波の中継基地が壊れてスマホが使えなくなったことです。利根崎さんがパソコン百台と電源車と通信車を持ってきてくれました。それに二百台のトランシーバーも」

「彼は避難所にも関係しているんですか」

「利根崎さんが運営していた避難所には二千人以上の避難者がいましたが、スムーズに運営されています。それで、お願いしたんです。他の避難所も同様に助けてくれないかと。半日で食料や薬、その他の日用品がスムーズに回り始めました」

「ノウハウがあるんですか。魔法を使ったわけじゃないですよね」

美来は東京の帰宅困難者の避難所を思い出していた。やはり通信と支援物資の配給に混乱が起こっていた。

「災害のためのソフトウェアを開発しているとおっしゃってました。それを使って運営していると」

「紹介願いたいですね。東京、横浜も含めて、全国の混乱はまだ続いています。いや、始まったばかりで、これから益々《ますます》大きくなります」

「もちろんです。すごく有能な方です」

「確かに冷静そうな人ですね」

美来を見た表情は感情を表してはいなかった。むしろ冷たかった。

「口数は多くないですね。でも、信頼できる人です。任せておけば何とかしてくれる」

副知事がドアの方を見て言うと、美来に向き直った。

「日本はこれからどうなるんですか。世界がコロナ禍から抜け出し、やっと未来が見え始めたところなのに」

疲れ切り絶望的な表情をしている。今、日本中で見られる顔だ。

美来はすぐには答えることができなかった。政府はこの三日の間、一年後、いやひと月後すら考える余裕はなかった。被災地、太平洋岸全域から出される要求をチェックするので精一杯だった。さらに震度六程度の余震、高さ数メートルの津波はまだ続いている。

政府の方針としては、まずは人命救助。七十二時間の重要性をことあるごとに訴えている。しかし、それでは追い付かないほどの死者が出ている。現在確認が取れている死者だけで五万人を超えている。行方不明者が十万人以上いるから、死者は十万人を超えるだろうというのが、政府の予測である。

「避難所を見せてもらえませんか」

無意識のうちに出た言葉だった。


一番近い避難所ということで、県庁の東四キロのところにあるバンテリンドームナゴヤに行った。

バンテリンドームナゴヤは一九九七年に開業した球場で、当初はナゴヤドームと名付けられた。フィールド面積は一万三千二百平米で、客席数は四万五百人、コンサート開催時は五万人を収容する。二〇二一年一月、ネーミングライツ契約によってバンテリンドームナゴヤへと改名した。

階段を上がりグラウンドを見て美来は目を見張った。津村も目を凝らして見ている。グラウンドは人が二十人以上入れる大型テント百張りほどで埋まっている。客席もほぼ人でいっぱいだ。

「八万人が避難していますがここも限界です。二十四時間フルで冷房しています」

案内役として付けてくれた、県庁の若手職員が説明した。

「予備電源ですか」

「電源車が二台あります。利根崎さんが提供してくれました。燃料付きで」

伊勢湾エリアは大都市と石油コンビナートの地区での被害が特別にひどかった。伊勢湾に入り込んだ津波は、庄内川、日光川《にっこうがわ》、木曾川《きそがわ》、揖斐川《いびがわ》などをさかのぼり、名古屋駅周囲に広がっていった。さらに、四日市周辺の化学コンビナートはプラントの崩壊と火災、爆発を引き起こし、ほぼ壊滅状態になっている。

「利根崎さんたちは津波被害の及ばないところに倉庫や駐車場を借りて、電源車や燃料を備蓄しておいたそうです。彼らが助けてくれました」

「彼らというと」

「利根崎さんは若手のベンチャー企業家と集まって勉強会をやっているそうです。これは災害対象じゃなくて自分たちのIT関係の勉強会だそうです。その中で有志が集まって、〈エイド〉の開発や災害対策もやってたようです」

「エイドって何ですか」

「避難所に効率よく必要物資を運ぶためのソフトウェアだそうです。本来は在庫管理システムのソフトだそうですが、それが今回、大いに役に立ったと利根崎さんは言ってました」

「それ、見せてくれませんか。もっと詳しく話を聞きたいし」

「利根崎さんに連絡を取っておきます。電話番号を教えてもいいですね」

美来は頷いた。ここに来るまでに見てきた町の状況と、若手のベンチャー企業家と集まって勉強会をやっていたという言葉が気になったのだ。災害とどう関係があるのだ。

「彼はこの辺りは危険だということを知っていたのですか」

「誰でも知ってます。ただし頭の中で知っていることと、行動が結びつくというのは違います。彼らの場合、結びついていました。国会議員は知らないでしょう、地方のことなんか。地方のことは地元議員しか知りませんよね」

私の選挙区は高知です。高校まで高知で育ちました。美来はその言葉を呑み込んだ。

その日の夜、美来と津村は県庁の応接室と知事室に泊まった。市内のホテルはすべて休業状態だ。

ソファーに横になっていた美来のスマホが鳴った。

〈僕たちの備蓄倉庫を見たいんだって。副知事から電話があった。ただの倉庫なんだけどね〉

言葉が終わってから、利根崎だと気づいた。

「秘密でなければぜひ見せてほしい」

〈今日の朝、名古屋市外にある倉庫に行くので、見たければ来てもいい。ただし、朝の五時に県庁前、時間厳守だ〉

「分かりました」

時間厳守、と繰り返して電話は切れた。時計を見ると午前一時をすぎている。

美来は窓から外を眺めた。闇の中に数か所見える明かりは病院か。二十四時間体制を取っていると言っていた。

テレビをつけると屋上のカメラで、リアルタイムの伊勢湾の夜景が見えた。四日市の方を見ると明るく輝いている。化学コンビナートの火事の炎が時々踊るように揺れている。まだ消火しきれていないのだ。

2

朝、美来は約束の五時より十分早く県庁の前に立っていた。

時間通りに十トントラックが美来の前に止まった。

運転しているのは利根崎だが、昨日とはまったく雰囲気が変わっていた。Tシャツの上に薄いジャンパーを着ている。胸のNEはネクスト・アース社のロゴだろう。履いているのはスニーカーで、まだ二十代後半にも見えた。

トラックは名古屋市から北に向けて走った。五キロほど走ると震災の様子はまったく感じられない。昇り始めた夏の陽《ひ》に照らされた水田が続いている。その先に開けた場所が見えた。

「名古屋空港だ。小さな空港だがヘリの離着陸ができる」

トラックは空港横の倉庫の前に止まった。体育館ほどのプレハブ倉庫が三棟建っている。

倉庫の前には十トントラックが五台止まって、二十人ほどの男が荷物の積み込みをしていた。全員三十歳前後で、二十代らしい若者が多い。

美来は利根崎に連れられて倉庫の一つに入った。

巨大な倉庫は支援物資で溢れていた。隅に机が並べられパソコンが十台以上置かれている。前に座っている男女は十人ほどだ。

「全国からの支援物資の集積所だ。ここから各避難所に必要なものが配られる」

見ている間にも支援物資を満載したトラックが入ってくる。食料、医薬品、衣類、日用品などの物資は人力で分けられる。

「各避難所の状況が一目で分かる。避難住民の名前、住所、年齢、職業が書かれている。その避難所の食料、医薬品、衣類と様々な日用品のリストもある。ここでモニターを見ていると、不足しているものは把握できる。こういう場所が愛知県内に十か所ある。お互いに不足しているものを融通しやすい。この集積所は、被害の大きなところに集中している。近いと必要なものを届けやすいからね」

利根崎が美来に説明する。

「支援物資の各避難所への配送システムは、コンビニの配送システムに少し手を加えただけだ。配送ルートはＡＩ技術を使って最適化している。ナビシステムに最新の交通事情、道路状況、交通止めや混み具合を入力するだけで、最適ルートを出してくれる。大した技術じゃない」

「でも、すごく便利なものだと思う。こんなものをよく三日でできたわね」

「地震の翌日にはできてた。救命活動プラス支援物資を集めて配送する。確かに想定以上の揺れと津波だった」

「ずいぶん前から用意してたんじゃないの。一週間でもムリ。避難所の運営もすごく合理的にやっている。入っている被災者の情報も詳しいし、ほぼリアルタイム。何かコツがあるの」

美来はわざと聞いた。

「きみも気づいてるんだろ。個人情報保護は大災害時には関係ない。優先すべきは人命だ」

「つまり無視してるのね」

「全国からの問い合わせにも対応できるようになる。人探しをしたい人が自分のスマホやパソコンに入力するだけ。あとで問題が起こるかもしれないが、安心の方を優先した」

ここでは名前や年齢、住所もすべてデジタル化している。それに写真があれば、全国から安否の確認だけはできる。すでに何万件もの問い合わせがあったと聞いている。とても避難所側ではさばききれない。数日以内に、日本全国からも検索できるようにする、と利根崎は説明した。

「ここにいる者には、非常時にはプライバシーなどにこだわるなと言ってある。責任は僕が取る」

「それはあなたの考えでしょ。今は黙っているけれど事態が少し落ち着けば騒ぎ出す者が必ずいる。世間なんてそんなものよ」

「政治家は保身に走りすぎるからまともなことができない。コロナも同じだった。法は人の命を守り、苦しみを取り除くためにあるんじゃないのか」

利根崎が美来を見つめている。美来は思わず視線を外していた。否定できない言葉だ。

一時間ほどで利根崎は退出し、平井司《ひらいつかさ》という若い男が案内してくれることになった。野球帽をかぶり、半ズボンにTシャツ姿、履いているのはサンダルだ。二十八歳でネクスト・アースのエンジニアだと名乗った。利根崎とは社長と社員というよりは、先輩と後輩、あるいは兄弟のようだった。

「最新式の配送システムを披露しますよ。その代わり、ここで見たことはあまり公にはしないでください」

「なぜなの。違法なことをしているようには見えないけど」

「そのうちに分かります。日本人はおかしなところに厳格なんです。臨機応変という言葉を知らない。非常時にも交通信号を守ろうとする。津波が来てても赤信号では止まってしまう。利根崎さんがよく言っています」

「利根崎さんって、あなたの会社の社長でしょ」

「うちの会社は全員さん付けです。利根崎さん、でも僕は平井くんです」

平井は美来に軽トラックに乗るように言った。

近くの小学校の運動場に五十機近い大型ドローンが集められていた。ドローンの操縦機、コントローラーを持っているのは小学生から老人まで幅広い年代の人々だ。

「緊急を要する物資の運搬です。持病の薬とか孤立した地域への食料などです。十キロ程度の荷物なら十分に運べます」

「よくこれだけ集めたわね」

「地域にドローンの同好会があるんです。企業にもあります。利根崎さんはそれらを組織化していました。一声かければ何十人もが飛んでくる。こういう事態が来ることを想定していたんでしょうね」

「充電はどうするの。電力関係がズタズタでしょ。復旧するまでに最低ひと月かかると言われてる。沿岸地域はどのくらいかかるのか、見当がつかない」

平井は校舎の屋根を見上げた。

「太陽光発電から直接、電池を充電しています。電気自動車を集めて、動いている火力発電所に向かわせ、移動式蓄電池として使っています」

「変圧器はどうするの。直接、太陽パネルから充電はできないでしょ」

平井は驚いた顔をした。美来の口から専門的な言葉が出たのが意外だったのだろう。

「私は環境大臣よ。自然エネルギーについては少しは勉強した」

「準備していたので、その辺りは大丈夫です。周辺機器も用意してます」

「問題は電力不足ね。沿岸の火力発電所は全基止まってる。送電線も流されるか倒れてる」

「浜岡原発を動かしたらどうです。夜、明かりがついてると言ってましたね。原発や周辺装置も運転員も無事だったと聞いています」

「バカを言わないで。日本はおろか世界から非難を受ける。第一、動くかどうかが問題よ」

「東日本大震災の時は、女川《おながわ》原発には周辺住人が避難しました」

「今度もそうだというの」

「百人近い周辺住人が浜岡の免震棟に避難していたそうです。あの巨大な堤防が役に立ったということです。東日本大震災の原発同様、全外部電力が停止していますが、予備電源は問題ありませんでした。一週間もあれば稼働が可能です」

「やはりやめておきましょ。よけいな反発を生むだけ」

これ以上のトラブルに政府は耐えられないだろう。合理性は平時だから成立する。

「私にできることは限られています。今回は視察のために来ました。状況を把握して政府に伝えることが目的です」

平井も原発については、それ以上は言わなかった。

「現在、避難住民の数は把握してるの」

「最初、多くの住民が名古屋城に避難していましたが、現在は地域の学校や内陸の避難所に分散しています。彼らの数も名前も住所も把握しています。避難所に入るときに登録をお願いしてます。その情報をデジタル化して、中央のデータベースに集めています」

「スムーズにいっているようね。驚いた」

美来は首都圏の混乱を思い出していた。津波の被害はなかったが、揺れによる交通の停滞と通信障害で大きな混乱が起こった。帰宅困難者が五百万人出て、彼らのための宿泊場所や食料の確保で混乱が起こった。今も帰宅困難者は、避難所だけでなくＪＲや私鉄が開放した電車内、駅構内にとどまっている。

「問題は山積みですよ。これから本格的な夏がひと月以上続きます。熱中症対策が必要です。県内の半分以上で停電と断水が続いています。しかし、復旧には数か月かかるとも言われています。

感染症も流行するかもしれません」

「飲み水は自衛隊に任せましょ。あなた方は避難所のいちばん合理的な運営方法を考えて。全国からの支援物資を避難所に届けることなんか、すごくうまくいってる」

平井はタブレットを出した。地図アプリを開いて美来の方に向ける。

「A地点からB地点への最適経路を出すことができます。AIを使った最適化問題の基礎です」

「現在、道路の半分以上が通行止め。迂回《うかい》を続けてると到着時間なんて分からないでしょう」

「この地図には道路状況も組み込まれます。各地のスタッフや彼らの友人が道路状態をスマホで入力すればセンター室に報告され、地図上に反映されます。これを考慮して最適ルートの検索をします」

平井は得意そうに話し、実際にタブレットに表示した。


平井に案内されて一時間ほど見学をしていると、利根崎が戻ってきた。

「北村副知事が会いたがっている。一緒に来るか」

美来が利根崎の車に乗ると、話しかけてくる。

「きみの家族はどこに住んでいる」

「高知です」

利根崎がバックミラーで美来を見た。

「半割れって知ってるか」

美来は頷いた。

南海トラフは伊豆半島から九州まで広範囲に続いている。日本列島の下に大陸プレートがあり、南のフィリピン海プレートが北のユーラシアプレートの下にもぐり込んでいる地点だ。

一度に三つのプレートが動き地震を引き起こすことがあるが、西側半分での地下岩盤が破壊されて大地震が起きた後、一定の時間差で残る東側半分も連動して地震が発生する場合もある。一八五四年の安政《あんせい》東海地震では最初に東海地震、東南海地震が起き、その三十二時間後に南海地震が起こっている。また、一九四四年の昭和東南海地震では、東南海地震の二年後に南海地震が起こった。いずれも地震の揺れと津波が起こり、甚大な被害を引き起こしている。南海トラフの一部が先に崩壊すれば、その後に残りが崩壊する確率が高くなるのだ。これが「半割れ」と呼ばれる現象だ。

二〇〇七年、半割れに対する備えとして気象庁は、「巨大地震警戒」という臨時情報を発表することになった。津波からの避難が間に合わない地域には一週間の事前避難を呼びかける。問題は、その期間に次の地震が起きるとは限らないことだ。過去の例では、安政東海地震では三十二時間後、昭和東南海地震では二年後に残りの部分が崩壊している。二つの昭和地震では地震と津波により、どちらも千数百人の死者が出ているが、経済活動を考えると、過度の避難は大きな損失になる。

「きみの地元は高知だろ。あそこの被害は甚大になる。根こそぎ持っていかれるぞ」

美来は答えることができなかった。何度も聞かされてきたことだが、現実のこととして真剣に捉えることができなかった。しかし、利根崎の口から出ると、現実として感じる。

「知ってるようだな。政府でもシミュレーションをやってただろ」

「映像では見てる。でも、私はここでの仕事がある」

「もう、十分見ただろ。次に足を延ばした方がいい」

「そんなに嫌がらないでよ。ここはよくやってる。もっと見てみたい」

「災害は実際に現地に行って、自分の目で見ることだ。音を聞き臭いをかぎ被災者に触れあって、慈しみや悲しみ、喜びや楽しさを共有することだ。それで初めて次にやることが分かる」

利根崎の表情が変わっている。厳しくなっているのだ。

「地震からわずか十二分で十七メートルの津波が来たんだ。普通じゃ逃げることなんてできない」

諦めを含んだ、呟くような声が聞こえる。

「ひどいことになると分かっていても、どうしようもないこともあるでしょ」

「それは逃げだ。政治家なら何とかすべきだった。それが仕事だ」

「日本が抱えている問題は地震や津波だけじゃない。私たちは――」

「災害は各地に様々な被害をもたらしている。その被害は地域によって違うんだ。政府の最大の過ちは、すべてを東京目線で考え、日本全国に一律にそれを押し付けようとすることだ」

確かにその通りだ。コロナの時もそうだった。東京、大阪を含め、大都市の状況で物事を決め、それを日本全国一律に決めていく。すべてが薄く、広くとなって効果は半減した。もっともひどいところに集中的にという声もあったが無視された。利根崎の表情は穏やかであっても、本質は突いている。彼の言葉でジワジワと首を絞められそうだ。

車は中学校の前に止まった。利根崎が降りるように言う。

「ここにも避難所があるの」

美来の問いかけにも答えず、利根崎は中学校の体育館に入って行く。

美来は一歩入って立ち止まった。冷やりとした空気が全身を包む。思わず口元を押さえそうになった。異様な臭いを感じたのだ。死の臭いに違いなかった。数十並んでいる棺《ひつぎ》。その間を職員に付き添われた人々が歩いている。同時に息苦しさを覚えた。

「ここに納められている遺体はまだ身元が特定されていない人たちだ。棺に添えられているのは写真と衣服。その他、身体的特徴を書いたものと持ちものだ」

「棺は開けられないの」

「損傷が激しすぎる。正視に耐えられない。身内ならばなおさらだ」

数秒の間をおいて利根崎が続ける。

「津波による死は溺死じゃない。肉体をズタズタに引き裂く。家の倒壊の下敷きになった遺体は身体はおろか、顔が潰された者も少なくない」

悲鳴が上がった。嗚咽《おえつ》に似た叫びが続く。見ると、若い女性が棺にすがりついている。横に職員がなすすべもなく立ち尽くしている。美来の視線は女性に釘付《くぎづ》けになった。棺の大きさが他の三分の一程度だ。

利根崎が美来の腕をつかみ体育館の外へと歩き始めた。

「この体育館に入り切れない遺体が冷蔵庫に保管されている。棺の数も足らない」

利根崎が歩きながら吐き捨てるように言う。全身に怒りを封じ込めたような異様さを感じた。

車に戻りシートに座ったとたん、胸が苦しくなった。空気を精一杯吸い込んだが息がつまる。全身から汗が流れ、力が抜けていく。

「大きく息を吸え。軽くゆっくり吐くんだ」

遠くに声が聞こえる。優しく包み込むような、それでいて力強い声だ。美来は何も考えず声にしたがった。次第に呼吸が楽になっていく。

目を開けると眼前に利根崎の顔がある。

「過換気症候群だ。すぐに落ち着く」

精神的不安や極度の緊張などにより過呼吸の状態となり、様々な症状を引き起こす。神経質な人、不安症のある人、緊張しやすい人などで起きやすく、息をしにくい、呼吸がはやい、動悸《どうき》、めまいや胸が痛くなるなどの症状が出る。

「今までに発作が起きたことはあるのか」

「前にあったのはアメリカ時代。試験の前だった。何とか試験にはパスできたけど危なかった。よく知ってるのね」

「妻が過換気症候群だった。デリケートな人に起こりやすいが、きみがデリケートだとはね」

奥さんは――口元まで出かかった言葉を止めた。なぜか体育館の光景が甦《よみがえ》ったのだ。

利根崎がゆっくりと車をスタートさせた。ここ数日は神経が張り詰めている。美来は目を閉じた。


車が止まった。気がつくと県庁に着いている。利根崎が無言で美来を見ている。

美来が降りると軽トラックは走り去って行った。

対策本部に入ると、待っていたように北村副知事が寄ってくる。

「昨夜の余震で通りを隔てたビルに要注意の張り紙が出ました。地下の駐車場の水がなかなか引きません。水道管が壊れてその水が流れ込んでいるのだろうとの報告を受けています」

「県庁にも影響があるんですか」

「影響は利根崎さんにです。彼の本社もあのビルにあります。十二階に入っていますが、出入りができなくなります。もっとも社員さんの多くは避難所の手伝いで飛び回ってると聞いてます」

「亡くなった方などはいないんですか」

「社員も家族も全員無事だと聞いています。だから地震直後から救助活動がやれるんでしょうね。ずいぶん前から、マニュアルを作っていたそうです。あの人たちのおかげで助かった人は数百人、いえ数千人を下らないでしょうね。まず人命救助。それと同時に、一日目から避難所に支援物資を運んでいる」

「これは本当は政府がやる仕事」

美来は利根崎の言葉を思い出しながら呟いた。

スマホが鳴っている。美来は着信を見て切ろうかと思ったが、思い直して応答をタップした。

〈何回かけたと思っている。いま、どこにいるんだ〉

父、善治の声が聞こえてくる。

「知ってるんでしょ。教えてくれる人には不自由しないはず。名古屋よ。総理の指示で視察に来ている」

〈こういう時は東京を離れるな。移動するときはできるだけ、総理と一緒だ。その方がマスコミに映る機会が増える〉

美来は何か言おうと思ったが、何を言っても言い返される。

〈帰りに高知に寄れ。自衛隊のヘリで行ったのだろう。二時間もあれば着く〉

「もう、帰ってもらった。帰りは物資輸送のついでに運んでもらう。東京へね」

〈こっちは大騒ぎだ。学者どもが変な指示を出したからな〉

半割れ状態のことを言っているのだ。避難指示が出たのか。

「私は名古屋を視察してる。災害の初期対応、避難所の運営、かなり有効に機能してる。それらを視察して明日の夜には東京に帰る予定」

〈東京に帰るのは賛成だ。その前に高知に寄っても罰は当たらんだろう〉

「父さん、避難準備はできてるのね」

〈こっちはいたって平和だ。毎日、テレビを見ている〉

大騒ぎか平和なのか、適当なことを言っているのだ。

「専門家は南海地震がほぼ百パーセントの確率で起こると言ってる。トミさんの言葉には従うのよ」

トミさんとは早乙女家に出入りしていた建設会社の社長で、善治の幼馴染《おさななじみ》の土屋富雄《つちやとみお》だ。善治の後援会の会長でもあった。現在は美来の地元後援会の顧問だ。

〈恐れてるのは海岸の連中だけだ。山間《やまあい》地区は普段通りの生活だ。東京からの疎開組が増えて喜んでる〉

疎開組とは避難者なのだろう。

「緊迫感ゼロか」電話を切ってから呟くと、スマホをマナーモードにした。

名古屋の災害対策は、かなりうまくいっている。日本中の手本となるべきものだ。これらすべてに、利根崎が関係しているとは驚きだった。あの無愛想な男は何を考えながら、これだけの準備をしていたのだ。

ノックとともにドアが開き、津村が入ってきた。手にファイルを持っている。

「どうしました、美来先生。利根崎さんのことを考えているんでしょ。確かに、有能な方のようです。それに、初めて見るタイプの人ですね」

「あなた、かなり知っているようね」

「昨夜、調べましたからね。実は、彼については私もここに来て初めて知りました。今までお会いした大企業の役員や、東京のベンチャーの成功者とも違うタイプです。でも企業としては、これからですね」

津村はファイルを開いて読み上げた。

利根崎高志、三十六歳。「ネクスト・アース」のCEO。ネクスト・アースは資本金五十億、従業員百七十人。半導体設計のベンチャー企業。

「会社の規模はそれほど大きくはありませんが、日本では珍しく半導体の設計をやっています。ＡＩを利用した新しいやり方で特許を取っていて、世界的に注目されています」

半導体産業においては設計、製造が分業で行なわれている。日本は半導体の設計や製造の分野では、世界からは遅れているが、半導体製造装置では世界シェアの多くを占めている。

「創業は二〇一五年。ここ十年余りで急成長しています。本社は名古屋ですが、社員の半数以上は地方に住んでいて、オンライン勤務が行なわれています」

「コロナのせいでそうなったの」

「その前からです。だからコロナ禍の影響も受けていません。社員も増えて、むしろ成長していますね。先見の明があったのかな」

「地元の有力者なの」

「とも違います。評判は今一つです。経済界との付き合いはあまりないようです。しかし、若手のベンチャー経営者からの評判はいいです。無愛想だけど、面倒見がいいって」

「政治家に対してはいい感情は持ってないみたい。よほど嫌なことがあったのかしら」

「私にはそうは見えませんでした。悪い感情というより、期待してないというのが正確でしょう」

「同じことよ。人が政治家に寄ってくるのは尊敬じゃなくて、利用と期待。なにか自分に利益になることをしてくれるんじゃないかって」

「その雰囲気はまったくなかったですね。むしろ、邪魔をしてくれるなと言わんばかりで」

「要するに、複雑な人、分かりにくい人ってことね。おまけに実力があって、他人をあてにしない。政治家にとって、もっとも扱いにくい人」

美来は妙に納得した気分になった。でも――何か引っかかるものがある。

利根崎は軽い息を吐いた。脳裏を早乙女美来環境大臣の姿がよぎった。

なぜ名古屋に環境大臣なんだ。今必要なのは、巨大災害が分かっている政治家だ。これから一年間の対応で、日本の未来が決まると言っても過言ではない。

まずやらなければならないのは、交通機能の復旧だ。瓦礫に関する法的整備もされていない。半年間は余震におびえながら復旧の手はずを整えなければならない。名古屋市内を更地にして、新しい町をつくるのが一番の方法だろう。町と地下街は瓦礫の集積地のようだが、いくつかの高層ビルの中には、ほぼ無傷のものもある。一九八一年の新しい耐震基準のもとで建てられたビルは、半数が無事だった。

早乙女のことが頭を離れなかった。多くの言葉は交わさなかったが、話すことは的を射ていた。何かに挑むような目で、被災地を見ていた。ただ知識と経験が足りない。利根崎に対しても、ライバル意識、というより半分好奇の目で見ていた。だが真剣な表情で話を聞いていた。政治家らしくない政治家。「政治家などに期待するな」と自分自身に言い聞かせるように声に出した。

3

美来は簡易ベッドに横になった。クッションは悪くはない。欠点は狭いことだ。これでは若者にはかなり苦痛だ。少々固くても広い方を選ぶだろう。

横になって目を閉じると様々なことが浮かんでくる。畑の側《そば》に造られた巨大な倉庫の一群。その前に並ぶ十トントラックの列。そこで働く若者たち。彼らに指示を与える利根崎。ベンチャー企業の創設者でCEOだという。倉庫の一角に並んだ十台以上のパソコン。災害対策ソフト、エイドで七十二時間救助のための情報処理を行ない、現在は避難所の運営段階に入っているという。混乱は最小限に留《とど》められている。

枕元に置いたスマホが鳴り始めた。

〈いま、どこなの〉

「名古屋よ。総理に視察に行くよう言われた」

美来は声を潜めて答えた。

〈あの辺りは特にひどかったからね。中京工業地帯は全滅って聞いてるけど〉

藤村亜矢香《ふじむらあやか》は落ち着いた声で言った。彼女は議員一年生で、美来が唯一心を許して話せる女性だ。三十七歳で美来よりも四歳上だ。根っからの明るい性格で、飛んでる女性という言葉もあるが、彼女はその上を生きている。帰国子女で海外生活が長く、英語と中国語を話せる。もちろん日本語も。アメリカの大学で知り合い、以来交流を続けている。国連の職員だったが、二年前、美来がリクルートして参議院議員の比例で当選した。女性の社会進出を日本から世界に発信してほしいと頼んだのだ。

「当たってる。でも名古屋はソコソコに秩序が保たれている。避難所の運営もうまくいってるみたいだし、二次災害もほとんど起きていない」

〈知事も市長も亡くなってるでしょ。大事な人たちを亡くした。愛知県と名古屋市、トップがいなければガタガタじゃないの〉

「私も驚いてる。そのつもりできたんだけど、東京よりかなり落ち着いてる」

〈東京よりって、そっちの被害の方が百倍もひどいでしょ〉

「それ以上よ。なんせ、十七メートルの津波の直撃を受けてるから。テレビでもそろそろ、映像付きでやるんじゃないの。今日は色んなとこで、ほぼ全局のテレビクルーに会った。県としては海岸方面で遺体の捜索に力を入れてる。市内は水も引いて、落ち着いてる。七万人が避難してるけど、避難所運営はうまくいってるの。震災関連死をなくすって言ってた。奇跡的よ」

〈指揮を執ってるのは副知事の北村深雪さんと副市長の山根《やまね》さんでしょ。二人を知ってるけど、そんなに優秀なの〉

考え込む気配が伝わってくる。

「ネクスト・アースって企業を知ってる。利根崎高志って人がＣＥＯ」

〈聞いたことがある。あっ、見たことがある。半導体関係の企業でしょ。彼、世界的に注目を浴びてる。去年、フォーブスの今年の百人にも選ばれてる。彼がどうかしたの〉

「エイドという災害関係のソフトウェアを作ってる。いま、名古屋ではそれを使って避難所の運営をやっている」

美来は利根崎に聞いたエイドの話をした。

〈政府にも避難所運営ソフトがあるでしょ。前防災大臣が一年かけて作った。費用はたしか十六億円。現在、被災地の多くでそれを使ってる。評判は最低だけど。災害を知らない者が作った最低のソフトだって〉

「それは言いすぎ。でもないか。現場では使い勝手が悪いって評判ね。現場を無視したソフトだって。ほとんどの避難所で、使えるパソコンは数台。あとは海水に浸かってアウト。充電の問題もあるし」

今回の大地震では電力系が大規模なダメージを受けている。送電線も太平洋岸から数キロのところは、ほぼすべてが倒された。火力発電所も止まっている。復旧の目途はたたず。太陽光発電、風力発電も同じだ。今後しばらくは復旧作業が続く。それも数か月単位で。

しばらく沈黙が続いた。亜矢香なりに考えているのだろう。

「エイドはスマホで対応ができる。他の被災地でも使えないの。それに、電源車と通信車をできるだけ多く集めて。地震の影響を受けていない地域、内陸と日本海側にはあるでしょ。あなた、全国の知事を大勢知ってるでしょ」

〈政府が民間のものを認めて、それを推奨すれば色んな抵抗がある〉

亜矢香の声が返ってきたが、思っていた通りの答えだ。

「そんなこと言ってる場合じゃないでしょ。日本の危機なのよ。利用できるモノは何でも使うべき」

〈分かった。エイドを送ってみて。防災大臣はかなり嫌がるだろうけど、そんなこと言っちゃいられない事態だものね。思い出した。利根崎っていう人かっこいいでしょ。白髪がかなりあるけど、何歳なのあの人〉

「東京はどうなの。政府のドタバタは少しは落ち着いたの」

美来は亜矢香の言葉を無視して聞いた。美来が発《た》った時は官邸の電話は鳴りどおしだった。唯一鳴り方の少ない環境省の大臣、美来が派遣されたのだ。

〈全国の被災地からの情報を集めるのに精一杯。大きな被害を受けている県では、災害担当者が亡くなったり行方不明の所が多いでしょ。ほとんど全員がどこかを怪我してるし。名古屋だってそうでしょ。役所の職員の三分の一の死亡が報告されてる県もある。あなたもすぐに音を上げて逃げ帰ってくるって、もっぱらの噂《うわさ》〉

「かなり当たってる。海岸線を飛んでるときや、被災地を歩いてると日本もこれで終わりと思ってしまう。でも——」

美来は倉庫での光景を思い浮かべていた。若者たちを指揮して十トントラックに支援物資を積み込む利根崎の姿や、倉庫の一角に並んだパソコンを思い出した。それが、バンテリンドームのテントの列や炊き出しに並ぶ人の列につながっていく。

「エイドの優れている点はスマホで対応できる点。各避難所の情報を複数の人が送っても、重複カウントしないことよ。とにかく使ってみて」

美来は電話を切った。

起き出して、デスクの前に座りパソコンを立ち上げた。


翌日、食堂で津村に会った。

「昨夜は寝てないんでしょ。キーボードを叩《たた》く音が夜中してたと職員が言ってました。それに、顔を見れば分かります。若いと言っても、疲れは溜まるんですよ」

津村は若いという言葉を強調した。

「利根崎さんのエイドについて考えてたの。ここで何とか秩序が保ててるのは、あれがあるから。だから——」

「パソコンソフトで避難所が落ち着いてるんじゃありません。ここは災害のための備蓄倉庫やお互いの連絡方法を準備し、個人も団体も、様々な用意をしてたんです。利根崎さんが中心になって。だからここまでやれてるんです。私だって調べました。他の人脈を使って」

津村は美来に顔を近づけ声を潜めた。

「普通、大臣の視察は二時間程度です。これは住民対策です。政府はあなた方を忘れてはいませんと、アピールするためです。美来先生は二泊しました。義務は十分に果たしたのです。総理に対しての義理もね。ここは利根崎さんに任せて、早く東京に帰りましょう。先生の居場所がなくなります」

「もう少し、ここで何が起こっているか見極めたい」

美来の本音だった。ここでは行政が機能している。しかしそれは、知事や市長の指示ではなく、民間組織のもとでだ。もっと正確に言えば、利根崎のもとでだ。

「美来先生の思うところは分かります。私にとっても意外でした。今回の災害の中心にありながら、混乱も起こらず機能しています。やはりあのCEOの力ですかね」

「利根崎さんは政府の力などまるで当てにしていない。いえ、相手にしていない。彼の頭の中ではすでに復旧、復興の青写真は出来上がっているんじゃないの」

「そんなこと、マスコミの前では絶対に言わないでください。政府もやるべきことはやっています」

「今までの百倍の力を出さなきゃ、負けるわよ」

美来は津村を睨《にら》むように見て言う。

「代議士から電話がありました。名古屋にいるのなら、高知まで足を延ばせと」

津村は引退してすでに三年たった今も、善治のことを代議士と呼んでいる。

高知には半割れに対する警戒情報が出ているのだ。全員避難所に入る、中途半端な状況だ。起こるか起こらないかの情報で生活が決められるのだ。

「このままでは日本はガタガタね」

ポケットでスマホが震え始めた。それとなく出してみると、父親の善治からだ。すぐにポケットにしまった。

「電話ですか。かまいませんから出てください」

父からの言葉は決まっている。地震が起こってから、すでに何十回もかかってきている。地震を知った直後は美来の方から電話して、元気なことは分かっている。

4

食堂で早めの昼食を取っている時、ドーンと突き上げるような音が響いた。だがそれは、音ではなかったかもしれない。細かい揺れとともに空気を震わす震動が続く。

周りの者全員が動きを止めて、不安そうな表情で辺りを見回している。

テーブルの上のコップの水の表面が波紋を作っている。すぐに収まると思ったが収まりそうにない。揺れは徐々に大きくなった。美来はテーブルの端をつかんで身体のバランスを保った。この揺れは余震とも違う。

揺れは二十秒ほど続き、引いていった。

「余震じゃないの。でも大したことはないみたい」

「私はまた同じような地震が来たのかと思った」

隣の席の女性たちが話している。

美来のポケットでスマホが震えている。ほとんどの者がスマホを取り出し始めた。

〈緊急地震速報です。室戸《むろと》岬沖十キロで地震が発生しました。高知の震度は七、和歌山六強です。津波警報が出ています。高さ二十五メートル。海岸近くの人は速やかに高台に避難してください。近くの津波避難タワー、高層マンションの屋上に避難してください。繰り返します――〉

部屋の至る所で同じアナウンスが繰り返されている。

「南海地震が発生しました」

津村が叫ぶように言う。

「すぐに自衛隊の偵察ヘリを飛ばすように言って。状況が知りたい」

美来の脳裏に父の姿が浮かんだ。陽の当たる縁側に椅子を出して新聞を読んでいる時間だ。あの人は慌てない。いや、慌てていない振りをしているはずだ。

「もう飛ばしています。落ち着いてください。代議士もすでに避難しているでしょう」

揺れは数分で収まっている。しかし、これから津波が押し寄せるはずだ。

食堂にいた職員たちがいっせいに出口に向かった。

女性職員の悲鳴が上がる。早く出ろ。足を踏まないでよ。次の揺れが来るぞ。声が上がり始めた。

「みんな落ち着いて。あなた方は東南海地震を経験したんでしょ。この地震は南海地震よ。名古屋にはこれ以上大きな揺れや津波はない。転んだり階段から落ちたりで、怪我したくないでしょ」

美来はテーブル上に立って怒鳴った。全員の動きが止まり、美来の方を見つめている。

「私は政府から派遣された早乙女美来よ。あなたたちはよくやってる。今になって統制を乱すようなことはしないで席に戻って。外に出たけりゃ順番に出て行きなさい」

そう言うとテーブルから下りて、座り直すと食事を続けた。テーブルに置いたスマホが震えている。モニターの表示は「父」だ。そのままポケットに入れた。電話があるということは大丈夫らしい。


県庁の緊急対策本部の空気は緊張で張り詰めていた。

〈津波が押し寄せています。高い、かなり高い津波です。おそらく二十メートルは超えています。到達まで数分です。海岸にはかなりの人がいます。津波避難タワーには人が押し寄せています〉

男性アナウンサーの絶叫が聞こえ、悲鳴と怒号が入り混じる。テレビの放送だ。

隣のモニターには自衛隊の偵察ヘリから送られてきた高知の映像が映されていた。

太平洋の沖から白波が四国の沿岸に向かって押し寄せている。津波の第二波か、第三波なのだろう。画面が海岸線に変わった。陸との境目が霞《かす》むように見える。津波が陸地部分に入り込んでいるのだ。

部屋にいる全員が声もなく見つめている。四日前に同様に経験したことなのだ。

美来の大声が部屋中に響いた。

「見てるだけじゃ、どうにもならない。自分の仕事を続けて。かかってきた電話には出ていい。でも、あなたたちからの電話は仕事だけにして。どうせ四国にはつながらない。あなたたちはすでに経験したでしょ」

電話をかけ続けていた職員がスマホを切ってポケットにしまった。

「五人ばかり人を選んで。南海地震の情報係が必要なの。四国に親戚のある人は落ち着かないでしょ。得られた情報はここと各避難所、近隣の県とも共有して。ついでに政府ともね」

美来は北村副知事に頼んだ。

ポケットでスマホが震え始めた。美来はポケットに手を入れてスマホを握り締めた。


三十分ほどで緊急対策本部は落ち着きを取り戻していた。

名古屋を中心に、中京地区の安全確認ができたのだ。

衛星電話を使って送られてくる地震情報が、前方のモニターに表示されている。その被害情報を避難所と近隣の県とで共有するように指示して、美来は部屋を出た。

人気のない場所で、父に電話したがつながらない。着信履歴には十回以上の履歴が残っている。諦めかけたとき、スマホが鳴った。

〈すぐに帰って来い。高知がとんでもないことになっている〉

「父さん、無事だったの。いま、どこに避難してるの」

〈土屋の家に連れてこられた。一人では危険だろうと言われて。うちだって十分に安全だ〉

土屋富雄の家は海抜七十メートルの山の中腹だ。聞きながら全身の力が抜けていった。

「しっかり、お礼を言っておくのよ」

〈俺は嫌だと言ったが、一人で放っておけないと言い張ってな。しかし、暗くなる前に家に帰るつもりだ。俺の家だって海抜五十メートルだ。津波の到達高度は三十メートルを超えていた〉

三十メートルという言葉が強く響く。

〈高知の惨状は見ておくべきだ。おまえの政治活動には必要なことだ〉

威勢のいい声を出しているが、ホッとした口調は隠せなかった。善治はいつも、こんな山の中には住めないと、土屋の家に行くたびに言っていた。確かに坂の上で、近くのコンビニに行くのも歩くと三十分近くかかる。足腰も鍛えられると土屋はいつも言っている。

緊急対策本部がまた騒がしくなって、悲鳴《な》に似た声も聞こえてくる。

「切るからね。名古屋も大変なの。家を失くした人と、帰宅困難者で溢れてる。政府にも全国から電話が集中して、対応に追われてる。東京もかなり揺れたらしい。内閣からも死傷者が出て、今後の対応が大変になる」

後半は声を潜めて言うと、今度は私から電話をすると言って切った。マナーモードを確認して、ポケットに入れた。

対策本部に戻ると部屋中の視線が正面のモニターの一つに向かっている。

浜に出ていた人たちが何かを叫びながらいっせいに陸に向かって走り始めた。母親が子供を抱きかかえて走っている。リードを持つ飼い主を引きずるようにして走っていた犬が、飼い主がリードを放すと、土手を駆け上がっていく。

沖合からは白い波が迫ってくる。その波は見る間に海岸線に到達し、砂浜を埋め、岸壁を乗り越えて道路に溢れだす。通りの向こうにあるビル、家々、車、人を呑み込みながら広がっていく。高知県の海岸で撮影した動画が、SNSで拡散され、ほぼリアルタイムで目の前のモニターに現れている。日本と言わず、世界中が見ているのだ。

中央モニターに、空からの鮮明な映像が現れた。自衛隊の偵察ヘリから送られてきた映像だ。人工物の大半がなくなっている。海岸の道路に沿って連なっていた家々は消え、所々に廃墟《はいきょ》のようなビルが残るだけだ。瓦礫は津波の引き波で沖合に流されていったのか。

津波の第一波は三十メートルを超える地域も多くあった。津波は三度襲ってきたと説明がついている。訓練はやっているので、海岸沿いの住人は近くの山に逃げるか、海岸沿いの五階建て以上のマンションに避難しているはずだ。

津波避難タワーもあるが、半分は役に立たなかったと聞いた。津波に呑まれるか、津波とともに流れてきた船舶が衝突して倒れるか、引き波で流されてきた家屋が衝突して、津波避難タワーにいた百名以上の人とともに流されたことをテレビで告げていた。

美来の脳裏に、昨日中学校の体育館で見た光景と利根崎の言葉が甦ってくる。

県と市の職員たちが慌ただしく行き交っている。美来は最後尾の椅子に座り、モニターを見ていた。テレビの特番の映像が常に流れているが、ほとんどはスマホで撮った映像だ。スタジオに集められたコメンテーターが、付け焼き刃の知識と思い付きを深刻な表情で話している。

利根崎が入ってきて副知事と副市長に話し始めた。

三十分ほどで話は終わり、美来の所にやってきて横の椅子に座った。

「半割れが起きた。その結果がこの通りだ。分かっていても逃げられないこともある。これもリアルタイム映像だ。横にライブと出てる」

利根崎が前方のモニターを見ながら半分諦めを含んだ声で言う。

「これで紀伊半島から関西、四国にかけてつながった。災害列島だ。交通網はズタズタ、生活インフラ、電気、水道、ガスもすべて止まっている。特に高知は陸の孤島化している」

「それなりの準備はしているはず。父と話せたってことは通信はできる。食料や医療品、電源車、数日分の備蓄はやっている」

「震度七と六強の地震と三十七メートルの津波が来ている。これで四国の太平洋岸は全滅だ。背後は四国山地だ。土砂崩れも起きて、道路も何か所か埋まっている」

「分かってる」

美来は何とか押し殺した声を出した。眼《め》には涙が浮かんでいたかもしれない。

「きみは東京に住んでいるんだったな。選挙区は高知だと聞いてる。独身らしいが家族はいるだろう。高知の家族は無事なのか。両親や兄弟はいないのか」

利根崎が美来を見つめている。

「父や親戚が住んでる。父の無事は確認した」

利根崎が美来にタブレットを向けた。

「高知の中岬町《なかみさきちょう》という町を知ってるか。内陸で津波の被害はないところだ。ここに食料と生活必需品を備蓄している。トラック百台分だ。東海、東南海地震が起こった日に集めた。避難所は二、三日で品不足だ。効率よく届けたい」

「それをあなた方が準備したの。ここと同じように」

美来は顔を上げ利根崎を見た。

「僕たちだ。半割れが起これば、本番が起こる可能性が高い。当然のことだろ」

その当然のことが、政府にはできていない。

「高知の県知事と市長が行方不明だ。おそらく亡くなってる」

「愛知県もそうだった。でも、何とかやってるじゃない」

お願いがあると、利根崎が美来を見つめた。

「きみが高知に帰って、指示を出してくれ。どうせ、ここ以上にあたふたしている。ここは僕たちで大丈夫だ」

利根崎は僕たちを強調した。

「あなたの仲間は行かないの。私が行っても何もできない」

「昨日、きみが会った男が行く。しかし、彼は二十八歳だ。あいつの言うことを聞く役所の奴《やつ》らはいると思うか。しかし、政府から派遣された大臣の言葉なら聞くだろう。きみが彼の代弁者になってくれ」

「どうやって行くの。交通はすべて止まっている」

利根崎が時計を見た。

「ヘリが一時間後に出発する。奈良で給油して高知に飛ぶ。きみが同行して指示を出してほしい」

「こちらでの仕事が終わっていないし、総理に名古屋の視察を頼まれている」

「これが第一便だ。次の飛行は明日になる」

決断を求めるように美来を見ている。

「ここでの仕事がまだ終わっていません」

「きみにしかできない仕事か。そうでないなら、僕が代わってやる」

「父と会う時の言葉が浮かばないの」

「すぐに用意をしてください」

横で聞いていた津村が言った。彼も行く気だ。

「勝手にここを離れていいの？　政府の指示には従うんじゃなかったの」

「できるだけ早い段階で南海地震の被災地の視察に回る、と報告しておきました。国会議員の中で、美来先生が南海地震の被災地に一番近い場所にいます。今日中に到着できます。先生にはこのノウハウがあるでしょ。それを生かせばいい。ただし私も同行します」

それでいいですかという顔で美来を見て、その視線を利根崎に向けた。

利根崎はスマホを出し指示を伝えると美来に向き直った。

「二人分の席を確保した。ヘリは西庁舎の屋上に降りる。時間厳守だ。同行するのは平井司、昨日倉庫で指示を出していた男だ。彼がエイド開発のリーダーだ」

野球帽をかぶった、まだ学生臭さが残る若者の姿が浮かんだ。

突然息苦しさを感じた。全身から力が抜け、その場に座り込みそうになる。必死で足を踏ん張っていた。大きく深く息を吸った。呼吸が楽になっていく。呼吸と身体のコントロールをしろ。利根崎の言葉を思い出していた。

「なぜ、そんなに落ち着いているの」

「なぜ、そんなに慌てている」

利根崎が美来に視線を向けて言う。

「想定内のことが起きているだけだ。もっと歴史と経験を尊重し生かすべきだ。東海地震、東南海地震の次には南海地震が起こる可能性が高い。その通りになった。南海トラフ巨大地震で日本の地下のプレートはガタガタになっているはずだ」

「首都直下型地震の可能性も高くなってるということね」

「その通りだ。次は――」

美来の身体が大きく揺れた。余震だ。傾いた美来の身体を利根崎が受け止めた。

利根崎が美来を支えて歩き始めた。

「これはプライベートな行動になる。自衛隊機は使えない」

「うちの会社のヘリだ。高速ヘリで二時間もあれば高知に着く。パイロットは自衛隊上がりで腕も度胸もある」

利根崎が歩きながら言う。

5

美来は空を見上げた。七月の陽が眩《まぶ》しかった。

西庁舎の屋上に置いてあったという災害備蓄品は片付けられ、ヘリポートになっている。ここから西に約二百キロから六百五十キロ、紀伊半島から九州にかけての太平洋岸では、地震と津波が押し寄せて壊滅的な状況になっている。やがて北の空に黒い点が見え、ローター音とともに近づいてくる。ヘリは時間通りに到着した。

「よろしくお願いします」

平井が美来に向かって、深々と頭を下げた。昨日と同様ラフな服装で、Tシャツにジーンズ、赤いスニーカーを履いて、ドジャースの青い野球帽をかぶっている。まだ学生気分百パーセントの若者だ。確かに、県の役人が彼の言葉に従うとは思えなかった。

美来たちが乗り込むとヘリは離陸した。下を見ると、利根崎が見上げている。

「利根崎さんがこれをって」

　平井が衛星電話を差し出した。

「高知にも電源車と通信車は送っているが、まだ十分に配置されてないだろうって。衛星電話の使い方は知ってるはずだって」

　美来は礼を言って受け取った。今回の地震で通信の重要性は思い知っていた。

「平井くん、親戚が高知にいるの」

「両親と妹がいます。それに祖母がいます」

「みなさん、ご無事なの」

「大丈夫です。利根崎さんが以前からアドバイスしてくれてましたから。口うるさいくらいに。金の問題なら心配するなって。三年前に高台に引っ越しました。標高四十二メートルの高台です。すべてが利根崎さんの言葉通りでした。僕の家族が生きてるのは利根崎さんのおかげです」

「地震、津波、台風、災害なんて、起こることは決まってる。基本ルールさえ守れば、生き残る可能性は高くなる」利根崎が車の中で言っていた言葉を思い出した。その時は、言いすぎじゃないのかと思ったが、平井は信じているようだ。

「社員が安心して働けるように、というのが利根崎さんの口癖です。会社の貸し付けで家を建てました。うちの会社は災害対策費としてのローンの貸し付けや保証人になる制度があるんです。災害大国、日本企業の義務だって」

　確かに長い目で見れば合理的かもしれない。

　ヘリは伊勢湾を南下し、紀伊半島を太平洋岸に沿って飛んだ。

　途中、内陸に入り、奈良県の飛行場で給油をした。大阪の飛行場が民間では使えなかったのだ。現在は自衛隊と消防の航空機が優先的に使っている。

ヘリは大阪湾を南下して飛んだ。

「ひどいわね」

思わず出た言葉だった。これも、利根崎の配慮か。近畿の被害状況を見せたいのだ。

美来はスマホを出して撮影しようとした。

「利根崎さんからは、撮影するより、しっかり見て頭に刻み込んでおくようにと。ヘリのカメラが撮影しています。後で届けるから自由に使ってくれと」

「私のスマホにも送ってください。政府にも送ります。自衛隊が被害状況は撮っているはずですが、視点が違うと大いに役立ちます」

津村が言う。

太平洋岸の町では建物はほぼ消えている。内陸にわずかに残っているだけだ。人影はなく、海から数百メートル離れた畑に全長三十メートルほどの船が打ち上げられている。東日本大震災の時に、岩手や宮城のものとしてテレビでよく見た光景だが、人々の記憶の中ではすでに過去のものになっていたのだ。

美来は平井に借りた衛星電話を使って、高知と東京に電話をして状況を伝えた。

ヘリは鳴門《なると》海峡の上空を通って四国に入った。名古屋を出て一時間が過ぎている。

四国の南東の海岸線に沿って飛んだ。眼下には徳島の海岸線が続く。数日前の静岡や愛知、三重と同様な光景が広がっている。日本列島の太平洋岸の半分以上が瓦礫に覆われているのだ。

「高知市内の北側にある小学校に降ります。県庁まで車で三十分ほどです。現在は道路状況がかなり変わっていて、もっとかかると思いますが」

「その前に海岸線を飛んでちょうだい。どのくらい飛べるの」

「あと一時間くらいは十分に飛べます」

ヘリは高知市内の上空を飛び、海岸線に入った。名古屋周辺の海で見られた光景とは違っていた。

地震発生から五時間、海岸線に瓦礫はほとんどない。中部地方の海岸に溢れていた家の屋根や、壊れた車はなかった。津波は何度か襲ってきて、すべて海に持っていったのか。それとも都会とは漂流物もかなりの違いがあるのか。

海岸に横たわっている無数の人形《ひとがた》のものは遺体か。美来は声を出すことができなかった。また、同じような光景が繰り返される。ここらは遺体を探す家族や友人たちで溢れる。被災地は残された者たちの悲しみの場だ。

ヘリが小学校に降りると、荷物を満載した軽トラックが三台待っていた。平井の仲間たちだ。

「この辺りは地震の影響はほとんどないみたいね。電波状態はいい」

「すでに電源車と通信車は配置しています。県庁にも何台か送りました」

平井がタブレットを美来に向けた。地図上に赤と青の輝点がそれぞれ十以上見える。

「赤が電源車。青が通信車です。この辺りは、震度五弱の地震だったそうです。海抜四十メートル以上あるし、海からの距離があるので津波の心配はありません。ちなみに高知市中心部は震度七で、沿岸地区の津波の高さは三十二メートルだったそうです」

「まずご実家に寄ってから、県庁に向かいましょう」

津村がタブレットの予定表を見て言う。

「先に市内の様子を見てみたい。父の無事は分かっている。父には到着を報《しら》せないで」

津村を見るとそれとなく視線を外した。

「もう報せたのね。まあいい。これからしばらくは父の電話には出ないでね。私もそうする」

美来は待っている車に歩きながら言う。個人的な用件は後だ。

「僕たちは備蓄倉庫に向かいます。近くの廃校になった小学校です」

「私も一緒に行っていい？」

美来が平井に聞くと表情が明るくなり、もちろんですと頷いた。津村は顔をしかめたが何も言わなかった。

「備蓄倉庫は名古屋と同じです。基本の食料と水、備蓄してある生活必需品に、全国からの支援物資が集められます。対策室があって、そこで各地域からの情報がまとめられ共有されます。近辺の避難所からの要求に合わせて支援物資を振り分けます。コンビニのシステムと同じですよ」

トラックの車列は出発した。地震の影響などはまったく感じられない静かな田園風景が続いている。

ヘリが着陸した小学校から車で三十分程度のところに、物資を備蓄している小学校はあった。

「廃校になった小学校の体育館に荷物を運び込んでいます。市の許可は得ています。こういう廃校が日本中にありますよ。ここから直接、各避難所に必要な物資を届けます。これは名古屋と同じです。四国の各県に同じものがあります。数年前から高知、香川、徳島など四国の県庁に働きかけていました。何かが起こった時に、全面協力をすると」

市内に近づくにつれて様相が変わってきた。崩壊した家屋が現れ始め、水に浸かっている田畑もある。だが水ではなく海水なのだ。海岸から五キロも離れているにもかかわらず大きな被害が出ている。

市内に入ると路肩の至る所に車が乗り捨てられている。揺れがひどくて運転できなかったのか、津波に浸かって動かなくなったのか。

美来と津村は海岸から一ブロック前でトラックを降りた。

「後で居場所を報せてください。情報や物資で足りないものがあれば言ってください。利根崎さんに頼まれています。できるだけの便宜を図るようにと」

避難所を回るという平井たちと別れて、市内へと入って行った。ここ数日で見慣れた光景が続いている。だが、町によって微妙に違っている。利根崎によれば、この違いこそが大切なのだ。

〈余震が起こる可能性があります。さらに、海溝型の地震なので津波が起こる危険もあります。地震から津波が上陸する時間は数分と短い時間です。海岸には近づかないようにしてください〉

町の防災無線が繰り返し鳴り響いている。海岸に入る道には規制テープが張られ、警察官が立っていた。

美来は空を見上げた。数機のドローンが飛んでいる。平井と行った名古屋の小学校のグラウンドを思い出した。

「災害対応のドローンですか」

ドローンを操作している中年の男の所に行って、隣の男が持っているタブレットを覗《のぞ》いた。画面には上空から撮影した地上が映っている。家の倒壊、その間の細い道、救助に当たる人たちが鮮明に見えた。

「生存者を探しています。衛星画像より鮮明でしょ。思うところに飛ばせるし、熱監視システムと収音装置もついていて、生存確認がより正確になります」

「これってネクスト・アースが提供してくれたんですか」

「よく知ってますね。東海、東南海地震の後、運んできて使い方を説明してくれました。七十二時間がすぎたら、支援物資、主に僻地《へきち》の薬の運搬に使う予定です。中京地区でも使われていると聞きました」

津村がしきりにタブレットを覗き込んでいる。

「まだ不慣れなもんでね。もっと練習すればすごい戦力になるんだけどね」

初老の男が警察官と言い合っている声が聞こえた。横には腕を組んだ消防士が数人立っている。

「家の中には爺《じい》さんと婆《ばあ》さんがいる可能性があるんだ。なんとか調べることはできないか」

「この辺り、余震が起こると津波に巻き込まれる可能性が高いんです。その到達時間は五分程度。あなたまでが二次災害に巻き込まれる」

「だから、早いうちに助け出したいんだ」

男が指さす先には半壊した木造家屋がある。一階部分が半分潰れ、二階からも出入りができそうだ。

「何とかならないの」

美来が津村に聞いた。

「規則で入れないんです。早く行きましょう。警察官の言葉を聞いたでしょう。ドスンと来たら、五分後にはザーッと海水の塊が襲ってきます」

津村が美来を促す。

「すぐ戻る。安否確認だけだ」

一人の消防士が言い残すと規制テープをくぐった。もう一人が後に続く。

警察官が必死で止めているが、消防士は押しのけるようにして半壊している家に近づいて行った。人が集まってくる。美来も人々に続いた。

家の前に立った二人の消防士が何か話している。一人が二階の窓から家の中に入って行く。

野次馬たちの動きが止まった。「余震だ」という声が背後で聞こえた。「逃げた方がいい」との言葉が重なる。激しい縦揺れが襲うとともに、横揺れが始まる。いくつかの女性の悲鳴が響いた。

「大丈夫です。津波の恐れはないそうです」

津村が美来に囁《ささや》く。

家が低くなったような気がした。壊れかけていた一階が潰れたのだ。

津村に促され立ち去ろうとしたとき歓声が聞こえた。振り向くと泥だらけの老人を抱えた消防士が立っている。

美来と津村はそのまま海岸通りを歩いた。前方に人だかりが見える。

近づくと巨大な津波避難タワーが中ほどで九十度近く折れ曲がっている。辺りは瓦礫で埋もれ、近づくのも困難だ。

「何が起こったんです」

美来は横に立っていた男に聞いた。

「津波避難タワーに船がぶつかったんだ。津波じゃ壊れなかったが、あんな船が突っ込んできたんだ」

船尾がタワーに引っかかって横倒しになっている船は、五十メートル近くある貨物船だ。その船にも家の屋根や流木や家電製品が絡まっていた。

「タワーに避難していた人はどうなったんですか」

「あんたバカか。分かるだろ。みんな沖に持って行かれた。三百人はいたよ。この辺りは三十メートルを超える津波が襲ってるんだ。それも、三回。また来るって話もある」

男は津波避難タワーから沖合に視線を移した。眼の奥には怯《おび》えと憤りが張りついている。

美来は市内を歩き、夕方まで被害状況を見て回った。

まだ明るいうちに県庁に行くと、ロビーは戦場並みだった。市民と職員でごった返し、時に怒鳴り声が聞こえる。泣いているのは子供を亡くした母親らしかった。

県庁に行くことは報せないでほしいと頼んではいたが、受付に行く前に山田《やまだ》副知事以下、十人近い職員が飛び出してきた。知事は津波に呑まれ、遺体が発見されている。

「先生は黙っていてください。副知事とは私が話しますから」

津村が美来に囁き、一歩前に出た。その津村を副知事が押しのける。

「大臣自らおいでくださり恐縮です。非常に大きな被害を受けています。早急の復旧を目指すつもりですが、なにとぞご尽力いただければと思っています」

「できる限りのことをいたします。早乙女先生は――」

「すぐに仕事に戻ってください。ここでは市民と職員の邪魔になります」

美来は津村の言葉を遮って副知事に言う。

「災害対策室があるでしょ。そこに行きましょ」

美来は副知事の腕をつかんで歩き始めた。

「七十二時間は人命救助に全力を尽くしてください。余震、津波も考えられます。それを考慮してください」

美来は歩きながら、両側に並んだ副知事と都築《つづき》災害対策室長に言う。

災害対策室は人と騒音で溢れ、話し声も聞き取れない。

愛知県庁にあった緊急対策本部を二回り小さくしたような部屋で、百人あまりの職員が働いている。

「あなた方は仕事に戻ってください。職員を一人、私に付けてください。今後はその職員を通して、私の言葉を伝えます。みなさんは私に構わず仕事を続けてください」

美来は声を張り上げた。有無を言わせない言い方だった。二人は背後に立っていた総務課の秋《あき》山《やま》という男を残して仕事に戻っていった。秋山は三十前後の真面目《まじめ》そうな男だ。

被害状況を話し始めた秋山の言葉を遮った。

「町の様子は見てきました。避難所の状況を話してくれますか」

美来が怒鳴るように言うと、秋山はデスクに地図を置いた。

「現在、市と県が設置している避難所です。どれも海抜四十メートル以上にある避難所です。おそらく避難の必要な住民の中で、半数近くが避難所には入れません。津波が想定以上に高かったのと、浸水範囲が広域に渡ったので避難所は大きく変更しました」

「浸水地域と海面高度を考えると、もっと避難所を内陸に増やしてもいいんじゃないですか」

無言で聞いていた美来が言った。名古屋での利根崎の言葉を思い出していた。

「これからも余震は続くし、避難所生活も長くなります。余震による津波の心配のない、少しでも居心地のいい避難所にすべきです。災害関連死を防ぐためです」

美来は利根崎ならばどうするか、考えながら話した。

山田副知事が戻ってきて話し始めた。

「自衛隊に災害救助要請を出していますが、すでに東海、東南海地域に出払っています。四国地区の自衛隊駐屯地の人員も半数は阪神地区に出ています。直ちに帰還命令を出すようにお願いしているのですが」

「まず自分たちでできることをやりましょう。被災地区は広域です。しかし、内陸部は被害を受けていません。近隣の県と連絡を取って、被害状況を確認してください。効率的な連携体制を作り、援助を待ちましょう」

美来はさらに詳しい現状把握が必要なことを告げた。まず被災地区を正確に把握して、何が必要かを詳しく調べる。死者数、負傷者数、病院の状況、避難所の状況などを県の対策室に集中して集めるように指示した。基本計画は立てられてはいるが、状況が変われば役に立たないモノが大部分だった。これらはすべて名古屋で学んだことだ。

「地震発生から七十二時間までは人命救助に全力を投入してください。避難所では、個人名、年齢、住所を明らかにして、名簿に載せてください。日本中から安否確認が集中しているはず」

「でも、個人情報保護が――」

「そんなこと言ってる場合じゃない。利根崎さんは、緊急時はすべての開示もありうると言っていた。今は誰が見ても緊急時」

美来は独り言のように言う。

「しかし国と県の条例では個人情報の――」

「私が全責任を取ります。避難所に入る人は全員名前と住所と電話番号の登録を義務付けて。すべてのデータはここ、県の災害対策室で管理します。全国からの問い合わせの窓口を設置してください。これであなた方の負担は十分の一になるはずです」

思わず大声を出した。副知事たちが驚いた顔で美来を見ている。

美来は大きく息を吸った。落ち着け、利根崎にできたことだ。私にできないはずはない。懸命に自分に言い聞かせた。

「現場の消防士、警察官の声が聞けませんか」

副知事は職員に指示をした。

前方のモニターに崩れた家に集まる消防士たちが現れた。

そのうちの一人がカメラの前に呼ばれた。話し始めたが周りがうるさくて聞き取れない。

「みんな静かにして。情報を共有しましょう」

美来の大声でざわめきが引いていった。

〈撤退を考えていました。この近辺の建物には、まだかなりの人が埋もれています。このまま救助を続けたいが、これから暗くなる。この地区の送電線はすべて流され、停電しています。陽が落ちると真っ暗になる。二次災害だけは起こしたくない〉

「必要な物があれば言ってください」

〈ライトと発電機があれば、まだ捜索は可能です。車のヘッドライトを考えたが、ここまで入れる車は限られている〉

「電源車を回すようにします。大切な車です。効率よく使って」

美来は平井に電話をかけ、スピーカーにしてデスクに置いた。

「あなた、今どこにいるの」

平井は近くの小学校の名前を言った。

〈比較的大きな避難所です。二千三百人ほどが避難しています。支援物資を置いて、現在、避難所のパソコンにエイドを入れています〉

「電源車と通信車はすぐに用意できるの」

美来は状況を説明して、場所を言った。

〈すぐというわけにはいきません。現在、高知市北の倉庫に置いてあります。沿岸部の救助ですか。だったら、ライトが必要ですね。投光機付きの車を二台、用意できます。問題はそこまで行くための道路の確保ですね。それさえできれば暗くなる前に着けると思います〉

「あなたが昼間話していた最短ルートを検索するソフトがあるんでしょ」

〈今、それでルートを探しています〉

平井の考えながらの声が返ってくる。

急いでねと、念を押して電話を切った。

「聞いてたでしょ。電源車と通信車、投光機付きの車を回してもらうように頼んだ。でも、道路が通れるかどうか分からない。至急、高知市北から市内のあいだでのルートを決めて、警察官を配置してスムーズに通れるようにして」

それから一時間後、暗くなり始めたころ、電源車などの車両が到着したことを伝える連絡があった。


美来はNPOの事務所に平井を訪ねた。正式にエイドを使いたいと決めるためだ。導入後のフォローも必要だ。

「利根崎さんはこのエイドをIT勉強会をやっていたベンチャー企業仲間と作ったんでしょ。そのリーダーはあなた」

美来は利根崎に聞いた話をした。

「そうですが、微妙に違います。エイドと南海トラフの救援組織を作るためにIT勉強会を始めたんです。ベンチャー仲間では、利根崎さんは伝説的な人ですからね。声をかければ、世界的に優秀なITエンジニアが集まります」

美来はどういうことか聞こうとしたが躊躇した。これは後から聞いたんですが、と前置きして平井が話し始めた。

「エイドを開発するためにAI勉強会を開きました。その課題として防災対応ソフト開発を提案したんです。この手のモノでは世界最高のものです。いずれは世界中に広めるつもりじゃないですか。もちろん、無償で」

なぜそんなことをする。美来はその問いを呑み込んだ。利根崎個人に深入りすることはためらわれたし、今はそれどころではない。

「平井さんは四国と九州で被害がひどかった地区にエイドを送って」

「東海地方はいいんですか。あっちもひどいですよ」

「すでに四日がすぎてる。それに静岡、愛知、三重ではすでに使われているんでしょ」

「我々のグループ内だけです。県庁などにも提案したんですが、各自対策はやってるって、すげなく断られました。国で作ったのがあるとかで」

「エイドの方がずっといい。スマホ対応ができる。各地域の事情に合わせて設定できるんでしょ。政府のモノはすべて東京目線」

「利根崎さんはそれを気にしてました。日本は東京一極集中、大都市重視がすぎるって。だから汎用性がない。日本は狭い狭いと言われてますが、過疎地の方が多い。これ、真実ですよね」

「今は、この場を乗り越えることだけを考えましょ」

美来は東京での会議を思い出していた。東京での帰宅困難者は五百万人だ。現在、全国の避難所にいる人たちより多いかもしれない。


平井と別れ事務所から出たとき、スマホが鳴り始めた。

〈早乙女美来くんか。やっと通じたな〉

「長瀬総理ですか。申し訳ありません。被災者の方と話した時スマホをマナーモードにして、そのままにしていました」

正確には長瀬総理大臣代理だ。

〈秘書から名古屋が一段落ついたので、高知に向かうと聞いた。そちらの様子はどうなってる〉

「東海地区と同様にひどいですね。津波は第三波まで来ています。余震が起これば新たな津波が起こる可能性があります」

〈お父さんとは会ったのか〉

「まだです。副知事と話してから実家に帰ります。何か伝えることはありますか」

〈確認を取りたかった。きみは政府の一人として被災地を視察していることを〉

「もちろんです。今回の視察で知ったことは必ず復旧、復興に役立てます」

政府は南海地震発生に伴い、急遽環境大臣の早乙女美来を高知に派遣したことをマスコミに発表したいのだ。

6

実家に着いたのは、日付の変わる直前だった。

町は完全に停電になっていて、月と星の明かりだけだ。病院、警察署、消防署、役所など、非常用電源のある所だけが明るい。

美来は津村と二人で歩いた。津村は県庁に泊まると言ったが、無理に連れてきたのだ。

「私はかなり疲れた。父さんの相手はあなたがしてね。話したくて、うずうずしてるはずだから」

暗くて分からないが、うんざりした顔に違いなかった。

津村は善治の東京秘書を二十年以上務めている。地盤を継いだ美来の秘書としては三年目だ。合わせると二十年以上の付き合いだ。

玄関を入ると真っ暗闇だ。父親はすでに寝ているか、いやそんなことはない。起きて美来の帰宅を待っているはずだ。スマホには三十以上の着信履歴が入っている。〈電話しろ〉〈津村とも連絡が取れない〉〈高知の復旧はあるのか〉メールも二十近く入っている。ほぼ明かりのない中で、黙々と電話しメールを打っている善治の姿が浮かんだ。

リビングに入ると、テーブルに置いた一本のろうそくを見つめている善治の姿があった。ろうそくの横にラジオが置いてあり、ニュースが流れていた。わずかに残ったウイスキーボトルとからのグラスがある。

「夕飯は食べたの」

美来の言葉に善治が視線を移した。その先に手の付けられていない弁当がある。土屋が持ってきたのだろう。

「東京はどうなってる」

「私より詳しいんじゃないの。父さんの情報網は今も生きてる」

「おまえの見方があるだろ。それを知りたいんだ」

「言ってるでしょ。私は東京については知らない。二日前から名古屋に行って、その足でここに来たから」

「日下部総理は残念だった。しかし、長瀬が総理だとはな。副総理なんて役職は名誉職だと思っていたが、こうなるともっと慎重に考えないとな」

善治の言葉には悔しさがにじみ出ている。彼自身も副総理は二度務めている。

長瀬は善治が現役の時は、部下的な扱いだった男だ。真面目で、政治家らしからぬおとなしい男だった。美来が議員になって、国会に出るようになっても面倒見はよかった。

「東京はうまくいってるんでしょ。南海トラフ領域からは外れているし。父さんにも情報は私以上に入ってるはず」

「今回の南海地震で、南海トラフ巨大地震がすべて出そろったわけだ。太平洋岸の都市はほぼ全滅だそうだ。横浜、静岡、名古屋、大阪、徳島、高知だ」

「大阪まで大きな被害が出たの」

「地下街と河川が多いからな。駅周辺の再開発地区もかなりのダメージを受けている。地下街が多いから、半分以上が浸水した。交通だって地下鉄を含めて、東京に次いで過密で複雑だ。津波が河川をさかのぼって十キロ川上まで到達したそうだ。瀬戸内にも三、四メートルの津波が押し寄せた」

「九州は」

「宮崎辺りの被害は大きい。想像以上だ。日本壊滅の序章だ」

「東京に被害はないでしょ。私が知ってる以上にって意味。南海地震の影響があるとは聞いていない」

「だから、日本がまだ機能しているんだ。おまえは東京にいるべきなんだ」

さんざん高知に帰ってくるように電話してきたくせに、と思ったが、口には出さなかった。

「これから日本は復旧、復興に本格的に動き出す。今回の地震は日本にとって、新しい日本の構築にまたとないチャンスだ。地方は地方再生で生き残り、消滅都市にならないために必死で政府に働きかける。これから二年、三年が勝負の時だ。おまえは高知県高知一区選出だが、国会議員だということを忘れるな。地元は俺に任せておけばいい。中央で存在価値を示せ」

いずれ、総理を目指せと暗にハッパをかけられているのだ。自分の果たせなかった夢を娘に託すのか。こういう時、美来はすべてを投げ出して、アメリカに帰りたくなる。

「今日は県庁には顔出し程度らしいな。知事代理とはほとんど話さなかったとか。地元のNPOに入り浸りだったと聞いた」

やはり知っていたのだ。高知での行動はすべて善治の耳に入る。

「初期救助と避難所を支援する組織です。名古屋では、行政も協力してかなりうまく機能しています。高知でも取り入れてはと思っている」

「良かれと思うことは何でもやれ。避難所はまめに回れ。環境大臣であっても、大臣の視察だ。マスコミにも取り上げられる」

「名前だけの大臣だ」大臣就任の電話をしたときの善治の第一声だ。

「私は寝ます。今日は疲れた」

美来は二階に上がり、自分の部屋に行った。高校まで住んでいた部屋だ。

隣は七歳違いの兄の部屋だった。今では半分物置のようになっている。しかし兄のものはそのままにしていると聞いた。父の未練なのか、良心からなのか。兄を思う気持ちでないことは確かだ。階下からは善治と津村が話す気配が伝わってくる。

ベッドに横になってもなかなか寝付けなかった。横に兄の健治《けんじ》が立っているような錯覚に陥る。自分も来年には健治が亡くなった年齢と同じ三十四歳になる。兄は山で崖から転落死したのだ。しかし、周囲からは自ら飛び降りたのではという憶測も絶えなかった。

美来はベッドを出て、兄の部屋に行った。いつもは窓から高知の町と海が見えるが、外には漆黒の闇が張りついている。

兄の葬儀に美来はアメリカから呼び戻された。

遺体は亡くなった山で火葬されていた。発見は死亡時から一週間がすぎていて遺体の損傷が激しく、検視後その場所で火葬されたのだ。地元での葬儀には位牌《いはい》が置かれていた。すべて父の意思だった。

葬儀の日の夜、美来は父に呼ばれた。

「日本に帰って、俺の側にいてくれないか」

それは自分の後を継いで議員になれ、兄、健治の代わりになれということだ。

「私にはアメリカに仕事があります」

美来は即答した。その時の父の顔は覚えていない。いや、忘れようとしているのか。瞬間的に視線を外したのだ。

その日の夜、ベッドを出て、隣の兄の部屋に行った。

壁の本棚には考古学の本が並んでいる。美来が最初に見せてもらったのは、恐竜図鑑だった。小学二年生のときで、三年になるときには、ほとんどの恐竜の名を覚えていた。次に渡されたのは化石図鑑だ。兄は考古学者になりたかったのだ。

高台にある家の窓からは、町の向こうに太平洋が見渡せた。真夜中の暗い海。子供のころはこの光景が好きではなかった。得体のしれない何者かがやって来る恐怖にとらわれる。

本棚の上から二段目、右側の本を抜き出した。「考古学の真実と神秘」と背表紙に角ばった字の手書きのタイトルが入っている。中は白紙で日記帳として使われていた。兄の中学生時代からの心の軌跡とも言えるものだ。兄の率直な思いが丁寧な小さな字でつづられている。「政治家の裏表」「嘘《うそ》はつかない。黙っているだけ」「決断力の欠如」「国民不在」生真面目そうな美しい字で埋まっていた。ネガティブな言葉が多く、それが兄の思いか。ほとんどが短い単語の連なりで、メモ的なものだった。その短い言葉が、かえって兄の複雑な思いを想像させた。ふっと、目が留まった。「僕が美来であったなら」どういう意味だ。

思わず背後を振り向いた。兄が立っている気配がしたのだ。

その日から三日間考えて、日本に残ることを決めた。

スマホが鳴り始めた。急いで兄の部屋を出て自分の部屋に戻った。

〈外務大臣が倒れました。過労による心筋梗塞です。当分入院が必要です。なんせ、平均年齢七

十二歳の内閣ですから〉

　東京事務所の秘書、高野《たかの》からだ。

「復帰はできそうなの。彼がいなくなったりしたら内閣はガタガタよ。今後、外国の援助が必要になる」

〈東京に帰ってくることはできませんか。何が起こるか分からない状況です〉

「どういうことなの。機能していないということ」

〈そうです。今回の組閣はレベルが低すぎました。数か月以内に内閣改造がある予定でしたが、地震でメチャクチャです。現在のところ、みなさん足の引っ張り合いです〉

「地方からの要請が多すぎるんじゃないの。太平洋側の都市はほぼ全滅と言っていい。これを立て直すのは至難の業よ。地方の自力では難しい。やはり政府頼みになってしまう」

〈分かっています。日々、被害状況が送られてきています。高知も大変らしいですね。お父上からさんざん連絡が入っています。あなたは、今日はどこに行ってるんだって。私からも東京に帰るように言えと言ってきてます〉

「明日は県庁に行くつもり。名古屋の利根崎高志という人を知らない？　あなたも名古屋出身でしょ」

「ネクスト・アースのCEOですね。私の高校の後輩です。ベンチャーを起こして大成功です。同窓の出世頭です〉

「彼が開発した、エイドというソフトを被災地で使いたいの。人命救助と避難所の運営に関係しているソフト。かなり効率よく運営することができる。高校の後輩なら、あなたが連絡を取ってみて」

〈分かりました。で、先生はいつ東京に帰ってきますか〉

「それは総理次第じゃないの。総理から電話があった。私は総理の指示で高知に来ています」

〈そういうことは、すぐに連絡してください。お父上と相談してみます。新総理はよく知っているはずです。私も早く東京に帰った方がいいと思います〉

「でも、あと数日はこっちにいたい。父も心配だし」

エイドの使われ方を見たかったのだ。

7

翌朝、玄関に出ると土屋富雄が待っていた。

「送っていくよ。実は美来ちゃんと話したいと思ってね」

門の外には軽トラックが止めてある。

「ベンツじゃないんですか」

「俺は常識派なんだ。被災者の身になると、外車でウロチョロできないよ。それに、合理主義者でもある。道路は瓦礫だらけで、小回りが利く方がいいだろ。友達が避難所にいる。届けたい物もあるしね」

美来は助手席に乗り込んだ。津村が一瞬戸惑ったようだが、荷台に乗った。

土屋は津村もよく知っている。いつか、遠い親戚にあたると言っていた。この辺りの者はどこかでつながりがある。

「父さんと話したか」

走り始めてから土屋が聞いてきた。

「昨夜は疲れていたから、帰ってすぐに寝た」

「うまくいってないってことだな」

土屋は前かがみでハンドルを握り、前方を睨むように見ている。運転の時はいつもこうだ。

「もう六年だぞ。善治も七十五になった。後期高齢者だ。まだ引退の歳《とし》でもないが、美来ちゃんのために引退した」

病気が原因ではなかったのか。美来は声に出したかったが我慢した。すぎたことだ。あえてトラブルを起こしたくない。特に今は。

「健治くんは自殺じゃないよ。事故だ。彼は無責任な人間じゃない。でも、色々考えながら登っていたんじゃないかな。注意力が散漫になる」

「兄さんは政治家にはなりたくなかった。考古学者志望だった。トミさんも知ってたんでしょ。兄さんのノートに度々、トミさんの名前が出てきた」

「美来が男だったら。善治の言葉に傷ついたことは確かだろうね。ポツリと言ったんだ。無意識だったのだろうが、不用意すぎた」

美来はメモ帳に綴《つづ》られていた言葉を思い浮かべた。〈僕が美来であったなら〉。

「だったら、父さんが兄さんを殺した」

「それは言いすぎだ。善治が気の毒だ。健治くんが弱すぎた。いや、優しすぎたんだろうな」

「トミさん、父さんに何か頼まれたの」

「実はそうだ。そろそろ壁を乗り越えるようにと。俺も美来ちゃんは政治家向きだと思ってる。自分だってそう思ってるんだろ。だから、高校を出てすぐにアメリカに渡った。色んなことを振り切るために」

いずれ問題が起こる予感はしていた。父が兄を後継者として育てていることは分かっていた。しかし兄は、土屋が言うように優しすぎた。政治家向きではなかったのだ。

一年アメリカの高校に通い、大学に進学した。大学では経済学部に進んだが、政治学の授業も多く履修した。経営学修士《MBA》を取ってからも日本には帰らず、アメリカの投資銀行に就職した。仕事は面白く、充実していた。そんな時に兄の死の知らせが来た。

　道路は予想通り瓦礫が散乱していた。だが通れないほどではない。迂回しながら三十分ほどで県庁に着いた。

　土屋は近くの避難所に行くと言って、そのままトラックを走らせて行った。


　県庁には平井がいた。昨夜から職員にエイドの使い方を教えているという。

「県庁は終わりました。避難所にもうちの社員が行って、ソフトのセッティングと使用方法の説明をしています。これからそのチェックに回ります」

「私も行っていいかしら」

「もちろんです。避難所を回って、被災現場にも行くつもりです」

　昨日は興奮していた被災者たちもかなり落ち着いていた。エイドはすでに県庁職員のパソコンに入っていた。昨夜のうちに利根崎と平井が手を回したのだ。余震に注意しながらエイドに従って救助活動と避難所の運営が始められていた。

「エイドというのは、かなりよくできたソフトです。使いやすいし、汎用性があります。各地区の初期設定さえ正確ならば、現状でベストに近い答えを出してくれる。スマホ対応にもできる。政府が用意していたものですか。だったら、なぜもっと早く送ってくれなかったんですか」

　職員の問いに平井は知らん顔をしている。

「残念ながら民間の開発したソフト。でも、各被災地に推奨すべきね。東京に帰ったら、そう言ってみる」

美来は肩をすくめて答えた。

東京の知り合いの議員や秘書にはすでに伝えてある。被災地区のすべてに導入を検討すべきソフトだと。

県庁への帰りも平井が軽トラックで送ってくれた。

「食料が充実している避難所はホッとするわね。その大部分にエイドが使用されている。エイドは食料の配布はキッチリしてる。ムダを出さない。この夏場だというのに、廃棄はほとんどないようね」

「人は自分が置かれている状況が分からないとイライラしてくる。イライラしてくれば、いさかいが多くなる。いさかいが多くなれば体力を使う。体力を使えば腹が減る。腹が減ればイライラする。僕らはサークルエフェクトと呼んでいます。円状効果って教わりました。誰の言葉か知っていますか」

「利根崎さんなの？」

「当たりです。聞いたことあるんですか」

「初めてだけど、そんないい加減なこと言うのは彼だけでしょ」

「真理だと思いましたがね。だから、避難所には食料を届けるのが最優先です。人間、何があっても腹は減るもんだと言ってました。こんなのもありますよ。悲しくても腹は減る。減っても食欲はない。でも、食べると少しは気が休まる」

平井は歌うように言って親指を立てて荷台を指した。食料の箱が満杯に積んである。

「次が情報です。食事と同じくらい重要だと言ってました。ネクスト・アースでは、この地区に電源車五台と、燃料タンク車三台を用意しています。それに、電源車を保有している企業リストも」

「何台くらいあるの、この近所には」

「登録しているのは七十台ほどです。被災地域以外の登録車は三十二台。すでに、こちらに運ばれている途中です。これでスマホの充電は大丈夫です。次に明かりです。夜が暗いと気分が滅入《めい》ります。僕はつい、余計なことを考えてしまいます」

「電源車を持っている企業リストは役に立つかもしれない」

「下手《へた》な言葉より、百倍心強い」

「政府から頼むべきね」

「無償供与ですか。賛成しませんね」

「お金を出せというの」

「当然です。今すぐにでもじゃなくて、払える時期に。利根崎さんはそういうシステムを作るべきだと言ってました」

確かに、電源車などは多くの企業が持っているわけではない。常に使うものでもない。大量生産できないから、安いものでも一台一千万円以上する。非常時だから無料で貸せ、というのは虫が良すぎる。

「原発は電源車を多いところで数十台用意しています。半数くらいは借り出すことは可能かもしれません。ただしこれは、政府が対応しなければなりません」

「聞いてみる価値はあるかもしれない」

美来はヘリから見た浜岡原発を思い出していた。その姿は心を照らす道しるべでもある。

県庁に入った途端、スマホが鳴り始めた。

〈利根崎です。津村さんから電話がありました。名古屋や高知以外でもエイドを使ってみたいと

言ってるそうですね〉

「初期設定を変えれば全国で汎用性があると言ってたでしょ。高知には平井さんに頼んで導入済み。他県でも使ってみたい」

〈プログラムを理解している人と災害に詳しい人の両方が必要です。できれば複数がいい。一人の思い込みで間違ったことをやられると、修正が面倒です。設定さえできれば、誰でも使えます〉

「二時間で集めます。会議はどうしましょう」

〈一時間後にしてください。平井に待機するよう伝えてください。名古屋とのオンラインの設定は僕の方でやります。会議室を決めて、人を集めておいてください〉

電話は切れた。美来はしばらくスマホを握ったまま段取りを考えていた。

津村に環境省に連絡を取るように言った。電話に出た職員に被災県の災害担当者に連絡を取るように指示した。

「避難所の運営に役に立つソフトの説明があるので、必ず聞くように言ってください。詳細はすぐに知らせます」

〈すでに政府は対策は立ててあります。現在はその計画に従って――〉

「私にはそうは見えませんでした。ただ、混乱しているだけ」

〈被害が想定以上に大きかったので、しかし――〉

「若手でいいから、パソコンに強い人を集めてください。それに政府の災害対応にあたっている若手職員を数名探してください。一時間以内に」

美来は強い口調で言うと電話を切った。

会議室に置かれた二台のモニターに、ネクスト・アースの会議室が映し出された。

〈すでにエイドのプログラムは送ってあります〉

利根崎はエイドの目的とプログラムの概要を説明した。高知側の職員はメモを取りながら聞いている。

〈緊急時対応のソフトで、災害発生から七十二時間の行動と避難所運営のマニュアルです。シンプルを目指しました。現場の人との協力が欠かせません。初期設定が正確ならば、使用は簡単です。使用方法を説明した動画を見てください。質問があれば、私たちのスタッフに直接お願いします〉

画面に平井が現れた。エイドの開発者自らが説明している。

「これは録画しておきます。どうせ、また何度も同じことを話さなきゃならないから」

平井が照れくさそうに言う。

エイドの説明は三十分ほどで終わった。

「うまくいきそうなの。名古屋ではすごく効率よく動いていた。ここでも使用者からは評判がいい」

美来は市役所の職員に聞いた。

「支援物資が全国から届き始めています。どうやって効率よく各避難所に回すか考えていたところです。その他の機能も役に立ちそうです。有り難うございました。利根崎さんって、大臣のお友達ですか」

「そんなところ」

美来は曖昧に答えた。利根崎の政府を無視した、時に高慢とも思える態度が脳裏をよぎったのだ。

「まずは行方不明者の捜索と救出、同時に避難所の運営を軌道に乗せること。被災地に残っている人の健康に注意して。誰一人、取り残さないように」

津波による行方不明者が多く出ている。彼らを探しに出て、二次災害を起こすことだけは防がなくてはならない。

その日の夜、藤村亜矢香から電話があった。

〈エイドはすごく評判がいい。政府や自治体のものより、数倍使い勝手がいいと言ってる。何より、スマホで使えるのが若者に受けてる。各避難所からも不足品の数量が書き込めて、修正できる点が高く評価されてる。これは神奈川と静岡の友人から〉

「政府の作ったソフトはやたら個人情報の保護とセキュリティが厳重すぎるのよ。だから操作が面倒で速度も遅い。こんな非常時には速さとシンプルさが一番なのに」

〈静養中の防災大臣が重傷を負った。私の情報だと意識がないらしい。今朝の余震が六強。彼、家に帰ってたんだけど、タンスが倒れて頭を直撃〉

亜矢香の声と口調が変わった。このことを言いたかったのだ。

「この大事な時に不注意ね。ひどいこと言われなきゃいいけど」

〈ネットの書き込みはひどい。緊張感ゼロ。大臣の資格なし。テレビでタンスの前では寝るなと言ってた直後。爺さんは寝てろ。彼は七十六歳、自分の転倒防止に専念しろ。さんざんな言われよう。これじゃ、防災大臣なんてなり手がいなくなる。でもこの時期、防災大臣不在はもっとまずい〉

「当分、総理が兼務することになるんでしょ。大事な時だもの。その方がいいんじゃない。南海トラフ地震の余震、いつまで続くのかしら」

一瞬、黙り込んだ亜矢香の声が返ってくる。

〈あなたに白羽の矢が立ってる。若くて元気がいい。名古屋と高知の被災地に一番に視察に行ったのはあなた。それに、エイドはかなり評判がいい。これを探し出してきたのは誰だってことになって〉

「あなたが言ったんでしょ」

〈嘘は言ってない。すべてをありのままに。冗談でなく早くこっちに帰ってくるべき。内閣の議員も半数が亡くなったり、怪我をしている。三分の一の議員がとっくに地元に帰ってるし。一人でも人手がほしい〉

確かに官邸は混乱しているに違いない。いつ来るかと騒がれていた南海トラフ地震が半割れ状態で起こった。その四日後、南海地震が連動して起こった。日本列島の太平洋岸の大都市と工業地帯が大きなダメージを受けたのだ。日本中が大混乱に陥っている。

〈覚悟してたほうがいいわよ。この時期、この状態での防災大臣なんて最悪の貧乏くじ。何をやっても、悪くとられる。うまくいくはずもないし〉

「逆にうまくやれば歴史に残る大臣になる。あの最悪の状況で日本人を救った大物政治家」

言ってから気づいた。覚悟とは何だ。亜矢香は何を考えている。

背後で亜矢香を呼ぶ声が聞こえる。すぐに行く、じゃ東京で、という声とともに電話は切られた。

ポケットに入れようとしたスマホが震え始めた。

官房長官の三国谷《みくにや》勝智《かつとも》からだ。

〈お父さんから電話があった。そっちは落ち着いたそうだな〉

「まだ、高知市内だけで行方不明者は二千人を超えています。消防と警察が中心になって捜索をしています。あと一日半、七十二時間がすぎるまでは救助活動に専念します」

〈二次災害には十分に気を付けるように。今まで亡くなった方の直接の原因は自然災害だが、これからは行政の責任が問われる〉

誰の責任かの問題ではない。美来は言いかけた言葉を呑み込んだ。基本的な考え方の違いだ。起こった結果は議論で変わるものではないと、この数日間で思い知っている。変わればそれは間違いだ。

〈しかし、大したものだ。もっとも高い津波が来た高知で千人程度の死者か。内閣府の予想とは一桁、いや二桁違う。我々は死者よりも生きている者たちを大事にしたいと思っている〉

「私もそう思います。関連死をいかに防ぐかが重要です」

〈きみは、すごいソフトを紹介してくれたんだって。避難所の運営、帰宅困難者の対応に役立っている。政府内でかなり評判になっている〉

「使い方の映像も送りました。東京も今のうちからエイド使用のセクションを作っておいてください。うまく使いこなす準備が必要です。全国で使えます」

〈そうするつもりだ〉

「東京はどうですか。多くの議員が亡くなったり怪我をしています」

〈直接の被害が出たわけじゃない。死者は出たが人災だ。被災地にはできる限りの援助をする〉

「日本中が政府の力を信じています」

〈とにかく早く東京に帰ってくることだ。お父さんもそれを望んでいる〉

最後は父の言葉と言い方が似ていた。電話が切れてからも美来はスマホを耳に当てたままでいた。

ノックの音で我に返り、スマホを耳から離した。

県庁の災害対策室で会議が行なわれていた。

美来のポケットでスマホが震え始めた。父かと思い切ろうとしたが、思い直して取り出した。東京事務所の高野だ。よほどの緊急事態でない限りメールで連絡してくる。

〈すぐにテレビを見てください〉

分かったと言って電話を切って辺りを見渡すと、半数の者がスマホを耳に当てている。

「みなさん、スマホを切って。モニターをテレビ映像に切り替えて」

美来は立ち上がって大声を出した。

正面の大型モニターに映像が流れ、部屋中の目が集中する。

乱立する高層ビルの間に煙が見える。オレンジ色の炎も広範囲に点在している。倒れたビルと火事の炎と煙だ。画面がズームになった。高層ビルに隣の建設中のビルが倒れかかっている。その間の道路を無数の人が逃げ惑い倒れている。

〈午後二時十二分、東京で直下型地震が起こりました。詳細は不明です〉

アナウンサーの絶叫に近い声が聞こえる。

第二章　第二の危機

1

美来は職員たちを押しのけて前に出た。

目は画面に釘付けになった。乱立する高層ビル群を中心に広がる建物の間に、幾筋もの煙が見える。オレンジ色の炎も広範囲に点在している。倒れたビルと火事の炎だ。その中に霞んで見えるのは東京タワーと東京スカイツリーだ。

「これって東京なの。日本の首都なの」

「そうよ、これが東京。東京タワーが見える。右端はスカイツリーでしょ」

職員たちの呟くような声が聞こえる。全員が呆然《ぼうぜん》とした表情で見ている。

〈首都直下型地震です。午後二時十二分、六分前に起こりました。東京は震度七を記録しています。横浜市震度六強、さいたま市震度六強、千葉市も震度六強を記録しています。マグニチュードはまだ発表されていません。横浜、川崎《かわさき》では津波注意報が出ています〉

スタジオ内の映像に変わった。すべての番組が地震関係に変わり、ヘルメットをかぶった女性アナウンサーが興奮した声でしゃべっている。

彼女がデスクの端を握り、足を踏ん張った。視線は斜め上をさまよっている。カメラが激しく揺れる報道部と書かれたプレートを映し出す。アナウンサーはさらに続ける。

〈余震です。先ほどより小さな揺れですが、十分に大きな地震です。今後も同様な揺れが予想されます。屋内にいる場合は直ちに外に出る用意をしてください。ただし、揺れが収まるのを待って避難してください。この揺れでは歩くのは危険です〉

背後の男性職員が壁に衝突し、反動でデスクに腹を打ち付けて床に倒れた。

美来がスマホを出すと数十の不在着信とメールが入っている。半分は高野と津村からだ。残りは父だ。高野の名前をタップした。

〈回線が混雑しています。のちほどおかけ直しください〉

数秒待たされてから機械音声が流れてくる。

スマホを切るとすぐにスマホが鳴り始める。見知らぬ番号だ。

〈高野です。スマホが通じなくなりました。これは衛星電話です。東京に地震が――〉

「今、テレビで見てる。官邸の危機管理室は大丈夫なの」

〈機能しています。しかし、総理が怪我をしたという情報もあります。現在、危機管理室のメンバーが集まり、対応を協議中ということです〉

「あなたは怪我はないの、どこにいるの」

美来は続けて聞いた。周りからは叫び声や泣き声が聞こえてくる。

〈議員会館のロビーです。ここ数日は泊まり込んでいます。怪我はありません〉

高野の声も興奮している。周りの悲鳴と叫び声がひどくなった。

〈余震です。前回と同程度の激しい揺れです〉

「急いで被害情況を調べて報告して。政府内部の様子もね」

一瞬、高野の声が途切れた。これはまだ確認されていませんが、と前置きして話し始めた。

〈数名の閣僚との連絡が取れません。複数の議員が死亡したり大怪我を負っている模様です〉

「総理が亡くなった場合は三国谷官房長官が代理を務めるのでしょ。私は支持する」

どうせ誰が総理になっても同じこと。大切なのは政治空白を作らないことと、政府内の混乱を防ぐこと。とくに後者は大事と思ったが、口には出さなかった。

〈総理は頭を打って病院です。当分は合議制で行くことになるって噂です。与野党を含めて〉

「自分の身を護《まも》って。事務所スタッフの身もね」

スピーカーからは雨の音が聞こえる。

「東京も雨なの」

〈いつもなら大したことはないんですが、地震で関東の地盤はかなりダメージを受けています。これ以上の雨ならかなり危険です〉

踏んだり蹴ったりとはこのことだ。

〈秘書仲間が呼んでいます。情報交換です〉

気を付けて、と言ったとたん電話は切れた。

スマホを切ったと同時に鳴り始める。善治からだ。

美来はマナーモードにしてポケットにしまうと、県の職員たちに向かって声を上げた。

「東京で直下型地震が発生しました。これで、政府は頼れません。東京は東京。まず、ここであなたたちができることに全力投球して。他のことはそれが終わってから」

再度、スマホが震え始める。利根崎だ。

〈東京は震度七、マグニチュード9に近いそうだ〉

「マグニチュードは不明と聞いてる」

〈義理の兄が地震学者だ。政府の被害想定よりかなり大きい。まず南海トラフ地震で関東の地盤が緩み、長周期地震動で建物の耐震強度も落ちてたと言ってた。そこに今度の震度七の揺れで倒壊した高層ビルもある。すでに五万人の死者が出てる〉

美来は言葉を失っていた。政府の被害想定は死者二万三千人だ。すでに倍以上の死者が出ている。おそらくもっと増える。

〈これで政府を当てにできなくなった。地方は自力で進まなければならない〉

私と同じようなことを言っている、と美来は思った。

「名古屋はどうするの。県庁も市役所も現状を乗り切るのが精一杯でしょ」

〈きみの方はどうなんだ。生存者の救出と避難住民のケアで精一杯だろ〉

「平井くんがいてくれて、ずいぶん助かってる。電源車も通信車も役に立ってる。あなた、いつからこれだけの用意をしてたの」

一瞬の間があって利根崎の声が返ってくる。

〈きみは東京に戻るべきだ。地方の状況を認識してる国会議員は貴重だろう。東京の状況を見てくれ。大臣クラスがかなり死んでる〉

今度は美来が黙った。高野の言葉が頭に浮かんだ。テレビの映像では複数の高層ビルの崩壊が見られた。かなりひどい状況だ。

「考えてみる」

美来はテレビに視線を向けて答えた。

余震に気を付けろ、の言葉とともに電話は切れた。テレビはどのチャンネルも東京を映している。

美来は利根崎の言葉を考えていた。都心の高層ビルは震度七以上の耐震設計がなされているはずだ。しかし、南海トラフ地震で関東の地盤が緩み、建設中の建物が倒れるなどして、安全なはずの高層ビルも大きなダメージを受けている。こうした様々な条件が重なり、政府想定より遥《はる》かに大きな被害が出ている。今後、さらに余震が続けばどうなるか分からない。

先生、美来先生、と呼ぶ声で我に返った。気がつくと横に津村が立っている。

「総理の秘書官から電話がありました」

美来の耳元で囁いた。

「明日の午前八時に自衛隊のヘリが北高知小学校に来るそうです。ヘリで伊丹《いたみ》空港まで行き、飛行機に乗り換えて横田《よこた》基地まで行きます。そこから再びヘリで官邸に向かいます」

「私はもう少しここにいるつもり。総理には言ったはず」

「それは東京直下型地震の前です。状況は大きく変わっています。あなたは衆議院議員であり、現職の閣僚なのです。これは内閣の決定事項だそうです」

実は、と言って津村の声がさらに低くなった。

「総理の容態が芳しくないようです。内密にお願いしますとのことです」

「病院に搬送されたというのだけは聞いたけど――」

「地元に帰っている閣僚は、できるだけ速やかに官邸に戻るようにと、官房長官の指示です」

「閣僚の犠牲者は分からないの」

「複数の閣僚に死傷者が出ているようです。名前までは分かりません。通信網が大きな被害を受けています。テレビとラジオの情報が精一杯です」

美来は窓に目を移した。窓ガラスを打つ雨の音が強くなったような気がする。天気予報によると、西日本に前線が近づき大雨を降らせている。前線は徐々に東に向かっている。

2

高知の小学校の校庭から自衛隊のヘリで飛び立ち、途中伊丹空港で飛行機に乗り換え、横田基地で再度ヘリに乗って都心に向かった。美来はできる限り日本の現状を頭に入れようと眼下を見続けた。

高知では昨日から降りしきっていた雨も東に移動するとともにやんで、名古屋をすぎると青空が見え始めた。高野は昨日、東京も雨が降っていると言っていたが、上がっているようだ。

やがて静岡をすぎ、富士山が雲の間に浮かんでいるのが見えた。

「富士山を見るとホッとします」

津村の呟きのような声が聞こえる。やはり富士山は日本人にとって特別な山なのだ。

東京上空には十機近いヘリが飛んでいた。大部分がマスコミ関係で、残りは自衛隊のものだ。

スカイツリーと東京タワーが見える。両タワーは倒れず残っていた。勇気づけられる景色だ。

美来は身体を乗り出すようにして、現在の東京の姿を心に刻み込もうとした。

被害の大きかったのは東京駅周辺、新宿《しんじゆく》、渋谷《しぶや》、品川《しながわ》、六本木《ろつぽんぎ》などの高層ビルが建ち並ぶ地域と、下町の木造住宅が残っている地域だ。特に木造住宅が密集する地域では火事が起こり、今でも燃え続けている。東京湾の埋め立て地には、液状化現象も起こっている。高層ビルと集合住宅が傾いているのが目視でも分かった。

高層ビルを背景にして、官邸が見え始めた。周辺で動いている車はほとんどない。数十台の車が路肩に乗り上げ、放置されている。揺れで運転を諦めたのだろう。それほど揺れがひどかったのだ。

数台の車が衝突して道をふさいでいる光景が至る所に見られた。ビルが倒れたり、崩れて道路をふさいでいるところも多い。舗装道路もアスファルトに亀裂が生じて、大きく盛り上がっているのが機上からも確認できた。人影は――場所によって、多い所とまったく見えない場所もある。道路の真ん中を消防車と救急車が障害物をよけながら走って行く。

建設中の高層ビルが倒壊して隣の高層ビルに当たり、さらなる倒壊を引き起こしている。その連鎖が次々に進み、高層ビルに倒れかかったままのビルもある。次の余震には耐えられないだろう。高層ビル単独では耐震強度を満たしているが、建設中であったり、隣接するビルが倒れかかると、ドミノ倒しが起こる。専門家の中には、一週間前の東海・東南海地震の長周期地震動で、耐震強度が落ちていると主張する者もいる。利根崎の言葉にもあった。ボクシングと同じだ。連打を受ければ身体はダメージを受けていつかは倒れる。

都内の数か所から煙が上がっているのが見える。まだ火災が続いているのだ。黒っぽく変色した空き地は火災のあった区域だ。道が細く、消防車が入れず、全家屋が焼失した後、鎮火したのだ。住民はどうなったのだ。美来はそれらの光景を精神に焼き付けた。突然、息が苦しくなった。気管が狭まり空気が入らない。過換気症候群だ。悟られないように必死で呼吸を整えた。

「どうかしました」

津村の声が遠くに聞こえる。眼下の光景が脳内で渦巻き、その中に吸い込まれるような錯覚に陥る。

「あと十分で着陸です。準備をお願いします」

パイロットの声で我に返った。ヘリが高度を下げ始めている。

「官邸の屋上に降りるように指示が来ています。揺れますから気を付けてください」

副操縦士が振り向いて大声を上げた。美来は足を踏ん張った。

官邸に戻るのは五日ぶりだ。その間に自分は変わった。数えきれないほどの死を見てきた。それはすべて突然の死、自分自身、そして周りの者たちにとっても予定にはなかった死なのだ。さらに破壊された町も鋭く心に刺さっている。

ヘリは総理官邸の屋上に着陸した。美来たちのヘリの他に二機のヘリが駐機している。二機とも自衛隊のものだ。

官邸の建物自体には被害はなかったと聞いたが、いつもの十倍以上の人で溢れていた。政府職員を中心に議員とマスコミが入り乱れている。まさに戦時下の作戦本部という状況だった。情報漏洩《ろうえい》や警備の点で問題があると思ったが、深く考えている余裕はなさそうだった。

官房長官の秘書官と高野に連れられて総理執務室に行った。

財務大臣の森山次郎《もりやまじろう》をはじめ、五人の閣僚がいた。国交大臣は首から右腕を吊《つ》るしている。複雑骨折だと、高野が囁く。農林水産大臣は頭に包帯を巻いていた。今回の地震で三人の閣僚が亡くなり、五人の閣僚が怪我で入院しているという。その他には副大臣が複数いる。

「みなさん、お座りください」

三国谷官房長官が閣僚たちを見回しながら言った。

「これで全員ですか」

「出席できない大臣の代わりに、副大臣がいます」

官房長官が姿勢を正して話し始めた。

「大変な状況の中、みなさんに集まってもらいました。会議の主たる目的は意思統一です」

閣僚たちは何ごとかと官房長官を見ている。

「国民には発表していませんが、今回の地震で半数以上の閣僚が死傷しました。重傷で入院中の閣僚もいます。早急に新内閣の組閣が必要ですが、人選をしている余裕はありません。当分は現在、動ける閣僚と副大臣が代理を務めることにします。これは総理の意志です。了承しておいてください」

「総理はどうしたんです。重傷で入院しているとも聞いています」

「頭を打ちました。脳挫傷と足の骨折です。階段を上がっているとき揺れに襲われ、転げ落ちました。手術は成功しました。現在はＩＣＵを出て、意識も戻っています」

「次期総理を決めておいた方がいいんじゃないか。混乱が起こる前に」

財務大臣の声で、部屋に緊張が走った。彼は次期総裁候補と噂されている。お互い探り合うような沈黙が続いた。

「もう混乱は起こってる。しばらくは伏せておいて様子を見るべきだろう。その間、総理の意向は三国谷官房長官にお伝え願う。これが最適だと思うが」

「継承順位があるでしょう。それに従えばいい。現状では総裁選など考えられない。大体、国会を開くことも難しい」

財務大臣の言葉で、再び様々な声が飛び交い始めた。美来は黙って聞いていた。自分が口出しをすべき場面ではない。全員が美来より二回り近く年上で、議員経験も遥かに長い。

みなが一通りしゃべり終わり、沈黙が訪れてから美来は口を開いた。

「首都圏の正確な被害状況は出ているんですか」

閣僚たちの視線が美来に集中する。

「地方は南海トラフ地震で壊滅的な被害を受けています。復旧どころか、今日を生きることで精一杯です。その上、首都圏がさらに大きな被害を受けました。早急に何らかの手を打つ必要があります。このままでは国民の心が折れます」

「きみはどうすればいいというのかね」

財務大臣が聞いてくる。

「それを相談するために集まったのではないのですか。私は三国谷官房長官に呼ばれて、高知から飛んできました。途中、阪神地区、京浜地区、関東地区と見てきました。太平洋岸はほぼ壊滅状態と言っていいでしょう。日本の工業地帯の多くの部分が地震と津波で、破壊され、燃えてしまいました。死者も十万人を超え、負傷者は数えきれません。国民の心は折れています。しかし、なんとか生き抜こうと努力している人もいます。政府としては彼らを応援することが第一です」

美来は大きく息を吸った。閣僚たちは無言で美来の言葉を聞いている。

「しかし、数十分前に見た東京の姿は、とてもその力があるようには思えません。まずは自分たちが生き残ることを第一に考える必要がありそうです」

美来は話しながら、現在も炎と煙を上げる東京の姿を思い浮かべていた。

「そうは言っても、日本が一つにまとまるには司令塔が必要だ。幸い、官邸と周辺の官庁は残っている。ここを復旧の司令塔としてやっていかなければならない」

「分かっています。現在の東京の光景を戦後の日本に例える人もいるでしょうが、それよりはるかにひどい。戦後八十年たち、首都圏は大きく変わっています。都市の下には地下街や地下鉄網が広がっています。人口も四倍以上に増えています。つまりこの八十年で、東京は地上と地下に何層にも領域を広げ、何倍にも膨れ上がってきたのです。そのすべての機能が停止しています」

一九二三年、関東大震災時の東京の人口は約四百万人、だが現在は約千四百万人に膨れ上がっている。さらに経済規模は数百億円から百兆円以上に増えている。

「現在、この地震での死者は五万人を超えています。負傷者はその十倍近くと推測されます。帰宅困難者は六百万人とも聞いています」

高知でヘリに乗る直前に高野に問い合わせると、まだまだ増える可能性がありますが、と言ってメールが送られてきたのだ。

会議は一時間ほどで終わった。今後の政府の役割について具体的に話し合うつもりだったが、当面は合議制を取り、被害の状況をつかむということにとどまった。各大臣は所属の省内で最善を尽くすことになった。


美来は環境省に行った。

部屋には高木《たかぎ》防災大臣の秘書という男が待っていた。

「地方の状況を聞いておきたくて来ました。他の政府関係者はほとんど東京から出ることはできません。それに知りたいのは、エイドというソフトウェアについてです」

「私たちは阪神・淡路《あわじ》大震災で都市型の震災、東日本大震災で広域型の地震を経験しました。今回の南海トラフ地震、および東京直下型地震は、先の二つを一緒にしたようなものです。太平洋岸の大都市とコンビナートの両方が致命的なダメージを受けました。その結果、東京、横浜から九州まで、ほぼ壊滅的な状況です」

美来はヘリから見た高知から東京間の光景について話した。

「亡くなった人、行方不明の人、政府の想定より多いと思います。おまけに、東京直下型地震が起きてしまいました。これから立ち直るのはかなり難しい」

そう、かなり難しい。美来は頭の中で繰り返した。無理だと言いかけた言葉だ。それほどに絶望的な光景が広がり、続いたのだ。エイドについては、利根崎と平井から聞いたことを話した。

「このソフトのおかげで、名古屋と高知の避難所は比較的スムーズに運営されています。東京でも帰宅困難者や避難所運営に利用できます」

秘書はメモを取りながら聞いている。

現在、エイドは全国から届く支援物資の管理と、集積センターと避難所を結ぶ役割を果たしている。官邸の危機管理室と全国の県を結ぶことができないか。美来はふと思った。この災害は被災地ばかりではなく、日本全国の問題だ。お互い助け合わなければ乗り越えられない。

「東京の被害状況について話してください。防災大臣の秘書であれば、この震災被害についてテレビや新聞よりも、ずっと詳しく知っているでしょ」

美来が聞くと秘書の顔色が変わった。

「正直に言うと、ほとんど把握していません。地震発生時から高木大臣の怪我の対応に追われていました」

「何が起きているかだけでいいから。できるだけ具体的に」

秘書はしばらく考えていた。

「帰宅困難者の避難所として使われていた中学校の体育館の天井が落ち、中にいた二千人近くの人の半数が死亡し、残りの者は重軽傷を負いました。大臣の友人の子供さんがいて、探すのに現場まで出向きました」

秘書は一つ一つ思い出すようにゆっくりとしゃべった。

「帰宅困難者と被災者はどうしてるの」

「政府としては、無理に動かないように通達を出しています。しばらくは今いるところにいるようにと。余震はまだ続くし、すべての交通は止まっています。全員が帰宅を急ぐと、二次災害と混乱が起こるだけです」

秘書は、都内の音楽ホールに千人近い帰宅困難者が集まったが、食料とトイレが不足していることを話した。

「南海トラフ地震が発生した時点で、首都直下型地震は予想してたでしょ。だから私は——」

美来は途中で言葉を止めた。

東海、東南海地震後、東京都と政府内で災害備蓄品を被災地に送ろうという気運が高まった。しかし美来は東京の脆弱性を訴え、災害備蓄品のすべてを被災地に送るのには反対した。それをくつがえしたのは高木防災大臣だ。それで、都と国の大半の備蓄品は神奈川、静岡などの近隣地区に送られた。

秘書が帰って一時間後、三国谷から電話があった。

〈防災大臣を引き受けてもらいたい。総理の強い希望です〉

「私には荷が重すぎます。もっと経験のある適任者がいるはずです」

美来は昨夜の亜矢香の言葉を思い出しながら言った。

〈あなたは南海トラフ地震の実情を見てこられた。総理もそのことを高く評価しています〉

「私は環境大臣を務め始めたばかりです。それを――」

〈視察から帰ったばかりでお疲れでしょうが、とにかく考えていただきたい〉

電話は切れた。また眠れない夜になりそうだ。そう思うと、実際にここ数日で見てきた光景が次々に脳裏によみがえってくる。中でも利根崎に連れられて行った中学校の体育館の遺体安置所は衝撃的だった。現在の日本の縮図とも言うべきものだ。私には無理だ。私の能力を超えている。

スマホが震え始めた。

無意識のうちに応答をタップすると父の声が聞こえる。

〈東京に帰ったらしいな。防災大臣が空席になりそうだ。声がかかっても、引き受けるんじゃないぞ。環境大臣以下の名ばかりの大臣だ。予算などないに等しいし、内閣府の特命担当大臣にすぎない。時流に押されて作られたポストだ。それに、こんな時期だ。誰がやろうとうまくいきっこない。こんな事態になった責任追及もある。無能なバカ大臣のレッテルが今後付いて回る〉

「さっき、打診の電話があった。引き受けるつもり」

思わず出た言葉だ。父に対する反発が半分以上あるのかもしれない。だがその前に、なぜか兄の顔が浮かんだのだ。

〈考え直せ。環境大臣のままひっそりとしていろ。次を狙うんだ。次は――〉

声が聞こえたがそのまま電話を切り、マナーモードに切り替えた。

美来は津村と高野を呼んだ。

「三国谷官房長官から防災大臣就任の打診があった。私は引き受けるつもり」

二人は顔を見合わせている。すでに父から色々吹き込まれているに違いなかった。

「官邸周辺の通信状態は復旧できてるのね。都内の通信状況はどうなっているの」

「悪いです。電波塔の八割以上が使えなくなっているとも聞いています」

「電源車と通信車をできるだけ集めて要所に配備して。まずは都内の状況を知りたい。人命救助を第一にして、災害関連死は出さない。名古屋と高知の経験で何をすべきか分かるでしょ」

美来は津村を見た。津村はタブレットに書き込みながら頷いている。

「すぐにエイドと〈ワイズ〉の性能評価をまとめて。どちらが使い勝手がいいか、現場の声もね」

ワイズは政府のデジタル推進大臣が南海トラフ巨大地震対策に作った避難所運営ソフトだ。十二億円の費用をかけて一年がかりで作った。

「今さらどうするんですか」

「根拠もなくエイドを使いたいと主張すれば、必ず問題が起こる。できるだけスムーズに片付けたい」

津村はなるほどという顔でスマホを出した。

その日の深夜、高木防災大臣の死去を知らされた。

3

翌日の朝、美来は官邸にいた。閣議が始まる一時間前に官邸に来るように電話があったのだ。津村に着替えるように言われたが、政府の防災服のままだ。半分は意図的なものだ。現在は非常時なのだ。自分自身にも、また周りの者たちにも、常にその意識を示していたい。

官邸に着くと、総理執務室に案内された。部屋で待っていたのは、官房長官の三国谷だった。そこで初めて、正式に長瀬の入院を知らされた。

「大事を取って入院しています。なんせお歳ですから」

三国谷が無表情で言うと、姿勢を正した。

「早乙女美来くん、あなたを防災大臣に任命します。これは総理の意向です」

「この非常時に対して、全力を尽くします」

迷いはないといえば嘘になるが、すでにやるべきことは考えている。まず救える命を救い、災害関連死を出さない。次に国民の生活を迅速に戻す。

「申し訳ないが、この非常時です。任命式などすべて省略してその任についてください。これはすべて総理のお言葉です」

三国谷が頭を下げた。普通ならば大臣の任命式は総理立ち会いの下に皇居で行なわれる。

「今後、長期に渡って、今回の災害の復旧、復興が我が国の中心課題になります。防災大臣は今まではさほど陽の当たらないポストでしたが、重要なポストです。心を引き締めて頑張ってください。国家の非常時を乗り越えなければなりません。直ちに職務についてください」

「そのつもりです」

美来が総理執務室を出ると、高野が待っていた。

「防災大臣の執務室ってどこにあるの」

「内閣府の中にあります。急遽部屋を拡大して各省庁からスタッフを集めています。すべて大臣の指示通りです」

高野が歩きながら言う。


総理官邸を出て、内閣府のビルに向かった。通りを隔てて徒歩で五分程度だ。

官邸、国会の周りには保安上の理由から、高層ビルはない。揺れによる事務機器の移動で怪我をした職員は少なくなかったが、政府関係の建物は耐震には考慮しているので、大きな損壊はなかった。外出していた職員はビルの倒壊や飛散物で怪我をした者が多いと聞いている。

防災大臣の執務室は環境大臣の部屋と大して変わりはなかった。平時にはあまり脚光を浴びないポジションだ。

「現在、スタッフは各省庁から百名あまり集めています。当分は行方不明者の救出と捜索、避難所の運営と避難者のケアを中心に行ないます」

高野がタブレットを見ながら話した。前防災大臣の引き継ぎ事項だ。

「東京は帰宅困難者も大きな問題でしょ。六百万人いるとも聞いています」

「各企業の施設と近くの避難所に分散しています」

「とうてい収容しきれないでしょ。彼らが東京にいる必要はないと思います」

「都内の公共交通機関はすべて止まっています。彼らの大半は都心から五十キロ以上離れた町からの通勤者です。神奈川、埼玉、千葉といった首都圏です」

美来はしばらく考えていた。

「帰ってもらいましょう。都内の企業は当分、どこも正常な業務はできないでしょう。我々はコロナですべてを対面で行なう必要はないことを学びました。災害関連死を防ぐためにも、公共インフラを修理する人たちを除いて在宅勤務を推奨します。コロナの経験を生かしましょう」

「そうは言っても公共交通機関は動いていません。歩いて帰れる者は、すでに帰っています」

このまま都内に滞在していても意味はない。しかし無理をして帰ろうとして事故が起これば、どこが責任を取る。美来は高知県で電源車を輸送した時、最短ルートを検索したシステムを思い出した。衛星写真とスマホによる住民の情報で、最適のルートを割り出すソフトだ。

「まず都内での通信システムを回復させてください。不自由なくスマホが使えるレベルに」

「都内の電波塔の半数以上が壊れたと報告が入っています。各通信会社は全力で復旧作業に入っていますが、正常に戻るには時間がかかりそうです」

「急がせることはできないの。重要地点を先に修理して、残りを修理しながら通信車をできるだけ集めるように頼んで」

津村がメモを取り、高野が衛星電話をかけ始めた。

「ただし、帰るべき自宅が壊れた場合は、避難所で生活できるようにします」

「都内の一部では、先生が手配してくれたエイドというソフトウェアを使っています。分かりやすく、誰もがスマホで扱えると評判です。これを被災地全域で共有できれば、避難所運営が今より効率的になります」

「迅速に公平にというわけね」

美来は利根崎が度々口にする言葉を言った。

「まずは各避難所に電源を確保すること。食料と水の配給は十分に」

防災大臣室で担当者にエイドに関する指示を出してから、近くにある避難所をいくつか見て回った。すでに責任者には美来が防災大臣になったことは伝わっていた。

　議員宿舎の自室に戻ったのは、日付が変わる直前だった。ここは非常用電源で最小限の電気は確保できている。

　ベッドに倒れ込んでスマホを見ると、数十のメールと着信履歴がある。すでに半日前の着信だ。その中の一つに返信した。電話は通じなくても、メールは通じると聞いていた。

　メールを送ってすぐに着信音が鳴った。衛星電話の番号が表示されている。

〈防災大臣の打診が来てるんだって。環境大臣から防災大臣か。震災瓦礫による環境汚染を増やさないためにも受けるべきだ〉

　応答をタップすると利根崎の声が返ってくる。

「いま、あなたが話してるのは防災大臣。現在、仕事の最中。あなたにお願いがあるんだけど」

〈死者数十万人、負傷者百二十万人、この数はもっと増える。役に立てることがあれば、できる限りのことはするよ〉

「エイドを政府に供与してほしい。使い方を含めてね。今回は無償供与だけど、ネクスト・アースの名前と、無償供与の事実は世界に公表する。宣伝広告費くらいにはなるでしょ」

〈もう、用意してる。アドレスが分かれば、各被災地に送るよう平井に頼んでいる。さらにバージョンアップしたものもある。《ネクスト・エイド》だ。都道府県の状況に合わせてサブルーティンソフトを替えるだけで機能する。そのソフトも用意してある〉

「私にはよく分からない。担当者に説明が必要になる」

〈マニュアル付きだ。東京支社の者に届けさせ、担当者に説明するようにする。早い方がいいだろ。そっちの担当者の連絡先を教えてくれれば、担当者同士、直接話をさせる〉

「オンラインで講習会を開きたい。平井くんをしばらく私のところに出向させてくれると有り難いんだけど。彼、かなり優秀」

〈エイド開発のリーダーだったからね。断れない、国家の非常時だから。しかし、政府に人材はいないのか〉

皮肉を込めた返事があったが、美来には言い返す言葉も気力もなかった。ソフトウェア開発は企業に外注することになるが、大抵は大企業の入札になる。受注した企業は傘下の企業に丸投げする。実際に開発する企業は安い単価で短期間でやることになる。当然、質的に問題が出る。

「電源車と通信車は借りてるけれど、瓦礫で阻まれていて十分に移動できない。衛星電話を貸し出してくれない。きっとあなたの所にはあると思う」

沈黙が続き、話し合う数人の声が聞こえた後、利根崎の声がした。

〈ドローンを利用した通信施設を開発中だ。一機で半径一キロ四方をカバーできる。通信衛星よりも庶民的だろ〉

「何機用意できるの」

〈まだ五十機程度だ。通信機器とドローンは別物だ。我々はドローンに搭載可能な通信機器を開発した。今量産に入っている〉

「私たちはドローンを用意する。すごく助かる。感謝しています」

美来は心底そう思った。出会ってから数日にすぎないがもう何年も前からの友人のような気がする。それも心底信頼できる友人だ。

〈スタッフが呼んでいる。最後に名言を教えてやる。非常時には個人情報保護、過度なセキュリティは省略する。正確で迅速であればいい。それだけで一桁多く人を助けることができる〉

「分かってるけど、その後始末が厄介なのよ。色んな人がいるから」

〈それは落ち着いてから考えればいい。まずは、人命救助だ〉

最後にもう一つと言って、しばらく沈黙が続いた。

〈台風八号がフィリピン東の海域に発生した。この台風が日本に向かう可能性が高いらしい。僕の友人に――〉

電話は唐突に切れた。かけ直そうとしてもつながらない。通信車の不都合か。彼はどこにいるのか。

日付はとっくに変わっている。美来は肩をすくめると、次の着信を押した。

「深夜の電話ゴメンなさいね。でも、知っておきたいことが山ほどある」

今日半日一緒にいたが、ゆっくり話す時間がなかった秘書の高野だ。エイドを本格的に利用することと、東京の事情に合ったアドバイスを頼んだ。

〈現在、都内には五百万人が帰宅困難者として残っています。先生の最初の仕事は、彼らを安全に家に帰すことです〉

「まだ余震が続いている。まずは通信網の復活です。家族との連絡にいちばん悩んでいるはず。連絡が取れれば、各自の事情で帰宅を急ぐ者、しばらく都内に留まる者が出るはず。どちらの人たちにも対処できるように、国と都の備蓄品をリストアップしてください。避難者と帰宅困難者の滞在場所の確保と名簿作りを早急に。個人情報保護は二の次にしていいから。すべての責任は私が負います。エイドの使い方をマスターして、避難所の運営にあたって」

美来は利根崎によってエイドが送られてくることを説明した。それが終わると、矢継ぎ早に指示を出した。最後にこれはまだあまり騒がないように、と前置きして言った。

「フィリピン東の海域に台風が発生した。今後の発達具合と進路に注意してて。たとえこの台風が逸《そ》れてくれても、これからは台風シーズン。必ず日本を直撃するものもある」

〈帰宅困難者は早めに帰した方がいいですね〉

「そのつもり。安全地区にいくつかの集合地点を作り、そこにバスを待機させる。帰宅困難者にはそこまでは自力で行ってもらう。今、その準備に取り掛かっている。通れるルートを調べることと、バスの手配ね。この時期、バスを出してくれる県はあるかしら」

〈探します。この地震で被害が大きいのは首都圏だけですから。一歩圏外に出れば平常です〉

「台風が来ると、強風と大雨よ。地下街と地下鉄網の防水を調べ直して対策を取って。これ以上のダメージは何としても避けたいから。でも、慎重にね。みんなかなり動揺している。過度の不安は与えたくない」

電話を切るとすでに午前一時をすぎている。

これで最後と呟きながら次の不在着信を押した。

〈長電話だったね。この非常時、防災大臣としては当然でしょうけど〉

皮肉を含んだ声が聞こえる。友人の女性議員、藤村亜矢香だ。

「総理の病状は本当のところはどうなの。入院していることは確か。色々聞こえてくるけど、どれが本当か分からない。もう亡くなったという噂もある。誰に聞いても正確な話ではない。あなたは情報通でしょ」

美来は亜矢香には答えず聞いた。彼女がもっとも重要視しているのは情報だ。その集め方も知っている。一瞬の間をおいて、低い声が返ってくる。

〈意識はあると聞いてる。現状を聞いて、自分が何もできないのが辛《つら》そうだって〉

「そうでしょうね。責任感の強い人だから」

〈明日、閣議を開くらしいけど、出席はムリだろうというのが多数意見。都内の閣僚は、オンラインで全員出席するよう指示が出てるって聞いた。これはあなたの方がよく知ってるでしょ〉

「私は聞いてない。でも、議長はどうするの」

　美来の脳裏に柔和な三国谷の顔が浮かんでいた。彼が総理の代弁者以上の存在になっている、という噂が飛び交っているのだ。これが永田町だ。

〈総理がやるって。病院からオンラインなのかしらね〉

「海外では現在の日本の状況をどうとらえているの」

　一瞬、たじろぐような気配が伝わってくる。亜矢香は十年近く国連に勤務していたので各国の政府中枢にいる友人も多く、多くの情報が入っているはずだ。

〈かなり深刻にとらえている。来週には海外投資家が投資の引き上げに入る。今は様子見の状態。積極的には動きたくないというところ。首都直下型地震の影響を見きわめようとしている。今までは、何が起ころうとも、日本は政府が何とかするというのが、世界の常識だった。今回は、その政府がガタガタになってる。ここ数日の政府の対応がすごく重要になる〉

「あなただったらどうする」

　再度、電話は沈黙した。一分近くすぎてから声が返ってくる。

〈先手を打って、世界に向けて声明を出す。日本はガンバル。だからあなた方も支えてほしい〉

「長瀬総理にその気はないと思う。彼は誠実で有能だけど、国際感覚は薄い。まして、助けを求めるなんて。侍だからね。本当は単に考えが古いだけだけど」

　返事はない。彼女もそう思っているのだ。

「助けの必要な時には素直に声を上げればいい。日本は国際貢献も十分にやって来た。今度は助けてほしい。外国は日本以上にボランティア精神は強い」

〈私もそう思う。美来は総理に近い人になったのだから、そうアドバイスすべき〉

「外国からの支援団体が入国に手間取ってる。あなたが窓口になってくれれば、と思っている」

ビザの関係で多くの支援団体の入国が遅れている。身元さえ確かなら、ビザは簡略化すべきだ。

三十分ほど話して電話を切った。窓の外を見ると不気味なほどに暗い町と空が続いている。こんな東京を見るのは初めてだった。わずかに見える明かりは病院などの自家発電による非常用電気の明かりだ。


翌日、朝の八時に閣議が開かれた。

官邸の閣議室に集まれる大臣たちは集まり、各省に泊まり込んでいたり、交通手段が確保できない閣僚はオンラインで参加した。亜矢香の言葉通り、総理は病院からの参加だった。

会議は長瀬総理の挨拶で始まった。

〈首都直下型地震が起こりました。しかも、政府の予想をはるかに超えるマグニチュード9・1という規模です。先のコロナ禍でこうむった以上の被害が一日、いや一瞬で生じました。この難局に、日本国民は一致団結して当たらなければなりません〉

総理は病院の院長室で車椅子に座り、点滴チューブを付けたままで話した。顔色が思ったより悪くないのはメイクのせいか。

〈まず、今回の三つの地震で亡くなった方たち、そのご家族の方たちに哀悼の意を表します。また、被災地で暮らしておられる方には、早く元の生活に戻れるように政府として全力を尽くすことを約束します〉

総理は言葉を止めて軽い息を吐いた。言葉は鮮明だが、何度も息を継ぎながら時間をかけて話している。

〈学校、役所、公的な施設、企業活動など、すべての活動を一週間停止します。その間に全力を挙げて、行方不明者の救出を行ないます。まずは国民の命を護ることを第一の優先事項とします。

七十二時間にこだわらず、消防、自衛隊をすべて人命救助に注ぎ込みます。同時に外務省は海外援助を取り付けてください。人的援助、支援物資、経済的援助、すべてに関してです〉

総理は目を閉じ、しばらく何か考え込んでいた。

〈閣僚の中にも多くの死者、怪我人が出ました。高木防災大臣がお亡くなりになりました。外務大臣の相馬《そうま》さんは入院中です。容態は午前中にははっきりするでしょう。新防災大臣は早乙女美来氏が引き受けてくれました。この事態に鑑み、すべての手続きは延期します。仕事の継続を最優先に考えます。どうか閣僚は一丸となって、早乙女防災大臣を支えてください〉

意見があれば言ってくださいと、カメラを見つめている。

「私は総理に賛同します。日本は現在、危機的な状況に陥っています。首都東京までダメになったら、日本は終わりです。日本の将来は我々の手にかかっていることは間違いありません。頑張りましょう」

財務大臣の森山が立ち上がり言った。

会議は予定より早く終わった。総理の体調を考えた結果だが、現状では政府が多くのことを同時に行なうことはできないことも分かっていた。まず人命救助と行方不明者の捜索が優先だ。

閣議が終わって、美来が退室すると同時にスマホが鳴り始めた。長瀬総理の声が聞こえる。

〈引き受けてくれてありがとう。実は三人に断られた。これから、ろくなことが起こらないと思ったのでしょう。防災大臣の役割が大きく、困難になると思います。失敗すると責任は重い。すべての責任を負わされる。成功しても成果は目立たないでしょう。これほどすべてが破壊されているのだから。しかし、あなたなら最高の仕事ができると信じています〉

頭を下げる気配とともに電話は切れた。美来は一言もしゃべらなかった。

内閣府の防災大臣執務室に戻ると三国谷が待っていた。

「私が総理との窓口になります。何かあれば私に言ってください。他の閣僚やマスコミから、必ずひどいことを言われる。あなたと総理との距離を羨む者からです」

「総理は私の前に三人に打診したと言っていました。私は四人目。少し傷つきました」

三国谷がかすかに笑った。

「総理のやり方ですよ。三人には断るように仕向けたのです。いかに大変な仕事で、評価が低いかを事前に話してね。誰がやっても失敗する。失敗はしなくても目に見える成果は出ない。失敗したらどうなるかを含めて」

「私には何も言わなかった」

「彼らへの打診を飛ばして直接あなたに話を持って行って、あなたが引き受けたら、あなたは彼らから憎まれる。あなたに協力なんてしてくれない」

「それが政治なんですか」

三国谷はかすかに笑った。

4

「東京都はどうなっているの」

美来は高野に聞いた。都の災害対応は政府にとっても重大事項だ。

「都知事の富美山《とみやま》晃《あきら》は有能で実力者でしたが、地震で亡くなりました。現在は副知事の吾妻《あずま》薫《かおる》氏が都知事代理の形でやっています」

高野は持っていたファイルから一枚の紙を出して美来に渡した。

「吾妻氏のデータです。富美山東京都知事がかなりワンマンで、自分のイエスマンしか近くに置きませんでした。その一人です」

「女性、三十五歳。父親は都議会議長経験者。ＡＩ企業の副社長、民間からの登用か。目玉人事ね。ダメだってことか。私と同じ」

美来は吾妻薫の経歴を見ながら言った。

「そんなことはありません。ナンバーツーとしては有能でした。切れ者ではないが、誠実に物事を行なうタイプです」

美来はため息をついた。

「都との連絡は取っているのですか」

答えないということは取っていないのだ。一呼吸おいて高野が言う。

「地震以後、首都圏は全面的に停電が起こっています。電波塔のほとんどが壊れています」

「電力と通信の復旧はいつ頃になるか聞いていますか」

「電力、通信会社と連絡がスムーズに取れません。想定外の被害が出ているのでしょう」

美来の脳裏に利根崎の言葉が浮かんでいた。「政府は常に甘すぎる。災害は常に複合的だ」。一つのトラブルは次のトラブルを呼ぶ。すべては複雑に絡み合っている。だから常に全体を見ていなくてはだめだ。

「都知事代理に会うにはどうすればいいの」

美来先生、と高野は姿勢を正した。

「先生は国会議員です。都に関してはあまり深入りしない方が賢明だと思います」

「高野さん、あなたは政府はどこにあると思ってるの」

高野の表情が変わった。反論されるとは思っていなかったのだろう。

「東京都です。この首都東京が直下型地震で大きなダメージを受けたから、私が防災大臣になった。これ以上の被害を東京に出したくないの。東京都が崩壊するということは政府の崩壊につながるのよ。政府の崩壊は、司令塔を失くした日本の崩壊につながるの。だから政府と都は一丸となって、東京都を護らなければならない」

美来は強い口調で言う。そして低い声で続けた。すべては過度の東京一極集中のせい。こういう状態を放っておいたのは政府の責任。

「先ほど官邸で見かけました。まだいると思います」

高野が慌ててスマホを出しながら言う。


「お連れしました」

高野の声とともにドアが開き、ショートカットに黒縁のメガネをかけた都の防災服姿の女性が入ってきた。吾妻東京都知事代理だ。深刻そうな表情で美来に頭を下げた。

「官邸に来ていると聞いたので、ぜひお会いしたいと頼みました。来てくださって、有り難うございます」

「私もお目にかかりたいと思っていたところです。エイドを紹介して、かつ無料配布までしていただいて感謝しています」

「もう使っているのですか」

「帰宅困難者の避難所には頭を悩ませていました。彼らは文字通り、着の身着のままですから。届いた日に試験的に使いました。その翌日に地震が起きました。避難所運営にはこれほどのツールはありません」

吾妻は素直に喜びを顔に出している。美来は好感を持った。

「名古屋で使っていて、非常に有益なソフトだと思いました。ぜひ全国で使用を促したいです」

「その価値はあります。現在は都庁と各区や市とも共有しています。情報のやり取りがスムーズに行きます。仮想通貨の考え方、ブロックチェーンを利用していると聞きました」

「さすがに元ＡＩ企業の方ですね。私は難しいことはまったく分からない。でも使い勝手はすごくいい。提供者にも伝えておきます。非常に誉《ほ》めていたと」

「私に聞きたいことがあると聞きました。非常に重要なことだとか」

「東京の今後についてお聞きしたくてお呼びしました」

「今後とは、地震後の復旧、復興についてですか」

「東京は非常に重要な都市です。経済とともに政治的な面においてもです。東京が甚大な被害を受けるということは、国の存亡にかかわることです。できる限り早く復活させたい」

「誰しも同じ思いです」

「帰宅困難者の扱いはどう考えていますか」

「できる限り早く、自宅もしくは身を寄せる場所がある人はそこに帰したいと思っています」

「なぜ早急にそうしないのです」

「すべての公共交通機関が止まっています。大部分の者が都心の外から通ってきています。歩いて帰ることのできる人はすでに帰っています。残っている二百万人の多くは徒歩で帰ることのできない人々です。あるいは、住んでいた場所が壊された人々です。帰りたくない人もいるに違いありません。故郷が破壊されるということは、悲しいことだと実感しました」

美来は吾妻の言葉を頷きながら聞いていた。

「被災地の外の安全地域に帰宅困難者の拠点を作りましょう。そこまで行けば、なんとか目的地まで行きつける場所です。そこからバスを出してもらえばいい。政府として他県に呼び掛けてみます」

美来の言葉に吾妻がホッとした表情を見せた。今まで神経が張り詰めていたのだ。

「私には都民千四百万人を率いていく力はありません」

「あなたはいち早くエイドを使っています。それだけでも都民にとって大いに貢献しています」

「大臣が紹介してくれなかったら、避難所は大混乱に陥っていたところです」

「あなたの決断が早かったからです。あなたはもっと自信を持つべきです」

「早乙女大臣になら頼めそうです。まず電力と通信を復旧させてください。首都圏の通信網と電力はズタズタです。電力網と携帯電話の基地局はほぼ百パーセント全滅です。電力会社のダメージも大きくて、復旧までの時間は分かりません。社員の被害も多いそうです」

「私の防災大臣就任の初仕事は、被災地に通信と電力網を回復すること。それはすでに手配済みです。そうすれば、家族や友人と連絡ができます。次に帰宅困難者を家に帰すことです。この二つは関係しています。どこに帰るか、早急に決めることができます。次に、どこにも帰る場所がない被災者の方たちの生活支援です。直ちに取り掛かりましょう」

美来は今日中に電源車と通信車、発電機がそれぞれ三百台ずつ、到着することを話した。

「到着ししだい、都内の病院と避難所に届けます。緊急性に応じて配置するように手配します」

さらに、全国から送られてくる膨大な支援物資は、臨時集積所を作って保管してほしいと頼んだ。後はエイドを活用すればいい。

美来は姿勢を正して吾妻を見た。

「私は東京の復旧を第一に考えています。日本は二つの震災で甚大な被害を受けています。この災害から立ち直るためには、強力な政府が必要です。それには東京の復旧が第一です。何としても早急な再建が望まれます。どうか、力を――」

美来は思わず言葉を止めて吾妻の手を握った。吾妻都知事代理が涙ぐんでいるのに気づいたからだ。弱い力ながら握り返してくる。

一時間ほど話して吾妻は都庁へ帰っていった。

吾妻が帰るとすぐに、利根崎に電話した。五回目でやっとつながったが、声が途切れている。

「エイドは被災地、各避難所とセンターとを結びつける役割でしょ。すべての情報を一括管理して、必要な部署がその時点でもっとも新しい情報を得ることができる。しかも、情報の更新を行なうのは巷《ちまた》の人たち。彼らがスマホを使って入力すると、センターでは常に最新のデータが得られ、最新の情報を提供できる。つまり、常に進化しているソフトでしょ」

〈うまい言い方をするな。それが目的であり、いちばん難しかった〉

「いちばんの問題はスマホから入力される情報の信憑性《しんぴょう》でしょ。中には色んな人がいるから」

〈我々のレベルでは悪人、国家レベルでは犯罪人、国際的にはテロリストと呼ぶ連中だ。それを第一に考慮した。異常なデータ入力にはチェックが入り、九十七パーセントは除ける。時間をかければ発信者を突き止めることもできる。だが入力エラーはある。極端なエラーは除けるが〉

「ＡＩを利用しているの」

〈それも当たっている。危険要素のある情報は、ＡＩですべて排除している。だがいずれ、それを超える手を考える者が出てくる。イタチごっこだ〉

利根崎のため息が聞こえそうだ。

〈その先はきみたちの領域だ。法的問題になる。現在は法律が追いついていない。この騒ぎが落ち着いたら、新しい法律を作ってくれ。違法行為をやりそうな奴らが躊躇するような法律を〉

「ずっと先の話になるけど、エイドを避難所の運営ソフトから国レベルに引き上げることはできないの」

利根崎が沈黙した。何かを感じ取ったのか。

〈エイドの開発は災害対策のためだ。災害対策には、第一期は人命救助。被災地の正確な状況把握と生存者の確認だ。彼らを救助するためのデータ収集だ。被災者、医療施設、運搬方法を結びつける。第二期は避難所の運用を円滑にして、災害関連死を防ぐことだ。支援物資の把握と管理を最適にして、迅速かつ適正な運搬を行なうためのソフトだ〉

「次は何なの」

〈今は災害の第二期だ。最重要事項は避難所の最適な運営で災害関連死をなくす〉

利根崎は繰り返すように言う。美来は違和感を感じた。彼は何かを隠しているのか。

「その次は」

〈人命救助は急がず着実に行なうことだ。そして諦めず続けること〉

答えをはぐらかすような言葉が返ってくる。

「エイドのセンターを国に置くのはどう。被災地と避難所は都道府県。今回被災地となった都道府県が自分の県の情報をインプットする。日本中のリアルタイムの情報が集まり、その情報をもとに各都道府県が助け合うことができる。都道府県のネットワーク作り」

〈情報の共有化か。それを政府がやろうというのか〉

声のトーンが落ちた。国家統制を危惧しているのか。

「防災大臣の私がやろうというの。もちろん防災に特化して、暫定的だけど」

〈確かに魅力ある提案だね。しかし、日本は既得権益の国だ。あらゆる分野に利権がはびこっている。彼らが黙ってはいない〉

利根崎が言い切った。よほど嫌な目にあっているのか。それとも、それ以上の危惧か。

「平時ではね。でも、現状では彼らは何もできない。すべてが破壊され、この国には魅力ある利権なんて残っていない」

〈どこに送ればいい〉

「すでにあるの」

〈ネクスト・エイドはそれを目的に開発した。だが諦めたんだ。政府に提供しても、まともに運用はできない。各都道府県の情報を政府が握ることになる。しかし、政府がすべてを管理しようなんて思うな。各都道府県が備蓄品をお互いに融通し合って、生き残るためのツールだ。一時間以内に送る〉

「私の所に送って。平井くんに取り扱いの説明を聞きたい」

〈一つお願いがある。これが落ち着いたら、エイドを利用しての感想と成果を知らせてほしい〉

「売り出すつもりなの」

〈ネクスト・アースは企業なんだ。利益を上げなきゃ倒産する。とりあえず、より良いものに改良したい。汎用性のあるソフトだ〉

「情報は公開にしてもいいでしょ。多くの人が利用すれば、より早く進化する」

美来は電話を切った。ネクスト・エイド、思わず呟いた。利根崎の言い方が気になった。彼は天使か悪魔か。そんな言い方にも聞こえた。利根崎はすぐにでも送る指示を出すだろう。

防災大臣室のドアは美来の指示で常に開けられ、人の出入りが激しかった。

直下型地震の発生以来、職員数は増員を繰り返し五百人を超えていた。それでも人手は足りなかった。職員は各省からの出向が八割を占め、若手が多く部屋は騒然としている。

中心の業務は各地の被害状況をまとめ、各省庁に被害状況を伝え、国民に公表することだ。さらに医療関係の手配、避難所の運営の手助け、各県のサポートの立案を目指していた。さらに、次の災害に備え、復旧、復興につなげることを考えていた。

美来は各セクションのリーダーを会議室に集め、その他の職員には各部署に設置されたスピーカーで語りかけた。

会議室には五十名あまりの職員がいた。全員が二十代、三十代と思われる者だ。美来が知っている数人の四十代の管理職もいる。全員が疲れ切った顔をしていた。

「あなた方はたぐいまれなる時代に生まれ、ここにいるのです。さらに、これからたぐいまれな経験をすることになります。今後、あなた方がすることはすべて日本の教科書に載り、語り継がれていくことです。あなた方の中には、家族を、肉親を、友人を亡くした人も多くいるでしょう。その方たちのためにも、全力を尽くして新しい日本を築き上げていきましょう」

美来は全身に若者の視線を感じていた。

「必要なものを挙げてください。全力で集めます」

「何が必要になるか分からないでしょ。それを指示するのが上司です」

顔を見たことのある財務省の若手官僚だ。美来は彼に視線を向けた。

「指示を待ってからでないと動けない人はすぐに出て行って」

強い口調で言い放った。部屋の空気が変わり、職員たちの顔に緊張が表れる。

「あなたたちの上司、先輩、同僚が多く亡くなりました。生き残ったあなたたちは、日本と国民の未来を背負っているのです。想像力を働かせて。今までの経験で分かるはずです。先手先手でお願いします。しかし、コロナ禍の場合のように完全なドンブリ勘定では困ります。マスクやワクチンをデタラメに買い付け、余れば廃棄する。もう東京目線は通用しません。東京も地方もともに復旧、復興を目指さなければなりません。日本経済はガタガタです。今後数十年、日本はすべての面で立て直しが必要になります。そのことを考慮に入れた計画が必要です」

美来はハーバード大のＭＢＡで学んだことを思い出しながら話した。企業も国も基本的には大きな違いはない。規模が大きくなり、失敗が許されなくなったにすぎない。国民の生活がかかっている。だが企業より、権限が集中している分、むしろやりやすいだろう。企業が国で、社員が国民だと考えればいい。借入金が国債だ。今後しばらくは収入は大幅に減る。内部留保金と社債と借入金でやっていかなければならない。なりふり構わない国家運営が始まるだろう。

全員が無言で美来の言葉を聞いている。

「今後、数年、いや数十年間は省庁の壁を越えて協力していかなければなりません。今日中に、全国の災害対応経験のある公務員のリストを作ってください。現職、退職者を含めてです。特に退職者の中から必要な人員を集めます」

美来は改めて辺りを見回した。

「最後に一つ聞いておきます。地震の時、私は高知でした。被災時、みなさんは何にいちばん困りましたか。何でもいいから教えてください」

みんなお互いに顔を見合わせている。

「通信車と発電機が必要です。スマホはつながりにくいし、充電で百人を超す列ができているところもあります」

「暑さ対策も必要です。避難所によっては蒸し風呂です。全員、かなり疲れが溜まっています。これから体調を崩す人が続出します。感染症の危険性もあります」

「食料、水、下着などの日用品は比較的迅速に配布できているようです。エイドという避難所運営のソフトが出回っています。名古屋のベンチャー企業が開発したソフトです」

様々な声が上がり始めた。

「みなさんの宿泊はどうしているのですか」

誰も答えない。

「あなたは昨日はどこに泊まりましたか」

美来がまだ二十代と思える女性職員に聞くと戸惑った表情を見せている。

「私は今まで埼玉の実家から通っていました。震災が起こってからは帰れないので、ここに泊まっています。二階の会議室です」

「家族とは連絡が取れましたか」

「今朝、やっと父と電話がつながりました。屋根瓦が落ちて家具もかなり壊れたそうですが、両親と妹は無事でした」

美来は頷いて、視線を部屋の全員に向けた。

「みなさんの中で昨夜、家に帰った人は手を挙げてください」

五十人以上いる中で、手を挙げたのは三人だった。

「私たちは緊急用の住宅に入っています。普通は二人用ですが、現在は十名で共有しています」

地震など急な呼び出しに対応できる住宅で、徒歩三十分以内に合同庁舎に来ることができる場所にある宿泊施設だ。

「まずは、あなた方の宿泊を考えるべきでしょ。ここにいる全員が被災者です」

美来は部屋中を見回した。

「ここにある緊急物資は職員が優先的に使ってください。マスコミの対応は私がやります。庁舎の緊急用発電機の燃料は余裕をもって準備してください。通信車と電源車を用意します。電源車には避難所も回ってもらいます」

美来は優先順位が高いものから準備をするように指示した。電源車と通信車は有効活用すれば、一台で数台分の働きをする。すべて利根崎から学んだことだ。

「帰宅困難者もできる限り、自宅に帰ってもらいます。首都圏に避難している方も、地方に出てもらいます。近隣の各市町村にも受け入れ態勢を作るように指示してください。日本中の善意が試されているのです」

「そういうことは都がやる仕事ではないんですか」

最初に発言した財務省の若手だ。

「政府が得た情報はすべて都と共有します。首都圏の災害対応がうまくいかなければ、政府が潰れます。現在は戦後以来、最大のピンチです。オール日本でなければ対応できません。当分は政府と都は一体です」

反論はなかった。

「帰宅困難者のデータをまとめて、データベースを作ってください。エイドに登録していれば、さほど難しいことはないはず。すべて都と共有します」

「データベースを作って、どうするんですか」

「全国から閲覧できるようにします。帰宅困難者の新しい滞在場所が見つかるかもしれません。彼らが東京にいても、何もすることはないでしょ。通信状況も最悪。会社も当分は機能しそうにない。イライラが募るばかり。他県に出て落ち着けば、何かできるでしょ」

美来は怒鳴るような声を出した。職員たちはただ顔を見合わせているだけだ。

「何か他にいいアイデアがあるというの。だったら、ここで話しなさい」

「都内にいれば、なんとか生活はできます。他県に移るのは嫌がるんじゃないですか」

「ここに何が残っているというの。三割の住宅が地震で倒壊した。残った建物の二割も燃えてしまった。後の多くは形はあるけど赤紙が貼られ、進入は危険。いったい、何軒が元のように住めるというの。人が住むということは、電気、水、ガスなどの生活インフラ、スーパーがあって、病院、学校、友人宅があって可能なの。こんな何もない所に一人住めと言われても無理でしょ」

話しているうちに涙が出てきた。美来はぬぐおうともせず続けた。

「まず国民の生活を取り戻す。それから、首都圏の復興計画を考える」

美来は職員たちに射るような視線を向けた。

「私たちはネクスト・アースという企業から、ネクスト・エイドというソフトウェアを受け取りました。エイドはすでに支援物資の集積センターと避難所を結びつけています。現在、日本は政府を中心に、被災地域と非被災地域とに分かれています。これらを結びつけるのがネクスト・エイドです。平井さんという開発に関わったエンジニアにも来てもらいます。分からないところは彼に聞いてください。みなさんは現状を把握して、迅速な復旧に努めてください」

「ひょっとして、エイドを導入したのは早乙女防災大臣ですか」

「持ち場に帰って、仕事を続けてください」

美来はその声を無視して強い口調で言うと、会議室を出て大臣室に戻った。


東京都は政府の方針に従い、帰宅困難者の帰宅を援助した。

数日もすると帰宅困難者の数も五分の一ほどに減っていた。残った者は自宅を失ったか、家族との連絡が取れ、落ち着いて仕事ができる者が大半だった。

利根崎から送られてきた、ネクスト・エイドを利用して、全国レベルの支援物資配給システムはスムーズに動き始めた。官邸の危機管理室は全国の被害状況をほぼリアルタイムで把握できるようになった。同時に各都道府県も近隣の自治体の状況が把握でき、お互いに支援物資のやり取りを始めた。支援物資の移動も、官邸の危機管理室のコンピューターに同時に入力され、リアルタイムで物資の在庫と動きが分かるようになった。このソフトには金融のブロックチェーンの技術が応用されていると説明されたが、美来には半分も理解できていない。

首都圏の通信状況はドローンに搭載された通信基地の活用でスムーズになった。家族との連絡が改善されたことによって、都内にある避難所も落ち着きを取り戻している。避難所間の連絡も密になり、物資のやり取りも行なわれるようになった。

政府と被災地のオンライン会議もスムーズに開かれ始めた。美来は被災地の近隣県との会議を奨励した。人と物資の移動が早いからだ。

同時に政府内では復旧、復興の議論が活発になっていった。与野党ともに独自の勉強会を立ち上げて、議論を始めている。

「次の大規模地震にも耐える頑丈な首都東京をつくるべきだな」

「恐縮ですが、次の大規模地震というのはいつ来るんですか」

「百年後か、二百年後か――」

「東日本大震災のときも、関係者の方は張り切って、次のマグニチュード9クラスの地震に備えての町づくりが計画されました。巨大な防潮堤の建設、町の高台移転、時間も費用も膨大です。多くの人たちが故郷を去って行きました。何年もたって町ができたときには、住人はおらず、コミュニティは崩壊していました。しかし、そんな地震は数百年、千年に一度です。コンクリートの寿命は百年ももちません。取りあえず原状復帰に力を尽くしましょう」

美来たちは原状復帰の現実路線を主張した。

「最初の問題は瓦礫をどうするかです。想像もつかない量の瓦礫です」

「横浜から九州にかけて、南海トラフ地震で出た瓦礫処理にもまだ手が付けられていません。これらをどうするか。東京の真ん中に巨大なゴミの焼却施設を造るか」

「今回の場合は瓦礫の粉砕施設でしょう。コンクリートを含めて、あらゆる瓦礫を粉砕して建築材料に変える」

「そんな技術があるんですか」

「今までは予算が付きませんでした。しかし、状況は大きく変わった。多少の可能性が出てきたわけだ」

「阪神・淡路大震災の時に考えられた。東日本大震災の時もだ。最初は経験と技術力不足、次は余りにも広域すぎた。埋めるところは山ほどある。今回はその昔ながらの方法が復活するかもしれない。いずれにしても、気の長い話だ。日本人向きではない」

「仮置き場を造って、一時的に置いておく。その間に東京復興を軌道に乗せる」

会議では様々な意見が乱れ飛んだ。


美来は防災大臣として南海トラフ地震と東京直下型地震の正確な被害状況の把握に全力を尽くした。

「東京を含めて太平洋岸は壊滅的な被害を受けましたが、日本列島の内陸部と日本海側の都市は無傷と言っていい状況です。まずはその地域で活動を始めるべきです」

「しかしそれらの地域は人口で考えると全人口の四分の一にも満たない。GDPで考えると五分の一だ。それらの県が中心となって東京、横浜、名古屋、大阪などの大都市の代わりになるというのか」

「一時的に支えることはできますが、将来的にもその状況を続けることは無理があります。やはり、大都市の早い復旧が望まれます」

閣議はいつものようにまとまりなく終わった。

日本の国会は、国会法に基づき、本会議開会が成り立つには衆議院の場合は百五十五議席以上、参議院の場合は八十三議席以上の出席が必要だ。しかし、亡くなった議員や怪我で出席できない議員が多く開会は難しかった。家族や親戚が亡くなったり、家の崩壊で地元に帰っている議員も少なくない。すでに東京を逃げ出した議員もいる。国会が開かれる目途はたたなかった。

美来が執務室に戻ると、高野と津村が並んでパソコンの前に座っている。

利根崎から送られてきたというネクスト・エイドの資料映像を見ていたのだ。

「これ、かなり有力です。各避難所にも使えるし、政府と県との情報共有にも有効です。しかも被災地を含めて日本全国で使えます。さらに、スマホ対応もできます。日本全国の生産、在庫などすべての物流システムの統合です」

高野が興奮気味に言うと津村も頷いている。すでに内閣府の関係者に送り、意見を求めているという。

その物流の中には情報や人さえ含めることが可能なのだ。美来はネクスト・エイドについて話した時、利根崎に一瞬の迷いがあったのを思い出した。彼は何を考えている。

その時ドアが勢いよく開いて、鈴木《すずき》デジタル推進大臣が入ってきた。背後には数人の職員がいる。

「誰がこんなソフトの導入を許可した」

鈴木大臣の声が響いた。部屋中の視線が鈴木に集中する。

「私です。中京地方で使用され、かなり使い勝手のいいものです」

美来が立ち上がり鈴木の前に立つ。

「ワイズがあるだろう。国が開発し、承認を受けたものだ。神奈川と静岡を中心にすでに全国で使われている」

「エイドは被災地とその近隣の県に複数ある備蓄基地、避難所を結びつけるソフトです。さらに地図と道路状況を示すプログラムも入っていて、最短ルートで支援物資を届けることができます」

「安全性は担保されているのか。どこの馬の骨か分からない人間が作ったソフトだ。ウイルスが入っている可能性もある。ただちに廃棄して、元のワイズに戻すんだ」

鈴木の態度に一瞬ためらいが混じったが、その声はさらに大きくなった。

「ネクスト・アースは大企業ではありませんが、世界でも有数の半導体設計の企業です。安全面には特に注意を払っています。エイドはスマホから対応できる避難所支援ソフトです。導入地域の避難所の運営は劇的に改善されています」

利根崎に感じた違和感を思い出した。「ネクスト・アースは企業なんだ。利益を上げなきゃ倒産する」。利根崎の言葉が脳裏に残っていたが、現状ではエイドを使うメリットの方が大きい。

「ワイズは政府が十億以上をかけて開発したソフトだ。それに勝るものだと言うのか」

「エイドとワイズの性能の比較表があります。これで私はエイド使用を許可し推奨しました」

美来は強い口調で言うと持っていた用紙を鈴木に渡した。二人の秘書に調べさせたものだ。

「勝手にしてくれ。その代わり不備が生じたら、あんたが責任を取るんだな」

鈴木大臣は強い口調で言うと出て行った。

「至急、全面的に導入して」

「しかし――」

「デジタル推進大臣の許可が出たのよ。私が責任を取るという条件で」

高野が肩をすくめた。

美来は利根崎に電話した。ネクスト・エイドの礼を言うためだ。

〈大型台風が接近しているのを知っているか。大雨を伴う台風だ〉

呼び出し音が消える前に利根崎の声が聞こえる。

「すでに注意報を出しています。東京は地下街、地下鉄網が張り巡らされているから、何が起こっても不思議じゃない。大災害につながるおそれもありますから」

〈最優先で防水対策を取った方がいい。今度の台風は、いつものとは違う。台風の規模じゃない。現在の日本の状況を考えろ。地震と津波で地盤が緩んでいる上に水分を吸い込んでるし、すべての施設の安全性がガタガタになっている。これは日本の都市の半数が同じだ。すぐに全国に通達すべきだ。大雨がキーワードだ〉

美来はヘリで飛んだ太平洋岸を思い浮かべた。まだ津波の水が溜まっている地域が至る所に見られ、海岸線の大部分が瓦礫で覆われていた。

日本列島の太平洋岸のほとんどの都市が震度六から七に見舞われたのだ。都市の建物、施設などすべての建築物の耐震強度は、度重なる揺れにより、建設時の基準からは、大きく落ちているだろう。私に何ができる、防災大臣を引き受けてから常に自問していることだ。考えていると頭痛がしてくる。

〈強風、大雨に対して、人命第一を考えて対処するように全国に通達することだ。あとは、各自、命を守るために最適な方法を取ってもらうしかない〉

「有り難う。そうしてみる。でも――」

あとの言葉が続かない。首都圏に住む人々は今、肉体的にも精神的にも疲れ切っている。これ以上何ができるというのだ。

〈戦争と同じだ。相手は待ってはくれない。容赦のない試練が続く。個人が懸命に生き残る努力をするよう訴えろ。生き残っていれば何かができる。政府はその手助けをしろ。頑張ることだな。

きみならできそうな気がする〉

慰めとも無責任な励ましともとれる言葉を言うと、電話は切れた。

美来はしばらくスマホを握ったままでいた。利根崎の言葉が脳裏に甦る。戦争と同じ。最優先事項は生き残ること。政府はその手伝いをすればいい。

「マスコミを集めて。防災大臣として国民に対して訴える。会見は録画してユーチューブに流し、全国の人に見てもらいたい。時間はまだ残されている」

美来は高野と津村に、利根崎が話した台風の話をした。

「会見までに事実確認を行なって。真実であればそれでいい。詳細はすぐに分かる」

しかし、分かった時にはもう遅い。先手先手を取っていく。美来は心の中で呟いた。


一時間後、大臣室にマスコミが集められた。

この時期の防災大臣の就任第一声、ということで部屋はマスコミ関係者で溢れた。

「南海トラフ巨大地震、首都直下型地震が続けて起こりました。政府も被害状況はまだ正確には把握できていません。しかし、かつてなく大きなことは間違いないでしょう。被害はまだ進行中です。私たちは今まで以上に現実を受け止め、国民一体となって、復旧、復興に努力していかなければなりません」

美来は大きく息を吐いた。額に汗が滲《にじ》んでいるのが分かる。

平手で頬を何度か叩《はた》いた。無意識の動作だったが、壁際に立つ官僚の何人かは顔をしかめている。さあ、これからが本番だ。デスクに置いた拳をさらに握りしめ、カメラを睨むように見た。

「現在、南太平洋、沖縄の南東五百キロのところに台風が発生しています。中心気圧九百二十ヘクトパスカル、瞬間最大風速六十メートル、平均風速四十五メートルの大型台風です。勢力を増しながら、本州を直撃する可能性もあります」

「新防災大臣として、二つの巨大地震に対する今後の政府の方針をお聞かせいただけませんか」

マスコミの中から声が上がった。他の記者たちも、同意した顔をしている。

「だから話しています。これ以上の死傷者を増やさないために、大臣として全力を尽くします」

「私たちが質問しているのは――」

「たかが台風と考えないでください。現在の日本列島はひと月前とはまったく違っているのです。地盤はゆるみ、残っている建物も耐震強度はかなり落ちているはずです。河川の堤防、道路や橋、その他のインフラ施設も強度を含め、ひと月前のものとは違うという意識で対処してください」

美来は記者を睨むように見てしゃべった。記者たちの表情が変わり、部屋の空気が張り詰めるのが伝わってくる。

「私たちは、この台風による被害を最小限に抑える必要があります。すでに日本は甚大な被害を受けています。これ以上の被害の拡大は、耐えられる限度を超える可能性があります。一人一人の努力が災害拡大の連鎖を防ぐことになります。台風の接近までに、まだ数日の猶予があります。すべての国民が一体となって、被害を最小限に食い止める努力をしようではありませんか。台風の進路と勢力に注意を払い、対策を行なっていくつもりです。決して恐れず、侮らず、今まで以上に助け合ってください。私は――」

突如、思わぬ感情が押し寄せ、言葉が出ない。マスコミが見つめている。美来は懸命に涙をこらえた。

「これ以上、死傷者の数を増やしたくはありません。脅威はまだ続いています」

美来は戦争という言葉を呑み込んだ。しかしこれは戦争だ。自然災害との戦争なんだ。相手は強大で負け知らずだ。その力は衰えることなく挑みかかってくる。私たちは勝てないまでも、ダメージを最小限に抑える。それが勝ちにつながるのだ。美来は自分自身に言い聞かせた。

会見は専門家の意見を紹介し、一時間近く続いた。美来は日本を襲う災害はまだ続いていることと、直近の台風に備えることを強調した。


その日の深夜、議員会館の部屋に戻るとベッドに倒れ込んだ。スマホが震え始めた。

〈思わず拍手しそうになった。今日のあなたの演説、記者たちをビビらせた。議員たちもね〉

「台風の脅威を納得させたかった。これ以上、国民の命を失いたくない。最後はマスコミも協力的だった」

〈あなた、やはり政治家向きだと思う。天性の仕事よ。特に最後の言葉。これ以上死傷者を増やさない。私の仕事は、日本を、私たちの国を次の世代に継承させること〉

亜矢香の弾んだ声が最後は涙声になった。

「誰だって思ってることでしょ。思うことと実際に行なうことは、天と地ほども違っていても」

〈あなたの言葉を聞いていると、やらなきゃって気になる。これって、天性の才能だと思う〉

「喜ぶべきか悩むべきか。色んな意味を含んでる」

〈素直に喜べばいいのよ〉

亜矢香の能天気な声を聞いていると元気が出てくる。

「これが片付いたら、どこか静かな所に行ってひと月くらいのんびりしたい」

〈あなたなら、三日で戻ってくる。でもこれは戦争なのよ。自然災害との戦争。形あるものは壊される。生き残ることが目的のバトル〉

「そう。形のないものこそ護る価値がある。それが命。建物など壊れても、人さえ生き残れば修復と再建ができる」

美来の脳裏には常に兄、健治の姿があった。自分が兄を護れなかったのか。自分は面倒を避けて、アメリカに逃げた。いつも頭の中にあったことだ。美来はベッドで身体を起こした。

「亜矢香には手伝ってもらいたいことがある」

〈何でも言って。あなたを見ていると、一緒に走りたくなる〉

「問題は山ほどある。まずは都内に残っている帰宅困難者。台風が来るまでに自宅に帰れる者は帰し、帰れない人たちはどうするか決める」

〈難民を国に帰すか、キャンプに残すかってことね。難しい問題よ〉

亜矢香の声が変わった。彼女は国連で難民問題に関わっていたこともあったのだ。

〈難民だと受け入れキャンプの状況によって変わってくる。各都道府県によって状況は違っている。私だったら声明を出す。各地で最適の方法を取るように努力してくださいって。政府は口出ししない方がいい。地方の現状なんて東京にいる議員には、何も分かってないんだから。現地の人が状況をもっともよく知っている〉

言葉が途切れ考える気配がする。

〈防衛省と協力して自衛隊には効率よく動いてもらう。もっとも弱い地域に配置すればいい。いずれにしても、現地の状況を正確に把握すること。東京目線で考えちゃダメ〉

「あなたには海外の援助を引き出してほしい」

〈もうやってる。相談しようと思ってたところ〉

「さすが亜矢香。でも、まずは台風対策。ネクスト・エイド。高野さんがあなたにも送ったはず。あのソフトを理解しておいて。必ずすぐに役に立つ」

〈当分はあなたに従う。何でも言って〉

初めて聞く亜矢香の素直な言葉だ。

電話を切ってから時計を見た。あと十分で日付が変わる。しばらく電話番号を見ていたが、タップした。呼び出し音が終わらないうちに利根崎の声が返ってくる。

〈演説、もっと具体的なことも入れるべきだ。国民は抽象的なきれいごとより、何をすべきかを求めている。どんな被害がどこに起こるか、ある程度は分かってる〉

「それをあなたに聞こうと思っていた。名古屋ではもう考えて、実行しているんでしょ」

〈過去の台風について考えてみればいい。各地域のウイークポイントが分かる。そこの強化を優先的にやればいい〉

「それで、名古屋は何をやったの。あなたはアドバイスをしたんでしょ」

〈地下街と地下鉄の防水だ。津波で水浸しになって、やっと排水が終わったばかりだ。今度、同じ目にあえば立ち上がる気力さえなくなる〉

「知りたいのは、それをどうやるか具体的な方法」

〈防水壁をすべて閉める。地下の出入り口は板を張って土嚢《どのう》を積み上げた。現在その作業をやっている。注意点は中に人を残さないこと〉

利根崎は淡々とした口調で話した。

「すべての水の入りそうなところを閉めておく。かなりアナログね」

〈分かりやすいから、住民も積極的に協力してくれる〉

「東京でもやってみる。とんでもない数になるけど、あとのことを考えるとやるべきね」

〈地下の駐車場も浸水は防げ。津波では大変な目にあった〉

高知の視察を思い浮かべていた。津波でビルの地下駐車場は水浸しになっていた。数日たてば悪臭を出し始め、感染症を広める可能性もある。

〈さらに言えば、建物の強化だ。度重なる揺れで、耐震強度はかなり落ちている。その対策をどうするか〉

名古屋の防災対策の話を聞いて、電話を切った時には午前一時になっていた。


スマホを見つめながらしばらく考えたが、善治に電話をした。十回近い着信履歴があり、最後は五分前だ。留守番電話に伝言が入っていた。〈至急、電話をくれ〉。重要な話なら津村に言ってくるはずだ。美来の様子を探りたいのだ。

三十分前に見た台風情報では、台風八号は鹿児島県種子島《たねがしま》沖を北東に向かって、勢力を増しながら進んでいる。善治も知っているはずだが、用意は何もしていないだろう。

「父さん、今どこにいるの」

テレビ電話にして呼びかけた。

〈家に決まってる。他にどこに行く〉

「トミさんの所があるでしょ。トミさんが迎えに来なかったの」

〈来たよ。しかし、ここにいるというので俺がここに泊まることになった。まったく、厄介な爺さんだ。俺の同級生だとは思えない〉

横から割り込んできた顔と声は土屋富雄だ。

「高知は直撃はしないそうだけど、大雨が降っているんでしょ。気象庁の人に聞いた」

〈一時間に二百ミリだそうだ。大雨注意報が出た。トミの家の方が危ないくらいだ。三十分おきに、咲《さ》っちゃんに電話している〉

咲っちゃん、土屋咲子《さきこ》、トミさんの奥さんだ。善治はまたトミさんに迷惑をかけている。

「もっと詳しく、そっちの状況を話してよ」

〈台風接近までには十時間以上ある。上陸するかどうかは微妙らしいが、さっさと来いという気持ちだ〉

善治はノンビリした口調で話している。時折り激しい風と雨の音が聞こえる。

「避難指示の警報が出てるでしょ。避難所には行かなくていいの。父さんもトミさんも、後期高齢者でしょ。少しは若い人のことを考えなさいよ」

美来の声に腹立ちが混ざった。後期高齢者は高齢者避難の部類に入る。

〈そんなに怒るな。防災大臣の父親が台風ごときを恐れて、避難所に行くとは情けないだろ〉

「娘が防災大臣だから言ってるの。他の住民の方に示しがつかない。防災大臣の父親が、避難指示が出ているのに家にいるのはまずいでしょ。怪我でもしたら、新聞沙汰よ。分かってるの」

数秒後に、〈確かにそうだな〉と小さな声が返ってくる。

「雨が激しく降ってるの。避難するときは落ち着いて、津波じゃないんだから追いかけてはこない。助け合って避難するのよ」

〈分かったよ。今日の演説聞いた。悪くはなかった。分かり易《やす》いから国民も従うかもしれん〉

悪くはなかった。善治にしては最大級の誉め言葉だ。

ありがとう。美来が声を出す前に電話は切れていた。防災大臣としての娘の立場が悪くなる。善治に対しては最大の殺し文句だ。トミさんと一緒に避難所に行くはずだ。避難所に行って登録さえすれば、ほぼリアルタイムでチェックができる。エイドの機能の一つだ。

窓を見ると闇が張りついている。首都圏から電気が消えたのだ。暗い空の中の星々の輝き。東京は闇と星の輝き、静けさを取り戻した。わずかに見える明かりは病院などの非常用電源が必要な施設のみだ。見つめていると違う世界に引き込まれそうな気がする。

突然、涙が溢れてきた。ここ半月余りの想いが押し寄せてきたのだ。名古屋から始まり、高知と東京。直接目にした遺体は限られているが、万を超す死があったのだ。悲しみは数十倍に広がる。しかしそれは始まりにすぎないのだ。さらに防災大臣に就任した。ほんのひと月前までは気にも留めなかったポストだ。現在はずっしりとした重みでのしかかってくる。自分に何ができるというのだ。〈僕が美来であったなら〉。兄の言葉が頭に響いた。

利根崎は書類から顔を上げた。台風に備えての防災計画だ。やるべきことはやったと信じたいが不安は次々に生まれてくる。これ以上、死に関わりたくない。想いとは逆に抜けられない深みに落ちていく錯覚にとらわれる。ふっと早乙女美来の顔が浮かんだ。災害に関しては何も知らない政治家の一人だが、不思議と気にかかった。体育館での反応は、死の重みを知っている。現在の政治家にいちばん必要なことだ。また、エイドの利点をいち早く理解し、直ちに使い始めた。今まで見たことのないタイプの政治家だ。彼女なら……。風の音が聞こえたような気がした。視線を窓の外に向けたが、闇が広がっているだけだ。再び目を書類に戻した。

5

東京は晴れ渡り、三十度を超す気温が続いている。

ここ数日で帰宅困難者はかなり減っていた。都と協力して、周辺の被害の少なかった県に分散させたのだ。

「残っている帰宅困難者はどのくらいいるの」

津村に聞いた。彼が東京都との連絡係をやっているのだ。

「四十万人以下です。家族との連絡が取れない人、帰る家がない人です。都内を離れられない人もいます。美来先生や私のような者です」

「当分、都内の企業は仕事はできない。彼らも台風が来る前に、他県が用意した避難所に移動させる。都知事も異存はないはずです」

「移動手段がありません。JR、私鉄は運行再開の目途がついていません」

「足があるでしょ。彼らの大半は六十歳以下だと聞いています。それ以上の年配者、特別に体調の悪い人以外は、歩いて移動してもらいます」

「徒歩では限界があります。しかし、できる限りやってみます」

都と連絡を取りますと、津村はスマホを出した。

帰宅困難者の帰宅は続いた。


台風は連日の猛暑で勢力を増しながら四国に近づいていた。現在の進路では高知南部をかすめ、紀伊半島に向かい、名古屋、東京を通って太平洋に抜けていくと、気象庁から報告があった。東京を直撃するのは二日後だ。多くの時間はない。

美来はデスクに広げた地図を眺めた。急遽作成させた、都内全域にわたる洪水と土砂災害の危険地区と大雨の予想分布図の合成版だ。

「至急、都の担当者と地下街と地下鉄各社の防災責任者とのオンライン会議を開きたい。連絡を取ってください」

美来の指示で、三十分後には政府の災害対策室と、都の危機管理室、首都圏の地下鉄、地下街の責任者と防災担当部署とがオンラインで結ばれた。

最初に昨夜の利根崎との会話を話した。名古屋の防災対策についてだ。

「首都圏の危険箇所のチェックをしてください。特に地下街や地下鉄の防水対策について。町中に残る凧に飛ばされそうな瓦礫の撤去。土砂崩れによる被害を最小限にする。川の堤防が決壊して地下鉄と地下街に水が流れ込んだら、復旧に膨大な時間と労力が必要です。震災復旧の大きな足かせになります。なんとしても浸水を防ぎたい。まずは地下への出入り口、地下にある防水扉はすべて閉めてください。これは台風の影響を受けそうな全県に通達してください」

〈すべてやっています。それでも、大規模な水害が起きた場合、地下街、地下鉄への水の流入を防ぐことは難しいでしょう〉

都の危機管理官が言った。各社の担当者も頷いている。

「防水扉がない所もあるのですか」

〈地下鉄、地下街の入り口は、地震のダメージを受けているところも多数あります。扉が閉まらなかったり、ない場合は土嚢を積んでいます〉

「防水扉がない場合は、要所要所を土嚢で埋めてください。一部に水が流れ込んでも、そこで止められます。中に人は残さないように。地上との出入り口をすべて土嚢でふさぎます。各社の方たちは危険箇所を洗い出して、あらゆる手を使って水没を防いでください」

美来は利根崎の言葉を思い出しながら関係者に訴えた。

〈無理です。地下鉄、地下街、すべてはつながっています。出入り口は何か所あるかご存じですか。一か所でも水が入れば、そこから浸水します〉

危機管理官の言葉にほぼ全員が頷いている。

「放っておけば必ず起こる災害。黙って見てるなんて私にはできない」

美来はモニターを見つめながら考えていた。

「埋めてしまったらどうです。地下鉄、地下街の入り口をすべて埋めるのです。土嚢を積むより早いし、防水の効果も高いでしょう」

〈埋めるって――後が大変です〉

「水を抜くのと、掘り返すのとどっちが楽ですか。水が流入すれば、復旧にどのくらいかかりますか」

全員が無言で答えようとしない。

〈大臣の言葉に従いましょう。どうせダメ元です。やれることはすべてやって、ダメだったら諦めがつく〉

「水が入りそうなところをすべて書き出してください。地元の担当者に協力してもらいます。細かいところまでよく知ってるのは彼らだから」

〈せっかく地震と津波から残った地下だ。台風で水没させたくない〉

私鉄の担当者が声を出した。

反論はなく、全員が頷いている。

「地下街で防水扉がないところは、土嚢で埋めてください。地下鉄と地下街も防水扉が破られても、土嚢で水没は止められます。一つが破られても、どこかで止まれば儲《もう》けものでしょ」

〈土嚢も人も足りません〉

「爆破して埋めてしまいます。後で土砂を取り除けばいい」

美来の言葉で緊張が走った。

「倒壊したビルが何十棟もあります。その瓦礫で地下鉄と地下街の入り口を埋めれば、水の流入を防げます」

〈やめてください。瓦礫で埋めるだなんて〉

懇願に近い声が聞こえたが、美来はかまわず続けた。

「想像してみてください。都内のすべての地下鉄と地下街が水没している。地上とは違います。

放っていても水は蒸発しない。ポンプで汲《く》み出すにしても、時間がかかりすぎる。水といっても泥水です。これから本格的な夏。暑さも増してくる。悪臭を放ち、店も商品も使いものにならないでしょ。いずれ感染症も広がる」

全員が沈黙して美来の言葉を聞いている。

「地下街、地下鉄、どこかから水が入れば、あらゆるところに流れ込み、いずれはすべて水没します。あなた方は責任をもって対処してください。すべての責任は私が負います」

美来はモニター上の出席者を睨むように見ながら強い口調で言った。

「都は自衛隊に災害派遣要請をしてください。吾妻都知事、聞いていますか」

〈荒川《あらかわ》ですね〉

吾妻の声が返ってくる。美来はあえて都知事に「代理」を付けなかった。

「荒川区と江戸川《えどがわ》区の辺りは、補強が必要だそうです。土手に土嚢を積む作業が終わったら、地下鉄と地下街の入り口をふさぐのを手伝ってもらいます」

〈自衛隊も南海トラフ地震の被災地域に派遣されて、都内に残っている部隊は多くありません〉

「残っている部隊を全員、荒川に回すように頼んで」

〈お願いしましたが、断られました。自衛隊の本来の役割は外敵から国民を守る――〉

「現在の外敵は台風。その敵から国民を守るために自衛隊の出動を頼んでいます。現実的に考えて、今、世界は敵意ではなく同情の目でもって日本を見守っています」

美来は高野に村田《むらた》防衛大臣に電話をするように言った。

美来はスマホをスピーカーホンにしてデスクに置いた。全員の目と耳が集中する。

「お願いがあります。首都圏に残っている自衛隊の部隊をすべて災害対応に回してほしい。荒川が氾濫する可能性があります」

美来は村田防衛大臣に説明した。

〈無茶を言う人だ。東京の防衛はどうなる。日本の防衛は〉

「これだって、立派な防衛出動です。この状態で、どこから何を護るというの。すでに、東京はズタズタ。私たちには、残っている地下街と地下鉄を護る義務がある。荒川が氾濫したら、東京の地上も地下も使用不能、再起不能になる。首都圏の自衛隊をすべて緊急災害部隊として、東京に送り込んでください」

電話口は沈黙した。考え込んでいる気配が伝わってくる。送話口を手で押さえる気配がして、話し合う声が漏れ聞こえるが、内容は分からない。

〈直ちに用意にかかる。ただし全部隊は無理だ。一時間後に送ることのできる人数を知らせる。その時に、場所と時間を報せてほしい〉

村田の怒鳴り声に近い声が聞こえ、電話は切れた。美来はモニターに向き直った。

「聞いてたでしょう。荒川を洪水から守る。決壊しても最小限の被害にとどめる。そのためにはどうすればいいか考えて。あなたたちが、どこに何人送るかを伝えれば直ちに出動してもらう。さあ、準備に入ってください」

〈たかが台風で、これだけ振り回されなきゃならないとは思わなかった〉

どこからか声が聞こえた。美来は声の方を睨みつけた。

「そういう言い方、好きじゃない。過去の台風で亡くなった人も多い。その家族や友人なら、絶対に聞きたくない」

美来は都内の様子を思い浮かべていた。霞《かすみ》が関《せき》辺りは近くに川はなく、洪水は考えにくい。問題は大雨による地下鉄や地下街への水の流入だが、利根崎の言葉に従って止水扉を閉めて、地下への階段の入り口を土嚢でふさげば流入は避けられる。問題は数が多すぎることだ。

「すべてを再チェックするように通達して。地震前と後とでは、建物や地盤の強度はかなり落ちているはずです。そうした箇所を見つけ出して修理や補強を急いで。避難所の再チェックもね。台風に耐えられなくなっている避難所があるかもしれません。台風八号は大雨を伴っています。洪水を念頭に置いて、防災省のホームページとＳＮＳでできる限り流して。あとは状況に応じて、自分たちの命を守る努力をする」

美来は一気にしゃべると、モニターに映る都の担当者、地下街と地下鉄各社の防災責任者とスタッフたちに深々と頭を下げた。

きっちり一時間後、村田防衛大臣から災害出動の自衛隊について電話があった。その二時間後には自衛隊の部隊が近隣県から東京に派遣されてきた。

ブルドーザーとショベルカー、ダンプカーが総動員され、運ばれた瓦礫は河川の土手に積まれ、そこから運ばれて地下鉄や地下街の入り口を塞いでいった。

台風八号は平均時速三十キロメートルの速さで、日本列島に向かって進んで来る。さらに日本の南、太平洋に豪雨前線ができたことが気象庁から知らされた。

「都内には地盤沈下、地割れ、液状化が起こっている地区もあります。揺れで傾いている建物もあります。確実に強度も落ちている。危険な建物に住んでいる人は、早めに避難所に避難するよう勧告してください。人命第一に考えて。ライフ・イズ・ファースト」

全員避難の決断はあと半日、と決めて専門家と政府と都の関係者たちと再度オンライン会議を開いた。

「一時間で避難地区を決めて。その地区の住民に避難指示を出す」

〈無茶です。根拠がないし、空を見てください。晴れている。さらに防災大臣の権限を超えてい

ます。それは都の管轄でしょう〉

「すぐに大雨が降り始めます。太平洋に留まっていた豪雨前線が台風に引き寄せられるように日本列島に向かって西に押し上げられています。暴風と豪雨は首都圏全体の脅威として考えます。すぐに都知事に電話して。私が話したいと言ってるって」

吾妻都知事代理を思い浮かべていた。彼女なら協力してくれる。

「空振りならば謝って、無事をお祝いすればいい。準備が適切なら、千単位、いやそれ以上の人が助かる」

美来は自分自身に言い聞かせた。

五分後には美来と吾妻はモニター越しに向き合っていた。吾妻の横には都の防災責任者がいる。

「東京直下型地震とこの雨で、現在の東京の地下は緩み切っていると地盤の専門家は言っています。台風八号は史上まれに見る大型台風で、大雨を降らせる。これは気象庁の見解です。現場の防災関係者はいくつかの避難所の変更が必要だと言っています。あなた方は一時間の議論で安全な避難所を決めてください。以後は避難が困難になります。神奈川、埼玉、千葉など他県の避難所でも受け入れ可能です」

美来は吾妻都知事代理に語りかけた。

〈最初に危険避難所を除きます。その上で避難地区を割り振ります。障害を持つ方と高齢者を優先します。少しの過密は我慢してもらいます〉

吾妻都知事代理が美来の言葉を復唱するように指示を与える。

避難所の選定には特に注意をするように伝えてある。過去の大雨で避難所自体が土石流で押し流されたり、埋まったりしたことがあるからだ。

「他県への連絡は政府で行ないます。あなた方は決定事項として都民に知らせるだけです。人命救助を第一に考え、二次災害を出さないように協力し合いましょう」

かなり無茶な提案だが必要なことだ。

〈私はすでに決めています、大臣を信じると。直ちにより安全な地区に住民を移動させます〉

吾妻の声が返ってくる。その連絡方法や移動手段について三十分余り話した。

「政府と都のオンライン回線はこのままにしておきましょ。何かあればリアルタイムで連絡が取れるように」

美来は席を離れると、テレビに目を向けた。

〈台風八号が北東に向けて勢力を増しながら日本列島に近づいています。中心気圧九百十ヘクトパスカル、平均風速六十二メートル。大雨を伴って進んでいます。南海トラフ地震、東京直下型地震と二つの大きな地震に見舞われた日本の太平洋岸は大きな被害が考えられます〉

激しい豪雨の中、ヘルメットを被り、雨がっぱを着たアナウンサーが原稿を読み上げている。

「多摩《たま》地区の避難は進んでいるの？　あの辺りの地盤は特別弱いと言っていた。これは国交省の見解。でも現状は都も国も一体。どちらかがひっくり返れば、共倒れになる」

「河川、地下街、地下鉄対策には、圧倒的に重機と人手が足らないそうです」

「ダンプがあるでしょ。道路にも並んでいた。ダンプに瓦礫を積んで地下鉄と地下街の出入り口を埋めてください。人手は自衛隊に頼みましょ」

「自衛隊の本来の任務は国防です。現在残っている隊員は、災害復旧では動けません」

津村が美来の耳元で囁く。南海トラフ地震の時にも聞いた言葉だ。美来は全自衛隊員の災害出動を提案したが叶《かな》わなかった。

「首都圏の主要河川の堤防を再度点検して。危険箇所は直ちに修復。都内で水の流入の恐れがある地下街、地下鉄の出入り口は防水を完璧にして。残された時間は多くはありません」

美来は職員に指示した。

その日、明るいうちに危険地域の学校や都や区の施設に避難していた人は、バスに乗せられて周辺の県に送られて行った。

美来はSNSを使って、住民たちに早めの避難を呼びかけるように再度、指示を出した。モニターに映る地下鉄、地下街の防災担当者たちはメモを取っている。

「地下街にいる人、帰宅困難者を全員、地上の避難所に移して。まだかなりの人が残っているでしょ」

美来の指示で数名の職員が慌てて出て行く。

南海トラフ地震の被災地が気になったが、利根崎が関係しているようだ。彼なら万全の用意をして待ち受けているに違いない。彼に対する信頼は、自分でも驚くほどに強くなっている。


早朝から降り始めた雨は、昼に近づくにつれ激しさを増していった。太平洋に停滞していた豪雨前線が台風によって西に移動してくる。

台風八号は四国の南をかすめ、勢力を維持したまま紀伊半島東岸に沿うように北東に向かって進んでいる。東京が暴風域に入るのは明日の昼頃だと気象庁から報告が入った。まだ大きな被害は出ていないが、南海トラフ巨大地震で萎え切った人々の心をさらに叩きのめしている。これ以上の被害はなんとしても最小限に留めなくては。

官邸の危機管理室では五十人近い職員たちがほぼ徹夜で働いていた。さらに十名あまりの閣僚と自衛隊、警察庁、そして気象庁の幹部がいた。今回は土木や交通関係の専門家も同席している。今後、台風八号が首都圏を直撃する。

美来はテーブルに東京都の地図を広げた。東京の危険箇所を再確認するためだ。

東京は東西を川に挟まれている。東に荒川、隅田川《すみだがわ》が東京湾に流れ込み、西には御岳《みたけ》山系が広がり、山々を流れる川は多摩川に合流して東京湾へと流れている。これらの川は昔から何度か洪水を引き起こしている。特に隅田川の放水路として造られた荒川は過去に大水害を起こし、大きな被害を出している。

荒川決壊について、国の被害想定では、流域のほとんどの地域で浸水が予測されている。深さは最大で約十メートル。都市機能は壊滅し、最悪の場合、死者は約四千人。五十四万人が孤立する。さらに、地下鉄に流れ込んだ水は地下鉄網を通じて数時間のうちに都心の地下街も水没させる。つまり、荒川の氾濫は東京大洪水につながる。

さらに、西部を流れる多摩川も不気味な存在だった。両側の山で過去に多くの土砂災害が起きている。地震によって緩んだ山肌は少しの雨でも崩れそうだった。

〈今度の台風は、いつもと同じだと思うな。地震で地盤が緩んでいる。おまけに余震も続いている。二重三重に災害対策をしておいた方がいい〉

美来のスマホに利根崎からメールが入っていた。〈分かってる〉と打ち込んだ文字を消し、〈有り難う〉と返信した。彼の言葉通り、今まで安全だった地域に、土砂崩れ、洪水、冠水、何が起きても不思議ではない。

「多摩川上流のダムの様子を報告するように言って」

入ってきた高野に指示した。

多摩川水系には五つのダムがある。洪水が起こりそうな時にはダムが水を貯《た》め、急激な流量増加を抑制して下流域の水量を調整する。また、ダムに貯められた水を放流することで、下流域への安定した水供給や水道水の確保に役立っている。

それらの中でも小河内《おごうち》ダムと白丸《しろまる》ダムは多摩川本流にある。小河内ダムは東京近郊で最大級のダムで、高さ百四十九メートル、長さ三百五十三メートル、重要な取水地点の一つだ。周辺には登山で人気の山も多く、豊かな自然が広がっている。竣工《しゅんこう》は一九五七年と歴史のあるダムで首都圏に電力や水を供給している。

小河内ダムが決壊すれば大量の水が多摩川に流れ込む。それにより多摩川の堤防が破壊されれば下流域にある立川《たちかわ》市、府中《ふちゅう》市、調布《ちょうふ》市など、広域に洪水が起こる。地下街、地下鉄の駅などは、浸水や水没のリスクが高まる。ダム決壊はなんとしても防がなければならない。

午前一時、台風八号は名古屋を直撃していた。十二時間後には東京は暴風域に入る。

美来は利根崎に名古屋の状況を聞きたかったが、彼はそれどころではないだろう。自分も東京ですることは山のようにある。

正面には大型モニターが九台置かれていた。右の二つにはスカイツリーに設置されたカメラで、都内の風景が映っている。左の二つには、日本を中心に台風の位置が示されていた。気象衛星ひまわりからの映像だ。スーパーコンピューターでシミュレーションされた台風の進路が描かれ、最新情報が全国の担当部署に伝えられている。

「台風は速度と勢力を増しながら東京に近づいてきます」

呼ばれていた気象庁の職員が説明を始めた。

「四国南端を通過した台風は紀伊半島の東側に沿って進み、現在は名古屋を直撃しています」

「今回はいつもと違います。台風の進路上にある各都道府県の地震と津波の被害状況を考慮して、注意点を説明してください。専門家らしく冷静にね。コロナ禍の時のように全国民に過度の恐怖を与えないように」

美来は釘を刺した。過度の恐怖は事態をより悪化させる。

「問題は土砂崩れと洪水です。台風八号は日本列島に大雨を運んできます。通常なら耐えうる量でも、現在の日本列島、太平洋側は地震と津波でガタガタです。山には亀裂が入り、平野部にはまだ津波の水が残っているところもあります。そこに台風が大雨をもたらします。土砂災害、河川の堤防の決壊には、特に注意する必要があります」

気象庁の職員は三十分にわたって、台風がもたらす物理的な脅威について話した。

「各都道府県も対策を取っているはずです。しかし、人の力でできることには限りがあります。避難を第一に考えてください」

防災大臣として、それしか言えないことがもどかしかった。

「特に水害には要注意です。堤防で脆《もろ》い所は補強してください。土嚢をあらかじめ積んでおくこともできます。各家庭も同じです。政府は援助を惜しみません。最大限の準備をしてください」

「そんな金、今の日本のどこにある」

低い声が聞こえた。財務大臣からだ。

「いま、一億円の費用をかけておくと後の百億円の損失を防げます」

美来は冷静な声と表情で言った。

「荒川の観測も二十四時間続けて。東京都にも報せて監視を徹底させてください」

荒川は一級河川で国土交通省の管轄だ。災害に対しては、国も都も協力し合わないとシステムは機能しない。


部屋を出た途端、スマホが震え始めた。待ち受け画面に利根崎の表示が出ている。

「何かあったの。いま、名古屋は暴風域でしょ」

〈台風の目だ。静かなもんだ。だが、風と雨が半端じゃなかった。水槽の中に浸かったみたいだ。

東京では用意はできているか〉

「もう用意は始めている。最高レベルの避難指示を出した」

〈自衛隊は呼び戻したか。東京には少ないはずだ。南海トラフ地震の復旧に、多くの部隊が緊急出動して出払っていると聞いている〉

「自衛隊を防災に使うのは難しい。原則、被災地の要請がなければ出動できない。被害予測だけでは要請は出せない」

〈手遅れになるぞ。災害被害は、チョットした防災で十分の一になる。一億円の損失が一千万円の投資で防げるんだ〉

数十分前に美来が言ったのと同じようなことを言った。

「分かってる。でも――」

〈きみは防災大臣だろ。その程度の権限すらないのか〉

「自衛隊は防衛省の管轄。私が勝手に出動要請はできない」

首都圏に残っている自衛隊を動かすだけでどれほど苦労したか。言いかけた言葉を呑み込んだ。政府に融通が利かないのは今に始まったことではない。組織上の硬直性だ。

〈だったら、自分たちで守るんだな。しかし、最終的に迷惑をこうむるのは地方の小さな県だ。人も知識も乏しい。自力では守り切れない〉

利根崎が言っているのは、東京を護れということだ。地震前から地方の小さな県の力などないに等しい。地方交付税でなんとか収支を合わせてきた。やはり東京の経済力は絶大だ。その東京が力を失えば、他の県はドミノ倒しだ。

「分かってる。だから手は打ってある。十分じゃないかもしれないけど」

〈あと半日で東京も暴風域に入る。それからじゃ遅いぞ〉

利根崎の声に苛立《いらだ》ちが混ざり、電話は切れた。

美来はスマホを持ったまましばらく立ちすくんでいた。徐々に怒りがこみ上げてくる。利根崎の冷静すぎる顔が浮かぶ。言うだけなら、いくらでも言える。利根崎のアドバイスはすでに何度も考えている。地下への浸水を防げ。しかし、実行の難しさは際立っている。

だが、河川の土手が決壊して洪水が起こり、その水が地下街に流れ込めば、首都圏の復旧計画は一年、いやそれ以上遅れる。絶対に洪水は防がなければならない。美来は心の中で繰り返した。


前方のモニターに荒川、神田川《かんだがわ》、多摩川の文字が次々と現れる。

東京都心の中でも、千代田区《ちよだ》や港区《みなと》、江東区《こうとう》などの河川沿いや海岸沿い、新宿区や世田谷区《せたがや》、渋谷区などの低地が要注意地域として挙げられた。

「国交省の水政課を呼び出して」

美来は職員に告げた。

大雨で川の水位が上がっている。地震で上流の山が崩れ、流木が川を流れ、堤防にも亀裂が入っていた。荒川の堤防決壊とともに、都内の地下鉄、地下街に水が流れ込む。

内閣府の防災関係の者だと前置きして話し始めた。

「首都圏の地盤と河川の状況をもう一度チェックし直して。実際に現場に行って目視でいいから変化はないか調べるの」

〈定期検査はやっています。首都直下型地震でも異常はありませんでした〉

落ち着いた声が返ってくる。

「たとえ、首都直下型地震を乗り切ったとしても、地震の前と後では地盤の状態がまったく違っています。すべての場所で調査をやり直して」

美来は強い口調で言う。

「台風は今日の昼には大雨を伴って東京を通過します。問題はその後。気象庁の見解ではこの大雨は後一日は続く。その時がより危険になる。地盤調査はやり直して。首都圏で被害が出そうな地域を具体的に洗い出して」

〈分かりました。しかし、時間も人員も足りません。地震以来、我々は泊まり込みでやっているんです〉

声に苛立ちが混じってくる。美来は懸命に怒りを抑えた。首都圏にいる全員が疲れ、苛立っているのだ。

「これは重要なことなの。東京で今以上の被害が出れば、日本中の災害対策に影響が出る。無理をしてでも、もう一度検査をしてほしい」

〈分かりました。文書にして正式に依頼をしてください〉

丁寧だが棘《とげ》のある声が返ってくる。緊張感はゼロだ。

「あなた、水政課でしょ。名前はなんて言うの」

美来の強い言葉で空気が変わり、沈黙が始まった。

「その部屋のトップと代わって。事務次官でもいいわよ。私は防災大臣の早乙女美来。至急頼みたいことがあるから」

〈しかし、防災大臣は先日――〉

「亡くなったから、私が任命された」

新大臣は早乙女美来。間違いないと囁く声が聞こえる。

〈ただちに河川の堤防について再調査をします〉

緊張で固まったような声が返ってくる。

「荒川の堤防から始めて。決壊すると東京中の地下が水浸しになる」

美来は電話を切った。

部屋の空気は緊張で張り詰めている。床に落ちるボールペンの音が高く響いた。


台風は名古屋を暴風域に巻き込んで、静岡に接近していた。勢力は依然増したままだ。あと数時間で東京も暴風域に入る。

〈荒川の流域、荒川区、江戸川区辺りの土手に問題があります。地震で盛り土に緩みができている上に、雨でさらに地盤が緩みました。これ以上水かさが増えれば決壊の恐れが強まります〉

現場に送った国交省職員の緊張した声が鼓膜に響いた。美来は耳からスマホをわずかに離した。

「もっと詳しく調べて。補修の方法が決まったら知らせて」

電話を切り、国交省職員の話を伝えた。緊迫した表情で部屋中を見回した。


時間はすぎていった。台風八号は東京に近づいている。豪雨前線が台風を歓迎するように日本列島の南側に停滞し、台風に引き込まれるように徐々に移動してくる。

「多摩川はどうしますか。こちらも氾濫が危惧されています。ダムだけでは治水ができないのでしょう」

都の職員が聞いてくる。御岳山の複数のダムの役割は山に降った水を貯める治水にもある。

「御岳山のダムの放流はどのくらいかかりますか」

「ダムの容量と流す水の量によります」

「すべてのダムで限界まで放流を行なってください」

部屋の空気が変わり視線が美来に集中した。

「もう一度、おっしゃってください」

「多摩川に流れ込む支流にあるダムも、同じように放流してください」

美来が言い直すと、職員は呆《あき》れたような顔で美来を見返してくる。

「しかし、これらのダムの水は都民の水源にもなっています——」

「山に降り注ぐ雨量を保水し、調節して流すためです。早急に放流してください」

美来が強い口調で言うと、職員の表情が変わった。やっと本気だということに気づいたのだ。

「待ってください。そんなことをしたら、都民の水がなくなります。ダムは国交省の管轄です。防災大臣の管轄ではない」

国交省の官僚が話し始める。

「だから頼んでいるのです。私の指示ですむことなら、頼んだりしません」

「多摩川も一級河川です。担当は国交省です」

「国交大臣の許可が必要だというのですか」

国交省の官僚は黙っている。美来は部屋を出てスマホを出した。

「御岳山のダムを放流して、再び満水になるにはどのくらい時間がかかるの。あなたに聞いても無理でしょ。誰かに聞いてみて」

美来は高野に頼むと、その足で国土交通省に行き、大臣室に入った。

「急用ですか」

国交大臣が驚きを隠せない顔で美来を見ている。

美来はダム放流の必要性を国交大臣に説明した。横で何度も国交省の役人が大臣に耳打ちしている。

「御岳山のダムは防災とともに、首都圏の飲料水にも利用されています」

「台風が無事に通り過ぎれば数日でもとどおりです。いや、数時間でそれ以上の水が流れ込む可能性すらあります」

国交大臣は考え込んでいる。

「その根拠はありますか」

「状況を見てください。降り続いた雨。大雨を伴う大型台風が昼すぎにでも東日本を直撃します。なんとしても、洪水は防がなければなりません」

「推測だけではこのような重要な決定はできません。もっと明確な根拠を示してください」

「手元にはありません。後でメールで送らせます。でもその時には手遅れです。あなたは、その責任者として歴史に残りたいのですか。現実を無視した愚かな大臣として」

美来は「愚かな大臣」を強調し、目は国交大臣に注がれている。彼は視線を外した。

「御岳山系のダムの責任者を呼んでくれ」

国交大臣は低い声で秘書に告げた。

6

台風八号は勢力を増し首都圏に迫っている。テレビはどのチャンネルも地震関係から台風情報に変わっている。カメラは渋谷駅前の交差点を映していた。道路は冠水してその水が風に巻き上げられている。町全体にゴーゴーという風雨の音が響き、昼間にもかかわらず薄暗く不気味だった。人の姿は見えない。

練馬区内の中学校の体育館を使用した避難所でインタビューが行なわれていた。体育館は不安そうな顔の人で溢れていた。入り口のガラスドアに激しく雨が打ち付けている。人の出入りのたびにゴーッという動物の唸《うな》りにも似た音が響いてきた。

〈台風八号が通りすぎています。今のお気持ちは――〉

ヘルメットを被った若い女性レポーターが、静岡から息子家族のもとに身を寄せているという車椅子の老人に話を聞いている。

〈気持ちは悪いに決まってるだろ。今まで七十八年間、真面目に働いて生きてきた。それをこの半月ですべて失くしてしまった。儂《わし》が何をしたと言うんだ〉

〈ひどい地震と津波でした。その上、この台風です。何か希望することはありませんか〉

〈何を望めと言うんだ。妻と子供三人、孫を五人、祖父《じい》さんの代から五十年やって来た食堂も、地震と津波が全部持って行ってしまった。儂に残っているのは命だけ。それも風前の灯火《ともしび》。せめて、孫と代わってやりたかった。もう、どうなってもいい。早く孫と会いたいだけだ〉

老人が顔を上げてレポーターを見た。彼女は慌てて目を逸らせたが、すぐにまた視線を戻した。

〈避難所に来られたんですから、もう大丈夫ですよ〉

〈逃げてきたんじゃないよ。ここに住んでるんだよ。地震以来ずっと。帰る家がないから〉

老人は答えて目を閉じた。

〈台風八号が現在、関東地方に接近しています。一時間の雨量百三十ミリという大量の雨をもたらし、最大瞬間風速五十五メートルという大型台風です。幸い早めの避難が行なわれ関東地方の死傷者の報告はまだありません。台風が通りすぎた後も、大量の雨は続く模様です。しばらくは最大の注意をしておすごしください〉

レポーターの声とともにカメラは人でごった返す避難所の光景を映している。

官邸の危機管理室は騒然としていた。都庁の災害対策室とオンラインでつなぎ、リアルタイムで東京の状況を共有していた。正面のモニターには気象庁から送られてくる日本上空の衛星画像が映っている。巨大な白い雲の渦が関東地方を覆っている。台風八号が首都圏を通過しているのだ。

他の複数のモニターには都内の主要河川の状況が映されていた。すべての河川は堤防の高さすれすれまで水かさを増し、漂流物を巻き込み濁流となって流れている。首都圏山間部の大雨が河川とダムに流れ込んでいるのだ。

放流によって水位を下げていたはずの御岳山系のダムにも水が貯まり、すでに満水に近いダムも半数近くあると報告があった。しかし、半数はまだ貯水力がある。

「各ダムの水量を調整して。放流と貯水を制御すれば、周辺の町や村に被害を出すことはない」

美来は自分に言い聞かせるように呟いた。

「横浜の地下街が水没しました。防水扉はすべて閉じていたんですが、地下鉄に浸水した水が防水扉を破り、地下街へと流れ込みました」

都の交通課の職員が報告した。

「東京とつながっている地下鉄が多いでしょ。東京はどうなってるの」

「要所を土嚢でふさいでおいたので流入は防げています。都内の出入り口は土嚢と瓦礫で埋めているので、水は入らなかったようです。しかし東京も、地下鉄の一割強に浸水が見られます」

「多摩川はどうなってるの。監視カメラを増設したでしょ」

中央のモニターが切り替わった。画面には幅の広い川が様々な流出物を呑み込み、白波を立てて流れていく。この川も許容量の八割以上の水流だと、担当者が説明した。

「荒川の状況を見せて。特に新荒川大橋辺りを」

危機管理室のモニターには荒川の状況が映し出された。

川幅は五百メートルほどあるが、通常は中央に二百メートル余りの川が流れているだけだ。広大な河川敷が広がり、平時の休日には野球やサッカーをやっている。その河原が完全に消え、濁流が渦巻きながら流れていく。明らかに危険水位を超えている。橋の水没も時間の問題だ。

流れには山から流れてくる木々に交じって家の屋根や材木が見えた。時折り乗用車の屋根が水面に見え隠れしている。橋に引っかかれば、せき止められた水が堤防を越えて町に流れ出す。

「水量はますます増えていく。もっと土嚢が必要だ」

「人が足らない。消防と残りの自衛隊は都内の被災地に出ている。これ以上、無理をすると事故が起きる」

モニターには目に見える速さで水位が上がっていく荒川が映っている。

〈このままだと堤防は決壊します。周辺住民全員の避難を決定します。時間がありません〉

吾妻都知事の声が聞こえる。

「橋を架け替えるのと、洪水の後始末とではどちらが経済的なの」

モニターを見ていた美来が都の危機管理官に聞いた。

「そういう見積もりはやったことがありません。でも、しいて言えば橋の架け替えでしょう。もっと広くしろと評判の悪い橋です。時間はかかるかもしれませんが。洪水は冠水して家に被害を与えるだけではなく、地下鉄や地下街への流入など、相乗的な被害を引き起こす可能性がありますす」

美来はもう一度モニターに目をやり、深く息を吸った。

「急いで自衛隊と連絡を取ってください。流出物が溜まって、洪水を引き起こしそうな橋はすべて爆破します。直ちに防衛大臣につないで」

全員が驚いた顔で美来を見ている。橋を爆破するなど前代未聞のことだ。

「無理です。そんな指示を出すと、後で大きな問題になります。誰が責任を取るのですか」

自衛隊のトップは防衛大臣ではない。その上にいるのは――。

美来はスマホの連絡先リストをスクロールして、ある名前をタップした。

「無理を承知のお願いがあります」

現在の荒川の状況を話した。

「東京の河川決壊はなんとしても防ぎたい。首都の崩壊は日本の崩壊につながります」

〈直ちに総理に伝えてしかるべき処置をとります〉

三国谷の落ち着いた声が聞こえ、電話が切れた。

十分後には、自衛隊の部隊が荒川の現場に向かったという連絡が入った。

さらに三十分後には吾妻から橋の爆破の報が入った。橋でせき止められていた水流が土手を越えて、海抜ゼロメートル地帯に流れ出す直前だった。

音を消したモニターからもゴウゴウと流れる水音、叩き付けるような雨とそれらを巻き上げる風の音が聞こえてきそうだった。雨量は一時間に百五十ミリにも達し、瞬間最大風速は六十メートルを超えた。道路は何か所も冠水し、町中からは人が消えていた。テレビでは記録的豪雨と強風を繰り返し強調している。幸いなことに避難所からの問題発生の報告は少なかった。首都圏は息を潜めて台風が通りすぎるのを待っていた。


昼すぎには激しい風雨が吹き荒れた台風八号が首都圏を通りすぎ、千葉沖に抜けていった。折れた街路樹やビルからはぎ取られた看板が道路に散乱していた。地震とは違った無残な東京が残ったが、人的被害は最小限におさえられた。

しかし雨はまだ降り続いている。都内は大規模な洪水こそ防げたが、大雨やマンホールから噴き出した水による冠水や土砂災害が多数起こった。だが水害の危険度はさらに増している。

　高野が来て美来に耳打ちした。

「御岳山の複数のダムが溢れそうです」

「どのくらいの水量に耐えられるの」

「満杯でも大丈夫です。ただし今までの話です。今回は地震で、かなりのダメージを受けていると考えた方がいいと、専門家が言ってました」

「決壊の可能性があるということね。現在の水量は？」

「八割ってところです」

「直ちに放流して。すべてのダムの水量を減らすの。急いで」

「国交省から指示が出ていません」

　所員が割り込んできた。二人の話を聞いていたのだ。

　上流のダムの一つでも崩壊すれば、かろうじて均衡を保っている多摩川の水量が増える。連鎖的に下流域のダムの崩壊が起こる可能性が高まる。ダムの崩壊が起これば――。

「至急、ダムの放流を行なうことを発表してください。流域付近に残っている人には注意を促して」

　美来は大声で言う。

「各ダムの制御室をオンラインで結ぶことはできないの、テレビ会議システムがあるでしょ」

　モニターが切り替わり三か所のダム制御室の映像が現れた。

「ダムの放流を開始して。責任は私が取ると言ったでしょ」

　部屋の全員に聞こえるように、強い口調で言い放った。全員が美来を見ている。

　河川の水量計の目盛りは見る間に上がっていく。気がつくとほぼ全員の視線がモニターに注がれている。ダムの放流が始まったのだ。白い水しぶきを上げながら川は流れていく。

「ただし、一気に流す必要はない。少しずつ放流するのよ。下流の流れを見ながら。ダムの水量を減らす必要はない。これ以上、増やさないこと。あなたたちならできる」

全員がダムの水量とダムから流れる水量の映像を見ている。

「少しずつ、少しずつ。現在、八割の水量だからまだ余裕も時間もある」

「今も多摩川の水流は目いっぱいです。これ以上流すと多摩川が決壊する恐れがあります」

美来は映像と水量計に目を向けた。

「ダムの決壊よりいいでしょ。ダムの決壊は川の氾濫、下流域の水没につながります」

ダムに一か所でも亀裂が入ると、巨大な水圧が亀裂を広げ一気に崩壊が始まると聞いた。膨大な量の水が川に放出され、堤防の決壊につながる。

気象庁はこの雨は当分続くと言っている。川は水量を増しながら、ゴウゴウと音を立てて流れていく。堤防上部すれすれを流れている場所もある。

美来はデスクに広げた地図を食い入るように見ている。

「多摩川の水量を減らす必要がある。このままだとどこかで決壊が起こる」

「何がしたいんです。また無茶なことじゃないでしょうね。すでに土手には土嚢を積んで補強しています」

川の流れを指でたどる美来を見て、高野が不安そうな顔で聞いてくる。

「どこか可能な場所に貯水池を造りたい。住宅の少ないところに流れを誘導する。川の流量が減るでしょ」

「意図的に堤防を壊して、町を水没させるというのですか。後で裁判沙汰です」

「多摩川沿いの大田《おおた》区と川崎市の辺りは、地震と津波ですべて流されている。あの辺りに流れを誘導すればそのまま東京湾に流れ込むんじゃないの」

美来は早口で告げると、スマホの連絡先をタップした。

「ただちに専門家と協議して多摩川の水量を減らします。堤防を爆破して貯水池を作るのよ」

美来は国交省と自衛隊のトップに告げ、デスクに広げた地図上を、赤いマーカーで多摩川の流れをなぞり始めた。

「多摩川にもっとも詳しい人、二人を選んで」

職員たちは顔を見合わせている。

「早くして。すぐに暗くなる。その前にやらなきゃならない。私たちには時間がない」

中年男性と二十代の女性職員が一歩前に出た。

「二人で相談して堤防の決壊の可能性が一番高い箇所はどこか決めて。その上流の土手を爆破して貯水池を造る。爆破地点を教えて。急いで」

美来の強い言葉で二人は慌てて地図に屈《かが》み込んで相談を始めた。数分後、女性職員が地図上の一点を指した。

「ここを爆破します。水が流れ出すと水量は緩和されて他の部分は救われると思います」

「思いますじゃなくて、断定できる場所はないの」

「海抜ゼロメートル地帯です。三百二十五世帯、住人の避難も確認されています」

中年の男性職員が答える。

「直ちに自衛隊に連絡して。暗くなる前に堤防を破壊して水を町に誘導します。すべての責任は私が負います」

美来の声で部屋中が慌ただしくなった。

美来はモニターに目を向けたままだ。モニターには白波を立てながら流れる多摩川が映っている。

一時間後、堤防の一部が爆破され、町のあった地区に巨大な貯水池ができた。同時にダムの放流が増やされたが、多摩川の水量は一定値を保っている。

〈多摩川の水量は少し下がって安定しています。決壊の危険度は下がりました。ダムも決壊も免れました〉

国交省から連絡が入り歓声が上がった。その時、自衛隊からの報告が入った。

〈爆破に従事していた自衛隊員が川に落下。現在、捜索が続けられています〉

部屋中から声が消えた。美来の全身から血の気が引いていく。力が抜け、その場に座り込みそうになった。デスクの端をつかみかろうじて身体を支えた。モニターの光景から光が消え、夜の闇が迫っている。


危機管理室は静まり返っていた。一時間前に川に転落した自衛隊員の死亡が確認されたのだ。

「私が彼を殺した」

美来が呟くような声を出した。

「そんな言葉を口に出してはいけません。美来先生は数百人、いやそれ以上の命を救ったのです」

津村が耳元で囁く。今までになく強い口調だ。

「一人の命さえ救えなかった。私は彼の家族から一生憎まれる」

「救われた人たちからは感謝されます。政治家とはそういうものです」

津村が必死に説得するが美来の頭には、危機管理室のモニターに先ほど送られてきた自衛隊員の顔が浮かぶ。二十三歳の一等陸曹とあった。

「次の指示をお願いします。台風は通りすぎましたが雨はまだ降っています」

美来はモニターに視線を向けた。闇の中、雨音がすべてを打ち砕く雷のように響いている。

7

聞こえるのは雨音だけだ。昨夜ほどではないが、雨は相変わらず続いていた。この雨は今日と明日いっぱいは降り続けるというのが気象庁の発表だ。

あれほど荒れ狂っていた台風八号は首都圏に大きな爪痕を残して、千葉県沖に抜けていった。

「水没した地下街、地下鉄、地域は至急、水をくみ出してください。復旧の妨げになるし、放っておくと感染症が広がる恐れがある。この暑さよ。避難所は大変でしょうね」

美来は吾妻と絶えずオンラインで連絡を取り合っていた。

〈電源車を出して、ファンを回してできる限り空気を循環させています〉

都内の人口、千四百万人のうち、家を失くした者が四百万人、電気、ガス、水道のインフラは八割がまだ止まったままで復旧の目途はたっていない。

「やはり、避難者は地方へ移動させることが重要ね。このまま都内にいても意味がない。下手をすると感染症が蔓延《まんえん》する恐れもある。至急、避難させる人の優先順位を決めてちょうだい」

避難所には、地震でかろうじて残った自宅にいた人も、台風接近で不安を感じ避難してきた。地震の恐怖と重なったのだ。一時は満員になり他の避難所に大型バスで移動する事態にもなった。

美来の危惧通り、地震で影響を受けていた橋や学校の校舎や体育館は、台風の風雨で半数以上が全壊、半壊状態になった。地震ではなんとか倒壊を免れたが、台風で全半壊した家もあった。

「当分、台風と大雨の影響で、土砂崩れや建物の崩壊は続く」。美来の耳には利根崎の言葉が残っている。

空は晴れ渡っていた。空の青さは、大地に広がる建物の崩壊と消失の跡、瓦礫の山の悲惨さとは対照的だった。

美来は利根崎に電話をした。名古屋の様子を知りたかったのと、無性に声が聴きたくなったのだ。無愛想な声だが、不思議と心が落ち着き安心する。悲観的な話が多いが、必ず何らかの前向きな言葉を添えてくれる。

〈荒川の橋を爆破し、地下鉄の出入り口を瓦礫と土嚢で埋める指示を出したのはきみだろ。多摩川の堤防を壊して、町を貯水池にしたのも見事だった。あれだけのことをやれる大臣はいない〉

挨拶もなく利根崎の声が聞こえる。

「他に方法はないでしょ。あなたのアイデアでもある」

〈名古屋じゃ拒否された。県のアドバイザーにすぎない僕の提案じゃな。防災大臣のきみだから受け入れられた。きみは多くの人を救った。しかし町を貯水池にしたのには驚いた。場所を複数の職員に決めさせたと聞いた。なんで複数の職員を指名した〉

「一人の責任が半分に減るでしょ。危険な賭けにも出られるので、より良い決断をしやすい」

〈それもハーバードMBAのケースメソッドか〉

「兄の教えよ。名古屋では洪水が起こったの？」

〈庄内川だ。橋に引っかかった流出物で川が溢れた。小さな川だが地下街と地下鉄の一部が水に浸かった〉

「今後が大変でしょ。水は早く出した方がいい。厚労省の意見。このうえ感染症が流行《はや》れば日本は終わり。そっちだって同じでしょ」

〈ありったけのポンプを集めて水を抜いている。数日かかるという話だ〉

「それからが大変よ。ただの水じゃない。泥水よ。最後には泥が溜まり、かき出すのに時間がかかる。全国からボランティアを集めたいけど、実質人口の半分以上が被災者と関係者だからね」

〈どうすればいいと思う〉

利根崎が美来を試すように聞いてくる。

「被災地に家のない人には、しばらくは地方に住んでもらうしかないでしょ。オンライン社会はコロナ禍で経験してるし」

〈僕もそれを提案するつもりだ。日本の五分の一が地震と津波でやられても、まだ五分の四が大きな被害もなく残ってる。彼らが助けてくれるし、そこを生かさなきゃ日本は終わりだ。この国は狭いようで広いんだ〉

「楽観的なのね。でも、経験を生かせないのが日本だからね。この状況から立ち直るのは並大抵のことじゃない。日本の工業地帯の大部分が壊滅的な被害を受けている。GDPの七十パーセントが影響を受けてる」

〈我が社の試算じゃ、八十パーセントだ。バタフライ効果で。直接被害ばかりじゃない〉

「今度は悲観的なのね。でも、あなたの方が当たってる気がする」

政府は国民に発表するとき、都合のいい数値を使う。都合の悪いものは言わない。今回も恐らくそうだ。

〈この国で生きていくからには何とかしなきゃならない。防災大臣なら分かってるだろ〉

「東京はひと月で最低限の機能は取り戻す」

美来は思いを込めて言った。

〈きみと話していると希望が見えてくる気がする〉

「困るのは相変わらずトイレと水。特に水は飲み水に加えて、色んなものに使われる。トイレ、洗濯、洗いものなど」

〈給水車が出ているだろ〉

「十分じゃない。これから本格的な夏だし。首都圏では地下街の浸水が多すぎる。排水が追いつかない」

〈発展途上国の水害は赤痢と隣り合わせだ。日本が同じだとは思いたくないけどね〉

連日の暑さにトイレと水が不足している。美来は視察で行った中東の難民キャンプを思い出した。人々は雨水を飲み、路上で用を足していた。

「私たちにはコロナウイルスの経験がある。被災地で起こる可能性のある感染症を洗い出して、予防措置と対策を準備しておく」

美来は強い口調で言う。

〈できる限りの協力はする。何でも言ってくれ〉

お互いに頑張りましょうという、月並みの言葉で電話を切った。

スマホを見つめていると涙がこぼれてくる。楽観的なんかじゃない。これからどうしていいか分からない。でも、やらなければならない。

「美来と一緒にいると嫌なことを忘れる。未来が見えてくる」。兄の言葉を思い出した。利根崎もそう感じてくれているのか。美来はスマホをポケットにしまうと立ち上がった。

テレビをつけると避難所からのライブ放送をやっている。数百人が避難した体育館でのテレビのインタビューだ。

〈問題はこのまま都内に住んでも、復旧の見込みはいつになるかということ〉

〈専門家の話ですと、半年から一年です〉

〈瓦礫の撤去だけでそのくらいかかりそう。家族だけは被害のない地方に住んでもらって、私は首都圏に残り、東京と日本の復旧に全力を尽くす。そういうことになるんでしょうか〉

二人の小学生の子供を連れた父親が話している。配給だという弁当を持った母親が戻って来た。


美来が執務室に入ると三国谷が立っている。

「総理があなたにお会いしたいと」

美来は三国谷に連れられて、信濃町《しなのまち》の大学病院に行った。

地下の駐車場から荷物用のエレベーターに乗って、病室のある最上階に上がる。

部屋に入って立ち止まった。ベッドに上半身を起こした長瀬総理が美来を見つめていた。鼻に酸素を送るチューブを挿し、腕の点滴用チューブもテレビで見た時より増えている。驚くほど痩せていた。

横に医師が渋い顔をして立っている。

「あなたはよくやってくれました。私が思っていた以上です」

総理は近くに来るようにと促した。弱々しい声だが、美来を見つめる目には力を感じた。

「まだ犠牲者は増えています。一人の犠牲者も出したくなかった」

「しかし死傷者は政府予想の十分の一です」

「吾妻都知事をはじめ、都と政府の職員が頑張ってくれました」

「御岳山のダムの事前放流はよく決断してくれました。私の所にも、東京都の水源を空にするつもりかと電話が多数あったと聞いています。荒川の橋の爆破も英断でした。あなたらしい。私にはとてもできない」

総理は笑おうとしたが、わずかに顔をしかめただけで終わった。

「必死でした。防衛省、国交省のおかげです。私が指示したことが最善だったかどうかは分かりません。いつも、これでよかったのかと自問しています」

「そう信じることです。何もしなければ、今以上の死傷者が出たことは確かです。あなたは多くの命を救い、東京の被害を最小限にとどめたのです」

「これからが大変です。首都を再建し、新しい国づくりを始めなければなりません」

「新しい国づくり――。今回の未曾有の災害が大きな契機になるかもしれません。そうでなければ、亡くなった人たちに申し訳ない。それをつくるのは、若いあなた方です」

一瞬だが総理の声に力が増した。横で医者が美来に目くばせしている。これでやめにしてほしいという合図だ。

「私は戻ります。総理の期待に応えられるように努力します」

美来が頭を下げると、総理がわずかに手を動かした。医師を見ると頷いている。

手を握ると、思ったよりも強い力で握り返してくる。


美来は執務室に戻りいくつか指示を出すと、歩いて議員宿舎に向かった。着替えを取りに帰りたかったのだ。入浴はムリとしてもシャワーは浴びたい。内閣府から衆議院赤坂《あかさか》議員宿舎までは歩いて十分と少しだ。

雲一つない青空が広がっている。空気は水分を含んでいるがさほど暑くもなく清々《すがすが》しかった。

官邸の危機管理室で徹夜でモニターを眺め、東京の被害状況は把握しているはずだが、実際に町を歩くと雰囲気は違っていた。きれいになったのだ。地震と火事で道路や広場は瓦礫と灰の混じった砂埃《すなぼこり》で埋まっていたが、小さな瓦礫と砂埃は台風の雨風により飛ばされ、流されたのだ。

「車で移動すべきです」

横を歩く遠藤《えんどう》警護官が何度目かの言葉を繰り返した。彼は四十二歳と聞いている。

「すでに地震、津波、台風には襲われた。この他に誰が私を襲うというの。私は東京の今を見たい。歩いてね」

「できる限り速足で歩きましょう」

美来は開きかけた口を閉じ、わずかに歩みを速めた。警護官が気の毒になったのだ。

「家族に被害はなかったの。昨夜も官邸に泊まり込んでいたんでしょ」

「埼玉に家族がいますが無事でした。母が高齢なので早めに近くの小学校に避難しました。大臣の注意事項を伝えましたから。現在は親戚と一緒です。横浜から兄夫婦が避難してきています」

「何かあったら教えてね。こういう時は、自分の都合を第一にして」

「本当に感謝しています。大臣が通信車と電源車をいちばんに被災地に派遣したのは大正解でした。仲間もずいぶん助かっています。家族の状況が分かれば職務に専念できます」

美来はゆっくりと辺りの光景を頭に刻みながら歩いた。

百メートルほど先の高層ビルに隣の建設中のビルが倒れかかっている。前には見なかった光景だ。地震と津波で耐震性が落ちて、台風の雨風の力であなったのだ。

「あれはどうなるの。二棟とも解体するのかしら。それとも建設中のビルだけを取り壊すの」

「分かりません。自分の専門ではありませんから」

「あなたは警察に属してるでしょ。警察は人の経歴を調べるのが得意なんでしょ」

ふと思いついて聞いた。警護官は怪訝《けげん》そうな顔で美来を見ている。

「私は警護課の警察官です。捜査はやりません」

「悪かった。忘れて」

「捜査一課に友人はいます。なにか調べたいことがあるんですか。大臣がやることであれば、必ず人の役に立つことだと思います」

一瞬迷ったが、美来は言った。

「ある人の経歴を調べてほしい。犯罪者じゃない。それで悪用なんて絶対にしない。やってくれるのなら、あなたは指示されてやっただけ」

「名前と、分かっていることを言ってください」

美来が言うと、遠藤は頷いた。

「メモを取らなくていいの」

「一度聞いた名前や住所、電話番号は記憶する訓練を受けています」

人通りはほとんどないがコンビニの店員が店を開けている。時折り、乗用車が通りすぎていく。こんな時にも経済活動は続いているのだ。

地下鉄の入り口に水たまりができているが、積まれた土嚢で構内に水は入っていない。利根崎のアドバイスで救われたのだ。

一時間ほどかけて議員宿舎に戻った。

部屋に入るとベッドに倒れ込んだ。全身から力が抜け、そのまま眠ってしまいたかった。目を閉じると、脳裏を様々な光景がよぎっていく。濁流となって流れる河川、水かさを増していくダムの湖面、窓ガラスを鳴らし吹き付ける風雨、亡くなった自衛隊員の顔。思わずベッドから起き上がった。


スマホが鳴っている。全身の力を集中して立ち上がった。

〈俺だ〉の声がして、善治がしゃべり始めた。

〈高知はまた振り出しに戻ったが、台風では誰も死ななかった。早めの避難が功を奏した。おま

えが逃げろと、テレビで強要したそうだな〉

「強要したわけじゃない。命を救うことが一番だと強調しただけ。まずは自分の命。一人のエゴで、他人が死なないように。でも一人も犠牲者が出なかったのは奇跡的だと思う。みんな、賢くなったのよ」

〈これからどうするつもりだ。今後の国の再生だ〉

「なにかアイデアがあったら教えてよ」

〈おまえこそ何を考えてる。やりたいことがあったから、防災大臣を引き受けたんだろ。誰もなり手がなかったと聞いた〉

美来は一瞬黙った。

〈言ってみろ。力になれるかもしれない〉

「日本の状況を見てみて。一国ではとうてい立ち直れない」

今度は善治が沈黙した。

「土木学会の試算では南海トラフ巨大地震では千四百十兆円、首都直下型地震では一千兆円の経済損失が出る。二十年間の累計だと言ってるけど。壊れたインフラの整備だけでもおそらくそれ以上かかる」

美来は考えながら話した。善治のことだから数字は覚えているだろう。間違うと揚げ足を取ってくる。

〈壊滅的だな。どうするというんだ〉

「外国の援助を受けるしかない」

〈防災大臣だろ。そういうのは外務大臣か財務大臣の領域だ〉

「一緒にやることもできる」

〈甘いぞ。省庁が違えば考えかたはまったく違う〉

「今回は同じはず。日本の復旧、復興が目的。全議員のベクトルが同じ方向を向いている」

美来は言い切った。善治はしばらく沈黙している。反論を封じ込めているのだ。

〈おまえは外国に知り合いが多いからな。彼らの力を借りるつもりか〉

「今の日本では誰も助けてはくれない。日本の中心都市と大企業の大部分が大きな被害を受けている。現在、損失を計算している。莫大な額になると思う」

外国にはそれを考慮した提案を作らなければならない。

〈日本は敗戦から立ち直った経験がある。今度も何とかやるだろう〉

能天気な声が返ってくる。

「八十年前とは違う。経済規模、世界情勢、科学技術、それに加えて国民の意識。すべて大きく変わっている。過去の延長が通じる話じゃない」

〈素っ気ないな。状況は違っているが、人間は大して変わっていないんじゃないか〉

「そうあるように願いたい」

初めてまともなことを言ったと思ったが、口には出さなかった。

利根崎のことを考えていた。慎重な男だ。現実を見つめながらも常に先のことを考えていた。その彼が妙に落ち着いている。何か考えているのか。ふと頭に浮かんだ。


利根崎は窓を見た。

漆黒の闇が張りついている。地震でいちばん強く感じたのは、夜はこんなに暗かったのかということだった。じっと見ていると何かが見えてきたようで、その中に吸い込まれそうな気がする。しかし時がたつにつれてこの闇は見たこと、感じたことがあることを思い出した。あの夜も同じだった。なぜ忘れていたのか。あの時感じた絶望、喪失感、死の影、自分の中にはずっとあったものだ。それが今まで生きる原動力となっていた。

早乙女美来の顔が浮かんだ。テレビや新聞でも騒がれた時期があった。未来を背負う若い女性二世議員、経歴と写真を見てなるほどと思った記憶がある。以後はまったく忘れていた。興味を持ったのは、名古屋でエイドについて聞かれたときだ。良いものは良い、とはっきり見分けられ、口に出せる政治家だ。簡単なようで簡単ではない。とくに政治家はそうだ。まず、自分にどういう利益があるかを考えている。

環境大臣から防災大臣へと変わったが、違和感はなかった。やはりエイドにこだわり、エイドの利点をしっかり理解していた。あのソフトはピラミッド構造になっている。トップの構成を入れ替えれば、避難所レベルから県レベルまで応用が利く。そして、国と県との関係も合理的にマッチングできる。彼女は無意識のうちにそれも感じ取っている。

大型台風だったが最小限の被害で切り抜けたのは、彼女の力が大きい。

「政治家も悪いもんじゃないな」

無意識のうちに呟いていた。

台風の後、初めて開かれた閣僚会議だった。しかし、長瀬総理の姿はなかった。代わりに三国谷官房長官が総理の意思を伝えた。

総理は防災大臣が相次いだ災害の経過と今後の展望を述べることを期待しているという。

「南海トラフ巨大地震、首都直下型地震、おまけに台風まで来ました。もう他にないことを望みます」

美来は閣僚たちの顔を見回したが、全員無言のままだ。

ここにいる閣僚たちは全員が美来より年上だ。最年長は三国谷の六十三歳、美来の次に若いのは四十三歳の厚労大臣で、十歳年上だ。七十代、八十代の閣僚もいたが、亡くなったか体調を崩したり怪我をしたりして入院している。

「防災大臣としては、早急に被害実態を把握して、復旧、復興の計画を立てたいと思います」

「専門家を招集して委員会を作らなきゃならんな。時間がかかりそうだ」

「大学の先生たちも自分たちのことで精一杯だろう。首都圏の大学もほとんどが大きな被害を受けている」

「日本全国を考えれば、被害を受けていない地域の方が多い。援助を頼むべきだろう」

「日本海中部地震のような地震が近いうちに起こるという噂も流れている」

日本海側の青森県、秋田県を中心に起こった地震だ。日本列島に近い活断層が動き、津波が起こった。

「対馬《つしま》の方も危ないという噂が流れている。ということは、日本中、どこに行っても危険だということか」

閣議室は静まり返り異様な空気が流れた。

「よけいな心配はやめませんか。気象庁の担当部署に注意するようにお願いしています。今は東京の復旧、復興について考えましょう。日本の立て直しにつながることです」

美来の言葉で雑談が途切れた。

正しい決断は多くの命を救う。兄の言った言葉だ。この言葉を考えつつ、一時間かけて国交省がまとめた南海トラフ巨大地震、首都直下型地震、台風の被災状況について話した。

ひっそりとした防災大臣執務室のデスクに美来は一人座っていた。

余震は日に何度かあったが、多くの人が慣れていった。その慣れが怖かったが生きていくためには仕方がないと割り切るしかなかった。

美来は高野から渡された資料を見ていた。資料には最新の被害状況が書かれていた。死傷者数、倒壊家屋数、経済損失、最後にその被害は最終ではなく、今後増えると書かれている。

資料に紛れて封筒が出てきた。遠藤警護官と別れるときに、それとなく渡されたものだ。A4用紙が二枚入っている。美来は目を通して封筒にしまった。

窓を見ると闇が張りついている。その先には果たして光はあるのだろうか。ここひと月のことを考えると、絶望的になる。

かすかに息を吐いてスマホを手に取った。

「私は早乙女、今時間はありますか」

〈どうした、元気がないな〉

利根崎の声が返ってくる。

「あなたが提供してくれたネクスト・エイドは機能している。避難所の運営はうまくいってる。でも今回の災害では、被害が大きすぎて次の形が見えてこない」

〈力にはなりたいが、それは政府が考えることだ。そのために僕らは税金を払ってる〉

「あまりに被害が大きすぎた。あなたのエイドは人の命や県は救ってくれるけど、国までは救ってくれそうにない」

沈黙が続いた。

「名古屋はどうなの。中京工業地帯の被害は甚大でしょ。化学コンビナートは全滅だと報告を受けている」

〈物的被害はかなり被ったが、人は残っている。人が残っているということは、技術と経験も残

っているということだ。それが最大の財産になる〉

「それには資金と時間がかかる。それまではどうするの」

〈僕に聞くな。それを考えるのが政府の役割だと言ってる〉

「一緒に考えてほしい」

思わず出た言葉だった。利根崎は沈黙した。

「あなたはエイドを作った。災害関連死が著しく減っている。全国からの支援物資がスムーズに回り、ストレスが減ったおかげ。専門家が驚いてる。エイドによって多くの命が救われたし、これからも避難所ではさらに多くの命が救われる」

〈平井に礼を言ってくれ。エイドの開発は彼の力が大きい。熊本の地震では、彼の祖母が避難所で死んだんだ。それが契機で彼はエイドの開発を始めた。元は暗号資産の投機家だ。だからブロックチェーンに詳しい〉

初めて聞く話だ。平井は自分の過去には触れたことがない。多くの人が災害の被害者だ。

「名古屋では次のステップに進んでいるという噂がある。あなたが何かやってるんじゃないの」

〈何がやれるというんだ。ネクスト・アースは十五年前に立ち上げたばかりのベンチャー企業で、中心は半導体の設計だ〉

「悪いけど、あなたの経歴も調べさせてもらった。あなたは東日本大震災で――」

唐突に電話は切れた。

美来はしばらくの間、スマホを耳に付けたままでいた。もう一度、スマホを握り直して電話番号を押そうとした。放っておけばこのまま終わりになる、そんな気がした。その時、突然ドアが開いた。

入ってきたのは三国谷官房長官だ。心なしか引きつった顔をしている。

「総理がお亡くなりになりました」

美来が黙っていると、五分ほど前に総理が亡くなられましたと、再び同じ言葉を繰り返した。

第三章　新しい風

1

　午前二時、閣議室には十人の閣僚と閣僚代理、残りの閣僚はオンラインで参加していた。総理の訃報で三国谷官房長官から内閣全員に招集がかかったのだ。

「長瀬副総理は持病を抱えてたんだろ。はやく辞任すべきだったんだ」

　沈黙が続いていたが、財務大臣の森山が口火を切った。彼は常に長瀬副総理と「副」をつけて呼んでいた。

　美来は出かかった言葉を呑み込んだ。今思うと、彼こそこの時期には必要な総理だった。派閥にこだわらず、バランス感覚の優れた人だった。彼が総理だったことで党内の権力争いも最小限に抑えられ、このひと月余り何とか前に進んできた。

「この非常時に誰が指揮を執るんだ」

「ひと月で二人の総理が亡くなった。政治空白だけは何としても避けなくては。しばらくは与党幹部の合議制というところか」

「それじゃ、この危機は乗り越えられんだろ。強力なリーダーシップが必要な時だ」

森山の発言で、再び声が飛び交い始めた。

「次の総理の継承順位は誰になるんだ」

「前は副総理だった。その副総理が死んだ。次は殺しても死なないような奴だな」

冗談混じりに言ったのだろうが、誰も相手にしない。

「外務大臣だったか。今は――入院中のままだ。次は確か――」

「総務大臣だ。しかし、彼は怪我をして入院中だ。八十二歳で歳も歳だ。途中で死なれても、代えるわけにはいかないぞ」

「これで終わりか。いや、最後は防災大臣じゃなかったか」

鶴岡《つるおか》厚労大臣の声で、美来に視線が集まる。

「南海トラフ巨大地震が近いから、それもいいだろうということで全員一致で決めたんだ」

「総理継承順位は四番目ではなかったか。普通は三番で止めておくんだが、長瀬副総理が、何が起こるか分からないと言い出して。まさか、この時を予測していたんじゃなかろうな」

こういう時が来るとは誰も思わなかったのだ。強い反対もなく、とりあえず継承順位四位として防災大臣を置いておくということになった。

「国家の非常時だ。そういう経緯はゼロに戻して、直ちに国会を開いて、総理指名を行なう必要がある。国政に空白があってはいけない」

森山が大声を上げた。

その時ドアが開き、三国谷官房長官が入ってきた。走って来たらしく息が荒く、額には汗が滲んでいる。

「みなさん、お集まりか。遅れて申し訳ない。総理のご遺体に付き添っていました」

「あなたは総理を看取《みと》ったのか。何ごとか話されましたか。たとえば今後のことについて」

官房長官は閣僚たちに向き直り、姿勢を正した。

「総理は亡くなる前に私を呼ばれて、おっしゃった。こういう時だ、新しい風を入れることが重要じゃないかと」

閣僚たちを見ていた官房長官の視線が美来に止まった。

「現在における継承順位は総務大臣だが、彼は重傷で総理の重責は無理だ。次は防災大臣になっています」

全員が美来を見ている。

「早乙女防災大臣は、総理を引き受けてくださいますか」

「待ってください。私が民自党の総裁、総理だなんて無理に決まっています」

「長瀬総理の強い御意向でもあります」

「早乙女総理だと。今は冗談を言ってる場合ではないだろう。こんな娘に誰がついて――」

森山財務大臣が訴えるように閣僚たちを見回した。

「総理はこの半年、早乙女美来氏を見ておられたそうです。特に防災大臣になってからのことを高く評価しておられた」

官房長官は森山を無視して話し始めた。

「特にエイドの導入と台風対応については、我々老人にはできない判断だと」

官房長官は「我々老人」という言葉を強調した。

「このような重要事項は、党大会を開いて審議すべきではないのか。新しすぎると、我々にはついて行けない」

森山が慌てた口調で言う。

「三百十七人。この数をご存じですか。現在の民自党、現職国会議員の数です。衆参合わせてです。そのうちの二割が南海トラフ地震と首都直下地震で亡くなりました。三割が入院、自宅療養を含めて怪我をしています。残りの議員も、親戚の誰かが亡くなるか怪我をしたり、大きな被害を受けています。野党も同じようなものです。大多数の国会議員がダメージを受けています。党員も自分たちの生活を維持することに精一杯で、選挙どころではないのです。とても党大会はおろか、国会を開く余裕はありません。当分は長瀬内閣の継承で行くほかはないのです」

官房長官は財務大臣を睨むように見つめ、懇願するような声で言った。反論はない。どうすべきか分からないというのが本音だろう。

「総理の強い意向です。民自党総裁と総理をお引き受け願いたい」

再度、美来に向き直って言う。

「待ってください。私にも考える時間が必要です」

そのとき官房長官がよろめき、美来がその身体を支えた。閣僚の半数が床に転がったり、しゃがみ込んでいる。スマホの警報が鳴り始めた。

「余震だ。今度のは大きいぞ」

〈揺れに気を付けてください。次に大きな揺れが来ます。気を付けてください〉

数か所で同じ言葉が繰り返されている。スマホの緊急地震速報だ。

「震度五強だな。余震にしては大きい。熊本地震の例がある」

立ち上がった閣僚が言う。

二〇一六年、熊本県で震度階級ではもっとも大きい震度七を観測する地震が四月十四日夜および四月十六日未明、相次いで発生した。さらに、最大震度が六強の地震が二回、六弱の地震が三回発生している。数日の間に、同程度の震度の地震が連続して起こったのだ。

「我々には時間がありません」

官房長官が美来を見つめている。

「朝いちばんに、総理が亡くなられたことを国民に発表するというのはどうでしょう。その時に、次期総理を発表する。それまで五時間あります。じっくり考えさせてください」

美来は官房長官に、途中から閣僚たちに向かって言った。


議員宿舎の部屋に入った途端、スマホが鳴り始めた。善治だ。マナーモードにしてポケットに入れた。もう耳に入ったのか。やんだかと思うとすぐにまた震え始める。スマホをベッドの上に置いた。

窓際に立つと、視界には闇に近い東京が広がっている。その闇の中には瓦礫が連なり、一千万人を超す人たちの生活があるのだ。その背後には日本があり、一億二千万人の国民がいる。自分に総理の役割が果たせるのか。やはり無理だ。自分には経験も実力もない。荷が重すぎる。

〈兄さんならどうする〉美来は声に出さずに問いかけていた。〈美来ならできる。やはり美来は政治家向きなんだ。人は美来についていく〉。

ベッドのスマホが震えている。覚悟を決めてスマホを取ると応答をタップした。

沈黙が続き、初めに声を出したのは美来だった。

「断ろうと思ってる」

またしばらく沈黙が続いた。善治は美来以上にことの成り行きを知っているに違いない。

〈なんでだ〉

「私に務まるとは思えない」

〈こんな話が飛び込んでくる者はまずいない。おまえは神さまに選ばれたんだ〉

国民に選ばれたい、という言葉を吞み込んだ。

「父さんは誰から聞いたの」

〈三国谷からだ。長瀬がおまえを総裁に推したと〉

「三国谷さんはどう思ってるの。総理にいちばん近い人でしょ」

〈驚いていた。しかし納得していた。長瀬副総理は最初、混乱を避けるためにおまえを防災大臣にした。国民の評判が良かったからな。総理継承順位の四番目だ。ところが一位、二位、三位が消えていった。以後はおまえを試していたんだ。もし、自分が死んだらという思いがあったのだろうとも言っていた。だからおまえを見守っていたと〉

「やはり私には務まらない」

〈誰がやってもうまくはいかない。党の分裂、それは日本の分裂、崩壊につながるとは思わないか。それを避ける最善の方法を長瀬副総理はとったんだ〉

善治は未《いま》だに長瀬総理を副総理と呼んでいる。森山と同じだ。

「みんな、推測と計算が好きなのよ。真実や現実なんて二の次」

〈状況を考えるんだ。平時であれば、こんな人選は笑い飛ばす。当選二回の三十二歳の小娘だ。いや、こんな話は出もしないだろ。早く決心しなきゃならんだろ。朝いちばんに国民に報せなきゃならないからな〉

善治はすべて知っているのか。いや、娘の正確な歳さえ覚えていない。私は二か月前に三十三歳になった。都合のいいことだけを言っているのだ。私は父の夢を叶えるための存在じゃない。

「国民が納得しないと思う。この大事な時に、私が総理大臣だなんて」

〈誰がなっても納得しない奴はいる。おまえは防災大臣だ。現在、国民にいちばん近いポジションだ。台風と大雨にはよく対応したな。俺の知らない優秀なブレーンがいるのか〉

「総理はあらかじめレールを敷いておいたと言うの？」

〈もめごとなしで丸くまとめるためにな〉

丸くまとめるか、美来は口の中で繰り返した。確かに、党の実力者たちは全員がまとまって反対した。全員が、自分が一番だと信じている人たちだ。

「もう一度考えてみる」

美来は一方的に電話を切った。しばらくスマホを見つめたがかかってくる気配はない。もし善治から電話があれば、きっぱりと断るつもりだった。

突然、利根崎の顔が脳裏に浮かんだ。どこか思い詰めた、現実など何も考えていないような飄々《ひょうひょう》とした顔が浮かんだのだ。それでいて、彼は常に現実に対処していた。


「寝てたのを起こしたのなら、ごめん。どうしても相談したくて」

呼び出し音が二度目で取られた相手に向かって言った。デジタル時計は午前四時十五分を示している。

〈仕事中だ。悪かった、勝手に電話を切って。しかしあの話は二度と――〉

「長瀬総理が亡くなった」

息を呑む気配が伝わってくる。

〈きみが次期総理候補なのか。だったら――〉

しばらくの沈黙があって利根崎の声が聞こえる。彼はすでに察しているのだ。

「朝までに返事をしなきゃならない」

美来は利根崎の言葉をさえぎった。利根崎は再度、黙り込んでいる。

「どうしていいか分からない。でも、政治空白は絶対に避けなきゃならない」

美来は事情を話した。利根崎は無言で聞いている。

「私の友人は政治家や関係者が多くて。彼らの言葉は決まってる。それ以外の人の意見が聞きたくて。あなたなら私を中立の視点で見ることができる」

〈もう決めてるんだろ、やるって〉

利根崎の明快な言葉が返ってくる。

「なぜそう思うの」

〈今のきみは相談するというより、背中を押してくれる人を求めてる〉

「で、どうなの。あなたの意見は」

〈僕は賛成だ。おそらく、きみしかいない〉

「なぜそう言い切れるの。私はまだ経験もなく、人間的にも未熟。国民が黙ってはいない」

〈それを自覚していれば十分だ。さらに言えば、きみには打算もしがらみもない。いいと思えば躊躇なく実行する。エイドの場合がそうだった。数日ですべての被災地で使われるようになった。あれでエイドの利点がさらに発揮された。正直、僕は驚いたんだ。こういう決断は簡単なようで難しい。失敗すれば軽率で無能。成功したら当然とみなされる。とくにきみのような職業、立場ではね〉

利根崎は職業という言葉を使った。彼は政治家を特別だとは思っていない。

「引き受けるとしたら、あなたに補佐官になってほしい」

自然に出た言葉だった。今の瞬間まで考えたこともない。だが言葉に出すと、最善でかつ当然のような気がする。

〈アメリカの大統領補佐官のことか。日本じゃ聞き慣れない言葉だ〉

「アメリカの真似《まね》かな。何代か前の政権から取り入れられた。特定の分野に詳しい人が、総理の政治判断の手助けをする。すごく重要なポジション」

〈僕は政治についてはほとんど知らないし、興味もない〉

「私の場合、震災対応のワンポイント・リリーフ。でも、すごく大事な役割になる。ここ一、二年が、日本が再び浮上する道筋を付けられるか、このまま沈没するかの分かれ目だと思う」

利根崎が考え込む気配がする。

〈何か考えはあるのか。今までの総理大臣にはできなかったような秘策が〉

「何もない。現状はゼロから、いやマイナスからの出発。過去の継承ではなく、新しいものの創造になる」

〈一八六八年一月、戊辰《ぼしん》戦争の始まりによる明治維新。一九四五年八月、終戦と同じということか〉

「あれは一瞬だけど、過去の政治家が全員、政界から消えた。だから何とか前に進んだ。でも、今の日本には色んな人が多すぎる。党の重鎮たちはこぞって反対している。まとまることはない。でも、やらなければならないことは一つ。日本の復旧、復興」

〈悲観的なんだな。助けたいが僕には荷が重すぎる。それにネクスト・アースの立て直しもある〉

「あなたが参加してくれないと、私も引き受けることができない。会社の立て直しは進んでるんでしょ。去年の段階で、社員の八割は岐阜の新社屋に移っている。しかもその半数は、在宅勤務。海外支社にも力を入れている」

〈調べたのか〉

「あなたの会社は国内の仕事がゼロになってもやっていける。外国にいる現地社員も多い。何年も前から現在の日本の状況を予測して会社の体制を整えていた。エイドもその一つでしょ。他にもまだ何かやってるんじゃないの」

〈製造業じゃなかったから、偶然うまくいった。職種が都合よかったというだけだ。コロナ禍でオンラインでの業務を学んだ。仲間のベンチャー企業も、ものづくり中心で工場を持っていた企業はあたふたしている。太平洋岸の企業はすべて流されたんだ〉

「あなたのアドバイスで、地震と津波に影響されない地区に工場を移転した企業も多いんでしょ。彼らと協力してエイドを開発した。これも調べた。私はアメリカで企業再生のMBAの学位を取っている。非常に興味ある事例ね」

〈本来ならば政府の仕事だった。近いうちに南海トラフ巨大地震が起こることは分かっていたからね。首都直下型地震が近いことも。東京だって、もっと何とかできたはずだ〉

「それを言わないで。政府もできる限りやっていた。阪神・淡路大地震、東日本大震災、能登《のと》半島地震を教訓として。でも今回はあまりにも規模が大きすぎた。小手先のやり方ではどうにもならない。人材不足、個人の能力不足を指摘されると反論できないけれど」

　半分以上が言い訳にすぎないことは分かっている。

〈想定外だったわけか。すべては口先だけで終わっていた〉

「想定外では片付けられない事態なのは分かってる。でも政府発表は、政府の努力でこれだけの被害ですんだってことになる。でもあなたがいれば、被害は半分以下に抑えられていた」

　しばらく沈黙が続いた。利根崎が考え込んでいる気配が伝わってくる。

〈きみは優秀だ。よくやっている。自信を持ってやり抜くことだ〉

「逃げると言うの。私を残して」

　思わず出た言葉だった。無意識のうちに美来の中で利根崎は大きな存在となっている。

「あなたはこの災害に対して用意していた。あなたのおかげで、助かった命も多い」

〈そうじゃない。僕はやるべきことをやっただけだ。だが本来は政府がやるべきことだった〉

「分かっている。だから同じ間違いを犯したくない」

〈できる限りの協力は約束する。まず、きみは寝た方がいい。ここ数日二十四時間、すべての時間帯にきみの存在を感じる〉

「あなたこそ。この時間にも起きていた」

美来は電話を切った。しばらくスマホを見つめていたが、履歴を出してスクロールした。

「お引き受けします。三十分でそちらに参ります」

返事を待たず電話を切った。

その足で三国谷の所に行き、引き受けることを伝えた。


早朝、美来は党本部に行った。ほとんど寝ていないにもかかわらず頭ははっきりしている。緊張感が全身にアドレナリンを送り込んでいるのか。

民自党総裁室の前で立ち止まった。中から大声で言い合う声が聞こえてくる。党の重鎮たちが集まっているのだ。

「いくらなんでも早乙女美来はないだろう。ましてやこの非常時に」

「この非常時だからこそ、早乙女くんを強く推す、と総理は言っておられました」

党の重鎮たちの中央に三国谷がいる。長瀬総理が亡くなる前後、付き添っていた唯一の閣僚だ。

「当選二回の新人議員に毛が生えたようなものだ。いくら父親が早乙女善治だとしても」

「親父《おやじ》が手を回したか、入れ知恵があるのか。彼女の椅子の背後には、親父が座っているということはないだろうな」

「環境大臣、防災大臣、つつがなくこなしています。特に彼女が見つけてきた新しいソフトウェア、エイドの導入で避難所運営は著しく改善され、災害関連死は目に見えて減っています。今回の台風八号の水害から東京を守ったのも、早乙女防災大臣の英断だという評判です」

全国ネットのテレビ局は、被害を受けなかった地方局から全国の被害情報を中心に流しているのだ。おまけに、ＳＮＳはひと月前の倍近い情報を流している。生の国民の声が大部分を占め、美来の知名度は急激に上がっていた。

「彼女がいなければ数倍の被害が出て、東京の地下街と地下鉄は水没していたと言う者もいます」

「吾妻都知事代理は早乙女氏を絶賛しています。東京を救った恩人だと」

「私も賛成です。少なくとも一年はこの災害からの復旧が最重要課題になります。挙党一致の内閣が必要です。派閥色のないフレッシュな総理が適任だと思います。女性だと野党の攻撃も多くはないのでは。それに何より、彼女は国民受けがいい」

「若くて元気なだけが取り柄だ。すぐに音を上げる」

森山財務大臣が周囲の議員たちを見回しながら言った。

「それが大事なんです。弱さは同情を呼びます。老人が張り切りすぎると醜いだけです」

三国谷が戒めるように言う。反論が途絶え、お互いに見つめ合っている。

「失敗したらどうなる。再び、日本は浮かび上がることができるのかね」

「どうせ誰がやっても失敗する。まずは彼女に任せるのもいいか。その間に次を考え、準備を始めるのがベストかもしれん」

森山の言葉にほとんどの議員が頷いている。

建物を一歩出ると悲惨な光景が広がっている。人が消え、破壊された建物が続く町だ。脳裏をよぎるのは敗戦後の日本の姿だ。戦後生まれの者たちには、新しい敗戦国の姿に違いない。復活を想像できる者は少ない。

「当分は政治家より官僚の仕事だ。国のビジョンも個人の思想も関係ない実務優先だ。足りないものを調達して、復旧作業に精を出す。我々、政治家の出番はそれからだ」

森山が話をまとめるように締めくくった。

「それは間違っています」

気がつくと美来はドアを開け、大声を出していた。部屋中の視線が集まる。

「あんた、聞いてたのか」

「聞こえただけです。おっしゃる通り膨大なマイナスからの出発です。だからこそ、新しい展望が必要です。国民が将来を信じ、困難に立ち向かおうとする希望です。それを国民に提示するのが政治家の仕事です」

美来は考えをまとめようとした。言いたいことは山ほどあるが、言葉が絡み合って出てこない。

「過去の大災害を考えてください。ベストではなかったが、何とか最悪の局面は乗り越えました。阪神・淡路大震災は地元の人たち、全国のボランティアが一丸となって復旧、復興に取り組みました。東日本大震災は多少ながら政府が被災地に目を向け、復旧、復興を支えたからです。今回はより強力なリーダーシップが必要です。コソコソ言い合ってないで、力を合わせようではありませんか」

美来は一人一人に問いかけるように視線を移していったが反論はない。

「私は長瀬総理の遺志を尊重したい。今回は早乙女くんでいけばいいんじゃないか」

森山の言葉に議員たちの表情は変わった。

「あんた、誰かの入れ知恵があったのか。数分前までは、総裁選を主張していたじゃないか」

「失礼な。私は現状を考慮し国民のためを考えると、政治空白は絶対に避けるべきだという結論に達していた。だったら、新総理は長瀬副総理が推す早乙女くんしかないだろう。幸い、防災大臣として国民の評価が高い。文句があるのかね」

再び声が上がり始めたが、今度は美来を推す声も入っている。しかし、積極的なものではない。

「すぐに国会を開くことは難しい。そうなると我が党の選出だけではどうしようもないだろう」

「国会は定数の三分の一が出席すれば、成立します」

「野党対策はどうする。ここぞと思っている野党も多いはずだ。現状、我が党がまとまって一人を推せば何とか与党であり続けられる」

「野党はまとまっているのか。統一野党として、首相候補を立てるということは――」

「政権交代のチャンスですから。今後の国会運営にも大いに影響が及ぶでしょうな。やはりここは、我が党の結束を野党にも、国民にも披露しておかなくては」

重鎮たちはお互いに顔を見回している。腹の探り合いというところか。

「総理は早乙女くん。政策決定は党三役、いや幹部との合議制ということではどうですか」

森山が辺りを見回しながら言う。政調会長は死亡、総務会長は入院している。

「ではとりあえず、早乙女美来総裁、総理でいきますか。ただし、内閣には旧派閥からそれなりの人材を送りましょう」

「いえ、それでは私はお引き受け――」

「みなさん、長瀬総理のお言葉に従って、よろしくお願いします」

三国谷が美来の言葉を遮って一歩前に出て言う。

消極的な賛成ということで会議はまとまった。

会議の後、美来は防災大臣室に戻った。

すでにマスコミは長瀬総理の死去を聞きつけて、官邸に集まっていると聞いている。一時間後には、政府の正式発表と、早乙女美来防災大臣が民自党総裁と総理を引き継ぐことを発表する。こちらはまだマスコミには漏れていない。

ドアをノックする音が聞こえた。ドアを開けると三国谷が立っている。

「先ほどは失礼しました。ああでも言わなければ会議が永遠に続くだけです」

「やはり私は単なる飾りですか」

「早乙女先生、あなたはもっと自信を持ってください。長瀬総理はご自分の体調をご存じでした。今期限りで引退を決意していましたが、二つの震災が起こり、政治空白を避けるために総理に就任しました。しかしなるべくスムーズで、穏便な政権の移譲を考えていました。今自分が下りると、与党内は権力争いでメチャメチャになります。それは日本の崩壊につながります」

今は日本が一つにならなければならない時、三国谷が言っていることは事実だろう。

「総理はそのために体調が悪化し、急逝したと言ってもいいでしょう。かなり無理をしていたのは事実です」

三国谷は深いため息をついた。

「正直に言います。長瀬総理がお父上に頼まれていたのも事実です。もちろん総理、などの単語は一度も聞いていません。いずれあなたを、という話です。しかし事態は急激に進みすぎました。あまりに常識を通り越した人事で、一番迷惑を受けるのは国民です。それだけは避けなければならない、と常々おっしゃっていました。総理になりたがっている者は山ほどいます。自分の適性など考えずにです。長瀬総理は、争いの少ない道を模索していました」

「だから、総理は私を選んだ」

「そればかりではありません。あなたを当選二回で環境大臣に推したのは長瀬総理です。女性で若いというだけではありません。いずれ、日本を牽引《けんいん》する政治家になると考えていたからです」

美来は信じられないという思いで聞いていた。

「あなたを防災大臣にしたのは、自分の体調に不安を抱いたからです。もう、長くはないと。防災大臣であれば短期間で成果を出せる。そうすれば、国民のあなたを見る目も違ってくる。現在、この国がもっとも求めている人材です。自分にもしものことがあれば、総理に推しやすい」

「現在は何とかまとまっても、今後もこの状態を維持できるかどうかは分かりません。与野党から様々な要求が出てくるでしょうね」

「長瀬総理は気遣いの人でした。政治家にしては敵が少ないということです。与野党含めてです。総理いち推しのあなたは、よけいな心配は無用です」

三国谷が美来を見つめている。すでに手は回したということか。

「でも、通例は国会議員と党員で選挙を行なって総裁を選び、国会の過半数の賛成を得て総理は決まるのではないですか」

「それは平時の場合です。現在の日本は決して平時と呼ぶことはできません」

三国谷は軽く息を吐いて続けた。美来は「政治空白は絶対に作るな」という善治の言葉を思い出していた。

「通常国会以外に国会の活動を必要とする事態が生じた場合、臨時会を行ないます。臨時会は原則として内閣が決定します。例外として災害時などに衆議院もしくは参議院のいずれかの議院の総議員の四分の一以上の要求があった場合にも、内閣は臨時会の召集決定をしなければなりません」

三国谷は美来を正視し淡々と話し始めた。

「開催の場合の定足数ですが憲法第五十六条に取り決めがあります。両議院は総議員の三分の一以上の出席がなければ、議事を開き議決することができません。それが満たされ、審議が開始され評決を取る場合、出席議員の過半数の賛成があれば裁決されます。めでたく、総理が決まります」

「臨時会はいつ開かれるのですか」

「中止と決まりました。与野党の了解を取っています。あまりに震災の影響が強すぎました。前回の内閣の引き継ぎという形が取られます」

「じゃあ、私はまだ――」

「総理の継承順位に従って、早乙女美来内閣総理大臣が誕生しました。これは民自党の総意です」

三国谷が姿勢を正して美来に頭を下げた。

「三国谷さん、私を助けてくれませんか」

ワンテンポ遅れて言葉を返した。三国谷が不思議そうな顔で美来を見返してくる。

「私には政治経験がほとんどありません。私に不満を持っている議員が多くいることも知っています。私には駆け引きはできませんが、それらの方たちをまとめていく必要があります。いま一番必要なのは団結です。一刻も早く、災害前の日本に戻ろうという情熱と決意です。長瀬総理の志を継いで、新しい日本をつくる。長瀬総理をもっともよく知る方はあなたです」

美来は深々と頭を下げた。

2

民自党総裁は早乙女美来と発表された。

与野党ともに定数不足で国会は開かれることなく、美来が総理大臣に就任することになった。

異例中の異例だった。三国谷が与野党間を走り回って調整を図ったのだ。

しかし、マスコミは好意的に取り上げた。エイドをいち早く導入して避難所運営を円滑にし、被災地への支援物資の分配に役立てたことが評価されたのだ。吾妻都知事も美来が台風時に取った決断を高く評価し、全面的に支持を表明した。

さらにマスコミは、若さとやる気に溢れたアメリカ留学経験のある国際派として取り上げた。過去の映像や写真を探し出してきて、名古屋や高知の被災地での様子とともに流した。

総理就任当日に、早乙女美来は日本と世界でもっとも知られる人となった。

「弱冠三十三歳で日本のリーダーに」「任せられるのか、ＧＤＰ世界五位の経済大国の舵取《かじと》り」「世界感覚を持つ初の総理、それは女性だった」と好意的なものもある。一方、「沈没船日本丸の最後の船長」「沈みゆく日本、最初で最後の女性宰相」「人材不足の日本、知名度ゼロの若い女性」というモノまである。

海外メディアでも大きく取り上げられた。

「沈みゆく太陽か、昇ってくる太陽か。日本、初の女性総理誕生」「三十三歳の女性総理、ＧＤＰ世界五位の国の舵取り」「日本の舵取りはハーバード大卒、ＭＢＡを持つジャンヌ・ダルク」と紹介された。

その日の夜、利根崎から電話があった。

〈順調な滑り出しじゃないのか〉

「失敗のないのが取り柄、成功もないが、という記事もある。マスコミは無責任よ」

〈就任演説があるんだろ。早めにやった方がいい〉

「まだ何も考えていない。閣議も開いていないし、日々の作業で手一杯」

〈総理の仕事は閣僚に思い付きの指示を出し、人に会うだけじゃないのか〉

「被災地の知事に何が必要かをまとめてもらっている。愛知県にも国の要請として届いてるでしょ」

〈必要なのは、人、金、道具。瓦礫を取り除く道具と、瓦礫置き場だ。被災者、中でも子供、老人、病人、女性などの災害弱者の受け入れ先だ。金を出すなら、被災地周辺に受け入れ場所を作れ。安全で安心して暮らせる場所だ〉

考える気配が伝わってくる。

〈それと、復旧を円滑に進めるための法律だな。これがないと壊れた車一台動かせないし、全壊家屋一つ撤去できない〉

「それも時限立法として考えてる。でも、現在の日本にできることは限られている。外国に求める援助をまとめたい」

〈まずは国民と外国に政府の方針を伝えることだな。その上で、相手にもできることを考えてもらう。一方的に頼むだけではいずれ、愛想をつかされる〉

「所信表明演説ってことね」

〈言葉がきみの最大の武器だろ〉

ガンバレよ、という声と同時に電話は切れた。


美来は軽く息を吐いて、カメラを見つめた。

利根崎と電話で話した後、直ちにマスコミに連絡して、急遽国民と世界に訴えるスピーチの手配をしたのだ。まず日本国民に直接訴え、そのテープをユーチューブにアップして世界に流す。各国語の字幕付きで。

美来は亜矢香を総理執務室に呼び相談した。彼女は国連職員としてニューヨークのテレビに何度も出たことがある。

「まかせて。私はあなたを百倍輝かせてあげる。服と化粧は――」

亜矢香が一歩下がって美来を見つめた。

「服はこの防災服のまま、ナチュラルメイクでやるつもり。相談に乗ってほしいのは演説の内容について」

「それも任せて。私は世界を動かす言葉のプロよ」

亜矢香は歌うように言って、美来を見つめている。

それから深夜まで、二人は総理執務室に籠った。

演説は日本時間午前八時、アメリカ東部時間午後七時に、総理執務室で政府の防災服を着て行なわれた。

テレビクルーの背後には、十人ほどの閣僚と官邸職員が立って見守っている。

「まず、日本を襲った相次ぐ震災で命を落とした方々へ哀悼の意を捧《ささ》げます。生き残った私たちは必ず、みなさまの犠牲を無駄にすることなく、残された命を守り、日本の再建に全力を尽くします」

美来は立ち上がり、カメラに向かって深々と頭を下げた。

「日本国民のみなさん。そして世界のみなさん。私は長瀬総理の後を引き継いで総理に就任した、早乙女美来です。日本国民と世界のみなさんに、日本の現状をお伝えしたいと思います」

美来はカメラに挑むような視線を向けて話し始めた。カメラの向こうには世界中の人の目が見つめている。利根崎の言葉だった。

「日本はこのひと月の間に、南海トラフ地震、首都直下型地震、さらに巨大台風に見舞われました。現在分かっている被害情報は死者二十一万人、行方不明者十万人、重軽傷者百三十五万人です。倒壊と焼失した家屋は五十八万棟に及びます。経済損失はまだ計算すらできていません。しかし、経験したことがないほどに甚大なものであることは避けられないでしょう。この数値は今後、ますます大きなものになるでしょう」

こうして数字を挙げていくと、改めて被害の大きさに気持ちが萎えてくる。「私はどんなに疲れていても、会見の五分前にはアドレナリンが激増する。カメラの向こうには日本国民、一億二千万人の視線がある。そう思うと神経が張り詰め、逃げ出したくなる」長瀬総理が震災前の副総理時代、テレビに出る前には必ず言っていた言葉だ。しかし今回は日本のみならず、世界が見ている。その世界の反応が、今後の日本を左右する。

美来はカメラに対して目を細めた。涙をこらえるのがやっとだったのだ。

「今思えば、私たちは、阪神・淡路大震災で都市型災害、東日本大震災で広域型災害、能登半島地震で過疎地、高齢化地域の災害を経験しました。しかし、その経験を十分に生かせたでしょうか。命を守るために、しっかり準備をしてきたでしょうか。人として、もっと謙虚になったでしょうか。私たちは自然の力を真摯に受け止め、準備をしてきたでしょうか。目先の雑事に目を奪われ、真に大切なことを忘れてはいなかったでしょうか」

美来の言葉が止まった。全身を異常な衝撃が走ったのだ。胸が苦しく呼吸ができない。必死に空気を吸い込んだ。脳裏にはこのひと月余りに見た様々な光景が浮かんでくる。強い衝撃と同時に起こった激しい揺れ、轟音、悲鳴とともに崩壊するビル群。至る所に上がる火災の炎。迫りくる大津波。さらに体育館に並んだ棺の列、泣き崩れる遺族たち。そして多摩川で亡くなった若い自衛隊員の顔。

原稿に目を落とすと涙で霞んでぼやけている。これは生中継だ。日本中、世界中に流れている。美来は原稿を脇に寄せ、顔を上げてカメラに視線を向けた。

「私たちは幸いにも生き残ることができました。この生を続けるためには、お互いに助け合っていかなければなりません。今後、私たちに求められるのは協力と信頼です。そして無償の奉仕です。私たちの多くが家族を失い、親戚、友人、同僚を失いました。また家や仕事をなくしました」

次の言葉が続かない。必死に涙をこらえようとするが止まらない。ディレクターが祈るような視線を向けてくる。撮影クルーたちも戸惑っているが何もできない。見かねた女性アナウンサーがティッシュを差し出した。利根崎の言葉が精神に響いた。「大きく息を吸うんだ。軽くゆっくり吐け」全身の力を抜き、息をゆっくりと吸い込む。次第に呼吸が楽になっていく。女性アナウンサーに微笑《ほほえ》み返し、ティッシュで涙をぬぐった。

「マイナスからの出発です。しかし、立ち止まっているわけにはいきません。悲しみを乗り越え、前に進まなければなりません。生き残った者の義務です。どうか、私たちが失った人たちの分まで生き続けることができますように」

美来は日本各地の被災地の様子を話し、今後も日本国内と世界に現状を伝え続ける約束をした。

「私たちは負けません。みなさんがついてくれている限り」

美来は深々と頭を下げた。

執務室内は静まり返っている。美来を見つめるテレビクルーや官邸職員の中にもハンカチを目に当てている者がいた。亜矢香の目にも涙が溜まっている。

映像はユーチューブにアップされた。「総理大臣の涙」から始まり、「東京を救え」「日本を救え」の合言葉が日本中に、世界に広まっていった。

日本語の次に英語でスピーチする姿が世界に流れ、ユーチューブやインスタグラムなど、SNSで再生回数が合計数千万回を超えた。

新内閣組閣が話題になったが、美来は急遽開かれた民自党大会で、党三役を含め閣僚は当分、現在のままで進めることを強調した。空きポストは副会長、副大臣の昇格が告げられた。

「今は政府に空白を作ることはできない。また現在の私たちには、新内閣を考える余裕はありません。当分は現在のままの閣僚で推し進めます。年内を目途に新内閣を作ります」

早乙女内閣は前内閣の継承という形でスタートした。


その日の午後には最初の閣議が開かれた。

美来に代わって防災副大臣から昇格した南原《なんばら》防災大臣から、南海トラフ地震と首都直下型地震の最新の被害状況の発表が行なわれた。

「この数はあくまで途中報告です。死者の数も経済損失も、最終的には政府想定を大きく上回ることになるでしょう。南海トラフ地震、東京直下型地震、そして大型台風と日本列島を次々と災害が襲いました。連続して起こることは想定外でした」

南原は沈痛な面持ちで述べた。

「多摩川の水害と八王子《はちおうじ》辺りの土砂崩れはどうなったのですか。観測史上最大って言われてるけど」

「被害情報は出そろっていませんが、かなりひどい状況です。相当数の人が救助を待っていますす」

「周辺の都市の消防隊員を送り込んでください。埼玉、栃木、その他、内陸部や日本海側の県で、大きな被害の出ていない地域も多くあるはずです」

「各自治体は消防隊員を送るのを躊躇しています。消防署には担当地区がありますから」

「余震を心配しているのね。現状を最優先に考えてください。政府から指示は出せないのですか。

日本が一体にならなければこの危機は乗り越えることはできません」

「国の管轄ではないですからね。県でもなく、各市町村に属しています。それに人手と重機が足りません。このひと月余りで日本の大都市、工業地帯の人口密集地の大半が大きなダメージを受けたのですから」

「自衛隊はどうなっていますか」

「災害派遣は自衛隊の従たる任務で、本来の任務とは違います。本来の任務は国防です。最小限の部隊は残しておかなければなりません」

「災害対応も重大な国防です。全国のすべての部隊に、災害派遣を要求してください。いちばん近い被災地に行って救助活動を行なうようにと」

「しかし、最小限度の部隊は防衛のために――」

「残っている自衛隊を被災地に集中してください。すべての部隊です」

タブレットを見ていた美来が顔を上げ、強い口調で言う。自衛隊の大部分はまだ駐屯地に滞在しているのだ。

「しかしそれは――」

「防災大臣の時にはできない決定でした。しかし、私は現在、総理大臣です。自衛隊のトップでもあります」

美来は閣僚たちに視線を向けて言った。

「これが私の内閣総理大臣としての最初の指示です。全部隊を救助に出動させてください。世界を信じましょう。このようなときに侵略など考える国がないことを」

「あとで必ず問題になります」

「すべての責任は私が負います」

美来は言い切った。一人でも多くの人を救い、復旧を急ぎたい。それによってさらに多くの人を救うことになる。

総理としては失格なんだろう。しかしこれは戦争だ。私は全力で国民を護る。美来は心の中で叫んだ。

防衛大臣が声を上げた。

「すべての自衛隊を災害対応に回すなどできません。自衛隊の本来の役割は――」

「国民の命を救うことです」

美来は言い切った。閣僚全員が美来を見つめているが誰も反対しない。いや、できない雰囲気がある。

「私は世界を、いえ、人間を信じます。現在、日本は最大の危機的状況です。この機に乗じて――などと考える国などないことを信じます」

美来は三国谷に視線を止めた。

「私は政治家としては零点かもしれません。でも、喜んで零点を取ります」

三国谷が衛星電話を取った。

閣議が終わり部屋を出ると亜矢香が寄ってきた。

「あなたの演説、国連の友人に流しておいた。もう世界に広まっているはず。こんな時にバカなことをしようとする国は世界から叩かれ弾《はじ》かれる」

美来が話している間、亜矢香はずっとスマホをいじっていた。

「あなたもまともな政治家じゃないね。お互い、信じることをやりましょ」

亜矢香が腰の辺りでVサインを出している。

北海道、日本海側からも自衛隊が派遣されてきた。災害派遣の自衛隊は十倍以上になった。

南海トラフ巨大地震と首都直下型地震の余震は相変わらず続いていた。専門家によると、この余震は長引けば数年は続くと言う。さらに本震と同程度の地震が起こる可能性を告げる専門家もいる。熊本地震では、震度七の地震が二度起こっている。

「十分に気を付けてください。最初の地震で建物の基礎と建物自体にダメージを受けている可能性があります。そのため同程度の地震が起これば、二回目の方が被害が大きくなります」

政府と被災地である県と企業は復旧、復興について動き始めた。大学教授などの知識人を集めて、町の再建へのシンポジウムを始めたのだ。それらの会議では、多くは「次の災害にも耐える町づくり」が提唱された。

政府でも同様のシンポジウムが行なわれたが、美来は過去の失敗は繰り返さないことを前面に押し出した。次の震災にも耐える国づくりではなく、生活の復旧を中心にした迅速な町づくりを主張した。合言葉は「原状復帰」だ。その後のことは各被災地で少しずつ整えていけばいい。そのため、全国に過去の二つの大災害を経験した退職公務員を臨時職員として募集した。

「次の同規模の災害までは、数百年の期間があります。その時のことはその時代人たちに、その時代の科学技術と知恵で考えてもらいましょう」

美来は力説した。

さらに利根崎の助言を得て、日本中のサプライチェーンを見直し、被害を受けた地域の工場、産業を被害を受けなかった地域に移すことを重要視した。これは利根崎の強い提言だった。まさにマイナスからの出発だった。

その間に政府が全力を挙げて太平洋側の瓦礫処理を行なっていた。

ノックとともにドアが開き、高野を押しのけて男が入ってきた。無遠慮に部屋中を見た後に、美来に視線を向けた。

「徳山健一《とくやまけんいち》、東京政治経済新聞の記者です」

美来に目を止めたまま頭を下げた。

美来が官邸に呼んだのだ。徳山はズングリした大男で、ジーンズにネクタイをゆるめにしめた、いかにもはみ出し記者という雰囲気だった。汚れた古いスニーカーを履いている。

「あなたね、私に好意的な記事を書いてくれてるのは」

数日前の新聞一面に「早乙女新総理は語る」と題して、署名記事を書いてくれた。就任演説全文と国内、世界の反応の好意的な部分を強調したものだ。

「親父さんに頼まれた。娘をよろしくと。善治さんとは、彼が現役の時からの知り合いなんだ」

徳山は美来に笑みを浮かべた。

「やはりね。私が読んだのは防災大臣の時の――」

「だったら、多摩川流域のダム放流の記事のことか」

「あれも父さんに頼まれて――」

「俺の家族が八王子に住んでる。あんたがダムの放流を許可しなければもっと多数の住人が死んでた。感謝してる」

「じゃ、父の指示じゃなかったのね」

「頼まれたことは頼まれたが、記事とは関係ない。俺は自分の感じるところを書いてる」

「だったら、あなたは――」

「あんたに期待している国民の一人だ。自衛隊の全部隊を災害救助出動させた。今までの総理ではできない判断だ。それくらいのことを英断しなければ、日本の再建は不可能だ。すでに復旧、復興利権を求めて魑魅魍魎《ちみもうりょう》が群がってきている。それも国内外からだ。莫大な額の金が動くだろうからな。あんたのやり方次第で日本の未来が決まるんだ」

今まで浮かべていた薄ら笑いが消えている。

「あんたには少なくとも、日本の経済界を含めて既成勢力とのしがらみがない。その分、自由に動けるだろう」

「私一人の力じゃ、できることは知れている。あなたが言ったように日本にはまだ古い勢力が残っている。既得権益を守り、生き残り、勢力拡大に必死になっている。だから国民もマスコミも協力してほしい」

「意外とまともなんだな。それじゃ、爺さんたちの弾《たま》よけにされるぞ。あんたの魅力は政界音痴と無鉄砲なところだ。つまり、まだ既得権益に染まっていないってことだ。俺が評価してるのは、エイドの全国導入と法律を無視したダム放流と橋と堤防の爆破だ」

利根崎と同じようなことを言っている。

「今日は国民が政府に何を求めているか、マスコミから見た政府の姿について聞くために来てもらいました」

「誰の入れ知恵だ」

「父じゃない。私は自分の考えで動いている」

徳山は考えていたが、やがてしゃべり始めた。

「震災で生活はおろか人生がガタガタになっても、店や配給の列に秩序正しく並ぶのが日本人だ。だけどそれって、嘘だよ。昨日は大阪の商店街が襲われた。数十人のグループが深夜シャッターを壊して入り込み、商品を奪って逃走した。ゲーム店、スポーツ用品、ドラッグストアも軒並みやられた。生活必需品とは思えない値の張るものばかりが盗まれている。換金するんだろうな」

徳山は店の名と商品を挙げていく。すべて、美来が初めて耳にすることだ。

「宝石や時計、ブランド品の店は高額商品は撤去してるが、すべてというわけにはいかない。詐欺師も増えている。家の修理、ブルーシートの設置に法外な値段を吹っ掛ける。今後、こういうケースが増える。震災慣れしてくるんだ。俺たちは被害者だ。政府は何もしてくれない。だから俺たちは何をやってもいいという気になる。さらに震災疲れだ。日本人は全員が善人じゃない。これからは悪人が表面に出てくる。感染症のようなモノだ。注意しなければ一気に広がる」

美来は戦後を思い浮かべた。強い者、ずるい者が生き残り、成り上がっていった時代だ。

「名古屋でもありました。空港の免税品店が襲われました。外国人が関与しているようです。日本人は、盗品の処理は現在、難しいことを知っていますから」

高野が賛同するように言う。

「まずは治安維持だろうな。日本は安全なことで有名なんだ。それを売りにもしてきた。早めに手を打てば短期間で効果が出る。まずはそれでアピールすることを勧めるね」

徳山は様々な例を挙げて説明した。裏社会にも詳しそうだ。

時計を見て徳山は立ち上がった。すでに一時間がすぎている。

ドアに向かって歩き始めた徳山が立ち止まって振り返った。

「国民は日本の再建計画を求めている。政府は我々のことを考えているか。何をしてくれるか。我々は政府を信頼していいのか。数日中に何らかの展望を示した方がいい。しかしだ、もっと先にしなければならない重要なことがある。現実的で、もっとも心に響くことだ。これによって人間性が試される」

それは何か聞こうとしたとき、頑張ってくれ、と言い残して出て行った。

危なっかしいが、どこか憎めない男だ。最初にしなければならない重要なこと。現実的で心に

かべた。

響くこと。人間性が試される。美来は徳山の言葉を反芻《はんすう》した。目を閉じて被災地の光景を思い浮瓦礫に埋もれた町。火災で建物が焼け落ち黒く変わり果てた町、その中を肉親を探してさ迷う人々。体育館に並べられた数十もの遺体。その横で市の職員が小声で話していた。「冷房をしているとはいえ、この暑さだ。あと一日か二日でとんでもない状態になるぞ」「そう言われても、まだ身元確認ができているのは二割もない」「棺だって半分もない。火葬場だって」

東日本大震災の時は一瞬のうちに一万人を超す死亡者が出た。海岸に打ち上げられた数十の遺体。マスコミは書かないが遺体はどれも、かなり損傷を受けていたという。だからＤＮＡ鑑定が必要だった。今回の死傷者はそれを一桁以上上回る。とうてい一つの県では対処できない数だ。

スマホを出して三国谷に電話した。

「直ちに被災地の知事たちを集めて。オンライン会議を開きます」

〈いま彼らは、それどころじゃ――〉

「早い方がいいと思います。できれば十五分以内に」

三国谷の言葉を遮り電話を切った。一度大きく息を吸い込むとパソコンに向かった。

十五分後、美来は緊急災害対策本部にいた。正面のモニターには被災地の知事たちが映っているが、一様に疲れ切った表情をしている。全員、おそらくほとんど寝ていないのだろう。

「今回の二度にわたる震災の犠牲になられた方々に、深く哀悼の意を表します」

美来は深く頭を下げて、原稿を読み上げ始めた。

「明日から三日間の期限を区切って、ご遺体の捜索に自衛隊、消防、警察のすべての人員を投入します。ボランティアの方も含めます。ただし、翌日からは重機も投入して復旧、復興にシフトします」

部屋の中に緊張が走った。知事たちも顔を上げて美来を見ている。

復旧が進まない理由の一つは重機の使用に制限があることだ。倒壊したり土砂に埋もれた家の捜索は注意しなければならない。まだ建物の中に生存者がいるかもしれない。重機が入ると倒壊がひどくなり、救い出す前に死んでしまう可能性もある。手作業では時間がかかる。瓦礫の撤去、主要道路の復旧も、被災者の救助や捜索に関係あるところを優先した。そのために全体の復旧に遅れが目立った。

「発見、収容したご遺体については、収容期間は五日間とします。衛生上、管理上でも、それ以上の保管は無理と考えます。その間に顔写真、歯型を含めた身体的特徴、DNA採取、遺髪も取っておいてください。身元が判明してご遺族が引き取れる場合は、引き取ってもらう。その場合、葬儀、火葬については、全面的に協力してください。引き取りが無理な場合は、ご遺族の同意を得て火葬します。身元不明の場合は近隣の火葬場にお運びして火葬します。おそらく、火葬場も目いっぱいの状態でしょう。全国の葬儀関係者に協力を頼みます。ご遺骨は遺品、発見場所など詳細なデータとともに保管します。以上のことについて、内閣総理大臣として、提案します」

美来は一気に読み終えた。

「東日本大震災の折りには数年の時を経て、なん百キロも離れた場所で御遺骨の一部が発見されたという話もあったそうです。今後、行方不明者の写真や遺品、DNAの保存を行ない、データベースを作って全国からアクセスできるようにしたいと思います。大規模な捜索が打ち切られても、捜索そのものが終わりではありません。御遺骨を家族の元に必ず戻す。私たちが生きている限り続きます」

二十名の知事たちは瞬きもせず聞き入っている。一様にホッとした様子がうかがえた。中には目にハンカチを当てている知事もいる。身内を亡くしたのか。

過去の災害では火葬が間に合わず空き地に埋めておいた遺体を、半年後に掘り出したという話を思い出したのだ。マスコミには出ない話だ。

「特別な異議がなければ、私から政府の方針として国民に発表します。協力して、この苦境を乗り越えましょう」

美来はモニターに映る知事たちに向かって語りかけた。

頭を下げると同時に知事たちはいっせいに拍手を始めた。ミュートであるが、美来の耳にはその拍手の響きが聞こえてきた。

一時間後には国民に向けて発表された。

懸念されていた反対意見はわずかだった。国民の大部分は状況を理解してくれたということか。いや、おそらくは三国谷が反対意見をブロックしてくれたのだ。

さらにその日のうちに、次の指示を出した。

「エイドの使用を全国レベルに推奨します。避難所レベルの支援物資の需要と供給を考えるのではなく、全国レベルで支援物資の物流を考えてほしい。さらに、個人情報を含めて必要な情報を全国で共有したいと思います。避難所に滞在している方たち、また幸いにして自宅に住み続けることのできる方たち、現在、もっとも大事なのは命です。そして安全、安心です。被災地の被災者、全国の医療施設とを結んで、お互いに助け合ってください」

被災者ばかりではなく、全国民に向かって呼びかけた。エイドは現在は支援物資を効率よく避難所に届けるソフトとして使われているが、企業間のサプライチェーン構築にも利用できる可能性がある。

夜、利根崎から電話があった。

〈先日の話だが、きみの要望はまだ変わらないか〉

「補佐官の席はあなたでなければ必要ない。今日は名古屋なの？　それとも東京？」

〈東北だ。明日にはきみの所に行く〉

電話は切れた。どうやって来るの？　声を出しかけたのと同時だった。首都圏の交通はまだ全面的に止まっている。

美来は窓に視線を向けた。深く濃い闇が続いている。東京の空がこんなに暗いとは知らなかった。同時に闇を照らす無数の星が輝いている。思わず目を閉じた。そのまま見つめていると消えそうになる輝きを瞼《まぶた》の中に閉じ込めておきたかったのだ。

「これでいいのだろうか」

声に出して言うと、その疑問はますます明確なものになる。

〈大丈夫、美来はうまくやっている。やはり、おまえは政治家向きだ〉兄の健治が語りかけてくる。

3

翌日の朝、利根崎が官邸に訪ねてきた。Tシャツとジーンズ。大きめのデイパックを担ぎウォーキングシューズを履いている。ハイキングの帰りという雰囲気だが、手にはバイクのヘルメットを持っている。震災前には、官邸には入れない服装だ。

「スーツよりは今の日本向きね。私も当分は防災服」

「それだけでは、我々国民も気が滅入ります。ドレスは着なくていいですが、ファッションも重要です。総理のファッションは世界の話題になります」

利根崎が慇懃《いんぎん》な口調で言う。

「そんな言葉遣いはやめてよ。少なくとも二人でいるときは」

「僕はそれほど器用じゃないんだ。使い分けなんてできない」

「その調子でいい。あなたは政治家なんてバカにしてるんでしょ」

「期待してないだけだ。期待通りにいかなければ落胆も大きい」

「最高に厳しい言い方ね。でも、今回の災害についてはその通りかもしれない」

「コロナ禍の時は東京を中心に首都圏から人が消えた。今回はそれよりひどい。しかし近く、戻ってくるとも聞いている」

「なぜ、心変わりしたの」

「きみの演説に感動した」

「エイドのこと。あれはすごく汎用性のあるソフト。考えれば色んな使い方があるはず。組織と組織、人と人とを結びつけることもできる。いずれは企業間のサプライチェーンにも」

「そういうことにしておく」

利根崎が曖昧な笑みを浮かべた。すでに考えていることなのか。

「あなたは災害についてすごく詳しい。うまく言えないけど、専門家や政府と違った見方をしている。的を射ていて重要な見方をね。それを私たちに教えてほしい」

「本気でそう思っているのなら、目の前で起こっている現実の根本を考えることだ」

「また、禅問答のようなことを言う。具体的に教えてほしいの」

「まずはこの泥沼から抜け出す手を考えることだ。そのうちに見えてくる。今後、ますます泥沼に入り込んでいく。経済を中心にね。生活が苦しければ心も荒《すさ》んでくる。そうなる前に、何か手を打て。日本の舵取りはきみの腕にかかっている。すべての結果はきみの責任になる」

「怖いことを言わないで。周りの人からもさんざん脅されているのに」

「この災害は今までのモノとは違う。日本の経済を根底からひっくり返す。政治家も経済人も甘く見すぎている。国民自体もね。世界恐慌を引き起こす恐れすらある」

利根崎の顔からは垣間見《かいまみ》えていた柔和さが消え、厳しさだけが浮き出ている。

「きみはまず救える命を最優先にすると言った。そして亡くなった命に最大の敬意を払うと。僕はその言葉に期待している」

利根崎は災害復興の総理補佐官に就任した。


三日が過ぎると救出される人は減っていった。探し出されても全員が亡くなっている。

美来は利根崎の助言に従い、国民に語りかけ続けた。

「現在、日本の約三分の一の地域が何らかの物理的被害を受けています。その地域に大都市、大コンビナート、工業地帯が集中しています。全人口の三分の二の人が、日本を引っ張ってきた企業の多くが、存続が危ぶまれるほどのダメージを受けています。さらに、全国民の半数以上が家族、職、家を失っています。日本は過去の災害では考えられなかった経済損失を負いました。私たちは今後何年間も、いえ何十年間も国の再建という一つの目的に向かって、進まなければなりません」

東京では、災害当日に比べて死者は十倍以上に増えたが、まだ見つからない行方不明者は、十分の一になった。海に流されたか、どこかの土砂に埋もれているのだ。誰も言葉には出せなかったが、このまま捜索を続けても発見は難しいだろう。

「救出活動を中止して、復旧作業に重点を置く必要があります。まだ数千人の行方不明者がいます。彼らの帰りを切望している方たちはその数倍です。いつか帰ってくるかもしれない、とわずかな希望を頼りにしていると思います」

美来はその言葉の虚《むな》しさは分かっている。しかし自分の言葉一つで決定がなされるのだ。

「私たちは悲しみに暮れているだけでは前に進めません。明日の正午をもって、行方不明者の捜索は打ち切りとします。まずは土砂崩れや瓦礫の処理をして道路を確保しなければなりません。それには重機の搬入が必要です」

美来は目を閉じた。カメラの向こうからの重い思いを受け止めていた。


日がたつにつれて、様々なデータが出始めた。

南海トラフ地震の被害データは中間発表ではあるが出ていた。エイドの普及により、日本中の被災地のデータ収集が迅速になり、その時点での死傷者、生存者、さらに各自がどの避難所にいるのかリアルタイムで日本中から見ることができるようになった。

同時多発火災や火災旋風が多く起きたために、火事による死傷者が、想定より遥かに多く報告されている。東京には耐火性のない木造家屋が意外と多かったのだ。

皇居を中心とした都心では、火事は比較的少なかった。高層ビル化しているので、最新の耐震設計とともに耐火設備も充実している。しかし、その周りの練馬区、世田谷区、目黒《めぐろ》区、品川区、足立《あだち》区、葛飾《かつしか》区、荒川区などは、まだ多くの木造家屋が残っており、同時多発火災が多く発生して、多数の死傷者を出している。

今回の首都直下型地震では、同時多発火災と火災旋風で十万人が亡くなっているという結果が出た。負傷者を入れれば十倍近くになる。予想以上の死傷者が出たのは、高層ビルでの群衆雪崩《なだれ》だ。エレベーターの停止で階段を使って下の階に下りようとしたのは良いが、各部屋から逃げ出してきた人たちが階段に押し寄せ、長周期地震動の揺れも重なり、雪崩のように階段から落ち、圧死したのだ。予想の十倍近くの死傷者が出ている。

最新の技術で設計、建設され、強度上安全だとされていた高層ビルにも多くの倒壊が見られた。南海トラフ巨大地震による長周期地震動による構造劣化と、液状化現象により建物の強度が設計通りにならなかったケースも多く報告された。海や沼などの埋め立て地、海や川に近い場所、過去に液状化が起きた場所には特に多く想定外の建物倒壊が起こっている。

美来はそれらのデータを隠すことなく内外に公表した。

さらに時間がたつにつれて、避難所や人が避難した後の町での問題が次々と政府にも報告されるようになった。

高野がデスクに置いたパソコンを総理執務室の大型テレビにつないだ。

〈避難所での孤独死、第一号〉のタイトルがついたユーチューブだ。震災で生き残った八十二歳の老人の孤独死。朝、声をかけても起きてこないので、布団を見ると亡くなっていた。彼は震災で二人の娘と孫二人を亡くしている。落ち込んでいるときも多かったが、日ごろから隣人の問いかけには、「彼らの分まで生きる」と語っていた。とテロップが付いている。

「三百人の避難所での出来事です。孤独死と言えるかどうか。でも誰に看取られることもなく亡くなっていた。おそらく、今後こうしたケースが増えるでしょう。普段は他の被災者の話を聞いたり、明るく振る舞っていたそうです」

「人は本当の苦しみ、悲しみは口にしないものよ」

美来は兄が死んだときのことを思い浮かべた。同時に利根崎が時々浮かべる、どこか上の空のような表情を思い出した。

「今度は孤独とはかけ離れたものです。日本は被災地でも、どこでも列を作って辛抱強く順番を待つ、倫理感の塊のような国民だ。誰です、こんなでたらめを広めたのは」

高野の言葉と同時に次のユーチューブ映像が現れる。

モニターには駅近くの家電量販店に群がる若者たちの姿がある。中には小学生くらいの少年もいた。デイパックを満杯にし、店のカートに商品を積んだ若者たちが、割れた正面ドアから飛び出してくる。路上には折れ曲がったシャッターが転がっている。

「直ちに警察を出動させて」

「あの辺りは瓦礫で車の通行はできません。彼らはそれも知っている。あれは防犯カメラの昨日の映像です。今はもう壊されてますがね」

「じゃあ、あの若者たちは――」

「バイクや自転車で徒党を組んで行なっているようです」

「これは略奪。直ちに映像を公開して。犯行現場映像として、ぼかしや目隠しは必要ない」

「しかし彼らはまだ――」

「放っておくと被災地全域に広がる。断固とした措置を取ります。公開捜査を行ないます」

美来は徳山の言葉を思い出していた。感染症と一緒だ。一気に広がる。

このままだと街の商店街にも被害は広がる。すでに宝石店、高級時計店などが被害にあっている。災害時には被災地を狙った犯罪集団が全国から集まってくると徳山記者も言っていた。

「他県から被災地区に大掛かりな窃盗団が来ているという情報もあります。犯罪件数が被災地だけではなく、全国に広がっているという報告もきてます」

「逮捕して彼らの名前を公表する」

「彼らはまだ未成年です。後で人権問題になります」

「私が責任を取ります。被害の少ないうちに断固とした措置を取ることが必要です」

美来は決意を込めて言った。いずれ窃盗が強盗になり、暴行、レイプが横行する。そして必ず死者が出る。これも徳山の言葉だ。そうならないうちに摘み取る。

美来は三国谷に町に視察に行きたいということを告げた。

「総理が視察に行くとなると準備が必要です。警備体制を整え、分刻みのスケジュールが組まれます。さらに被災者側も準備が必要です。これはお互いに時間の浪費につながります。しかし被災者たちを元気づけることにもなります」

「直接、被災者の声を聞くことも大事です」

美来の言葉に三国谷は考え込んでいたが続けた。

「警備のことを第一に考えてください。総理の命を狙っている者にとっては視察は大歓迎です。この状況でわざわざ出てきてくれるのですから」

「お忍びで行くのはダメなの」

「危険すぎます。このような状態だからこそ、警備体制を万全にしておかなければなりません」

「普段着で行けば、私になんて目を止める人はいないはず」

三国谷は無言でスマホを美来の目の前に出した。

美来が睨むような目で見つめて話している。国民に語りかけている美来の映像だ。

〈なかなかいい目をしてる。彼女、俺を見つめて話してる。これじゃ、何を言われようと、言うことを聞くよね〉

〈こんな総理は初めてじゃないの。生で見てみたい。触れないかな〉

〈国会議員も悪くはないな。こんな人と一緒にいられるなら〉

「総理はけっこう人気者です。老若男女問わずにです。世論調査は行なわれていませんが、支持率は九十パーセントを超えてるって声もあります。だから党のうるさ方も、野党も表立って文句が言えないのです」

「ただ珍しいだけでしょ。パンダと同じ、初の女性総理で、年齢も歴代より二十以上若いから」

「さすが分かっておられる。しかし数か月で成果を出さなければ、今度は叩かれます。その時は与野党ともに黙ってはいません。世論なんて残酷なものです」

美来は三国谷の率直な物言いに肩をすくめた。

だが、町には出なければならない。この震災の状況は自分の目で見、触れて、直接感じ取っておかなければならない。これは政治家としての義務だとさえ思える。

利根崎に一緒に行ってくれるように頼んだ。彼はまだ都内を歩いていないのかと言って、今夜、予定が終わり次第出かけることになった。


美来は利根崎と高野、警護官と町に出た。

ジーンズとワークシャツ、野球帽をかぶりスニーカーを履いていた。議員になった年、早朝、皇居の周りをジョギングしたときは、短パンにランニングシャツ、サングラス姿だった。その時は週刊誌の記者に追いかけられ、三日で中止した。それ以来の軽装だったがさすがに短パンははかなかった。

利根崎は東北から帰ってきた時の作業着にトレッキングシューズだ。警護官は灰色のトレーナーを着ていた。数年前に付いた大臣のジョギングに付き合わされたと言っていた。

「暑いんじゃないの。そんな恰好《かっこう》で走ったりしたら」

「スーツで走るよりは楽です」

有楽町《ゆうらくちょう》に出たとき、美来は歩みを止めた。目の前に広がるのは——焼け焦げ、崩れ落ちた瓦礫の連なりだ。飲食店の入ったビルは、揺れによる倒壊と火事による炎上の被害が大きいと聞いていたが、想像以上だ。全焼と半焼がほぼ半分ずつだ。場所によっては消防車が入れない地区も多く、全焼に近い地区もある。

「これが東京なの――」

かすれた声が出た。戦後の東京大空襲で焼け野原になった写真と同じような風景が続いている。

振り向くと高層ビルの一角が見える。しかし、よく見ると何棟かは傾いている。地盤が傾いているのか、高層ビル自体が歪《ゆが》んでいるのか。

「設計者の予想を超えた巨大な揺れだった。おまけに、二度にわたる南海トラフ地震が起こった後だ」

利根崎が立ち止まって言う。

「ビルは倒れなくとも、あの中で群衆雪崩に近い状況が起きた。エレベーターが止まり、多くの情報が飛び交った。火事が起こっているとか、高層ビルが倒壊寸前だとか。全員が階段に押しかけたとき、次の揺れが起きた。パニックになり階段から飛び降りる者もいたという話だ。圧死と酸欠による死者が多数を占めた。人間なんて簡単に死ぬもんだ」

利根崎が言葉を吐き出すように淡々と話した。

「高層ビルは建て替えが必要なんでしょうね」

「一部はね。しかしたとえ建て替えなくてよくても、何百人もの人が死んだビルで働きたいと思うか。テナントは入らないよ」

「そういう話、マスコミではあまり出てない」

「災害が大きすぎるんだ。二つの震災で数十万人の死者が出た。数十人、数百人の死は大災害の一部として片隅に追いやられる」

首都直下型地震から五日後の発表では死者十二万人、重軽傷者百二十五万人、倒壊・焼失家屋は三十万戸、そして都内の避難所は三十二か所、避難住民は二百万人に及んでいる。

高野の案内で品川駅近くの小学校にある避難所に入った。ここは都内でも中規模の避難所で五百人近くの住民が暮らしている。

「私の友人の区議が中心になって運営しています。エイドも使っています」

高野は一度見に来るようにとメールがあったと説明した。

広い体育館には段ボールの仕切りがあるが、二百人近くが暮らしていた。さらに各教室に三百人近くが分散して暮らしている。

体育館の片隅で就学前後の子供たち二十人ばかりが集まって本を読んでいる。美来が見ていると、二十代の女性が近づいてきた。

「初めは教室で暮らしていたんですが、夜になると怖がって泣き出す子もいるので、こっちに移ってきました。色んな子供たちがいます。言葉がほとんどしゃべれなくなってる子、ちょっとした揺れにも目を覚まし激しく泣き出す子、私の側から離れなくなっている子。みんな、よほど怖い目にあってるんです。ここは人が多いですから、子供も落ち着いています。不思議ですね」

美来が総理であることを知っているような口ぶりで話し始めた。

「ここの子供たちは三歳から六歳です。全員、両親を亡くし、まだ引き取り手が見つからない子供たちです。大半の子供たちの身元が不明なんです。他にゼロ歳児から三歳までの子供たちの収容施設が十二か所あります。十歳以上の子供たちは、近隣県の施設に送られています」

女性は足元に来た子供を抱き上げて、時折り美来に視線を向けて淡々と話している。

「こういう孤児たちはどうなるの」

「まず親類を探します。親類が見つからなかったり、引き取ることが困難な場合は養護施設で暮らすことになります。私の場合はそうでした。東日本大震災の時、私はちょうどこの子と同じ三歳でした」

美来は言葉を失った。利根崎が女性を見つめている。

「詳細なリストを作って肉親を探します。早く落ち着ける場所を見つけましょ」

「エイドには尋ね人のサイトもある。全国からアクセスできる。子供の名前と住所を入れれば数秒で発見できるシステムだ。写真でも検索できる。登録が必要だけどね。ただし、犯罪と結びつく可能性もあるので公にはしていない」

ネクスト・アースの開発ソフトの中に認知症患者の徘徊《はいかい》捜索ソフトがあった。その応用だろう。

美来は後で彼から連絡することを約束してその場を離れた。

避難所の片隅に三十人ばかりの男女が集まっている。半数は二十代前半だろう。明らかに他のグループから浮いている存在だった。

「彼らはベトナム人だ。若者たちは技能実習生で入国した。家族連れはワーキングビザか。身寄りもいない、生活習慣もまだよく分かっていないだろう。政治力を生かしてくれ」

利根崎が美来を試すように言う。

日本に住む外国人は中長期在留者で約三百十二万人、特別永住者数が二十八万人で一年に三十三万人のペースで増加しつつある。もっとも多いのは東京都の六十六万人で、以下愛知県、大阪府、神奈川県、埼玉県と続く。彼らは大きな被害が出た大都市に多く住んでいるのだ。死者、行方不明者の中にも多く含まれているのだろう。

「何か困っていることはありませんか」

美来が彼らの所に行って英語で聞くと、戸惑った顔で見ている。

「あなた、日本の総理大臣でしょ。最近よくテレビで見る。でも、なぜここに」

中年女性がスマホのユーチューブの映像を出して美来に見せた。

「みなさんの様子を知っておきたいの。だから内緒で町に出てきた」

美来が唇に人差し指を当てると、他の仲間たちに説明している。

「あなたたちの仲間で亡くなった方や怪我をした人はいないの」

「連絡が取れない人はたくさんいます。どうすればいいか分からないし」

美来と女性の周りに人が集まってきた。

「海外からの問い合わせはどこに来るの」

美来は高野に聞いた。

「外務省です。しかし、今のところ手の打ちようがないというのが現状です。日本に滞在している者もいるし、旅行者もいます。数的にはかなり多い。各国の大使館や外国からの問い合わせも膨大だと聞いています」

大使や大使館職員の中にも多数の死傷者が出ているが、大使館や領事館も倒壊したり入れなくなっている建物もある。

「エイドの新バージョンには外国人対応のプログラムも含まれている。避難所に入る外国人のパスポートか写真を撮って、必要事項を記入すれば、日本のどこからでも情報を得ることができる。もちろん外国からでもね」

利根崎が美来と避難民たちに英語で言う。

「避難所にいる外国人のリストをピックアップして、外務省に回すように手配して」

美来は高野に頼んだ。

「何か浮かない顔をしてる。何か言いたいことがあるの」

帰り道、美来が利根崎に聞いた。

「東日本大震災では約一万六千人の人の死が確認されている。年寄りもいれば子供もいる。女も男も、災害は人を選ばず殺しまくった。未だに身元不明者が二千五百人以上いる。遺体が見つかっていないということは、それを探し続けている人もいる。人それぞれに歴史を刻み込んだ災害だった。今度の南海トラフ巨大地震と首都直下型地震はさらにその十倍近い人の命を奪い去った」

「だから、もうこんな悲劇が起こらないような未来を創ろうとしている。できるだけ早くね」

「急ぐ必要はない。じっくり考えればいい。次はまだ先の話だ。まずは現在生き残っている人の生活を考えるだけでいい。過去の経験を引っ張り出して、早急に公平にだ」

利根崎が口癖になっている言葉を繰り返した。美来はこの言葉を口の中で呟いた。同時に言うは易く、行なうは難しということわざも浮かんだ。

「避難所を安定運用しながら災害避難住宅を早急に建設するよう、指示を出している。地方自治体の仕事だけど政府が全面的に応援する」

「未来については急ぐ必要はない。まず、このひと月あまりの期間に起こった三つの災害による正確な被害状況を知ることだ。死者の数、行方不明者の数、焼失家屋、推定経済損失」

「私もそう考えている。それを国民と世界に公表したい。最初の二つについては、エイドを使えばそんなに難しくはない。被災地からすでに集まっているはず。経済損失に関しては概算でいいから国民と共有したい」

美来は国民に呼びかけることにこだわった。現在は数日に一回のペースでオンライン会見を行なっているが、さらに増やすことを考えている。

「国民の心が一つにならなければ前には進めない。このままでは国が二つに分断される。肉親に死者を出した者と、出さなかった者。被害を受けた地域と受けなかった地域。この国には光と影が同居している。いずれ対立が起こる。そんな国が一つになれるわけがない」

「それをまとめるのが政府だろう。きみたちは過去から学ぶと言うが口先だけだ。いつも一からの出発だ」

利根崎が美来を見つめて言う。

「あなたは阪神・淡路大震災と東日本大震災の政府の対応は間違っていたというの」

「違うのか。政府は次の災害に備えるという合言葉で、時間と金ばかりかかる大規模な計画をでっちあげた。結果は過疎化とコミュニティの崩壊だ。有識者と称する現実を知らないド素人と、大風呂敷を広げたがる知事に任せきった住民も愚かだが。潤ったのは請け負った企業だけだ」

利根崎は怒りを押し殺した声で言った。こんな利根崎を見るのは初めてだった。

何かあったのか、美来は利根崎の表情を見て、聞こうとした言葉を押し止《とど》めた。


美来が総理に就任して二週間がすぎた。

依然として首都圏の公共交通機関はすべて止まっている。高速道路は複数の箇所で倒壊が起こり、太平洋岸を走る鉄道も全線が運行禁止になっている。復旧の目途もたっていなかった。電気、水道、ガスなどのライフラインも復旧の途中だ。首都圏でも東京、横浜など大都市を埋め尽くしている瓦礫の撤去もされていない。瓦礫撤去のための重機も人も、南海トラフ地震の復旧に出ていて十分に集まらないのだ。唯一エイドによって、全国からの支援物資は避難所に届けられていた。しかし、人々の精神的ストレスは溜まっていった。

「早急に国会を開く必要があります。今のままだと何も決めることができない」

震災関係の法律の制定が溜まっている。瓦礫の処理方法、仮設住宅の規模と設置場所、今後の扱い方。企業の活動再開の資金調達と公的資金の扱いと規模などだ。

衆参両院の国会議員も亡くなった者、重傷を負ってまだ入院している者もいる。連れ合いや子供、両親、兄弟が亡くなった者もいる。彼らのほとんどが地元に帰ったり、議員宿舎に家族で住んでいたりする。

「これでは定数がとても足りません」

「年寄りにはこの震災は過酷すぎるんだ。彼らを非難することはやめよう。私だって交通手段があれば、飛んで地元に帰りたい」

選挙区が徳島の議員が言った。彼は妻と子供を亡くしている。

議論をしている間に現実はドンドン先に進み、状況が変わってくる。代わりに、総理大臣を長とする「日本復旧・復興協議会」が超党派で作られ、都内にいる議員と民間の災害復旧の経験者が集められた。全国の被災地の今後が話し合われ、方針が決められる会議だ。

最初に議長の美来が開会の言葉を述べた。

「今回の災害で被害を受けたのは日本列島の太平洋岸、ごく限られた地域です。面積からしたら、被害を受けなかった地域の方が圧倒的に広い。それにもかかわらず死傷者の数は膨大で、被害を受けた建物、企業、産業など、経済損失は日本にとって壊滅的ともいうべき数値です。始まっている復旧、復興に対して、被害を免れた地域には最大限の援助をお願いしたい」

主な議題は、被災者の受け入れと、支援物資に関するものだ。

家を失った人たちの当座の受け入れ、工場施設の貸し出しなど、多くの要求が出た。しかし、被害を免れた地域の議員定数は少ないうえに、議員の三分の一は亡くなるか重傷を負っている。国会議員ゼロの県もあり、地方の情報は伝わりにくかった。

突然、総理補佐官として参加していた利根崎が立ち上がった。

「今回の南海トラフ地震と首都直下型地震は、太平洋側の主要都市と工業地帯を壊滅的状況に追い込みました。しかし、日本列島の内陸部と日本海側はほぼ無傷で残っています。日本の今後の復旧、復興を考える上でこの事実をもっと見つめるべきだと思います」

「そんなことは分かっている。だから、無傷な地域に助けを求めている」

発言が終わるとともに、そうだ、と複数の声が上がった。

「しかし、その無傷な地域というのは、人材も経済力も乏しい県ばかりです。どう助けろというのですか」

利根崎は議員たちを見回した。

「今まで政府は地方創生を叫んできました。しかし、本気でその努力をしてきたとは思えません。東京一極集中は止まりませんでした。コロナ・パンデミック騒ぎで、いっとき地方にも日が差したかに思えましたが、終息とともに人口増加は東京に絞られました。東京一極集中、そのつけが回ってきたのです。地方の努力だけでは限度があるということです」

「あんたは、何が言いたいんだ」

ヤジが飛んだが、利根崎は意に介せず淡々と話し続けた。

「太平洋側の経済は、日本の国内総生産、ＧＤＰの大きな部分を占めています。日本経済は東京都、大阪府、名古屋市などの大都会とその周辺のいくつかの県が中心になって牽引してきました。関東地方、中部地方、関西地方などです。高度な産業や大企業、サービス業が集中しています。また、国際的な交流も盛んで、多くの外国企業の拠点も存在していました」

利根崎は日本海側の県の人口とＧＤＰを読み上げていった。すべての県を合わせても東京の半分もない。

「今回の二つの大震災で、日本で取り残されていた県が無傷で残りました。いや、そうではない。いままで過疎地として顧みられなかった日本海側、内陸の県から、東京を含めた大都市に働きに出ていた息子たち、娘たちが多く犠牲になりました。今、これらの県では多くの年老いた親たちが、大都市で亡くなった子供たち、親戚の者たちを思い悲しみに暮れています。この悲しみは長く残り続けるでしょう」

利根崎の言葉が響いた。騒いでいた声は小さくなり、会場は静まり返っている。

「故郷は遠くで思うものではありません。育ってきた地で学び、働き、家族を育てることができれば、それに越したことはありません。そして、今はそれができる時代なのです。どうか、そういうことも含めて新しい日本をつくる計画を立ててください」

利根崎は頭を下げて着席した。議員たちは啞然《あぜん》とした顔で見ている。


政府は災害復興に対して矢継ぎ早に改革案を出していった。

美来の心には利根崎の言葉が残っていた。彼は何を訴えたかったのか。故郷は遠くで思うものではない。今はそれができる時代。新しい日本をつくる。利根崎の言葉が現れては消えていく。

被災地に近い空港の整備を優先した。国内、海外からの支援物資を一番必要としている被災地に届きやすくするためだ。空港からの物流はボランティアの人たちが引き受けてくれた。

政府は緊急措置として、平時用の法律を震災対応の形で次々に変更、拡大解釈していった。

路上に放置された車や崩れた駐車場の中から出てきた車の撤去、半壊して道路をふさいでいる家の解体と撤去などである。本来ならば所有者の許可がいるが、町の復旧を最優先にした。その他、新法を作る必要のある事項においても、閣議決定だけで着手した。

これらを行なうにあたり、利根崎は有用なアドバイスをしてくれた。

利根崎が議員たちの前で演説してから五日がすぎていた。夜、美来の執務室に利根崎が訪ねてきてデスクの上にファイルを置いた。

美来はファイルを開けて中身を見た。

「名古屋地区の工場関係の震災前と後との違い。いつから調べてたの」

「震災の前からだ。いつか起こることは分かっていた。今後、日本に何が起こるかも分かっている。日本を支えてきた大企業は軒並み業績不振に陥る。中には倒産する企業も現れ、下請けの中小企業にも影響が出て連鎖倒産が起こる」

利根崎は深い息を吐いた。

「地震の被害を受けなかった地域や企業も景気が悪くなるということだ。日本海側の企業を含め、日本全体がね。そうなるとどうなると思う」

利根崎が探るように美来を見ている。

「失業者が増えて、失業保険、生活保護を含めた社会保障費が跳ね上がる。同時にGDPが下がり、円が売られ為替相場が下がり、日本国債の売りが始まる。日本の国際的信用は失われ、負の連鎖が起こる」

「問題は日本がどこまで持ちこたえられるかということだ」

美来の言葉に利根崎が答え、さらにファイルを置いた。タイトルは〈首都直下型地震が与える日本と世界の影響〉。

「日本発の世界恐慌の恐れも出てくる」

「色々と悲観的なものが出てくるのね。楽観的なものはないの」

利根崎はさらにデスクにファイルを置いた。

ファイルのタイトルは〈クリエイト〉。美来は顔を上げて利根崎を見た。

「クリエイト――創造って、新しく作り上げること」

「我々、ベンチャー企業のグループが作りかけていたものだ。近隣地方への企業移転のソフトウェアだ。来たるべき災害から逃れるためにね。しかし、現実の方が先に来てしまった」

美来はしばらくそのファイルを見ていた。

「企業の地方分散を基本にしている。コロナ禍でオンライン業務が定着し始めたが、すぐに元に戻ってしまった。今回がチャンスだ。国が補助金や税制の面で思い切った特区を作って後押しすれば、数週間で動き始める企業は少なくない。地方には空き家も多い。閉鎖された学校や工場もある。東京にいても数年は元に戻らないと思うと、本気で地方移転を考える企業も出てくる」

「ネクスト・アースは企業の地方移転のソフトウェアも作っていたということね」

「全国の通信インフラの状況、空き家状況、交通、大学、様々な視点から企業誘致に必要なデータベースと最適地を選ぶソフトは作っていた。項目に沿って、災害前の企業情報、被害規模のデータを入れるだけだ。現状より良い移転先を探してくれる」

「南海トラフ地震が起こると確信していたのね」

「首都直下型地震もだ。まともな日本人なら常識だ。政府は起こらないと思っていたのか」

美来には返す言葉がなかった。起こることは分かっていたが、規模を含めて想定外が多すぎたのだ。いやそうではない。やはり現実とはとらえていなかったのだ。

「名古屋地区の新しい都市づくりはどの程度進んでいるの。もう、動き始めているんでしょ」

「そうはうまくいかないのが現実だ。ひと月半前は、誰もこんな状況になるとは信じなかった」

「それも予想済みだったんじゃないの」

「エイドとクリエイトは一部公開にしていた。しかし、大部分の企業は無視していた」

「日本的ね。すべて泥縄式。ネクスト・アース以外はね」

「その気になれば、大して難しい技術でもない。ベンチャー仲間にはＡＩの企業も多い。彼らが協力して作っていたものだ。過去のデータと構造物の強度をＡＩに学習させていた。あとは状況を入れるだけだ。クリエイトは基本的にはエイドと同じだ。商品を企業に置き換えればいい。企業が足りないところに、足りているところから持って行く。企業移転だ。言葉で言うほど簡単ではないけれどね」

　確かにエイドやクリエイトは政府の一歩も二歩も先を行っている。美来には返す言葉がなかった。

「名古屋地区の復旧状態のデータがほしい。元気が出そうなデータならば全国に公表する。どのくらいかかりそう」

「うちの会社も仕事がある。一週間は必要だ」

「今日中に各自治体に通知をして、担当者を決めさせる。利根崎さんの所でも担当者を決めて明日一日でソフトの説明をしてもらう。被害データを入れるだけなら、一日でできるでしょ。政府も全力を尽くす」

　利根崎は肩をすくめた。

「エイドを使えば、今回の被災地域の経済損失は政府よりも詳細に分かるはず。すべてのデータを出してほしい。政府の仕事としてやってもらう。請求書を出してちょうだい。あとで問題にならない妥当な額の請求書ということ」

「経済損失を算出してどうするつもりだ」

「公表して国民と政治家に覚悟を決めてもらう。数年間はどん底の生活に耐える覚悟がいる」

　美来は利根崎を見つめて言った。最悪な結果が出ることは分かっている。しかし、最悪なことでもデータがあれば手の打ちようがある。

　政府が出した経済損失より遥かに大きな金額になるだろう。利根崎の出した書類には経済損失と、復興計画が添えられていた。三年で復旧する計画だ。全国で急増する資材や人件費の高騰も計算に入っている。

「企業が活動を再開しなければ、避難民の多くが避難所で無為な日々をすごしていくしかない。いつか不満が爆発する」

「瓦礫を何とかしなければ次の段階に移れない」

「あなたはすでに考えているんでしょ。ＡＩに考えさせることもできるし」

「分別して再利用できれば一番いいんだが、時間も金もかかる。まずは分別して減らすことくらいしか考えつかない」

「それにもお金がかかるでしょ。瓦礫処理に日当を払えば、雇用を生み出す」

「一国の首相が考えることとしては寂しいね。もっと先を見るべきだ。瓦礫処理に時間をかけて、また元の場所に同じような工場地帯を造ろうというのか」

「それが復旧でしょ。復興はその後に考えればいい」

利根崎の表情が変わった。

「きみはハーバードのＭＢＡを持ってるんだろ。企業は解体業者や建築会社ばかりじゃない。現場に張りつく必要のない仕事だって山ほどある。人がいて、場所があって、ネット環境さえあれば、今すぐにでも仕事を続けられる企業も多くあるんだ」

「あなたの企業がそうだというのね」

「うちだけじゃない。日本の半分以上の企業がそうなんじゃないか。製造業も工夫の仕方はいくらでもある。被害を受けたのは日本全土の三十パーセントだ。残りの七十パーセントは、なんとか無傷だ。日本全土を考えると廃棄されたり、操業が止まっている工場がいくつもある。地方移転で続けられる企業は地方で続ける。瓦礫処理は専門家に任せればいい」

利根崎は出て行った。美来は彼が置いていったファイルを見ていた。「マスコミも協力してほしい」徳山に投げかけた自分の言葉が浮かんでいた。

「国会を開きたいのですが」

閣議から執務室に帰ってきた美来が三国谷に言った。

三国谷はわずかに頷いただけで答えない。

「私たちはすでに、いくつかの指示は出したが法的な裏付けはない。各自治体も混乱が大きすぎて思うようには前に進めないでいる。これでは勝手に動く者も出てきます。やはり法的な裏付けは必要です」

「分かっていますが、何人の議員が集まるか見当もつきません。総理がおっしゃるように、このような状況が続くことは憲法違反に関わることです。いつか必ず大きな問題になります」

三国谷は美来を慰めるような口調で言う。事実亡くなった議員や、怪我で復帰の見込みすら不明の議員も多い。

「欠員を埋める選挙ができる状況ではありません。もう少し状況が落ち着いてからではどうでしょう。と言っても、死亡や怪我で選出議員がゼロの県もあります。これも憲法違反です。法制委員会で考えてもらっています」

「戦時内閣ってあるんでしょ。例えば最悪だけど、現在は非常事態なんだから」

「問題になってからでいいと思っています。むしろ、そうなればと願っています。国会開催や選挙が問題になるくらい社会が落ち着けば理想的なんですが。いま国民の七十パーセント以上は、家族とともに生き残るのに必死です。直接被害にあったのは国土の三十パーセント程度ですが」

「分かりました。でも、早いうちに新内閣を発足させたい。このままでは前に進みませんから」

今の内閣では何もできない。集まることさえままならないのだ。新内閣で新たに出直すべきだ。

「私もそれは考えていました」

三国谷がやっと美来に賛同した。

午後の閣議が終わり、美来は打ち合わせに来ていた平井と一緒に官邸周辺を歩いた。復旧、復興の様子を直接、見ておきたかったのだ。

「東京が静かになったと思わない」

「すべての公共交通機関が止まっていますから。人なんて震災前の一万分の、いや十万分の一にも満たない。当分、東京に人は戻れません。緊急車両がやっと首都圏の半分を自由に走ることができるようになりましたが」

美来は立ち止まって高層ビル群に目を向けた。

「東京スカイビルね。明日から再開するんでしょ」

なん棟か並んで建つ高層ビルの中でも、ひときわ目立つビルだ。首都直下型地震の半年前、災害に強いビルと鳴り物入りでオープンした七十五階建ての超高層ビルだ。高級ブランド店、ホテルをはじめ五十社を超える上場企業が入っている。ここでは三万人が働いていた。

「地震後、通常業務に戻るビル第一号です」

「安全性の審査は済ませているんでしょうね」

「もともと耐震強度が売りのビルですから。予備電源設備、通信設備も独自のものを持っています。備蓄している食料や日用品も十分だそうです」

「社員は自宅から通うの」

「ホテルが入っていて、すべて企業に貸し出すそうです。観光客など当分来そうにないですから。一石二鳥です。自立したビルが売りの一つに加わりました」

「そんなに急ぐ必要はないのにね。まだ余震は続くと専門家は言ってる。それに周りを見てよ。この風景を見ながら仕事なんて」

道路の復旧は何とか進んでいるが、ガス、水道、電気などの生活インフラは一部の限られた地区しか復旧していない。首都圏の公共交通機関は止まったままで、復旧の目途はまったくたっていない。安全確認に時間がかかるのだ。数日に一度の割合で、震度五以上の余震が起こっている。人々とマスコミも慣れてしまって、騒ぐことはほとんどない。

「東京スカイビルの再開は、日本の復旧を世界に対してアピールすることになります。日本の事業継続計画の素晴らしさです。第一陣としてあのビルに三千人の人が戻ってくることになります。まずは復旧の第一ステップです」

いつもは慎重すぎる平井が手放しに近い状態で喜んでいる。

美来の心に重く憂鬱なものが流れた。

「あなた、理系だから分かるでしょ。なぜ、高層ビルにも多くの被害が出てるの。都心の高層ビルは、地盤やビルの耐震には十分に考慮して建てられていると聞いてる。地下数十メートルの固い地盤まで杭《くい》を打ってるんでしょ。震度七程度でも大丈夫なように」

突然の美来の質問に平井はしばらく考え込んでいた。

「やはり言われているように、南海トラフ地震の影響だと思います。長周期地震動ってあるでしょう。まず、東南海地震で関東地区では高層ビルが十分余りも揺れ続けました。中には屋上の揺れ幅が五メートルを超えた所もあるという話も聞きます。こうした長周期地震動が南海トラフの半割れのため、二度も起きました。今も余震が続いています。そのたびに、長周期地震動でビルは揺すられます。この揺れによって、ビル低層階の鉄骨にダメージがかなりあったという専門家の話を聞きました。耐震強度が低くなっているときに、震度七の地震が襲い、壊れるはずのない高層ビルが崩れた」

さらに、と平井は美来を見て続けた。

「想定以上に液状化現象が起こりました。これも、南海トラフ地震による揺れが、関東の地盤も揺らし、液状化現象が起こり易くなっていたものと推測されます」

「大雨で地面の保水率が上がり、地盤が緩んでいたという説も聞いた。悪条件が重なりすぎたというわけね」

「その通りです。そのため、高層ビルの耐震性が落ちていた、あるいは地盤の緩みで地震の揺れが増幅され、震度七以上の揺れが起こったのかもしれません」

「ある程度、原因が分かれば対策の取りようがあります。ただし、今ではありません。今は最大限の生き残り策が必要です」

今後も余震は起こるでしょう、という言葉を呑み込んだ。

震度六強レベルの余震は、南海トラフ地震、首都直下型地震の被災地に頻繁に起こっていた。専門家もこの余震は数か月、場合によっては年単位で続くことを発表している。

4

深夜の総理執務室はひっそりとしていた。

美来は利根崎と向き合って座っていた。

「頼みたいことがある。衆参合わせて議員数は約七百名。その半数が亡くなったり、怪我で入院中です。無傷な議員も何名かは地元に帰っています。太平洋岸の交通はいつになったら元に戻るか分からない。要はまともに議員活動のできる議員は限られている」

美来はタブレットを立ち上げて、利根崎の方に向けた。

「あなたの会社には社員の履歴、取得資格、過去の実績、興味、家族構成など個人情報を入れて、最適な職種、部署を選ぶソフトがあると平井くんが言ってた」

美来が利根崎を見ると、考え込んでいる。

「〈セレクト〉。あなたの会社が開発したソフトでしょ」

名古屋で初めて会った時、会社紹介を見ていて気になっていたのだ。

「実績重視のヒト選び」「相性は大切、実績、適性はさらに大切」「基本データとビッグデータの融合」「企業の人事に不満は厳禁、それは本当か」「人は適材適所で生きてくる」——基本データを入力すると、その人に関するすべてのデータを考慮して、企業内の最適ポジションを決定する。セレクトの宣伝文句だ。利根崎本人のイメージとは違和感を覚え、気になって平井に詳細を聞いたのだ。

「あれはあくまで参考だ。結果を本人に渡し自分を見つめ直してもらう。最終的には上司と話し合って職種と業務への関わり方を決めている」

「参考にすぎないというのね。平井くんもそう言ってた」

美来はタブレットを操作してファイルを出した。数十ページに渡って名前と経歴が並んでいる。

「国会議員のホームページに載っている情報、選挙用のビラから抜粋した。もちろんＳＮＳからもね。彼ら自身が書いてるからいいことしか書いてないけど。去年から秘書にやらせていたの。私の国会議員一覧。この中から亡くなった議員、当分復帰できない議員をのぞくと、現在、動けるのは四百人ほど。与野党合わせてね。半数近くが欠員の状態」

衆参両議員の公表されているデータを元にして作り上げたビッグデータだ。

「個人情報だ。もっと慎重にやった方がいい。セレクトのデータは最高機密扱いで、信頼の上に成り立っている。しかしこういう理屈は外部には通用しない」

「時間がないの。このデータはすべて公開されてる情報。だから、いいことしか書いてない。私はそれに、ちょっとだけ私見を加えた。私が持っている議員のデータと私の評価を送るから、セレクトにかけてほしい」

「自分の立場を考えた方がいい。きみはもっと慎重になるべきだ。あとで問題が起こったらどうする。足を引っ張りたい奴は山ほどいるはずだ」

そう言いながらも利根崎の目はタブレットに吸いついている。

「セレクトで大臣を選ぶというのか」

「当たり。でも候補者を絞るだけ。最終的には私が選ぶ」

言い訳のように言うと、利根崎がタブレットから顔を上げて美来を見た。

「こういう事態を予想していたのか。だから全議員の個人データを作った」

「単なる趣味よ。それも悪趣味。私は兄の死と父の引退で、突然議員になった。下準備などまったくなかった。議員とはどんな人か知りたかった。仲間を知るって大切でしょ」

「できるかどうか、僕の会社のスタッフとコンピューターに聞いてくれ」

美来はさらにタブレットを操作した。数十人の議員の名前と経歴が現れる。

「大臣候補よ。まずセレクトで、各省の大臣候補を数人に絞り込んでもらう。最終決定は私がする。私たちには時間がないのよ」

「本気か。国民が知ったら――」

「冗談に見える？　時間がないの」

美来は繰り返すと、利根崎を見つめた。

「あのソフトは企業用だ。選考者の個人的好みや本人のアピールを抜きにして、対象者の実績、経歴、性格などを数値化して、機械的に評価し適性を判断する」

「客観的に、私見を排除した適材適所の選択でしょ。今必要なのはいい人じゃない。有能な人」

「それには違いないが企業の人材の適性や役職を選ぶのと、大臣を選ぶのとは違いすぎるだろ」

「どこが違うの。最後の決定は私がする」

美来は利根崎を見つめた。利根崎は肩をすくめている。

「で、今までの評価はどうなの。セレクトは、とんでもない人選をしたとか」

「評判はかなりいい。これから伸びる商品だ」

「商品ねえ。あれに、社長の評価は入れられないの」

「そういう感情的な事象は極力排除してきた。だから評判はいい」

「仕事が円滑に進むためには、上司との相性も必要でしょ。その項目を入れたソフトを作るには時間がかかるの」

「考えてみるよ」

「とにかく急いでる。すでに平井くんには、データを送っている。もちろんすべてデジタルデータ。これはと思う人には私の所見を入れてね。入力はすぐにできるはず」

「彼はやったのか」

「利根崎さんの許可がないとできないと言ってる」

利根崎は無言でタブレットを見ている。

「ただちに作業に入るよう指示する」

「平井くんがすでに始めてる。利根崎さんは必ずやれって言うだろうからって」

美来は利根崎に笑いかけた。

翌日の早朝、利根崎から電話があった。セレクトの結果を送ったという報告だった。

「徹夜でやってたってことね」

〈仕事が早いってことは、企業の第一条件なんだ。政府と違ってね〉

「嫌味は言わないで。政府は間違いができないの。謝ってすむことは扱っていないから」

〈だから途中で過ちが分かっても、そのまま突っ走るのか〉

コロナ対応、原発の高レベル廃棄物処分、新札発行……。美来の脳裏に浮かんだがすぐに消し去った。

「それは、責任者が替わるから。大抵は次の担当者より上のポジションに行く。だから、後釜は文句が言えないの。足を引っ張ることになるし、しっぺ返しも怖いから」

〈きみの話を聞いてると勉強にはなる。民間では社長の評価は一方的だ。相互干渉がないから比較的簡単だった。添付ファイルで送っているから見てくれ〉

美来は添付ファイルを開いた。各閣僚の名前と、ＡＩの所見がリスト化されている。

総理大臣は早乙女美来。所見の欄は空白になっている。ソフトウェア自体にその項目がないのか、利根崎があえて消したのか。

三分の二は美来が考えていたのと同じ人選だった。過去の実績と上司との相性の比重を大きくとったのだ。それでも、名前は知っていても顔が浮かばない者もいる。利根崎のポジションは最初から美来が決めておいた。

〈きみの思い通りの人選か〉

「ＡＩの方が正確かもしれない。意外な人もいるし、私が知らない人もいる」

セレクトの所見に目を通しながら言った。

「まず全員に電話して話してみる。すべてはそれから。断られるかもしれないし」

〈直感を大事にしろ。きみの直感はＡＩ並みに優れている気がする〉

有り難う、礼を言って電話を切った。


その日の夕方、美来は三国谷を訪ねた。

タブレットを操作してデスクに置いた。大臣候補の名前の一覧だ。

「私なりに考えた新内閣の人事です。身体検査なんてしていないけど」

身体検査とは、スキャンダルがあるかないかを調べることだ。三国谷はしばらくそれを見つめていた。

「若すぎるのはいいとして、色々と問題が多いと思います。まず、当選回数を無視しています。議員たちにしてみれば、大臣は長年議員を務めた一つの勲章ですから、不満が出るでしょう」

「大臣職が勲章であるはずがない。能力最優先に考えなければならないでしょ。特に今は」

三国谷の目はタブレットに向いたままだ。十分ほどしてやっと顔を上げた。

「不満は多そうね。過去の総理たちは新内閣を組閣するとき、適材適所という言葉を多く使ったでしょ。これが、現在活動できる議員たちの適材適所です」

「そうかもしれません。しかし、与野党混合内閣など聞いたことがありません。野党が三人に、民間から三人」

「今回は特別です。与党議員の半数近くが亡くなったり入院中です。野党議員も同じ状況です。与野党協力して復旧、復興に臨むべきだとは思いませんか」

「年齢制限をしてあるのですか。みなさん、若い。しかし、これでは――」

三十代の閣僚が五名、四十代が六名。五十代、六十代が各二名、七十代が一名だ。

「いちばん若いのは私です。でも、人生の経験者もいます」

高松郁夫《たかまついくお》厚労大臣がいる。彼は七十九歳だ。

「三国谷さんは最初から入れませんでした。官房長官と決めています。私の相談役として必要な方です」

三国谷は名簿を見つめている。

「三国谷さんは知らない人が多いと思います。三名は民間の方たちを選びました。産業界の方もいます。みなさん、その方面ではエキスパートです」

「外務大臣、藤村亜矢香」

読み上げると美来を見つめた。

「確かに異論はあると思います。しかし、今回は復旧、復興のための内閣です。元国連の職員で、各国の要人とも親しい人です。国際感覚抜群、ただし今風の感覚ですが彼女は最適です。今回の目玉人事として私が選びました」

「利根崎高志氏は、彼ですね。エイドを開発した企業の代表」

美来は総理補佐官の欄に利根崎を追加していたのだ。

「正式に内閣に入ってもらいます」

「私はあなたがやることには口を出さないと決めています。しかしこれは――」

「党名を書かず、経歴と実績のみを列挙しました。プラス、各自の信条です。これらは選挙用のビラから取りました。それに私の主観を入れています」

美来はタブレットを出して、三国谷に示した。三国谷は覗き込んだが、おそらくほとんど分からないだろう。セレクトが選んだ各項目の採点表と所見が表示されている。

「それをコンピューターにかけました。最新のソフトウェアがあります。この採点表を含めてマスコミに発表します」

「コンピューターが選んだというのですか」

三国谷が顔を上げて美来を見つめる。美来は頷いた。

「党の重鎮が受け入れないとおっしゃるのですか」

美来は三国谷を見た。三国谷は困惑した表情を隠せない。

「相談するつもりはありません。非常時なので就任式も省きます。すでに本人たちと各省庁には報せています。全員が受けてくれました。あとはマスコミ発表だけです」

三国谷はまだ納得のいかない顔をしている。

「私を入れて、災害復旧を第一にしたワンポイント内閣です。被災地の復興の道筋をつけるまでのせいぜい一年か二年間。不満が多ければ、明確な期限を決めてもいい。一年で成果が出なければ、私を含めて全員が辞任してもいい」

「一年で成果が出るはずがありません。特に今年は。無理なことは言わない方がいい。議員というのは揚げ足取りの名人です。言葉には最大の注意を払ってください。いつも、狙っています。まさに、重箱の隅をつつくようにね」

「でも、明確な目標になる。それだけの覚悟が必要な仕事だと信じています」

美来は議論はこれで終わりと言うように、タブレットの終了ボタンをタップした。

二時間後に閣議を開き閣僚の辞表を取りまとめ、同時に新閣僚を発表する。あとの行事はすべて省略して、新内閣による閣議を開くことを告げた。


二時間後、官邸に新閣僚が集まった。

与野党、民間から選ばれた十八名の閣僚たちだ。半数は初めて挨拶を交わす議員たちだ。

「昔、議員には三種類いると言われてきました。国民と日本の将来を真剣に考えている者。議員という職業を深く考えず、親の職業をなんとなく継いだ者。時代の波に乗って、偶然に近い形で議員になった者です。みなさんはどのタイプですか」

美来は集まった新閣僚に向かって言った。全員が驚いた表情で美来を見ている。

「ちなみに私は二番目の議員でした。しかし今は違います。明確な目的があります。みなさんと同じだと信じています」

さて、と言って新内閣の閣僚たちを見回した。

「ある人から、現在の議員は次の三種類だと言われました。何とかして、日本を立て直そうと考えている議員、完全に日本の復活を諦めている議員、この状況を利用して自分をより高い地位に持って行こうとしている議員です。ここにいるみなさんは、全員が第一の議員であることを信じています。私が総理である限り解散はありません。選挙については考えず、日本の復旧を目指してください。みなさんの任期はあと三年あります。三年で日本の道筋をつけてください」

さらにと言って、新閣僚たちを見回した。

「日本を立て直すと一見まともなことを言う議員にも、二種類いるそうです。震災前の日本の復活を目指す者と、新しい日本をつくろうとしている議員です。あなた方はどちらですか」

はじめ好奇の視線を向けていた閣僚たちは、一様に口を閉ざしたままだ。

「東京を含めて、日本の太平洋岸は甚大な被害を受けています。交通はもとより、電気、ガス、水道などの生活インフラの崩壊、交通、流通網の停滞などです。これらを修復していくと同時に、新しい日本の形について考えてみませんか」

「具体的にはどういうことですか」

美来のもっとも近くにいた女性閣僚が声を上げた。

「それをみなさんと考えようと言っているのです。でも、まずは被災者の方たちの命と生活を守らなければなりません。ここしばらくは、そちらに集中しましょう。しかし、今日、私が言ったことも、常に頭の隅に置いておいてください」

美来は閣僚たちに深々と頭を下げた。


〈新内閣発足。与野党、民間、混合内閣。沈没船の最後の政府メンバー〉〈総理の反乱、大物は次狙いか〉〈素人集団に何がやれる。大物議員の嘆き〉

翌日の新聞の見出しだ。

午前四時ちょうどに利根崎から電話があった。新聞が届く時間だ。

〈これも、きみの戦略か。これで大物議員の口塞ぎができる〉

「みんな短命内閣だと思ってる。だから文句も言わないでしょうね。次を狙って静かにしてる」

〈政治家らしくなってきたな。政局よりも政策を大事にしてほしいがね〉

「分かってる。徳山さんにもそう言われた」

昨日、閣僚会議が終わった後、徳山記者にマスコミ対応を頼んだのだ。

閣議は毎日、朝と夕方、二回開かれた。大型のテーブルに座り、一人ずつ日々の報告をする。全員が自分の省庁についてかなりの知識を持っている。

三国谷と利根崎は美来の左右に座り、閣僚たちの話を聞いている。三国谷は時折質問したが、利根崎が質問することはなかった。しかし、その夜には電話があって自分の意見を言った。

美来が利根崎の異変を感じ始めたのは数日後だった。

電話をしても返事が返ってくるのは数回の呼び出し音の後だ。今までより反応がワンテンポ遅れるのだ。それでも、利根崎のアドバイスと提案には他の者からは得られない斬新さと独創性があった。彼の持つ経験と才能なのだろう。それが、彼の会社と今の地位を作ってきた。そして今後の日本には必要なものだ。

5

新内閣が発足して二週間が経過したが、首都直下型地震と台風の爪痕は町中に残っている。瓦礫が道路に残り、倒壊し、焼けた家屋の片付けもままならない状況が続いていた。町には人々の姿は見えず、ただパトカーと救急車のサイレンの音が響いていた。消防や警官、自衛隊員たちは、重機を入れるための準備をしていた。

夕暮れ時になると、町は暗闇に包まれる。送電網は破壊され、復旧の目途はたっていない。首都圏の送電網の崩壊とともに電力を生み出している火力発電所、太陽光パネルや風車の損傷が激しかったのだ。特に自然エネルギーの供給装置は壊滅的な被害を受けている。パネルが割れたり、風車が倒れたりしたのだ。火力発電所も、燃料の天然ガスや石炭の供給がストップしている。

都内の避難所には緊急用の発電機が持ち込まれ、要所には通信車が配置され、通信環境はなんとか維持していた。そのためか、避難所にいる人たちも比較的落ち着いていた。

町中の街灯が壊れたままであるため、陽が沈むと闇に包まれた。しかしこの暗闇を利用し、強盗団が現れるようになっていた。銀座《ぎんざ》の宝石店やブランド店はシャッターを降ろし、防犯対策を施していたが、それでも強盗団は狙いを定めて店を襲い、商品を盗み取っていた。

最初は、日本人の秩序を重んじる国民性が絶賛された。しかし、南海トラフ地震から日時がたつにつれて、治安の悪化が広がっていった。特に、大きな被災地では、壊れた商店、オフィス、工場から金や商品、パソコンやコピー機などの備品が盗まれるようになった。政府は治安悪化を防ぐため、非被災地からの警察や自衛隊の出動を要請することにした。その結果、他県のナンバープレートを持つパトカーが行き交い、人々の不安は増すばかりだった。「まずは治安維持だろうな。日本は安全なことで有名なんだ。それを守るためにも早めに手を打て。短期間で効果が出る」。美来は徳山記者の言葉を思い出していた。

銀行に入り込んだ少年グループに対して発砲して、怪我を負わせた警官が、暴徒に捕まって殺されるという事件も起こっていた。銃、発砲、私刑などの言葉は、どこか外国のニュースを聞いているような錯覚に陥る。

しかし時とともに治安は沈静化されていった。政府が強権を行使したためだ。その代償として、批判も多く寄せられた。

「外国人も日本人も関係ない。厳しく罰してください。強制送還を考えてください」

政府は特別指示を出した。

「日本人、外国人を問わず、人の心が荒んでいるのです。ムリもありません。何十年もかけて築き上げてきたものが一瞬にして崩れ去ったのです。心が折れます。戦後、焼け野原からどうして日本が立ち直ったのか、どんな思いで努力したのか、今こそ伝えるときです」

美来は国民と海外に向けて呼びかけた。

美来は利根崎と三国谷とともに官邸の地下、南海トラフ・首都直下型地震対策本部に入った。正面の大型モニターに映る被災都市の状況は、現在、日本を中心に世界中の人たちが見ることができる。利根崎の要望を入れて公開にしたのだ。「日本の脆弱性が世界にさらされる」と反対する議員も多かったが、「世界の助けが必要です。そのためには現在の日本を正しく知ってもらうこと」と、美来が判断したのだ。これを契機に、世界中から義援金と支援物資が届き始めた。

防災担当大臣の青木《あおき》が説明を始めた。彼は防災科学の大学教授だが、フィールドワークを中心にしていて災害現場について詳しく本も書いている。特に震災復興の歴史に詳しく、壊滅的な被害を受けた太平洋岸の都市の復旧、復興に力を尽くしている。利根崎とも親しい間柄のようだ。

「東北や日本海側の都市からの支援物資は、東京近隣の集積センターに集められています。東京の集積センターには全国のセンターの情報が入ります。支援物資はそこで仕分けされて、もっとも近いセンターから避難所に送るように指示されます。県境を越えて合理的に物資の輸送ができます。病人や怪我人も、患者にとってもっとも有益な病院に運ばれます」

「これもエイドで行なわれているの」

「ネクスト・エイドです。エイドをバージョンアップしたものだそうです。ネクスト・アースの担当者の平井さんが送ってくれました。シンプルで使いやすい最適チョイスのソフトウェアです」

担当者はモニターを示しながら美来に説明した。

「このソフトのおかげで、支援物資の配布が数倍のスピードで進みます。医薬品を含め、必要物資も最速で入手できます。何人の命が救われたことか」

担当者は支援物資に関するファイルを見せた。

「この人がこのソフトの――」

言いかけた美来の足を利根崎が強く踏んだ。言う必要はないということか。

「支援物資の循環がスムーズになって、避難所でのストレスが軽減されました。避難所の災害関連死も目に見えて減っています」

東日本大震災の震災関連死は三千八百人あまり、南海トラフ地震では、七万六千三百人と予想されていたが、現状では二桁少ない。支援物資が行き渡っているためか。

「名古屋では高齢者や持病持ちの避難者のバイタルチェックも行なっています。腕時計型のツールを配って自動的にバイタルが測れるそうです」

「全国でも導入できないの。被害地域以外にも」

災害時ばかりではなく、高齢化社会では必要なものだ。

「なぜあなたの会社で開発したソフトだと言ったらダメなの」

対策本部からの帰り、美来は利根崎に聞いた。

「技術的にそんなに高度なものじゃない。発想さえあれば誰にでもできる」

「政府はそれすらも作れなかった」

美来が低い声で言う。


首都直下型地震の発生からふた月がすぎた。

総理執務室には、美来と三国谷、利根崎の三人がいた。今後の方針を確認するために、美来が二人を呼んだのだ。最初に話し始めたのは三国谷だった。

「私は阪神・淡路大震災、東日本大震災の二つを経験しました。一九九五年と二〇一一年です。阪神・淡路大震災の時、家族は神戸《こうべ》に住んでいました。私は三十三歳で東京にいました。弟を亡くしました。倒れた高速道路、一階が潰れた集合住宅、焼け野原になった町。記憶は鮮明です。私が政治家になった理由の一つです。人の命がいかに簡単に消えていくか、政治がいかに大切なものかはその時に感じたものです」

美来はその二つとも実際に経験していないが、大きなインパクトを感じながら見聞きしている。

「この二つは、都市型災害と広域型災害です。さらに、過疎地の孤立集落や高齢者地域の震災経験もあります。いま考えると、ここふた月で起こった三つの巨大災害に対して、神さまが与えた予行練習と言うべきなのかもしれません。教訓として生かして、多くの命を救うようにと」

三国谷は美来と利根崎を見た。

「しかしながら、我々が十分な準備をしてきたとは言い難かったようです。もっと多くの命を救うことができなかったのか。反省ばかりです。今後は過去の大規模災害を思い起こし、同じ間違いを繰り返さないように、細心の注意を払って政策を決めなくてはなりません」

「何をすべきか具体的に話してください。事態がどう進むか私には予測がつきません」

美来は三国谷を見た。

「いや、あなたには分かっているはずだ。だから、今夜も私と利根崎さんをお呼びになった」

「東京都、愛知、名古屋、大阪、高知など、すでに各都市独自の復旧、復興計画が進み始めています。政府には何ができるかを相談したくて、あなた方をお呼びしました」

美来の言葉に三国谷が利根崎に視線を向けた。

「名古屋では震災直後から復興計画が始動していると聞いています。ということは、震災前から計画を作り始めていたのですか。具体的な新都市計画をという意味です」

利根崎が三国谷から視線を外した。三国谷の疑問はそのまま美来の疑問でもあった。

「次の大規模災害が起こるのは明らかでしたから。しかし、いざ起こってみると我々がやって来たのは、何だったのかという疑問ばかりでした。多くの人が亡くなり、多くの破壊が起こりました。何一つ、止めることはできなかった」

「本来は政府の役割でした。利根崎さんはよくやっておられる。あなたは政府に何を求めますか。これも本来は政府が考えなければならないんですが」

利根崎はしばらく考え込んでいた。

「政府が大きな方向性を示し、地方自治体と相談しながら進めることが重要だと思います。その時は過去の失敗例を参考にすることです。東日本大震災の復興計画は、阪神・淡路大震災の教訓が生かされたとは言い難い。地域の実情を知っているのは、その地域の人たちです。地域に合った復興計画を進めるべきです。今度、失敗すれば、日本の再生の可能性が失われる」

美来も三国谷も反論できなかった。

「あなたのお力添えは有益です。エイドの力で混乱していた避難所は円滑に回っています」

利根崎がスマホを見て立ち上がった。美来は利根崎のわずかな変化に気づいた。

「申し訳ないが失礼させていただく。名古屋に戻らなければならない。平井は優秀なエンジニアです。ネクスト・エイドについては私以上に理解しています。疑問があれば彼に聞いてほしい」

利根崎は美来と三国谷に頭を下げると出て行った。

ドアの閉まる音が虚《うつ》ろに響いた。美来は利根崎を思った。時に痛々しいほどの孤独を感じることがあった。だがそれは今日の利根崎から感じたものとは違う。今日感じたのはもっと生々しいものだ。

「名古屋の状況を知っているのですか」

美来は三国谷に聞いた。

「名古屋市内の復旧は、ほとんど進んではいないようです。市内と伊勢湾沿岸地域の企業の大半は震災当時のままです。あれだけの瓦礫をどう処理するかがキーになっているのでしょう。沿岸の工業地帯は津波の直撃を受けています。しかし、半数の企業が事業再開に向けて始動しています。矛盾していますよね。私の所にもその程度の情報しかありません」

ただし、と言って続けた。

「オンラインでの仕事は、ほぼ復活しているようです。利根崎さんのネクスト・アースも含めてね。サプライチェーンも何とか機能しているようです。よほど優れている事業継続計画を作っていたのでしょう。参考のため、全国に流すことは可能でしょうかね。そのためにはもっと詳細を知る必要がある」

三国谷が遠慮がちに聞いてくる。

「それは利根崎さんに聞くべきです」

美来は利根崎の顔を思い浮かべながら言った。


政府は予《あらかじ》め立てていた計画書をもとに復旧作業を進めた。しかし、現実の被害は想定を遥かに超えている。壊滅状態の中でどこから手を付けていいか分からず、混乱は続いた。そんな中、東京都では、「新しい首都圏構想」が持ち上がった。

美来は吾妻東京都知事の訪問を受けた。初めて会った時の自信のなさそうな弱々しさは消え、知事としての自覚が垣間見える。地位は人を作ると言うが、その言葉を信じたくなった。

「今回の地震で、日本の弱点が鮮明に出ました。東京に大被害が出て、本社を置く日本の大企業の大半に影響が出ています。東証一部の大部分の企業が東京に本社を置いています。本社機能に支障が出たために、操業がストップした企業が大半です。そのため日本ばかりではなく、世界の企業に影響が出ています」

吾妻が自信と多少の興奮の入り混じった声で美来に説明した。

「また、東京の重要性も分かりました。強靭《きょうじん》な、特に自然災害を跳ね返すような首都づくりに重点を置きたいと考えています」

吾妻はタブレットで新首都構想を見せた。

「新宿、東京、渋谷や品川の高層ビル群の大部分は、大きな被害は受けていません。耐震設計にもとづいて造られているからです」

美来は違和感を覚えた。何棟かの高層ビルは倒壊し、多数の死傷者を出している。

「今すぐにでも震災前と同じように運営できるということですか」

「ただちに前の通りというわけにはいきません。まず電力は、予備電源は備えていますが、燃料の問題があります。水の問題も大きいです。巨大ビル一棟が使用する水量は膨大です。その他、ゴミ収集などの生活インフラがビル自体の安全性に、追いついていません。都市機能は様々な事象の統合とバランスの上に成り立っていることがよく分かりました」

吾妻は自分自身を納得させるように頷きながら話した。

「人の問題もあります。企業も業務を続けることは可能ですが、人や業務内容が変わっています。多くの人は周辺都市や地方の親類の所に避難しています。幸い、総理の手配により通信システムはドローンと通信車の大量導入で何とかしのげ、オンラインでつながっています。次に考えなければならないのは、公共交通機関の復活です」

日本全体の需要や供給が大きく変わったのだ。

「高層ビルは、南海トラフ地震と東京直下型地震でかなりのダメージを受けています。耐震の面ではさらに検査をした方がいいでしょう」

都市は様々なシステムの集合体だ。生活、交通、流通など様々なインフラ設備が正常に働いて、初めて最大の機能を発揮することができる。どの一つが欠けても正常な働きをすることはできない。美来は利根崎と平井が常々言っていることを伝えた。

「まずは瓦礫撤去の方法を考えなくてはなりません」

一般家屋の八割が何らかの影響を受けている。さらに火事で全焼したり、一部が燃えた家はかなりの件数があるはずだが、その正確な数はまだつかめていない。

「必要なのは、もっと正確な被害状況を把握することです」

「避難者の半分近くが近隣の避難所に避難しています。そのうち、近くの県や親類の所に避難できる者はすでに移動を始めています。彼らを早い時期に首都圏に呼び戻す状況を作る必要があります」

吾妻都知事は大きなため息をついた。まだ道は遠いことを知っているのだ。


首都圏、名古屋、大阪などの大都市を中心に復旧は進んでいった。

その過程において、エイド、ネクスト・エイド、クリエイトは大きな役割を果たした。最初は避難所の物資と人を結び付けていたデータが、近隣の市町村に広がり、県単位に拡大していった。

美来は利根崎に頼んで国単位に広げようとしていた。

「やはりデータ不足で難しすぎるようね。国家機密にまで踏み込むことになる」

考え込んでいる利根崎に美来が聞いた。

利根崎はタブレットを立ち上げ、ファイルを開いた。自動車部品、半導体、各種の機器の部品のサプライチェーンの図と表だ。日本企業と世界のつながりが一目で分かる。

「きみたちが考えている以上に今回の災害は日本と世界に大きな影響を与えている。日本経済は想像以上に世界に食い込んでいたということだ」

「日本発の世界恐慌が起こるとか」

「そこまではいかないかもしれないが、不安要素は残る。日銀はどう対応しようとしている？」

「日銀保有のアメリカ国債を売ることを考えている。小出しではあるけど」

総理に就任した日に日銀総裁の訪問を受けて、相談されたのだ。今後、日本国債の返還問題が出てくる。復旧には多くの外貨も必要になる。

「日本はアメリカ国債の最大の保有国の一つで、日銀と民間でアメリカ国債を約一兆一千五百三十億ドル保有しています。今後、日本の存続のためには売却が必要かと思い、ご報告に参りました」と、日銀総裁が美来に告げた。約一兆ドル、百五十兆円の外資があれば、有効に使うことができる。「この金額は、アメリカ国債の外国による総保有額の重要な部分を占めており、日本のアメリカ政府への戦略的投資でもあります。一気に売ることは世界経済に混乱を起こします」と、総裁は付け加えた。

「アメリカ国債の売却か。アメリカ政府には報せているのか」

利根崎は美来に確認するように聞く。

「可能性については内々に知らせた。そろそろ協議に入る必要がある」

「今後、世界経済との調整が重要になる。政府が舵取りを誤ると、最悪のことが起こる可能性もあるかもしれない」

「それは分かっている。私だってハーバードの経済学部を出てるし、ＭＢＡも持っている」

「だったら、最善の方法が取れるな」

利根崎が今までになく真剣な表情で美来を見つめている。


パソコンを見始めてからすでに一時間がすぎていた。

条件としては最高に近いものだ。現状と何も変わらない。社員の待遇はむしろ良くなっている。だが、今後変わることは多く出るだろう。このままであることはあり得ない。会社を去る者もいるに違いない。

利根崎はニューヨークから送られてきたメールを読み返した。何度読み返しても、内容が変わるはずもなかった。しかし、この時期になって再び話を持ち出してくるとは。いや、この時期だから再燃させたのだ。しかも、最高の条件を出して。

「半導体設計特許部門を切り離すことはできないか」

声に出して言ってみたが、無理なことは無理だ。ネクスト・アースの基幹部門だ。今後、事業を続けるうえで制約が多すぎる。エイド部門は残しておかなければならない。現在、収益はあげられないがネクスト・アースの心臓とすべきだ。

早乙女総理の何か言いたそうな表情を思い出した。何か感づいているのか。普段の行動から推測されるよりも遥かに繊細な神経の持ち主だ。

「また明日、考えよう」

最近の口癖を呟くとパソコンを閉じた。

6

「利根崎さんの会社について何か知っていますか。うまくいっているかどうか」

その日、美来は車の中で三国谷に聞いた。

「こういう状況で日本中でうまくいっている会社なんてあるんですか。あってもほんの一握りです。彼の会社については知りません」

「世界が相手なんでしょ。商品を作って売っているのは確かだけど、使っているのはパソコンだけのはず。普通の製造業とは違う。日本の状況に関係ないはず」

「働いているのは人です。人は社会的存在です。周りで十万単位の人が亡くなり、町は瓦礫で溢れ、生活インフラも止まっている。これでは普通の生活はできません」

「長野に支社と社員寮を持ってると聞いてる。家族で住める社宅もあると」

「家族と言っても人それぞれです。一世代ばかりじゃないでしょう。両親もいるでしょうし、親族もいます。日本で生きてる限り、この震災から無関係でいることはできません」

三国谷は時に表情を歪めながら苦渋を含んだ口調で言う。現在の死者は二十三万人を超えている。さらに行方不明者は未だ十万人以上いる。日本に住む者にとって現在も、未来においても大きな影響を残すものだ。

「そんなこと分かってる。じゃ、言い方を変える。利根崎さんは何か悩みを抱えている。あの人は絶対に弱音を吐く人じゃない。でもかなり深刻そうなのは私でも分かる。私はそれを知りたいの。彼には、日本復旧のために全力を尽くしてもらいたいから」

「利根崎氏が落ち込んで見えるのは、ネクスト・アースのせいだと言いたいんですか」

「そう。最近、株価が上がってる。それも異常なほどに。株価は上がればいいってもんじゃない。かならず何か原因がある。新しいソフトが大当たりしたらしいとも聞いてない。エイドから始まる一連のソフトは素晴らしいけれど、今のところ使用は日本だけだし、売り出してもいない。絶対におかしい」

美来は言い切ると首をかしげた。

「株価なんて気分です。総理もハーバード大の経済学部を出てMBAの学位を取っているので、お分かりでしょうが」

前にも同じようなことを言われたのを思い出していた。

「それって皮肉に聞こえる。とにかく私は何が起こっているか知りたいの、ネクスト・アースに」

「日本のほぼすべての企業の株価が最安値を記録しています。どこまで下がるか、見当がつきません。その中でいい話じゃありませんか」

日本の東証株価、ナスダックが軒並み半分近くに下がっている。特に海外の投資家が投げ売りをしているのだ。さらに下がるだろうと大半の経済アナリストは言っている。

「証券取引所の閉鎖を考えていたところ。政府の債務保証を付けてね」

「政府破綻を勘定に入れて経営をしている企業もあります。融資を集めるだけ集めて倒産する」

「計画倒産というわけなの」

「計画をしてなくても破産するときには破産します。経営者は何とか生き延びたい。倒産を視野に入れて再建計画を作るバカはいないはず。しかし、個人的に大儲けを企《たくら》む者もいる」

三国谷は美来を見て話した。

「利根崎さんの会社は半導体設計です。半導体は現在の大部分の製品に使われています。不足すれば世界の多くの企業の生産ラインが止まります。ネクスト・アースは新しい半導体設計の特許を持っています。それを使って最新の半導体設計を始めようとしていた矢先でした。今回の災害がなければ――」

三国谷は深いため息をついた。美来は意外な思いで三国谷の言葉を聞いていた。彼は彼なりに利根崎のことを調べているのだ。

「半導体に関しては時間との勝負です。世界では毎月のように新しい発想が生まれ、多くのベンチャー企業が生まれています。同じような数が潰れていきますが」

ネクスト・アースの株の四十二パーセントは利根崎が持っている。

「利根崎さん、会社を売るというの。これからの会社なんでしょ。持っていた方が得じゃないの。配当も大きいんでしょ」

「先行きは分かりません。今だと評価額以上で売れる。現金が必要な人も多いはずです」

三国谷は淡々と話した。

「最近、いつもと様子が違うんじゃないの」

美来は思い切って利根崎に聞いてみた。

「意に反する仕事をやっているときは、いつもこんな感じだ」

利根崎は笑みを浮かべたが、ぎこちなく顔をゆがめただけだった。声もいつもとは微妙に違っている。

「皮肉は言わないで。悪いと思っているんだから。億万長者のCEOを議員待遇で使っている。でも、本音はやりがいのある仕事だと思っているはず。とにかく睡眠だけはしっかり取ってね」

「きみこそ、いつ寝てるんだ。深夜のメールにも、十分以内に返事が返ってくる」

「同じ質問をしたい。ここであなたが倒れたら、本物の日本沈没になってしまう」

冗談ぽく言ったが、九十パーセントは本音だった。

「ハードワークには慣れている。どこでもいつでも、眠れる体質なんだ。これは意外とすごい才能だと思っている」

言い残すと利根崎は笑みを浮かべ出て行った。

「利根崎さん、かなり疲れているようですね」

遠藤警護官が後ろ姿を見ながら言った。

「あなたにも分かるの」

「総理の周りの者の動きには常に注意しています」

「利根崎さんの様子を調べてちょうだい。そういうの得意な人、あなたの友人にいたでしょ」

「利根崎さんの身辺はきれいです。すでに調査済みです。私は総理の警護をしていますからね」

「じゃ、彼の会社、ネクスト・アースの現状について調べることはできるの」

「総理が個人の企業に興味を持つのはいかがなものかと思います」

「利根崎さんには政府の仕事に集中してもらいたい。だから、心配ごとがあるなら取り除きたい」

「調べたからといって心配がなくなるわけでもありません」

「面倒だわね。できるの、できないの」

「できます。明日の朝まででいいですか」

美来の強い語気に警護官が慌てて答える。

「分かり次第おしえて。私は二十四時間営業だから」

美来は官邸の敷地内にある公邸まで歩いた。衆議院赤坂議員宿舎から引っ越したばかりだ。


遠藤からメールがあったのは午前二時をすぎてからだった。

〈パソコンを見てください。説明はいりますか〉

〈残業手当も出せないのにごめんなさい。ゆっくり寝てね。でも、明日の会議には遅れないで〉

美来はベッドから出て、パソコンを立ち上げた。遠藤のメールには数通のメールの文面が貼りつけてある。

アメリカの半導体設計の大手企業、USセミコンダクターのCEOから利根崎に送られたものだ。こんなメール、どうやって手に入れたのだ。

美来は一瞬躊躇したが、スマホを取った。

〈そっちに行きましょうか。エイドで何か特別なことが起きたのですか〉

平井の真剣なトーンの声が聞こえる。午前三時、総理からの電話だ。異常事態を想像して当然だ。背後ではテレビのアナウンサーの声が聞こえる。あれはCNNニュースだ。

「エイドは順調よ。みんなから感謝されてる」

ところで、と前置きして思い切って聞いた。

「ネクスト・アースに何が起こってるの。誤魔化しはダメよ」

一瞬の沈黙と、何かを考え込む気配が伝わってくる。

〈なぜ分かるんですか。知ってるのは会社の幹部だけです。それも限られた者だけ〉

「私は日本の総理なのよ。ハーバードのMBAも持っている。企業についても多少は分かる。今、あなたのボスは政府の仕事をやってるの。私には知る義務がある」

再度の沈黙が伝わってきたが、肚《はら》を決めたような声が返ってくる。

〈ネクスト・アースが外資に乗っ取られそうです〉

「資本金五十億円だったわね。株式総額は三百億円程度だったと記憶してる。今回の震災被害でも、ほとんど下がっていない。むしろ上がっている。特に最近の上昇は異常ともいえる」

美来は一気に言った。

〈メインの仕事は半導体設計です。アメリカ企業が得意としている分野です。その中でネクスト・アースは唯一頑張っている日本企業です。半導体設計で最新技術を持っています。画期的な特許で、利根崎さんの力と言っていいです〉

「USセミコンダクターはその特許が狙いなのね」

〈そこまで知ってるんですか。ネクスト・アースは災害でほとんどダメージを受けていません。メインの研究所は岐阜とカリフォルニアのサンタクララに移しています。名古屋支社は主に営業と管理部門の人だけです。その社員たちも現在、利根崎さんの指示で、コロナ禍を機に岐阜の研究施設に移っています。あの人は常に僕たちの何歩も先を走っています〉

「その利根崎さんが今回はどうしたの」

〈やはり災害のせいでしょう。世界は日本の優良企業に目を付けています。八百億円の提示があったとも聞いています。利根崎さんは全株の四十二パーセントを所有する筆頭株主です。乗っ取

りをかけている投資ファンドはすでに三十パーセントを握っています〉

利根崎の会社の資本金は五十億円、売り上げは七百億円。従業員百七十人。その家族を入れると千人余りだと、いつか彼が言っていた。

〈実は残りの二十八パーセントのうち、合計二十パーセントを持つ日本の複数の投資ファンドが売る方に傾いています。他の投資でかなり損失を出していますから。国内投資ファンドはほぼ全社がガタガタです。実は僕もネクスト・アースの株は持っています。五パーセントですが〉

「もちろん売る気はないんでしょ」

〈株式分割を行なって株数を増やせばいいんですが、もう時間がありません。他の小口株主の半数以上と連絡が取れません。亡くなった方や怪我で入院している人もいます。相手はこの時期を選んで仕掛けてきたのでしょう〉

「利根崎さんは大金持ちになれるんじゃないの」

〈あの人はお金には興味ないですよ。今でも、十分お金持ちですし。会社を取るかお金を取るかの問題でもない。しいて言えば、心の問題かな〉

しばらく考え込んでいる気配がする。

〈これ、内緒にしておいてください。ネクスト・アースは毎月、十一日は在宅勤務なんです。その前後、利根崎さんは東北にいます〉

利根崎が補佐官を了承したのは、東北からの電話でだったのを思い出した。

〈奥さんを探しています。利根崎さんのご家族は、東日本大震災で亡くなったんです。奥さんと二歳の女の子。奥さんは妊娠中でした。遺体がまだ見つかっていません〉

美来の鼓動が速くなった。総理としての最初の仕事は遺体に関することだった。時間はかかっても、必ず家族の元に帰す努力をする。東北にいても、美来の演説は聞いていたのだ。「御遺骨を家族の元に必ず戻す。私たちが生きている限り続きます」利根崎は美来の言葉を聞き、補佐官になることを決めたのだ。

「よほど家族を愛していたのね」

〈あれは震災から一年目だったかな。僕がマンションに行ったとき、リビングの床に倒れていました。横に睡眠薬のビンが転がってて。慌てて救急車を呼んで病院に搬送されました。胃の洗浄をやって、何とか意識は戻りました。本人は事故だって。眠れないので飲みすぎたと言っていますが、飲みすぎというより遥かに大量でした〉

「自殺を図ったというの」

〈本人にしか分かりません。でもその日以来、変わりましたね。あれほど無気力だった人が、生きるという意思に溢れているというか。人が変わったんです。精力的に防災、減災に取り組み始めました。人は一度死の世界を見ると、変わるというでしょ。あの人には何かが見えたのかもしれません〉

次に来ることは分かっている。美来は利根崎の言葉を思い出していた。

〈利根崎さんの原点は、すべて東日本大震災です。災害に対応するために会社の形を変えました。今までやっていた半導体設計の技術で複数の特許を取り、会社を大きくし、人材と資金を作り、それを使ってエイドを開発しました。あなたが、エイドを被災地に広めてくれた。感謝していました。このソフトは、災害以外にも汎用性のあるソフトです。まだ利用法は他にもあると思います。あの人の心と頭は、次を見据えているはずです〉

「会社について新しい動きが出たらすぐに教えてね」

美来は電話を切った。デスクのデジタル時計は午前五時をすぎようとしている。

眠れそうにない。もう一度、スマホを手に取った。ニューヨーク時間は午後四時だ。

美来はアメリカの友人、アンソニー・スミスに電話をした。彼はハーバードビジネススクール時代のクラスメートだ。現在はアメリカの大手ファンドの投資部門の副部長をやっている。

〈電話しようと思っていたんだ。すごいな。日本の総理になったんだろ。お祝いを言いたかったが、恐れ多くてね。僕のことなんて、忘れてるかと思ってた〉

スマホ画面にオフィスでマグカップを持っているアンソニーの姿が現れた。ファンド会社の幹部の生活サイクルなどでたらめだ。どこでも、いつでも寝ることのできる図太さが必要だ。彼にとっては天職と言える。

卒業してからも何度か会っているが、美来が日本に帰ってから連絡するのは初めてだ。学生時代から大柄で小太りだったが、さらに太って、貫禄《かんろく》を付けていた。デスクには一つ残ったドーナツの箱が置いてある。

日本に帰ることを相談した友人の一人で、日本の国会議員の年収を聞いて鼻で笑った。自分の年収は数倍あると強調していた。おそらく今は十倍だ。

「アメリカを含めて欧米の投資家は、現在の日本企業をどう見てるの」

〈日本は今、大変な時なんだね。気の毒だと思ってる。でも――〉

落ち着いた声が返って来たが、途中で言葉を濁した。都合の悪いことは、相手に言わせるのだ。

「買いだと思ってるのね。あなたも動いてるんでしょ」

〈動いてるところもあるだろうね。日本企業は、今まで大きな動きがなかったから〉

「これから、底値で買い叩こうってわけね。震災でガタガタになってるだろうから。そして復興して元に戻った頃に売り払う。まさにハゲタカね」

〈復旧、復興を手助けしたいだけだ。どれも底力のある企業だから〉

「でも、南海トラフ巨大地震と首都直下型地震の映像は見たでしょ。日本は沈没寸前の泥船よ」

〈何を言い出すんだ。日本人は勤勉で粘り強い。あの敗戦からも立ち直った。世界第四位、いや第五位の経済大国だ。五位に転落しても世界的に見れば大したもんだ〉

東洋の小国にすぎないのに、という言葉を頭に描いているに相違ない。

「飢えたオオカミが狙っている満身創痍《まんしんそうい》の羊よ。あなたたち、黙って見逃すほどバカでも優しくもないでしょ。それともドーナッツと同じ。真ん中が欠けている。今日、何個目を食べてるの」

〈きみもビジネススクール出身者だろ。今が日本企業の買い時だということは分かってるだろ〉

アンソニーは興奮すると本音が出てくる。おまけに美来の言葉に挑発されている。アメリカ人らしいと言えばそうだが、おそらく彼の地位がこれ以上、上がることはない。

「ネクスト・アースっていうベンチャー企業を知ってる」

一瞬美来から視線を外したが、戻ったときには表情が引き締まっていた。

「知ってるのね。詳しく教えて。あなたの知ってる限りを」

〈魅力ある日本企業の一つだ。ネクスト・アースの財産は人だ。みんな優秀なエンジニアだ。IQ150以上の脳ミソを持ち、パソコンさえあれば、どこでもやっていける連中だ。もちろん、通信環境は必要だけどね〉

「あなたの所も乗っ取りの投資ファンドに参加してるのね」

〈日本企業に興味のある投資ファンドは多いはずだ。落ち目とはいえ、底力は十分にある。魅力的だ。ムダをそいで、やり直せば大きく化ける可能性がある。たとえば、液晶の――〉

「私が聞いてるのは、ネクスト・アース。私は日本のトップ、総理大臣よ。はぐらかすつもりなら、徹底的に邪魔してやるから。政府介入には勝てない。いくらアメリカ有数の投資ファンドでもね。あなたの座右の銘なんでしょ」

〈きみが執念深いのは知ってる。あそこは半導体設計の開発会社だ。しかし、そればかりじゃない。多くの魅力的なソフトウェアも開発している。優秀なエンジニアを世界中に抱えている。工場や製品、在庫がないから小回りが利く。最先端のものを身軽に追求できる。あの会社は成功率抜群だから、利益率も大きい。トネザキCEOのおかげだ。彼は自分たちの領域をわきまえている〉

皮肉屋のアンソニーからは聞いたことのない誉め言葉だ。利根崎を最高に評価している。

「他の経営者は領域をわきまえていないというの」

〈日本の間違いは、すべてを自社でやろうとすることだ。それだと視点が定まらない。もう古い。最先端の技術は先鋭化しすぎていて、どんなに優秀なエンジニアも、すべてを理解するのは難しい。台湾のように、受注生産に徹すれば失敗はない。開発と投資を絞ることができるし、生産効率を上げれば利益も上がる。なぜ、日本は自社生産にこだわった〉

「過去が忘れられなかったのよ。過去の成功経験がね」

美来は一九八〇年代のことを考えた。自分はまだ生まれていなかったが、多くの分野がジャパン・アズ・ナンバーワンの時代だ。でも今は――。

「海外進出も盛んだった。海外の安い労働力を利用して発展途上国に工場も造った。しかし現地労働者の技術と意識が上がるにつれて、当然人件費も高くなる。日本はそれを受け入れようとしない。いつまでたっても、技術立国日本を信じたがる。いつの間にか、日本に戻ってくる企業も多くなっている。日本と海外の賃金の格差がなくなったからでしょ」

〈いいことじゃないか。世界に貢献したんだ。だったら、儲けは少なくても海外生産を続けるべきだ〉

「日本での雇用が減少する」

〈日本で考え、生産は外国でする。切り替えた方がいい。職種によると言いたいんだろうが、どんなものでも十年前と今とは違っている。日本国内では十年、二十年先を考えればいい〉

「新しいビジネスモデルね」

〈そんなにたいそうなものじゃない。世界の常識だ。車や家電だってそうだ。日本国内で基礎研究をはじめ、技術開発に重点を置く。生産は適材適所だ〉

アンソニーは自信を持って言い切った。

〈しかし、残念なことだが現在の日本の技術は、一部を除いてきみたちが思っているほど、素晴らしくはない。特にデジタル時代に入ってからの凋落《ちょうらく》は著しい〉

アンソニーはdecline——凋落、という言葉を使った。美来は反論しようと思ったが、出た言葉は意外だった。

「私にも分かっている」

〈いや、分かっていない。大部分の日本人は技術立国、ものづくり大国、過去の栄光がすり込まれている。自国に閉じ籠っている間に他の国が伸びてきたんだ。現在の日本企業は特定の分野を除いて、海外からは魅力のない企業がほとんどだ〉

美来に反論の余地はなかった。令和元年からの十年足らずで、世界の最先端技術からはほど遠い存在になっている。失われた三十年と言われるが、凋落の三十年だ。完全な政策の失敗だ。政治の敗北と言われれば反論の余地がない。教育を含めて日本人の意識の低下、ハングリー精神の欠如、島国根性、自己肯定性、負の要素が多すぎる。日本人は優れているという大昔の幻影から抜け出せないでいる。

「かつての技術立国は神話の域に入ってるということね」

〈それればかりじゃない。やはりきみたち日本人には、自国の状況が分かっていない。国債発行は一千兆円を超えた。ＧＤＰの二倍を超える膨大な債務だ。経済も落ち目、資源もない、少子高齢化も世界で一番進んでいる。にもかかわらず、日本政府がこれらの問題に有効な対策を講じる気配もない。過去の遺産で生きている国だ。おまけに、今回のチェーン・ディザスターズだ。国と国債の格付けも、近いうちに下げられる。それも大幅にだ。国際社会は、日本の危うさにおののいてるんだ。とばっちりを受けたくないからな。こんな状況に目を付けるのが、ヘッジファンドとウォール街だ。すでに新たなＣＤＳが組まれている。日本用のものだ〉

「他人の国に、勝手に保険をかけてるってことね」

美来はアンソニーに悟られないように息を吐いた。世界の本音を聞かされたような気になったのだ。ＣＤＳ――クレジット・デフォルト・スワップとは、企業や国の債権が債務不履行に陥った場合、損失を補塡する契約のことだ。

「じゃ、日本には何の魅力もない。だから見捨てても構わないってことね」

〈いや、ネクスト・アースのように世界を引っ張る魅力的な企業もある〉

言ってから、しまったという気配が伝わってくる。

「個別の企業より日本を引っ張っていってほしい。昔、教えたでしょ。火事場ドロボウという言葉と、窮鼠《きゅうそ》猫を嚙《か》むという日本のことわざ」

〈アメリカ国債を売るって話を――〉

アンソニーが何か言いかけたが、美来は電話を切った。

美来は考えた末、閣議が始まる前に三国谷を呼んだ。

「日本のすべての経済を凍結するにはどうすればいいの。つまり為替レートの凍結と証券取引所の一時停止。それに海外からの投資の引き上げ禁止」

「そんなことをやれば市場は大混乱です。世界中の政府、経済界から総スカンを食う。報復政策もね。やめた方がいい。特に三つ目はね」

「今でも混乱しています。日本企業を狙って海外ファンドが大騒ぎです。このままだと、日本企業が買い叩かれるだけ」

「報復として、輸入をストップされたらどうしますか。日本の海外資産の凍結という手もあります」

「今は輸出するほど、製品は出来ていない。この状況を利用しようとしているのは、ごく限られた企業だけです。私はそれらを排除したい。そのための――」

「その一部企業のために、日本経済は世界の信用を失います。日本企業も海外投資を得られなくなり、長期的には得策ではありません」

三国谷は今までになく強く反対した。

「もし、外国政府が言い出したらどうなの。アメリカ政府がアメリカ企業に日本からの投資の引き上げを禁止したら。理由はいくらでも付けられる」

「アメリカ国債の売却ですか」

三国谷の顔が強《こわ》ばっている。

考え込んでいた美来は、高野を呼んだ。

「永井《ながい》財務大臣と国《こく》生《しょう》経産大臣、藤村外務大臣を呼んで。三国谷さんもいてちょうだい」

美来は四人に利根崎のネクスト・アースとアンソニーの話をした。

永井が持っていたファイルを遠慮しながらテーブルに置いた。

「このファイルは震災のひと月前に書いた論文を、結論だけ分かりやすく書き直したものです」

永井が真面目腐った顔で言う。タイトルは、「巨大災害前後の金融と経済」。彼は元大学教授で、党に請われて比例で出馬して当選した。国際経済学博士の学位も持っている。

論文は災害の規模に応じて、被災地の経済は低下し、国民生活も苦しくなる。それを狙って外資が入り込み、経済全体の停滞が長期間続くというものだ。まさにリアルタイムの日本を描いている。学者の中には、当然と捉えている者もいるのだ。だが、政府の介入により、被害は最小限に抑えられるというものだ。

「このレポートに関しては最高レベルの極秘扱いで、外部には公表しておりません。しかし、他の大学や研究所、企業のシンクタンクで同様のレポートが出るのは時間の問題です。そうなれば、格付け会社による日本と日本国債の評価も変わるでしょう。ヘッジファンドも動き出します。儲け方には色々ありますからね。日本経済の評価が下がるということが、世界に及ぼす影響ははかり知れません」

「ヘッジファンドも格付け会社も動き出しています。為替、株価、国債に影響が出はじめています。早めに有効な手段をとっておかないと、マスコミが書きたてるだけで世界経済破綻の引き金になります」

「そのレポートの情報が漏れたのですか」

三国谷が珍しく、感情的な声を出した。

「現在、日本の評価は上から三番目のAAマイナスです。日本国債はなぜかその上の二番目のAAです。もっと急落していいはずです。おそらく様子見でしょう」

「というより、発表時期をうかがっているというのが現状らしい。日本国債と日本の格付けを下げるという話です」

全員の目が永井とレポートに集まった。

「世界中の企業経営者と経済学者にとって当然のことです。誰も声に出さないだけです。これだけの経済損失と、日本が世界に与えている状況を考えると、分かり切ったことです。下手なことを言うと、世界恐慌を引き起こす危険がある。それよりは沈黙を続ける」

永井は当然だという顔で話し、美来に視線を向けた。美来は頷き言った。

「あるいは、各国の政府の意図が反映されている。日本を追い詰めるべきじゃないと。立ち上がるチャンスを与えようと思っている」

「私もそう思います。その代わり、すべてを国内外に話すこと。日本経済がどん底であること、しかし国を挙げて立て直しを図っていること。すべてを正直に話すことです。その上で国際社会の援助を求める」

永井が言うと、亜矢香も頷いて話し始めた。

「私も賛成です。総理が現状を正しく伝えることが不安を払拭します。特に外国に対して。国連でも訴えたらどうですか。うまくいけば海外の政府からもさらなる協力が得られます」

亜矢香は国連勤務時代に、規模こそ違え、国家の破綻も複数見ている。

真剣な表情で三人の会話を聞いていた三国谷の顔色が変わった。

「そこまでやる必要があるのですか。そんなことをしたら、世界は日本を――」

「記者会見の用意をして。国連での演説を待っていたら手遅れになる。すぐに日本国内と世界に知らせて。生でユーチューブで流します」

美来は三国谷の言葉を遮り、高野に告げた。

「今度は泣いちゃダメよ。前回は心臓が止まりそうだった。国のトップがスピーチの途中で泣き出すんだもの。一般の人たちが大勢見ていたからラッキーだった。だからあなたの率直で嘘のない言葉と態度に共感し、同情が集まった。でも今度の真の相手は政治家と経済人。一ドル、一セントでも多く儲けようと狙っている企業家。弱みを見せたらダメ。付け入られるだけ」

亜矢香が寄ってきて、美来の耳元で囁く。分かってる、美来は強い意思を込めて頷いた。

一時間後、総理執務室で美来のスピーチが始まった。日本国内と世界に向けてだ。


美来はカメラを見つめた。

カメラの向こうでは世界が自分を見つめている。これから話す、ひと言ひと言が一億二千万人の日本人の将来に影響する。大きく息を吸って神経を集中させ、再度カメラを見て話し始めた。

「世界の投資ファンドが日本企業からの引き上げを始めました。日本企業の株価は大幅に下がっています。それを狙っていたように投資ファンドが企業の乗っ取りに入りました。株価の下がった企業の乗っ取りにかかったのです。私たち日本国民、まれに見る大災害から生き残った我々は、必ず祖国を立て直します。そのために、日本政府は一年の期間を区切って、すべての海外との投資活動を停止します。これには投資の引き上げも含まれています。この措置は日本企業を守るためと、善良な海外投資家を保護するためです。決して、海外投資家の排除を狙ったものではありません」

亜矢香の方を見ると大きく頷いている。その調子で強気でいけ。

「死者二十三万人、行方不明者十二万人、負傷者四百二十万人。この数字は阪神・淡路大震災、東日本大震災とは一桁違う被害です。今後ますます増えていきます。日本は戦後最大の被害を出しました。私たちは――」

突然、言葉が詰まった。頭が真っ白になり次の言葉が出てこない。頭の中には遺体安置所で見た遺族の姿や、避難所で肩を寄せ合っている被災者の姿が入れ替わり現れる。流れそうになった涙を必死にこらえた。テレビクルーや利根崎の顔が滲んでいる。〈僕が美来であったなら〉。突如、兄の声が聞こえた。兄さんが私を見ている。見守ってくれている。そう思うと全身の力が抜け、気分が楽になった。

「歴史から学ぶ。多くの先人たちが言ってきた言葉です。しかし、私たちは何も学んでいなかった。私たちはこのふた月余りを必死で生き抜きました。私たちには日本中、いえ、世界の援助が必要です。コロナ禍を思い出してください。世界は長期に渡り、同じ苦しみ、同じ悲しみを共有しました。そして、コロナウイルスに打ち勝ちました。日本は一年間の金融、株式の市場を凍結します。どうか私たちを信じて一年間の猶予をください」

美来は姿勢を正しカメラを見据えた。壁際に立つ利根崎の驚きに満ちた顔が見える。

「知恵や経験、科学技術では、護りきれない命もあることを思い知りました。しかし、それ以上に世界の人たちの温かい思いやりを感じています。世界中から多くの義援金を受け取っています。全力を挙げて残された者たちを護り、元の生活を取り戻す努力をします」

カメラに向かって深々と頭を下げた。

部屋に静寂が訪れた。数秒の間をおいてパラパラと拍手が上がった。その拍手は部屋中に広がっていく。

頭を上げた美来の足元が揺れた。倒れる前に利根崎が腕を支えた。

撮影のクルーが帰った後の総理執務室には亜矢香と利根崎が残っていた。

「私は失敗した。日本のトップの器ではない」

「こんなにハラハラ、ドキドキのスピーチは初めて。また泣き出すんじゃないかと心配した。でも良かったかも。人は言葉だけでは動かない。正直な気持ちも必要。あなたはよくやった」

「人は弱いものだ。強がっても意味はない。正直な心に響いてくれる人もいる」

亜矢香と利根崎が言うが美来にはただの慰めに聞こえる。

「前のスピーチのあと、父には人前で泣く総理は初めて見たと言われた。私だって世界に向かって泣いたのは初めてだと言ったけど」

「好感度は上がったはず。あなたは鉄の女じゃない。もろくて壊れやすい日本人形。優しさの中にも凜《りん》とした強さを秘めている」

亜矢香は慰めのつもりか、美来の肩を抱いた。利根崎が複雑な表情で見ている。


最初に日本経済の一年間の凍結に賛同の意を示したのは台湾だった。総統自らがテレビに出て、日本と日本企業の救済を訴えた。アメリカやEU諸国も日本の援助を積極的に訴え始めた。

「台湾三百二十億円、韓国二百億円、アメリカ三百六十億円」

亜矢香が数字を読み上げていく。海外からの追加の義援金が届き始めたのだ。美来はユーチューブで世界に向けて感謝の意を表明した。


利根崎は窓際に立ち、夜の東京の町を眺めていた。

頭の中には早乙女総理のスピーチが響いていた。「日本は一年間の金融、株式の市場を凍結します」「世界の人たちの温かい思いやりを感じています」「世界の方たちが日本を見守ってくれるのを望みます」。これですべてが護られるとは思わないが、外資も表立っての行動は控えざるを得ないだろう。彼女はネクスト・アースの事情を知っていたのか。知っていて、あのスピーチを行なったのか。彼女は僕を、いやネクスト・アースを救ってくれたのか。いずれにしろ、これで日本企業の多くが救われたはずだ。総理はそれを見越して——。様々な思いが脳裏を駆け巡った。

「全力を尽くして日本を立て直せということか」

利根崎は呟いてパソコンの前に戻った。

7

その日の夜、久しぶりに善治の電話に出た。今までも何度かあったが出なかったのだ。そのうちに善治も諦めて、三国谷と高野から状況を聞いていたようだ。

〈政府は何をやってる〉

「今は東京の再建を議論している。災害に強い新しい首都づくり」

〈南海トラフ地震で被害を受けた地方都市の再建が重要じゃないのか〉

「東京も大きな被害を受けている。もちろん政府もね。だから私が総理になった」

〈おまえはよくやってると、みんな言ってる〉

父さんの耳に入るのは、身内の声ばかりでしょう、という言葉を呑み込んだ。

「都市としての重要性があるでしょ。他の都市とは違う。東京の人口は千四百万、経済は他の都市の数十倍ある。そして何より政府がある。企業も東京にある本社機能の再建を第一に考えるでしょ。日本はイビツなのよ。だから良い悪いにかかわらず、東京を優先しなきゃならないの」

父さんたちが放っておいたから、こうなった。もっと早く手を打つべきだった。

〈こういう時は支社が本社を支えればいい。本社機能の復活は大抵の場合、時間がかかる。優秀な人材を地方に派遣しろ〉

珍しく善治が正論を言ったと思った。だが善治も議員の間は東京第一主義だった。本気で地方を考えるのは、引退して郷里に戻ってからだ。しかし、地方が東京を支えることができる、と考えている議員はいない。

〈高知の再建は絶望的だ。太平洋側は軒並み津波に持って行かれた。四国の他の県も同じだ。東京の連中が口先だけで復旧、復興を叫んでもどうにもならない。人も金も技術もない。地方に未来はない。こういう時こそ、政府の力が必要だ〉

「父さんが東京にいたときは、地方創生で騒いでいたじゃない。その成果は出てないの」

〈一度、高知に帰ってこい。その時――〉

「今がどんなときか分かってるでしょ。もう切るからね。身体には気を付けて」

美来は電話を切った。スマホを消音モードにしてデスクに置いたが鳴り出す気配はない。娘の仕事の重要性は理解しているのだ。

再建は絶望的、軒並み津波に持って行かれた、人も金も技術もない。その通りなのだろう。だが今は地方も東京も同じだ。何もない。しかし、日本全域を考えると、被害を受けていない地域の方が多いのだ。美来はその思いを追い出すように頭を振った。


政府は予め立てていた復旧、復興計画書を持っていた。だが被害は想定の数倍に及び、さらに増えることは確実だった。専門家を含め、誰もがどこから手を付けていいか分からない状況だ。混乱の中で、政府は必死に関係地域と復興計画を進めていた。

東京都は山手《やまのて》線内側の高層ビル群の復旧を急いだ。比較的、被害が少ないと判断したのだ。周辺の一戸建て住宅や小さな集合住宅の密集地は、地震の揺れと同時多発火災、火災旋風で倒壊、焼失した地区が多く、再開発は後回しになった。

吾妻都知事は「世界でいちばん災害に強い首都」を目指すと都民に発表した。急遽作られた素案では、山手線内の高層ビル地域と、その周りを取り囲む地域に、防火帯を兼ねる広い道路を造り、耐火性の住宅地を造っていく。

美来は利根崎と吾妻都知事が送ってきた新都市構想を見ていた。

「東日本大震災では、次の同程度の災害にも耐える町、をスローガンに壮大な計画を立てたために、予想外の資金と時間がかかった。結果、住民のコミュニティは壊れ、住民は散っていった。今回は阪神・淡路大震災の教訓があったのにね。有識者と称する人と、知事が張り切りすぎた。今回はそんなことがないように願うばかりね」

美来は計画書を見ながら言った。

「自分の力で後世に残る大きなことがしたかったんだろう。震災復興と言えば金はいくらでもバラまかれた。コンクリートの寿命なんて、せいぜい五十年。百年でボロボロだ。次の同程度の地震は千年後、早くても六百年後と言われてる。建物は百年もてば十分だ。百年後、その時代の技術で時代に合ったものを考えればいい。我々は元の生活に戻ることを第一に考えるべきだ」

利根崎が続けた。珍しく二人の意見が合った。


最優先事項とした交通網の復旧が進み始めた。飛行場の復旧は最優先に行なわれた。羽田《はねだ》空港、中部国際空港、関西国際空港はひと月余りで使用できるようになり、海外からの支援物資が届き始めた。高速道路は場所によって特に被害が大きかったが、一部の区間を除き、復旧は進んだ。ネクスト・エイドを使って、迂回路が設定され、支援物資を運ぶトラックを含めて、緊急車両が優先的に走ることができるようになった。新幹線を含めた鉄道は、電力復旧と線路の補修と安全確認には時間がかかるので、バスなどの公共交通機関が先に復旧することに決まった。

それに対して工場地帯の復旧は進まなかった。

「サプライチェーンの復活の遅れが影響している。素材から部品を作り、組み立てて製品を作る。これらを結ぶのが流通だ。途中一つが止まると、すべての流れが止まる」

利根崎は軽く息を吐いて、視線を美来から外した。

「多くの工場が再建しても、どこか一つの工場が元に戻らなければシステムとして稼働しない。一つの部品が足らなくてもラインは止まり、製品はできない」

「すべての工場が同時に復旧できるなんてありえない」

「だから、難しい」

利根崎が真剣な表情で言う。

「きみはハーバードのビジネススクールを出たんだろ。何を学んで来た」

「国家の立て直しは学ばなかった」

「国も企業も同じようなものだ。むしろ国の方がやり易い。きみは多くの権限を持ち、きみの考えで実行できる。その権限をさらに大きく変えることさえできる」

「でも失敗は許されない。多くの人の命と運命がかかっている」

「その意識を忘れなければ、少なくとも後退はしない。信じることをやればいい」

利根崎が美来を見つめて言った。


美来は官邸と都庁、神奈川県庁、千葉県庁をオンラインで結んだ。

モニター画面には吾妻、早川《はやかわ》、久富《ひさとみ》、それぞれ都知事と県知事が硬い表情でカメラを見ている。彼らの横には副知事がいた。美来の横には三国谷が座っている。これは美来の要望だった。半数が副知事からの昇格で知事になっている。現在の日本列島では、この先何が起こるか分からない。

「今日、集まってもらったのは私たちには多くの時間が残されていないからです。政府は被災地の復旧、復興には深く立ち入ることはできません。しかし、首都直下型地震であなた方の一都二県の被害は、他と比べて大きなものでした。その被害も、多くの部分が重複し、関係しています。

みなさんに集まってもらったのは、今後の復興計画も単独で考えるより、協力すべきところはした方がいいと思ったからです。事前にみなさんの復興計画を話してはいただけないでしょうか。おそらく重複している箇所、矛盾している箇所も多いはずです」

〈今回の二つの震災による被災地区は、東は千葉から西は宮崎まで前例のない広域災害でした。総理が特定の地域に深く関係するというのは、異例ではないのですか〉

早川神奈川県知事が言う。

「首都直下型地震といっても、約六割の部分が神奈川県に関係する部分です。さらに東京湾周辺は津波の被害を受けました。山間部では多くの崖崩れが起こっています。首都直下型地震の復旧、復興は、一都二県を合わせて考えた方が合理的だと判断しました。特に東京湾周辺、多摩川領域の整備に関しては、国とも連携してやらなければ意味がないと判断しました。それが集まっていただいた理由です」

美来は吾妻と早川、久富に順に視線を向けながら言った。

「お互いにどういう都、県をつくろうと計画しているか、話していただけませんか。まずは、神奈川県知事の早川さんお願いします」

早川はゆっくり話し始めた。彼は現在、四十三歳。資料には元総務省官僚、副知事を一期務めた後、前知事の引退に伴い、去年の選挙で知事になった。5Gを中心にしたデジタル都市神奈川を謳《うた》い当選した。横浜市を中心に、通信アンテナの整備に力を入れていた矢先だった。

〈横浜駅周辺は震度七の揺れとともに、五メートルの津波に襲われました。駅を中心に地下街、地下鉄も水没しました。やっと排水はしましたが、今後、瓦礫の運び出し、清掃、消毒と課題は山積みです。さらに横浜市内を中心に六割がた設置した5Gのアンテナも使いものにならなくなりました。さらに北部の山では、地震で地盤が緩んでいたところに大雨と台風で、土石流と洪水

で過去最悪の被害が出ています。今後、余震でさらに土砂災害が起こると心配しています〉

美来は横浜駅周辺の至る所に、海抜ゼロメートルの表示が出ていたことを思い出していた。

首都直下型地震では東京以上に多くの死傷者を出し、津波にも見舞われている。特に被害が大きかったのは横浜市で、多くの区が浸水し、地下街、地下鉄は水没した。

〈総理が発表してくれた、遺体の取り扱いには感謝しています。県の独断ではできない判断でした。あのままであれば、大変なことになっていました〉

吾妻と久富も頷いている。吾妻都知事が話し始めた。

〈東京は総理の指示のおかげで、地下街と地下鉄は一割程度の浸水で防ぐことができました。これは不幸中の幸いでした。現在、都内に残っている帰宅困難者を希望する地域に送り届けています。これもあと数日で終了します〉

〈横浜にもそういうアドバイスがほしかったですね〉

早川の呟きが聞こえる。嫌味と本音の入り混じった言葉だろう。

〈電気、水道、ガスの生活インフラも復旧の目途がたっていません。火災も政府想定の数倍の規模で起こりました。避難所の維持とともに、災害復興住宅についても、都外に建設を考えています。専門家によると今後数か月は、都内に住むことは難しいという結論です。公共交通機関の全面的なストップに加え、車が通れるようになった幹線道路も限られています。避難者の方たちを近隣県で受け入れてもらえれば有り難い話です〉

吾妻が千葉と神奈川の両知事に向かって頭を下げた。

〈耐震基準を十分に満たしている高層ビルに、多くの被害が出たことは想定外でした。南海トラフ巨大地震の長周期地震動で見えない部分にダメージを受けていたからだと専門家は言っています。一見被害はなさそうな高層ビルも、基礎の鉄骨などがどうなっているか分かりません。ただ

ちに仕事を始めるというわけにはいかないでしょう〉

吾妻の言葉に二人の知事も頷いている。

〈都心は皇居を中心とした高層ビル地帯は耐震化がなされているにもかかわらず、約三割のビルが大きなダメージを受けました。残りのビルも、総理のお言葉に従い、耐震化をチェックし直します。山手線内部と外部の木造家屋は同時多発火災が起きて、七割以上が燃えています。耐震化と同時に耐火についても考えるつもりです。しかし、まだ具体的な復旧、復興についての計画はありません。時間がかかると思います〉

千葉県の久富知事が話し始めた。

〈千葉県は震源からは離れていましたが、五メートルの津波が来ました。東京ベイエリアが大きな被害を受けています。ディズニーランド、ディズニーシーでは、お子様を含めて家族連れの犠牲者が多数出ました。避難訓練は日ごろからしていましたが、やはり想定外の揺れと大津波が原因です。ただ東部地区の被害は大きくないので、東京からの避難者は受け入れ可能です。急遽、避難住宅の建設を計画しています〉

久富知事は途中、何度か目にハンカチを当てた。

「みなさん三人に来てもらったのは、東京都と神奈川県、千葉県は相互依存度が強いということからです。コロナ禍においても、東京で起こったことは直ちに周辺県に広がった。政府は都と県が一体になって取り組むべきだと思っています」

美来は繰り返し言うと、背筋を伸ばし姿勢を正した。

「復旧、復興計画を議論するに当たり、国としての要望を挙げておきます。三つの地域は幹線道路、鉄道、地下鉄などの交通網を通じて、また東京で働く人々の居住地域として密接に結びついています。お互いに協力し合って、今後の都市づくりを考えた方がいいと判断しました」

実際、一部の地下の浸水が、地下鉄網を通じて都と県をまたいで流れ込んでいる。地下街にも津波と大雨の水が流入し、他県に流れ込んだのが確かめられている。

政府の提案として共通のウェブサイトを作り、復旧の中短期計画と進捗具合を共有することと、長期計画についてはお互いに意見を出し合い共有することで一致し、東京を中心に定期的に集まることに合意した。

それから三か月後、政府の助言と補助金によって、新しい首都構想が出来上がった。お互いの復旧、復興部署をオンラインで結び、職員の派遣を充実させて情報共有を行ない、より早くより合理的、発展的に新しい町づくりをやりましょうということだ。

総理執務室に入ると利根崎が待っていた。前日、美来が朝一番に会いたいと連絡していたのだ。

「名古屋の復旧は順調だと聞いています」

「誰からそんなデマを聞いた。元通りにするのは何年、いや何十年もかかる。町を見てみろ。交通網の復活はほど遠い。臨海工業地帯は跡形もない。いまだに瓦礫が半分以上残っている。こうなることは予想はついてた。だから、その準備はしておくべきだった。行政の責任は大きい」

そんなの分かっている、という言葉が出かかったが我慢した。

横浜から西側、南海トラフ地震の被災地も行方不明者の捜索は中断している。美来の英断だった。行方不明者の数は膨大だが、手のつけようがないというのが結論だ。行方不明者の家族には割り切れないだろうが、次の段階に進むべきだ。そうしないと、被害はさらに大きくなる。しかし今後、データベース化した資料により捜索を続けることを約束している。

現在、力を注いでいるのは、増加を続けている災害関連死を減少させることだ。避難所や医療施設での高齢者や持病を持つ人たちの死亡を最少にする。

「政府は何ができるの」

美来は何か言われることを覚悟して聞いた。

利根崎はしばらく無言だったがやがて口を開いた。

「瓦礫の撤去場所を決めることくらいしかない。だがもっとも重要なことだ。あとは特区にでもして、民間に好きにやらせることだ」

「それが、いちばん難しい。ネクスト・アースが中心になって、五年ほど前から新しいサプライチェーンを作っていたと聞きました」

利根崎は考え込んでいたが、説明を始めた。

「我々は日本列島内陸と、日本海側の都市と協力している。ネクスト・アースのソフトウェアで〈ビルト〉というのがある。これも、エイドが基本になっている。支援物資が、機械部品や半導体に替わったようなものだ。日本国内で似た製品を作っている中小企業の在庫管理システムだ」

「現在、出回っているものでしょ」

美来はすでに名古屋やその周辺都市を調べたことを話した。

「各企業の内部資料の管理ソフトとしてね。それを各企業間でつなぐことはすごく難しい。各企業の在庫が一目瞭然に分かるソフトだ。内部機密に相当するデータが必要で、経営状況を他社にさらすことにもなる。非常時の今だから役に立っているが、普段なら企業機密に当たるものだ」

利根崎は数年前から一社一社を回って参加するように呼びかけたと言う。大部分の企業は必要性は認めながらも、参加は保留だった。しかし、南海トラフ地震が起こって、この半月ほどでサーバーに入り切れないほどの企業からの申し込みと、商品データが出てきた。在庫品の一掃セールができると考えたのだろう。そして成功している。

「地方への工場移転も進めていたと聞いています」

「ここ数年の間に、複数の企業が地方に工場をいくつか造っている。廃校になった小中学校や、過疎地の閉鎖された工場などを利用したもので、費用はさほどかかっていない。現在、このプロジェクトにも希望者が殺到している」

「先見の明というやつね」

利根崎はこれに関しては、美来にはひと言も話していない。

「ビルトというソフトについて、もっと詳しく説明してもらえる」

「新規サプライチェーンの構築に使うソフトだ。一部では日本中の在庫品のカタログと言われている」

「あなたの会社を調べた時には載っていなかった」

「売り物ではなかったからね。汎用ソフト一覧には載っているはずだ。直接僕に聞いてくれれば話はする」

「あなたのやってることをほとんど知らない。政府にも有益なことが多い気がする」

「発想の転換だけで大したことはやってない。新技術などない。政府が頼りないからやってるだけだ」

「だから、あなたに助けてほしい」

思わず涙がこぼれそうになった。美来の本心だった。彼にとっては、家族の命を奪った災害への対抗心もあるのだろう。利根崎が驚いた顔で見ている。

「私は正直、何をやっていいか分からない。すべてにおいて手探り。現実が私の思考を追い越している。私は総理になったことを後悔している」

「そういうことを言われると国民の一人として、腹立たしくなるね。我々の命と未来は、きみたちに預けている。何とかしてもらわなくちゃならない」

「私だって、そのつもりだった。でも――」

あとの言葉が続かない。ここ数か月のことが胸に込み上げ、こらえていた涙が溢れ出す。瓦礫に埋まった海岸線、家の土台と壁のないビルの点在する町、焼けた家々が広がる町。そこで死んでいった人々の声が聞こえる。彼らの命と引き換えた訴えを自分は十分に受け止めているのか。

その時、ドーンという音を聞いたような気がした。身体が突き上げられるような感覚を覚える。倒れそうになった美来の身体を利根崎が抱き止めた。

揺れはすぐに引いていった。利根崎が美来の身体を離した時、もう一度激しい揺れが襲う。利根崎は壁に手をついて身体を支えている。

美来はその場に崩れそうになる身体をデスクに両腕をついて支え、辺りを見回した。部屋のテレビ、壁の飾り棚に置かれていた壺《つぼ》などは、首都直下型地震の日にすべて割れている。

突き上げるような揺れが二度襲った後、静寂が訪れた。

「震度六強程度か。かなりひどい余震だ」

利根崎がゆっくりと身体を壁から離すと、美来の方にやって来た。

「この程度の余震が、長ければ数年、今後も続くと言っていた。僕の親戚に東都大地震研究所の准教授がいる」

スマホが警戒情報を出し始めた。

〈静岡県で地震発生。マグニチュードは7クラス。海岸地方の人は、津波に気を付けてください〉

「東南海地震の余震だろう。だから――」

利根崎の言葉が終わらないうちに、再度揺れが襲った。

駆け込んできた三国谷がテレビをつけた。

画面には白煙を上げる街並みが映っている。どこかのビルが倒壊したのだ。高層ビルが揺れているのが分かる。長周期地震動だ。

〈東京スカイビルが倒壊しました。南海トラフ巨大地震でも首都直下型地震でも倒れなかった東京スカイビルが倒壊しました。倒壊したビルは、他の二棟の高層ビルも巻き込みました。犠牲者は三千人を超えると思われます〉

女性アナウンサーが呆然とした表情で声を上げている。

「東京のシンボルとして建てられたビルなのに、耐震設計は万全じゃなかったの」

美来は呟いていた。

美来は利根崎の協力を得て、名古屋方式の復旧を全国に推奨した。

全国と被災地の企業を結ぼうという計画だ。さらには、外国の投資に対するアピールだった。その結果、予定より早く、サプライチェーンの七十パーセント回復を公表した。

政府の強権的な手法が浴びていた批判も、軌道に乗ると消えていった。

首都圏も一都二県の知事どうしの対話を通じて、市民と政府が協力し、復旧の見通しができていった。

利根崎と相談して、政府の復興庁は作らないことに決めた。地元と関係ない者が集まって、勝手な計画を進めてもうまくいくはずはない、という利根崎の言葉に従ったのだ。被害を受けた町がもっともその地域を知っている。政府は各地域の復旧、復興計画を手助けできればいい。美来はそう決めた。

結果、ゼロからの新しい首都圏構想が持ち上がった。現在の首都から、さらに近隣県にまたがる新しい都市をつくるという計画だった。政府と都、県は、人々の期待に応えるため、早急に計画を進めていた。「新首都構想」と名付けられ、東京、神奈川、千葉の協力で進み始めた。世界からも注目を集めている。

しかし、一部の市民からは、反発の声も上がっていた。新しい都市建設によって、地元の文化や風土が失われてしまうのではないか、という不安があったのだ。

知事たちは、その不安を解消するため、市民との対話を重ねた。結果、市民と都と県が協力して、新しい都市建設が進められることになった。

「日本は地震多発国、台風の通り道、最近は地球温暖化による温度上昇で異常気象と大雨が頻繁に起こるようになりました。大雨は、河川の氾濫、土砂災害を引き起こします。災害に強い首都を目指します。それには、東京都、その周辺の県の協力が必要です。さらに、今回の災害で顕著に表れましたが、全国の道府県の協力も必要です。被害を受けなかった地域が、大きな被害を受けた地域を助ける。新しい日本を目指して、一丸となって頑張りましょう」

美来はことあるごとに、国民に向かって呼びかけた。

定期的に新首都構想の発表はあったが、政府と東京都が中心になって進めていった。

「何か言いたいことがあるんでしょ。あなたは顔に出るたちなのよ」

美来が利根崎の顔を覗き込むと、何げない素振りで横を向いた。

「驚いているだけだ。こんなに早急に進むとは思ってもみなかった。きみの指導力が卓越しているということか」

「嘘でしょ。他に何か言いたいことがあるはず」

利根崎はそれとなく視線を外している。

「私の任期は一年、せいぜい二年だと思ってる。被災者の人たちも落ち着くというより、被災者としての生活に慣れてくる。引きこもっていた議員たちも出てきて、口を出してくる。それまでに成果を出さなければ白紙に戻される」

「予言者兼心理学者みたいだ。しかし、必要なのはその先を見据えることだ」

「あなたも、過去の有識者や復興計画に携わった人たちを真似ろって言うの。私は百年先にも残って、機能している首都にしたいわけじゃない。すべては時とともに変わっていく。未来のことは未来の人が時代に合った町をつくればいい。私は、現在生きている人の命と生活を護りたい」

今から百年後まで残る町づくり、それはおごりだ。百年前の日本を考えてみればいい。交通、通信、人々の生活。電車が走り、電話が通じる。きっと電灯がつくだけで人々は大喜びをした。これから百年後も同じだ。我々には想像もできない未来が待っている。

「僕もきみに賛成だ」

初めて利根崎の笑顔を見た気がした。


南海トラフ地震が起きて半年がすぎた。

ネクスト・アースの新サプライチェーンの創設ソフトウェア、ビルトを取り入れて、復旧は急速に進み始めた。新政府は被災地の復旧、復興は被災地域に任せ、財政面で支える方針を取った。計画が進み始めるに従い、国民も徐々に落ち着きを取り戻していった。

震災半年後に開かれる、南海トラフ地震、首都直下型地震の犠牲者の追悼式で、日本国内と世界に向けて復興状況を説明する予定だった。

美来は総理執務室で、デスクに広げた新首都の図面と計画書を見ていた。昨夜、東京都、千葉県、神奈川県、さらに新しく加わった埼玉県が協力して作り上げた、新首都構想が届いたのだ。両脇に立つ、津村と高野が覗き込んでいる。確かに世界が注目する新首都構想だ。シンプルだが機能的だ。画期的なのは月に一度、四人の知事がオンラインで定例報告会と新企画会議を行なうことだった。各行政機関もオンラインでより親密に結ばれている。コロナ禍において、首都圏は一体であると強調した言葉が生きてきたのだ。

「デジタル化を基礎にした近代的な首都と呼べるものですね」

「建設費も最小限で抑えられています。一都三県の協力のあとがよく分かります」

津村も高野も好意的だった。簡素で効率を優先した未来都市というコンセプトに美来も納得している。しかし、美来の中には何か引っかかるものがある。それが何かと聞かれると明確なものは浮かんでこない。

開いたままのドアからノックの音が聞こえた。美来が図面から顔を上げると利根崎が立っている。入るように合図を送ると入ってくる。いつになく真剣な表情をしていた。

利根崎の背後に男が立っている。小柄で小太り、顔色が悪い。落ち着きなく視線を絶えず動かしていた。

「私の妻の兄、服部雄太《はっとりゆうた》博士です。東都大学地震研究所准教授です」

利根崎が津村と高野に視線を向けた。

「二人は大丈夫。言ってちょうだい。あなたが、そういう顔でそういう言い方をするときは、必ず私の悩みがまた増える」

「富士山噴火の予兆があります」

利根崎が美来を見据えて言った。

第四章　最大の危機

1

高野が立ち上がりドアを閉めた。

「もう一度言って」

利根崎が服部を美来の前に押し出した。

「富士山に噴火の可能性があります」

「噴火の規模と確率はどの位なの」

美来は利根崎と服部を交互に見ながら聞く。

「規模は我々が知る限り最大。確率はかなり高い。いや、百パーセントです」

「凄《すご》い自信ね。根拠はあるの」

「富士山の山体が膨張しています。昨日の夜から膨張が激しくなり、今も続いています」

「気象庁からは何の報告も受けていません」

美来は首都直下型地震以来、富士山噴火については気象庁に何度か問い合わせ、異常があればすぐに知らせるように頼んでいることを話した。

南海トラフ巨大地震で静岡付近のユーラシアプレートが大きく動いて、マグマ溜まりと富士山周辺の地殻がかなり変化しているはずだ。さらに、マグニチュード9・1の首都直下型地震が加わり、関東から富士山にかけての地盤の状態は大きく変わっていると報告を受けていたのだ。しかし、富士山噴火が近いことは聞いていない。

「私の観測装置によればです。GPSの感度と精度を従来の装置の五倍以上に上げています」

「噴火の日時と規模は分かっているの」

「明確な日付も規模も分かりません。ただこの膨張が止まらなければ、一週間以内、いや数日のうちに噴火が起こる可能性があります」

もともと生真面目な顔が、さらに硬くなっている。

「噴火の場所は前と同じなの。宝永《ほうえい》大噴火よ」

富士山は現在、活火山とされている。前の噴火は一七〇七年、宝永四年の宝永大噴火だ。宝永地震の四十九日後に噴火している。富士山の南東側の山腹で起こり、大量の火山灰を噴き上げ、流れ出した溶岩は周辺の町や村を破壊し、火山灰は千葉県にまで飛んでいる。それ以来、三百年以上噴火していない。

「違うと思います。おそらく山頂の火口付近です。その辺りの膨張が大きい」

「で、私たちは何をすればいいの。いえ、何ができるの」

服部は美来から視線を外し、しばらく考えていた。

「最適な方法は――逃げることです。それしかありません」

「どこに逃げるというの。宝永大噴火は富士山から百キロ離れた江戸の町に十センチの火山灰を降らせてる」

「しいて言えば、富士山の西側です。噴石は周囲十キロに及び、火山灰は偏西風に乗って東側に流れ、広範囲に影響を与えます」

「東は東京側ってことね。今度の噴火ではどのくらいの量がどの辺りまで降灰するの。火山灰の影響が出る地域を知りたい」

「宝永大噴火では、千葉県の辺りまで達しています」

「東京は降灰の通り道であり、落下地点ということですか」

服部が無言だということはその通りなのだろう。

「問題なのは、それがどのくらい続くかということ」

「不明です。二、三日で収まればいいのですが。数か月続く場合もあります。あるいは、それ以上。今回の場合、前の噴火からかなり時間がたっていますから、マグマはかなり溜まっていると考えられます」

「長期に渡る可能性があるということね。まさか、年単位ということはないでしょうね」

やはり服部は黙っているが顔がさらに蒼《あお》ざめ、引きつっているように見える。ということは——。

都内に住む者にすれば相当落胆するだろう。二つの大地震で二十万人を超す人が亡くなり、まだ行方不明者も三万人近くいる。半年がたち、やっと落ち着いてきたところだ。

「当分、誰にも言わないで。マスコミに発表されるとパニックが起こる」

「いつまでですか。研究者の立場から言えば早く公表すべきです。国民の心の準備と対策のために。そのために来ました」

服部の表情が変わり、美来を見つめてはっきりとした口調で言う。

「まず政府内で検討したい。やっと、前の三つの災害からの復旧、復興計画が進み始め、国民の心にも希望が見えてきたところです。それが——」

「時間がありません。噴火が始まれば、噴石が飛び溶岩が流れます。影響の出る地域の住民にとっては、生死がかかっています」

服部の声が大きくなり、資料を持つ手が震えている。

「すでに出ている富士山噴火のハザードマップより、さらに広範囲に被害が広がるということですね。どうしてですか」

「山体の膨張です。想定よりはるかに大きい。爆発の規模が違ってきます。今度の噴火は、かつての噴火より桁違いに大きいと考えています」

「今の情報だけでは政府は動けない。これ以上の不安を国民に与えることはできない。でも、大きな異変が出れば報せてほしい」

美来は服部に頭を下げ、利根崎に視線を移した。話はこれで終わりという合図だ。

利根崎が服部を連れて出て行こうとするのを美来が残るように合図した。

服部は利根崎に軽く右手を上げると、部屋を出て行った。

美来は高野と津村に、気象庁と連絡を取るように言った。二人が出て行くと利根崎に向き直った。

「明日は官邸に気象庁の専門家にも来てもらう。その時はあなたにもいてほしい。これは服部さんには内緒。服部さんの話は当分極秘事項にしておく」

美来は続けざまに言うと、デスクに戻った。

その日の夜、美来は眠れなかった。半年をかけて復旧は軌道に乗ったばかりだ。富士山噴火の可能性を国民が知れば、動揺が広がる。問題は国内ばかりではない。せっかく沈静化した外資の引き上げと急激な円安が、再燃する可能性がある。今度は抑える自信はない。

ベッドから出て窓際に立った。闇の中に高層ビルの明かりが見える。半年前は暗黒が続いているだけだった。ふっと兄の顔が浮かんだ。兄だったらどうする。打算のない生真面目な人だった。気がつくとスマホをタップしていた。

〈かかってくると思っていた。眠れないんだろ〉

利根崎の声が返ってくる。あなたもでしょ、という言葉を呑み込んだ。

〈服部雄太は僕の妻の兄だ。憶測でこんなことは言わない。僕が総理の補佐官なのを知って、総理に会わせろと頼んできた。彼にとってはすごい決心がいったはずだ〉

「信頼できる人だということは分かっている。研究者としてはどうなの」

〈詳しくは知らないが、僕は彼の言葉を信じる。多少変わり者だが誠実で慎重な男だ。その彼がきみに会わせてほしいと言ってきた。かなりの確信があるんだ。彼の性格からして、かなりの決意できみに会ったはずだ〉

服部の純朴そうな顔と態度を思い浮かべた。

「ただ彼の人柄を信じるだけじゃ話にならない。服部さんの所に連れて行ってくれない」

〈そう言うと思っていた。僕がそっちに行く。何時がいい〉

「十五分後じゃダメ」

〈官邸の裏口に出ていてくれ〉

電話を切るとすぐに用意をして裏口に急いだ。

三十分後には美来と利根崎は服部の研究室にいた。

観測機器とモニターに囲まれた深夜の研究室で、服部はパソコンに向き合って座っていた。デスクにはカップラーメンと弁当の空き箱が散らかっている。隅にベッドと寝袋があった。彼はここで生活しているのか。

「これからのあなたの言葉は日本の将来に大きな影響を与える。よく考えて答えて」

美来は服部を見つめて言った。服部は緊張した表情で頷いている。

「今後の富士山噴火の最悪のシナリオを教えて。単なる想像じゃなくて、科学的見地からの最悪のシナリオよ」

服部は考え込んでいる。数分がすぎてやっと口を開いた。

「宝永大噴火よりもひどいと思います。宝永地震より今回の二つの地震は激しかった。富士山は前の噴火から三百年間、噴火をしていない。かなりのマグマが溜まっているはずです。今回はプレートにかなりのゆるみが出来ています。噴煙は上空十キロまで立ち上り、噴石は山頂から半径三キロから五キロの範囲にまで到達します。火砕流が麓の町を襲います。静岡側がもっとも危ない。火砕流の速度は時速百キロにも達します。人の足では逃げ切れません。早めの避難が必要です。さらなる問題は火山灰です。偏西風に乗って、千葉県にまで広がります。東京に降り積もりながら」

服部は火山灰の怖さについて説明した。細かいガラスの粒で、人体に影響を与えること。目に入ってこすると、眼球を傷付けることになる。パソコンなど精密機器に入り込み、動作不良を起こす原因にもなることなどを話した。

「交通も大きな影響を受けます。五ミリ積もると普通の車は運転できません。道路は動けなくなった車で大渋滞を起こします。電車も送電線と線路に大きなトラブルが起こります。さらに高圧電線や変電器につくとショートを起こし、停電や火災を引き起こします」

服部の声が不気味に響いた。淡々と話してはいるが、どれも美来の心を凍らせ暗くさせるものばかりだ。

「明日、緊急閣議を開きます。その時、もう一度話してもらいます。気象庁の専門家も来ます。資料があれば持ってきてください。私が話すのより、あなたの方がよほど説得力がある」

服部は利根崎を見た。利根崎が頷くと覚悟を決めたように言う。

「二人とも帰ってください。僕は資料を作ります。素人の前で話すのは慣れていないので」

美来と利根崎は研究室を出た。


翌日、閣議は午前七時から始まった。昨夜、美来が緊急集合をかけておいたのだ。

官邸の中会議室に閣僚と関係官僚が集められた。気象庁地震火山部の専門家も二人来ている。美来が高野に呼ぶよう頼んでおいたのだ。

服部は利根崎に連れられて疲れ切った顔で入ってきた。気象庁の二人は服部と知り合いで、会釈を交わすとデータを見ながら話をしている。

最初に観測データを使った専門的な話が始まった。観測装置の説明とデータの解析だ。閣僚たちは半信半疑の表情だが、ほとんど分かっていない。

彼らの顔付きが変わったのは、正面の大型モニターに富士山噴火のシミュレーション映像が流された時だ。火山性の地震とともに富士山の山頂から噴石が飛び、溶岩が流れ出し、噴き上げる白煙の中に黒煙が混ざる。火山灰の雲は偏西風に乗って東に流れていく。その雲は首都圏一帯を覆い、さらに東へと流れていった。最後に火山灰で覆われた都心が現れ、シミュレーション映像は終わった。

「現時点のデータを使った映像です。今後、大きく変わっていくと思われます」

「大きくとは、どういうことですか」

「おそらく――現実では被害はさらに厳しくなると思われます。南海トラフ巨大地震と東京直下型地震は、日本の地下構造を大きく変えています。地盤がゆるくなって、マグマも地上に向かって量を増し活発になっているはずです」

話は一時間あまり続いたが会議場は静まり返っている。

「問題は実際に起こるかどうかです」

三国谷の声がぎこちなかった。意識して冷静さを保とうとしている。

服部は気象庁の技官に視線を向けた。二人は顔を寄せて話している。

「富士山の噴火警戒レベルではどの程度なの」

「レベル5です。富士山の麓も東京も」

美来が聞くと即座に答えた。

噴火警戒レベルとは、富士山を含む日本の火山の活動状態を示し、それに応じた行動指針を示すもので、五段階で表される。レベル1は火山活動が静穏で、状況に応じて火山活動に関する情報収集等が求められる場合。レベル2では火口周辺への立ち入り規制等が必要とされ、小規模な噴火の可能性があることを示す。レベル3は入山規制が行なわれ、火山からの避難が求められることがある。これは火山活動が活発化し、噴火の可能性が高まっていることを意味する。レベル4は住民の避難準備と高齢者や障害者など避難が困難な人々の事前避難が促される。もっとも高いレベル5は、住民に対して避難命令が出されることがあり、広範囲での噴火が予測される。現在の富士山は約百キロ離れている東京もレベル5だというのだ。

美来は意見を求めるように気象庁の技官に視線を向けた。

「データが正しければ間違いありません。失礼ですが帰らせてもらいます。至急、服部先生のデータの検証をします」

一人がそう言い残すと慌てて出て行った。

さて、と言って、美来は閣僚たちを見回した。

「問題はいつ国民に話すかということです」

「早い方がいい。多少なりとも準備ができる」

「いや、パニックが起こるだけだ。間違っていたら暴動ものだ」

「一部の地域だけじゃないのですか、影響を受けるのは。噴火の影響は富士山周辺と東だけですよね」

「マグマの流れと噴石は富士山の周辺、静岡、山梨地域。降灰は神奈川、東京、埼玉、群馬、千葉にわたって被害をもたらします。そこの人たちを避難させるとすると――」

「東京には日本人口の一割、首都圏には二割以上が住んでいる。合計二千万人以上の人です。現在は東京を離れている者も多いが、全員がその圏外に避難するということですか」

「噴火が起こらなかったらどうするのですか。起こってから行動を起こすということでは遅いのですか」

「噴火後、数時間で火山灰は東京上空に達します。降灰地域では公共交通機関、高速道路などの交通は止まります。車の運転は非常に危険でしょう。東京を含めて富士山周辺の都市は孤立状態になります。だから今のうちに安全な地域に――」

「やっと復旧事業が軌道に乗ってきたところだ。それをあんたはぶち壊そうというのか。気象庁の地震火山部でさえ、何も言ってきていないんだ。それを突然、ぶち壊そうというんだから、あんた、東京に恨みでもあるのか」

突然大声が聞こえた。経済産業大臣の国生優司《ゆうじ》だ。

彼の視線は美来から服部に移った。

「復興がここまで来るのに、我々がどれだけ苦労したか知ってるのか」

「私はただ、私の研究成果をみなさんに伝えたかっただけです」

服部の声が震えている。国生が立ち上がって閣僚たちを見回した。

「現在の日本に安全な地域なんてないよ。私は鹿児島出身だからよく知ってる。噴火の間、灰が降る程度なら水と食料を用意して、自宅にこもる方がいいんじゃないか」

「その通り。私の妻が鹿児島出身で、よく聞かされた話です。鹿児島じゃこんなの日常だ。桜島《さくらじま》が噴火するときは外出を控えるよう放送がある。コロナ禍と同じだ。富士山だって、家から出なければ大きな問題はない」

様々な声が飛び交い始めた。

この人たちはまったく懲りていない。二つの地震で二十万人以上の人が亡くなっている。避難の遅れでこれ以上、国民を見殺しにしたくない。

美来は立ち上がり服部に向き直った。

「今日から二日間で噴火の有無、その規模について結論を出してください。ただし、気象庁と連絡を取りながら。その結論に従って何をすべきか決めましょう」

「噴火が起これば これまで立ててきた復旧、復興プログラムはすべて見直さなきゃならない。分かっているんでしょうね」

国交大臣が美来に向かって言った。

美来は服部に視線を向けた。

「すべての責任は私が取ります。服部先生は自分の信じることをやってください。必要なものを教えて。すぐに用意します」

「必要なのは時間です。それは総理でもムリだ。私を研究室に帰らせてください。あとは連絡するまで自由にさせてください」

「了解です。さらに正確で詳しいデータと結論を期待しています」

美来は閣僚たちに向き直った。

「服部先生と気象庁にさらなる観測を続けてもらいます。ただいまから服部先生は気象庁に出向してもらいます。データ共有のためです。窓口は二つより一つの方がいい。問題ありませんね」

美来の言葉に服部と気象庁の技官は頷いている。

服部は利根崎に目で合図を送ると、技官とともに気象庁に向かった。

部屋からは音が消え、閣僚一人一人の鼓動さえ聞こえてきそうだった。

「たかが火山の噴火だ。数日でおさまる。日本中が混乱している重要な時期に人騒がせな」

沈黙に耐え切れないという感じで、愚痴に近い声が聞こえた。

「あなた方、何を聞いてたの。かなりの確率で東京の機能が全滅するという話です。それがどういうことか、あなた方はまったく分かっていない」

美来の声が部屋中に響いた。顔に赤みが増し声が震えている。抑えようのない怒りが湧いてくる。脳裏には名古屋と高知で見た惨状が浮かんでいた。体育館に並ぶ数十の棺、取りすがって泣く家族たち。その光景がなぜか山で死んだ兄と重なる。

「ほんの少しの舵取りの間違いで、惨状は何十倍にも広がる。私たちはその責任を担っている」

「落ち着け。まだ噴火が始まったわけじゃない。噴火することさえ確かじゃない。それほど心配するなら、今から避難の準備をしておけばいいだけだ」

利根崎が耳元でなだめるように囁く。

「解散します。各自、富士山噴火の危険性も頭に入れて復興の仕事を続けてほしい」

三国谷が閣僚たちに向かって言った。

その日の夜、服部が利根崎に連れられて公邸に来た。

「気象庁の技官と何度も計算をやりましたが結論は同じです。これ以上議論する必要はありません。結論はすでに決まっています」

服部が憔悴《しょうすい》し切った顔で言う。おそらく、昨日から一睡もしていないのだ。

「噴火はかなり大きなものになります。噴火の期間についてはまだ分かりません。さらに今後、定期的に噴火する可能性が高い。何か月かごと、何年かごと、不定期に大きな噴火を繰り返す可能性があります」

美来の前に置いたタブレットには細かい数値が並んでいる。

「富士山の地下のプレートにあるマグマ溜まりのマグマの量です。山頂付近に新しいマグマ溜まりができて、その下には海抜ゼロメートル地点にさらに巨大なマグマ溜まりが見られます。その先にもかなり大きなものがあり、さらに地中深くのマントルへと続いています。それが富士山へと供給されています。大噴火が起こり上部のマグマ溜まりが噴火で少なくなっても、さらに深い所からすぐに供給される。日本の地下は活動期に入っているのです」

服部は活動期という言葉を使った。阪神・淡路大震災以後、地震が増えたように感じる。大きなものだけでも、東日本大震災をはじめ、熊本地震、福島地震、能登半島地震と続いている。さらに、地震の合間に桜島や御嶽山《おんたけさん》などの火山噴火も起こっている。

「今度の噴火は最悪のものになるかもしれません。火山弾を噴き上げ、火砕流を起こし、火山灰を噴き出すだけでなく、硫黄を含んだ人体に有毒なガスを噴出する恐れがあります」

「日本はどうなるの」

美来の口から思わず漏れた。

「地球は生きています。約四十六億年前にでき、氷河期、惑星衝突、巨大台風、大雨や洪水、火山噴火など、様々な経過を経て現在の形になっていています。しかし、地球の進化が止まったわけではありません。我々人類の生存期間があまりに短すぎるのです。ほんの瞬きの間にすぎないのです」

服部は落ち着いた声で話した。彼の一語一語が美来の精神に染み込んでいく。

横では利根崎が平然と服部の言葉を聞いている。すでに何度も聞かされているのだろう。

「もう一度、富士山噴火のハザードマップを見せて」

利根崎がタブレットを操作すると、何十回も見たハザードマップが現れる。深夜、服部から送られてきたものだ。

「首都圏は完全に火山灰に覆われます。そうなると日常生活は困難になる」

「鹿児島の桜島も何度も噴火している。そのたびに火山灰が降り注ぐ」

「総理も聞いただろう。桜島の数百倍もの火山灰が、最低でも数日降り続く。運が悪ければ数か月。その間、生活インフラが使えなくなり、交通がストップする。スマホも使えなくなる」

利根崎の言葉に美来は考え込んだ。

「命がもっとも大切。やはり避難計画を立てておきましょ。まずは静岡、山梨の富士山周辺の危険地帯から。レベル5の噴火警報が出たときに、直ちに避難できるように準備が必要。火山弾が飛び、火砕流、土石流などが起これば多くの死傷者が出る。次に降灰。神奈川、東京の順番で、やがてそれは首都圏一帯に広がる」

「二千万人以上の数になる。それだけの人をどう避難させる。行き先も受け入れ先も決まっていない。交通手段もだ。早めに伝えるべきだ。避難には時間が必要だ」

「国民に知らせると大混乱に陥る。いっせいに車で避難を始めると、渋滞で道路は動けない。首都圏の高速道路はまだ使えないし、幹線道路も復旧したばかり」

美来がため息をつくと服部が聞いてきた。

「総理はどうするんです。官邸に留まるつもりですか。噴火が始まれば、官邸も避難が必要になります」

「もっと具体的な根拠が必要。あなたの言葉だけではなんとも言えない」

「火山噴火は長期に渡る可能性があるので、南海トラフ地震や東京直下型地震よりも累積被害は大きくなります。次の富士山噴火は最大級のもので、東京を中心に首都圏は大被害を受けます」

「あなたのシミュレーションのようにね」

美来は混乱していた。このような状況を突然突き付けられても総理として答えようがない。

「このままだと、富士山の麓では噴石と火砕流で膨大な数の死傷者が出ます。次に、火山灰で関東は企業も回復不能な損害を被ります。噴火が起これば、復興計画も根本から見直さなければならない。噴火したら何が起こり、どうやれば被害は最小限にとどめられるかの研究は少ない。我々が経験したことのない巨大噴火ですから」

「避難するにしても、どのくらいの期間なのか。計画が必要です。鹿児島でも桜島が噴火しています。でもそれで逃げ出すということはないでしょう」

「規模が違います。数キロの重さの噴石が飛び、溶岩流、火砕流が麓の町を襲います。首都圏には火山灰が降り注ぎ、交通がストップし生活インフラも止まります」

服部はさらに、現在のマグマの溜まり具合と噴火の状況、そして噴火期間を説明した。

「溜まっているマグマの量はある程度推測できます。さらにその圧力から噴火の規模、および期間が推測できます。ただあくまで推測の域を出ません」

「重要なことを聞いておきます。噴火警戒レベルは火山弾や火砕流などで影響を受ける火山周辺の住民用です。レベル5で、全住民に避難指示を出すことができます。しかし東京と富士山は百キロの距離があります。噴火警戒レベルは適用されるのですか」

服部は言葉に詰まり救いを求めるように利根崎に視線を向ける。

「東京の脅威はあくまで火山灰、降灰です。やはり独自の対策が必要だ」

利根崎の言葉に美来は長い時間考えていた。ゆっくりと顔を上げて二人を見つめる。

「前の二つの地震に関する復旧、復興は続けます。今後の富士山の状況で変わってきますが。この話は当分の間、マスコミには発表しません」

そうは言ったが、おそらく数日後にはマスコミにも流れるだろう。

服部の顔から力が抜けたが利根崎の表情は変わらない。当然のこととして分かっているのだ。

「富士山噴火対策本部を立ち上げます。政府としては避難計画を立てておきます。ただし、国民への発表はもっとはっきりするまで控えます。利根崎さんを中心にしてチームを組んでほしい」

美来は二人に頭を下げた。


利根崎、服部を中心に富士山噴火対策本部が立ち上げられた。気象庁地震火山部を通じて日本中の火山学者に呼びかけ、さらに詳しい研究を続けるように指示が出された。震災復旧と同時に、噴火が始まった時の対策も立て始めたのだ。噴火時に溶岩流、噴石など、直ちに直接的な被害を受ける富士山近隣県の地域と、首都圏など主に火山灰の被害を受ける地域の対策だ。

しかし、二日がすぎても富士山に大きな変化は見られなかった。専門家の間でも意見は分かれていた。

美来は利根崎を総理執務室に呼んだ。

「服部さんに電話しても出ない。彼、どこにいるの」

「僕も探している。どこかに籠って富士山とパソコンを睨んでいるのかもしれない」

利根崎は冗談混じりに言うが、美来は服部の顔が蒼ざめ指先が細かく震えていたのを思い出していた。彼にとって研究成果が公にされないことは耐え切れなかったのか。

「変なことにはなっていないでしょうね。彼、意外と神経質そうだった」

暗に自殺をほのめかしたが、利根崎は気にしていない様子だ。

「僕は心当たりを聞いてみる。分かったらすぐに知らせる」

彼は見かけよりしぶといはずだと呟くと、部屋を出て行った。

2

ノックとともに三国谷が総理執務室に飛び込んできた。背後には高野と津村がいる。

「何が起こったの」

三国谷は答えずデスクにタブレットを置いて、美来の方に向けた。

ユーチューブにアップされた動画で、女性司会者の前に座っているのは服部だ。

〈富士山の膨張が確認されています。大規模噴火が近いうちに起こります〉

これを見てください、という服部の声で映像が流れ始めた。閣僚たちの前で流した富士山噴火のシミュレーション映像だ。

「これは今朝のワイドショーのユーチューブ映像です。一時間で、再生回数はすでに十万回を超えています」

三国谷が感情を押し殺した声で言う。

〈まず、富士山の山麓の人たちは、今すぐにでも避難した方がいいです。火山弾と噴石がありま す。火山灰は偏西風に乗って、首都圏に流れてきます。交通は全面的にストップし、電気、水道、

ガスなど、生活インフラにも影響がでます。首都圏は陸の孤島になります〉

服部はまず富士山の過去の噴火と、噴火した場合の影響について話した。次に南海トラフ巨大地震と首都直下型地震に触発される形で、富士山噴火の予兆が見られることを説明した。

〈富士山の近隣は当然ですが、東の地域、首都圏にも大きな影響が出ます〉

〈凄《すさ》まじい話ですね。しかし、半年前に南海トラフ巨大地震、首都直下型地震、台風と、未曾有の災害が続きました。そうした事実を考えると、あながち夢物語でもないですね〉

〈世界的にマグニチュード9以上の地震が起こった場合、近くの火山が大噴火を起こしています。日本でも宝永地震のあとに宝永大噴火が起きました〉

一九六〇年のマグニチュード9・5のチリ地震では二日後にコルドンカウジェ山、一年以内に三つの火山が噴火している。二十一世紀に入っても二〇〇四年のスマトラ島沖地震、マグニチュード9・1では、四か月後、タラン山、一年三か月後にメラピ山、三年後にケルート山が噴火している。二〇一〇年のマグニチュード8・8のチリ中部地震では一年三か月後、プジェウエ山が噴火している。

服部は世界の火山噴火の映像を見せながら、歴史をたどって説明した。

コメンテーターとして出ているお笑い芸人の一人が手を挙げた。

〈先生は地球物理学の専門の方だ。地震の専門家であるとも言ってました。だったら、南海トラフ地震と首都直下型地震の予知はできなかったのですか〉

〈予知というのはかなり難しいものです。私の専門はGPSで大地の微小な動きを調べることです。残念ながらそれには引っかかりませんでした〉

〈地震の場合は大地の動きは観測されなかったんですね。あれだけ大きく動いたのに〉

コメンテーターが身体を乗り出し、叩き込むように聞いた。服部の動揺が感じられる。司会者は面白そうに見ているだけだ。

〈地球全体から見ればプレートのかすかな揺らぎです。しかし、ここ数日の富士山の膨張はいつもと違います。必ず何かが起こります〉

〈少しの膨張が噴火につながるわけですね。では、いつ噴火が始まるか分かるのですね〉

〈いや、日時までは分かりません。ただ近いうちに――〉

〈近いうちとおっしゃるのは、二、三日中ですか、一週間ですか。それとも、もっと先の話ですか。膨張は続いていると言ってましたね〉

明らかにコメンテーターに誘導され、服部は冷静さを失くしていく。

〈一週間以内には起こる可能性が大です〉

〈一週間ですね。みなさん、私たちには猶予が与えられました。一週間は最大の注意を払って生活すべきです。一週間後に、服部博士にはまた来てもらいましょう〉

そこで動画は唐突に終わりを告げた。

「利根崎さんを呼んでちょうだい。十分前まではここにいたんだから、まだ官邸内にいるはずよ。守衛室に連絡して」

美来はタブレットに目を向けたまま言う。

帰りのゲートに並んでいた利根崎が、連絡を受けて総理執務室に戻ってきた。

映像を見せると、初めて見るモノだと言った。

「申し訳ありません。服部の独断です。彼にとっては社会的影響よりも、噴火という事実が先行しました」

利根崎は美来と三国谷に頭を下げた。

「私たちに代わって彼が発表してくれた。でも、避難準備を急ぐ必要がありそうね」

「気象庁には電話が殺到しているそうです。服部博士の話は本当なのかと」

スマホを耳から離した高野が言う。

「たとえ噴火しても被害は限られています。政府も被害想定は出しているが、今までの災害に比べれば大したことはない」

三国谷が自分自身を納得させるように言って、さらに続けた。

「現在都内に残っているのは約七百万人。首都圏、神奈川、千葉、さらに近隣県を含めるとその数は倍以上になる。これだけの人数を避難させるのは困難です。避難場所もないし、避難期間も分からない。こんなことを発表すると混乱が起こるだけです。国民の半数はパニックを起こし、残り半数は陰謀論だと政府を非難し、デモは激しさを増します」

「パニックを起こすのは富士山周辺の者たちだけだ。多くの国民にとって関係ない」

いつもは慎重な利根崎の言葉らしくない。服部を庇《かば》っているのは明らかだ。

「首都圏には二千万人の国民が住んでいる。全国の親族、友人を入れれば国民の半数以上に関係がある」

黙って聞いていた美来が立ち上がった。

「富士山噴火が起こることを前提に行動しましょう。明日、もう一度、専門家に話してもらいます。それまでに冷静に置かれている状況を考えてください。それでは仕事に戻ってください」

美来は椅子に座り直し、読んでいた書類に目を向けた。

美来が官邸のロビーに降りると、マスコミが取り囲んだ。

「服部准教授が話したことは真実なのですか」

三国谷が美来の腕をつかみ、声を無視して歩みを速めた。

「国民は知りたがっています。服部准教授はすでに総理には話していると言っていました。本当ですか」

「政府としては現在調査中です」

追ってくる記者に、三国谷が歩きながら答える。

「総理、逃げるのですか」

美来は立ち止まり、記者たちに向き直った。

息を大きく吸い、記者を見据えた。不思議と心が落ち着いてくる。「きみの強みは、決して弱みを見せないことだ。いざという時には、肝が据わるのだろう」。利根崎の言葉だが、そんなことはないと思う。私はいつも面倒から逃げてきた。兄と父を置いてアメリカに行ったのも、逃げたのだ。だから本当の逆境に陥ったことはない。その前に逃げ出してきたのだ。しかし、今は逃げるわけにはいかない。

「私たちは大きな試練を受けました。南海トラフ地震と首都直下型地震、台風八号です。大きな犠牲を払い、半年たった今、やっと立ち上がろうとしている矢先です。しかし、さらなる試練が待っていました。富士山に噴火の兆しが見えています。これは東都大学地震研究所の服部准教授により伝えられ、気象庁が確認しました。もう、みなさんもご存じだと思います。富士山は三百年前、江戸時代にも大規模な宝永大噴火がありました。この時は江戸、千葉まで降灰がありました。今度の噴火は半年前の二つの地震によって、引き金が引かれたとのことです」

美来は一気に言うと、記者から視線をそらせた。息を吐いて再度視線を戻した。

「今度の噴火は富士山周辺の静岡と山梨、東側の各県に被害が集中します。神奈川、東京、千葉、埼玉など関東地域に広く深刻な影響をもたらします」

美来は服部に聞いていた具体的な火山災害について説明した。彼がテレビで話していたことだ。

「富士山噴火に関しては、まだ注意報は出ていませんが、富士山近隣と首都圏の人たちは、一時的に避難することをお勧めします。どうか、政府の指示に従ってください。まず、生き延びることを最優先に考えてください」

これでいいですか、というように、記者たちを見回した。

「国民のみなさんに伝えてください、落ち着いて行動するようにと。政府はすでに住民の避難が円滑に行なえるよう準備を始めています。受け入れ先の準備も含めてです。その時には子供たちと高齢者の方を優先して避難してもらいます」

可能な限り平静を装い、一人一人の顔を見つめて話した。話しているうちに肚が据わってくる。

その夜、利根崎からテレビ電話があった。

〈昼間のテレビ、申し訳なかった〉

利根崎が神妙な顔で頭を下げている。

「あなたが謝ってもどうにもならない。私個人は彼のテレビでの発言で困ってはいない。むしろ、公表の手間が省け、面倒な時間が減っただけ。その分、よけいな心配も増えたけど」

〈そう言ってもらえると助かるよ。服部にも謝らせるよ〉

〈後悔はしていません。総理に迷惑をおかけすることだけが、気がかりでした。危害を加えられないかとも〉

服部の焦燥し切った顔が現れた。やはり利根崎の横にいたのだ。

「私は大丈夫。有能な警護官が付いてるから。あなたも気を付けて。それにしても、思い切ったことをしたのね」

〈閣僚の方たちに相手にされないので。いや、総理を責めているのではありません。でも、国民

にはどうしても伝えたいと思って。私たちがやっているのは、そのための研究です〉

「謝るのは私たちの方か。でも私たちの立場も分かってほしい。政府は社会的影響も考えなければならない。国民にこれ以上の動揺を与えたくありません。必ず何かが起こります」

〈きみの方も心配だ。寝てないんだろ。目が赤いし服が昨日のままだ〉

利根崎が覗き込むように画面に顔を近づけてくる。

「火山について調べてた。特に日本のね。三宅島《みやけ》の噴火は長期に渡った。島民の方は五年近く避難している」

二〇〇〇年、東京都、三宅島の噴火は起こり、全島民、約三千八百人が島外に避難した。避難指示が解除されたのは二〇〇五年だ。四年五か月ぶりの解除だった。だが火山ガスの発生は続き、山頂付近は二〇一五年まで立ち入り禁止になっていた。

美来は、服部さんと呼びかけた。服部が利根崎の横から顔を出した。

「私たちにはあなたの力が必要。都民の人たち、いえ日本中の人たちが、この半年間、死に物狂いで復旧のために頑張ってきた。やっと復旧の兆しが見えてきた。そうしたことを考慮の上で力になってほしい」

美来は服部に視線を向けて言うと、答えを待つこともなく電話を切った。


首都直下型地震の復旧計画と同時に首都圏からの避難計画は徐々にではあるが進んでいた。

美来は利根崎に言われたように、被災地域の交通網と生活インフラの復旧に力を尽くした。並行して、富士山が噴火した場合の対策チームも動いていた。物資の確保と避難ルートの確立だ。

コロナウイルスによるパンデミックの初期に不足したのはマスクだった。鹿児島と連絡をとり、マスクをはじめ降灰対策のノウハウと灰を除去するのに必要な道具を集め始めた。その結果は、富士山周辺の県と富士山の東側の県と連絡を取る中で、噴火の影響を受けそうな県に知らせた。

服部がテレビ番組で富士山噴火について語ってから一週間がすぎたが、何ごとも起こらなかった。「ほら吹き服部」「服部噴火、無残」「服部博士、爆死か」。服部について世間で囁かれていることが耳に入った。しかし美来は、「富士山噴火対策本部」を解散させることはなかった。

3

ＪＲ山手線の一部と、中央線の東京、新宿間が復旧した。

震災復旧の一つの区切りとして、式典が東京駅で行なわれることになった。新幹線の東京、大阪間の全線復旧は、まだ数か月先と発表されている。

東京駅の中央駅舎は、二つの震災にも天井と壁にヒビが入っただけだった。その駅舎内に、二百脚の椅子が並べられ、来賓席と大型モニターが置かれた。「未来に出発、復旧おめでとう」の横断幕が張られ、全国中継されるとともに、各地の被災地の復興の様子が映し出されるのだ。

式典には美来をはじめとした政府関係者と、吾妻東京都知事、千葉と神奈川の知事、被災地の関係者、東京に本社を置く企業の代表者も参加した。総勢二百人の式典だった。南海トラフ地震と首都直下型地震以後、初めての明るい話題だった。

「やっと一つ明るい話題を伝えることができます。全国のみなさま、有り難うございました。この東京、新宿間の開通が被災地全域に広がることを望みます。まずは、東京と大阪を結ぶ新幹線の全線復旧です。この広がりを――」

美来は横に立つ三国谷の腕をつかんだ。ドーンという腹に響く音を聞いたような気がしたのだ。同時に足元がふらつき、身体が大きく傾く。会場から叫び声が上がり、椅子から立ち上がった数人が倒れた。

「余震だ。みんな、慌てるな」

三国谷の大声が聞こえた。

大地から突き上げてくる衝撃の後、何かを引きずるような震動が続いている。

「いつもと違うぞ。今回は長すぎる。緊急地震速報はまだか」

声と同時にあちこちでスマホが鳴り始めた。

中央モニターに映像が映った。白煙を上げる山の姿だ。スピーカーから人々の騒ぎ声と悲鳴に似た叫びとともに、遠くで大砲を撃つようなドーンという音が聞こえてくる。テレビのライブ映像に切り替わったのだ。

「富士山が噴火している」

司会者の声で全員の目がモニターに注がれ、音声が流れ始めた。

〈富士山が噴火しました。かなり大きな噴火です。噴石が飛んでいます。噴火口はほぼ山頂です。宝永大噴火の噴火口とは違います。白煙を上げ、火山灰が上空を流れています〉

若い女性アナウンサーが興奮した声を上げている。

〈この放送は富士山の南、二十二キロの富士市から行なっています。私は震災半年目の取材で、富士市に来ています。五分前の富士山は、復興を象徴するように美しくも荘厳な山でした。今は山頂の火口から白煙と黒煙を噴き上げています。噴火の様子がはっきりと見えます。時折り顔をのぞかせるオレンジ色の溶岩と、高く上がる白煙。富士山はやはり活火山でした。静岡県、山梨県の人たちは気を付けてください。噴石や降灰、火砕流の危険性も出ています。現在噴火警戒レベルは4ですが、すぐに引き上げられるでしょう。この噴火は大きそうです〉

アナウンサーの声は絶叫に近いものに変わっていく。

映像が大きく揺れた。〈バカ野郎、邪魔だ〉〈おまえら、死にたいのか〉。怒鳴り声が聞こえる。カメラマンが突き飛ばされたのか。映像には逃げ惑う人々が映っている。

「東京は静かだぞ。少し揺れたがもう収まっている」

来賓席から男の声が聞こえた。式典参加者たちは呆然とモニターを見つめている。

「これからだ。噴火はついさっき起こったばかりだ。富士山周辺じゃ、火山灰と噴石が降り注いでいる」

「聞きたいのは東京のことだ。俺たちがどうなるかってこと」

どこかで声が上がる。大部分の者が立ち上がり、逃げ場を探して辺りを見回している。あるいは足がすくんで動けないのか。

「座れよ。テレビが見えないだろ。東京にまで影響があるのか。これじゃ福島の原発事故と同じじゃないか。富士山は百キロも離れてるんだろ。火山噴火ってそんなにすごいのか」

「ここまで噴石が飛んできたり、溶岩が流れて来るなんてことはない。問題は降灰だ」

「静かにしろよ。聞こえないじゃないか」

誰かが怒鳴るような声を上げる。一瞬声が低くなったが、すぐにまた喧騒《けんそう》に呑まれた。突然の噴火で、みんな動転すると同時に気が立っている。

〈首都圏、関東地方に富士山噴火による火山灰、さらに噴石が降る危険があります。できる限り自宅にいて外出を避けるようにしてください。降灰が見られますが、この灰に毒性はありません。目に入った場合、擦《こす》ってはいけません。火山灰は細かいガラスの――〉

アナウンサーが繰り返している。

「富士山噴火緊急対策室を正式に立ち上げます。すぐに服部先生と気象庁の関係者を呼んで」

美来は高野に告げると会場を出た。

思わず立ち止まって空を見上げた。周りでもほぼ全員が呆然と空を見ている。西の空から雲の塊が迫ってくる。どこからか声が聞こえた。

「カラスだ。いや、ハトもスズメもいる。鳥の大群がこっちに飛んでくる」

富士山の異変を感じて鳥たちが安全な方向に飛んでいるのか。いや、降灰に追われているのか。

ロータリーに車が入ってきた。遠藤警護官に促されて車に乗り込んだ。


官邸に到着すると、緊急対策室に入った。すでに数人の閣僚と民自党の議員が集まっていた。その中に利根崎もいる。横に立っているのは服部だ。

中央に並ぶモニターの一つには、噴煙を上げる富士山の映像が映っている。東京駅で見た番組とは違うテレビ局のもので、御殿場《ごてんば》市のビルから撮っている。

〈今朝、九時二十六分、富士山頂上付近で噴火がありました。先ほど発表された気象庁の噴火警戒レベルは最高の5です。居住地域に重大な被害を及ぼす噴火が発生、あるいは切迫している状態にあります。対象住民の方は指定の避難所に避難してください。すでに避難指示が出ている地域もあります。ただしこれは、富士山近辺の市町村に限られたものです〉

ヘルメットを被った男性アナウンサーが話している。声が徐々に高くなった。背後には富士山を見上げる群衆が映っている。その辺りには噴石は飛んでいないのか。

〈立ち上る噴煙は千メートルを超えています。御殿場市ではすでに避難が始まっています。噴石が飛んでいます。国民のみなさんはテレビやラジオの警報に注意してください。また、東京を含む関東エリアにも火山灰が降りますが、落ち着いて行動してください。富士山周辺のJR、私鉄、高速道路は全面運休、通行止めになります。私たちは――〉

アナウンサーの身体が後方に揺れると、顔をしかめて座り込んだ。スタッフが駆け寄っている。

額から血が流れている。噴石が当たったのだ。

テレビカメラは周囲の状況を映し始めた。群衆の半数は立ち止まり、空を見上げている。残りの者は近くの建物や車の中に逃げ込んでいく。画面は御殿場の西にそびえ、噴煙を噴き上げる富士山と、町に積もる火山灰へと移っていく。見慣れている御殿場の風景が一変している。雪で覆われた冬の町を見るようだった。だが降り積もっているのは雪ではなく灰なのだ。

〈一時間以内に首都圏でも降灰が始まります。しかし、心配するほどのものではありません。専門家によると、一ミリから二ミリ程度の降灰だということです。日常生活には大きな支障はありません。ただし、航空機には最大限の注意が必要です。富士山から二百キロ圏内の上空は飛行禁止の命令が出て、羽田と成田《なりた》空港から西に向かう便はすでに欠航が決められています。東名、及び新東名高速道路は富士山周辺を通る区間が通行禁止になっています。北陸新幹線も東京と長野間は運転を取りやめ、区間外での折り返し運転を行なっています〉

男性と代わった女性アナウンサーが続ける。

美来の脳裏には、半年前、高知から東京に来るときに自衛隊機から見た富士山が浮かんでいた。連続して起こった大災害から日本を護るように、堂々と威厳を持ってそびえていた。しかし、今目の前に見える富士山は黒煙と火柱を上げている。ほんの百キロあまり離れたところで起こっているとは信じられない光景だった。

美来の横に来た利根崎が服部の背中を押した。服部が一歩前に出て話し始めた。

「三十分ほど前から富士山の山体膨張が激しかったので近いかなと思っていました」

「なぜ報せてくれなかったの。噴火が近いと分かっていたのなら」

「何度も忠告しました。噴火は近いって」

多くの議員や国民が無視したのだ。美来自身もどれほど切実に受け止めていたのか。

「テレビの音を消して。映像はそのままに」

美来の声で部屋中の視線が集中する。美来は服部を押し出した。

「みなさん、注目して。服部先生が話します」

美来が閣僚たちに大声を上げると、部屋から声が消えた。

「現在、プレートの状況がかなり不安定です。マグマの溜まり具合が予測できなくなりました。南海トラフ地震の余震が起こるたびに富士山内のマグマの状態も通り道も変化しています。気を付けないといけないのは、大規模な余震の後です」

初め小さかった服部の声が次第に大きくなってくる。部屋の閣僚たちも私語をやめて、服部の言葉に聞き入り始めた。

高野に案内されて、気象庁の技官が二人、入ってきた。三国谷が呼んだのだ。

「降灰は東京や千葉まで広がり、さらに北東にも広がる恐れがあります。関東地方在住でハザードマップで示す降灰地域の人は、当分は東京を離れ避難したほうがいいでしょう」

服部はさらに降灰による水道水の汚染と断水、電気とガス供給の停止、交通網の停滞を告げた。同時に人体への影響を話し、子供たちや基礎疾患を持つ者の早期避難を勧めた。気象庁の技官たちも同様の意見を述べた。

「避難はどのくらい続くのですか」

「噴火が収まり、火山灰が健康被害や生活インフラに影響を起こさなくなるまでです」

「それがいつになるかを聞いています」

気象庁の技官は顔を見合わせている。分からないのだろう。

「マグマの溜まり具合が分かりません。プレートの状態がかなり変わっているはずです」

「状況の分からない状態での長期避難は難しいでしょう」

美来は南海トラフ地震の半割れ状態の時を思い出していた。終わりの見える苦労には耐えることができるが、終わりの見えない困難に耐えるのは難しい。

「富士山の近くと首都圏は対応の方法を分けるべきです。この噴火は比較的早く収まります。火口近くに溜まっているマグマが吐き出されるだけです」

服部の言葉に部屋の空気が軽くなった。美来も肩の力が抜けていく。

「富士山周辺の市町村にはすでに避難命令が出て、避難が始まっています。東京も直ちに降灰対策に入るべきです。現在、噴出している火山灰は必ず東京にも降ってきます」

「具体的に何をすればいいんだ。噴火はすぐに収まるんだろ」

閣僚から声が上がる。

「ハザードマップを見てください。降灰地域の人は避難が必要です、子供と基礎疾患のある人、高齢者を先に避難させてください。特に富士山から東側は急いで。せっかく、避難先から戻ってきた人たちも多いですが、仕方ありません。通達は早い方がいいです。服部先生たちは引き続き富士山の観測を続けてください。小さな変化でも連絡してください」

美来は服部と気象庁技官に向かって言う。

「溶岩流や火砕流はある意味、一過性のものです。逃げれば何とかなります。しかし、火山灰はそうはいかない。交通、通信、生活インフラがダメージを受け、さらに健康被害が現れるまでには長い時間がかかります」

服部の声で室内は緊張した。

「噴き上がった噴煙は、火山灰をともなって、数時間後には東京に流れてきます。最初に目や気管支に問題を起こす住人が爆発的に増えます。今から準備しておいた方がいい」

「私は鹿児島出身だが、降灰には慣れてる。それほど脅威とは思わないが」

年配の議員の一人が言った。

「東京都全域に一センチの火山灰が積もったら、全体でどのくらいの量になるか知ってますか」

服部は周りを見回したが誰も答えない。

「およそ一千八百万立方メートル。十トンダンプで約二百万台分です。これだけの火山灰が都内にバラまかれるのです」

服部が降灰の影響について話した。〇・五センチで鉄道はストップし、五センチで車が走れなくなる。火山灰は炭素を含んでいるので、水を含むと伝導性を持つこと、固まると払い落とすことが困難になる。放っておくと電線をショートさせ、貯水池に降った降灰は、水道施設を詰まらせるのだ。

「現在、まだ発電と通信は、多くの地域で発電車、通信車に頼っています。これらの車が走行不能になります。もちろんドローンも飛べなくなります。さらに、浄水場や排水施設に流れ込んだ灰は配管を詰まらせ、水を汚します。空気中に浮遊する火山灰は確実に健康被害をもたらします。特に子供には注意してください」

「これからどうなるの、私たち」

女性閣僚の呟きにも似た声が聞こえる。

「問題は、この噴火がどれだけの間、続くかってことだ」

利根崎が呟くように言う。

「長くて数日でこの噴火は収まります。しかし避難は早めにした方がいい。再び、噴火は始まりますから」

服部の言葉に部屋からは声が消えた。

富士山周辺の噴火警戒レベルは5に引き上げられ、全員避難が行なわれ始めたのだ。

テレビの番組は変更され、すべての局が富士山噴火についての番組をやっていた。危機管理室のモニターにはNHKの火山特番が流れている。

モニターには、新宿の風景が映っていた。いつもより行き交う人が足早なのは気のせいか。歩いていた人たちが立ち止まり、西の空を見ている。

ビルの間に見える西の空一画に見慣れないモノが見える。その黒と白の入り混じった雲が、見ていても分かる速度で広がりながら東京に迫ってくる。

〈あれって、富士山噴火の火山灰だぜ。桜島の噴煙とは違うな。もっと濃くて巨大だ。それに遥かに不気味だ。もう横浜近くまで来てるのか〉

〈いや、近く見えるけどまだ富士山付近の上空だろ。こっちに来るまで数時間って聞いたことがある。偏西風に乗って来るんだ〉

〈富士山周辺じゃ噴石と火山灰でかなりの被害が出ている〉

〈じゃ、早く帰った方がいいな。俺、洗濯物を干してるし。噴火はすぐに収まるって言ってただろ。久しぶりに洗濯したんだけどヤバいな〉

スマホを手にした数人の学生風の男が話している。テレビ画面からも、噴煙が迫ってくるような不気味な感覚に襲われる。

美来の脳裏に服部が映した富士山噴火のシミュレーション映像がよみがえった。

赤いジャケットの中年男性が持っていたラジオのボリュームを上げた。〈元気を出そう〉と、歌声が流れてくる。

官邸の緊急対策室は異様な緊張感に満ちていた。

モニター画面には闇の中にオレンジ色の溶岩を噴き上げる富士山の姿が映っていた。

富士山が噴火を始めてすでに半日がすぎている。富士山周辺都市の避難はほぼ終了していた。政府と県が連携して進めていた避難計画が実行されたのだ。しかし、降灰で甚大な被害が想定されている首都圏と近隣地区の避難はほとんど進んでいない。

「この噴火はいつまで続く。永久というわけはないだろう。マグマにも限りがあるはずだ」

「私たちにも分かりません。先の二つの地震で、日本のプレートを含めて地下はメチャメチャになっています」

「時期が分からなければ避難計画も立てようがないだろう。町の復旧も遅れる。このままズルズル延びていくと、国民の怒りも爆発する」

議員の声に気象庁の技官は沈黙した。代わりに美来が話し始めた。

「一九八六年の三原《みはら》山の噴火はひと月余りだったけど、三宅島の噴火による避難指示は四年半近く続いた」

「富士山が同じだと言うのか」

「宝永大噴火は十二月十六日に始まり十二月の三十一日まで、十六日間続いている。それくらいなら何とか我慢できる」

「以後の復旧、復興は大変だったらしい。田畑には大量の火山灰が積もり、元のように作物が栽培できるようにするには、土壌の入れ替えが必要で、何年もかかる大変な作業だったって何かで読んだ」

「なぜ、あなたはそんなに落ち着いているの」

「もうすぐ噴火は止まります。山体の膨張がなくなっています」

タブレットを見ていた服部の言葉に視線が集中した。

その時、映像が突然変わった。テレビは細い白煙を上げる富士山を映し出した。

〈噴火が収まってきます。まだわずかに噴煙を上げていますが、溶岩の流出は明らかに減少しています〉

アナウンサーが興奮した声で話している。

「溶岩の流出が止まりました。しかし――」

服部はタブレットに目を向けたまま黙り込んだ。

「何かあるのなら、言って。もう、何を言われても驚かないから」

「もっと確信が持てるまで待ってください」

服部はタブレットに視線を戻し慎重に言った。

「あなたを見ていると、生まれかけた希望も萎《しぼ》んでしまう。こんな時こそ、もっと自信をもって堂々としててよ。あなたが頼りなんだから」

美来は服部の耳に顔を寄せて囁いた。

気象庁は当分、富士山近隣と首都圏の噴火警戒レベル5を続けると発表したが、噴火が止まると避難所から自宅に戻る人も出始めた。

「二十一世紀の予言者」「神の目を持つ男」「未来を見る科学者」と、世間からの服部の評価は上がった。

死者十二名。八名は火山弾の直撃を受けた。麓の病院に運ばれ死亡が確認されている。残りは慌てて下山していて、転落死したのだ。怪我人は六十七人。火山弾で焼失した家は三、四十戸だ。まだ、正確な数字は出ていない。

4

噴火が収まった翌日には、首都圏ではコンビニが開き、スーパーや飲食店が店を開け始めた。早朝、店員が出て夜に店の前に積もった灰を袋に詰めて歩きやすくしている。輸送は止まったままだったが在庫品をすべて店頭に出したのだ。

総理執務室には美来と利根崎と服部、そして三国谷がいた。エアクリーナーの静かな音が響いている。窓は閉め切ってはいるが、三時間ほどでフィルターの取り換えランプが点灯する。

噴火が止まって二日後の夜だった。富士山は時折り、わずかな噴煙を上げる程度にまで落ち着いている。

服部は利根崎の背後に隠れるようにして座っていた。

「服部さん、あなたの本音を話してちょうだい。これから何が起こるの」

美来は語りかけたが服部は黙っている。

「私にはあなたがすべてを話しているとは思えない。人には三種類あると聞いている。事実の倍を話す人と、半分しか話さない人。残りの大部分の人は声の大きな人に従う。あなたは二番目だと思う。ただし半分ではなく、思っていることの十分の一も話さない」

美来が服部を見つめると服部は視線を外した。利根崎が興味深そうな顔で二人を見ている。

「また次の噴火があるって言ってたけど、詳しく聞かなきゃならない。前の噴火でも、死傷者が出ている。家屋の被害も多い。国民の不安は増すばかり。どこかではっきりさせなきゃ」

「近日中にまた噴火が始まります」

服部が思い詰めた表情で呟くように言う。三人の視線が集中した。

「専門家の間でもそう言う者もいる。かなりな量のマグマが放出されると」

「こんなものではありません。次の噴火は我々の知る噴火の数十倍になるはずです」

服部の顔は真剣そのもので声はわずかに震えている。

「根拠はあるのか。やっと前の震災の復旧が軌道に乗ってきたところだ。外資が聞いたら、また日本からの引き上げ話が持ち上がる」

利根崎は言葉ほどは困った表情をしていない。おそらく彼の中では織り込み済みなのだ。

「富士山噴火を甘く見ない方がいいと思います。富士山はまだ若く、人で言えば十歳から二十歳くらい。おまけに、三百年間、噴火がありませんでした。過去の大噴火では溶岩流が駿河湾まで流れた活火山です。火山灰は東京はもちろん千葉にまで飛んでいます。次の噴火はそれ以上に大きいと予想されます」

青白かった服部の顔に赤みが差してきた。しゃべり方も饒舌《じょうぜつ》になっている。

「富士山は五千六百年の間に百八十回の噴火をしています。約三十年に一度の割合です。最後の大規模噴火は一七〇七年の宝永大噴火で、以後三百年間、沈黙を続けています。と言っても、地下ではマグマを溜め続けているのです。そのマグマは必ずいつか放出されます」

「それが今だというのね。南海トラフ地震と首都直下型地震で地下の状態が大きく変わった」

「そうです。三百年分のマグマが一気に放出される恐れがあります」

「そうなると日本はどうなるの」

「八六四年、平安時代前期に貞観《じょうがん》の大噴火がありました。マグニチュード8・3の貞観地震が原因と言われています。この時は噴煙は六十メートル、流れ出た溶岩の量は十三億立方メートルと言われています。火砕流は十五メートルの高さに積もりました。宝永大噴火では、火山灰は東京、千葉まで飛び、厚さ数センチから十センチに及んだと言われています」

服部は身振りを交えて話した。しかしその言葉はやっと復旧の希望が出てきた首都圏の住人の心を打ち砕き、追い詰めるものだ。

美来は息を吐いた。どうしていいか分からない。利根崎は瞬きもせずに聞いているが、すでにかなりの部分は知っているのだろう。

「南海トラフ地震はフィリピン海プレートがユーラシアプレートを押し曲げながらその下に沈み込み、歪《ひずみ》を溜めたユーラシアプレートが跳ね上がって起こります。その時、プレートの接触で熱が発生しマントルが溶けてマグマになります。今回の噴火は、そのマグマが山頂付近に溜まり放出された結果です。量的にはほんの少しです。しかしその下にはさらに巨大なマグマ溜まりがあります。これが、南海トラフ地震と首都直下型地震とその余震で影響を受け、押し出されようとしています。近いうちに、さらなる巨大噴火が起こります」

服部は美来と三国谷を見つめて言い切った。よほど確信があるのだ。

「でも、その噴火もいつかは収まるのでしょ」

「それまでに膨大な量のマグマと火山灰が放出されます」

「火山灰は片付ければいい。鹿児島はそうしている」

三国谷が戸惑いながらも言う。

「その通りですが、またすぐに噴火が起こります。三百年分のマグマです。一度に放出されると首都圏崩壊ですが、時間をおいて噴火が起こっても首都機能は果たせなくなります」

服部は落ち着きを取り戻した口調でさらに続けた。

「静岡と山梨の富士山に近い地域に残っている住民も、早急に安全な場所に避難すべきです。東京を含めて首都圏の脅威は火山灰です。次の噴火では火山灰は数十センチまで積もるでしょう。都市機能は失われます。こういう状況が今後、数か月、いや長ければ数年続きます」

「人が住み続けるには困難な状況ね。とりあえず、私たちは何をすればいいの」

「御殿場市など富士山麓の町からは、全住民を避難させてください。一度避難した人の中にも、家に帰った人も多数います」

服部の顔に赤味が増し、訴えるように言う。

「次の噴火はいつ起こるのですか。ガス抜きができたので、しばらく噴火はないと言う専門家も多い」

「過去のデータから推測しているのでしょう。でも今回はそれができない。三百年の沈黙と、南海トラフ巨大地震と首都直下型地震の影響でユーラシアプレートの状態が大きく変化しています。いよいよトリガーが入ったんです。大規模噴火まで秒読みに入りました」

「その時がいつか聞いています」

「分からないと言っています。確かなことは、今後、定期的に噴火を繰り返すことです」

服部は冷静さを取り戻し淡々と話した。

「東京にも早急に避難指示を出すべきです。今度噴火が始まると当分続きます。収まったとしても、近いうちにまた噴火します。この噴火はいつ収まるか分かりません。確かなことは、富士山が眠りから覚めたということです」

服部が美来に決断を求めるように、さらに語気を強めた。

「私も首都圏全域に避難指示を出すべきだと思う。でも、一部の議員と国民は納得しない。やっと復旧、復興の目途がついて、進み始めたところです。このチャンスを逃したらどうなるか分からないと思ってる」

「その場合、政府機能はどうするのです。一般人は着の身着のままでも、命さえ助かればいい。しかし、私たち政治家は政治空白を作ることは許されません。通信と交通の確保は今後の復旧、復興に大いに関係します」

美来の言葉に三国谷が美来と服部を交互に見て続けた。

「政府を安全な場所に移すしかないです。一時的だとしても、首都機能移転に匹敵する移動になります。準備は今から必要です」

美来は考え込んでいる。やがて顔を上げて三人に視線を向けた。

「議会を開きましょう。その時、詳しく説明します。何をやるにしても議員と国民の納得が得られていないと必ず失敗する。それが民主主義です」

「しかし、この状態では――」

「三十分後に富士山噴火に関して閣議を開きます。関係省庁の官僚たちにも同席してもらいます。明日は国会を開きます。定数にこだわっていることはできません。噴火の継続と首都機能の一時移転については当分は極秘で進めます。そのことを心にとめておいてください」

美来は三国谷を遮って言うと、これで終わりというように立ち上がった。閣議の準備がある。


翌日の午後から緊急に臨時国会が開かれた。

最初に、美来が現状を説明した。服部がまとめた内容で、降灰の可能性のある地域の住民避難の必要性についてだ。首都機能移転については準備は進めるが、当分極秘で進めることを説明した。

議員たちは静まり返っている。しかし美来が演壇を離れようとしたとき、声が上がり始めた。

「現在、東京都には七百万人の人がいます。首都直下型地震で避難していた人も戻ってきていま す。やっと戻ってきた人たちです。これから、どうやって、どこに避難しろと言うんです。それだけで多くの犠牲者が出ます。準備を整えて東京に滞在すべきです」

「噴火が始まってから脱出を始めるのは危険すぎます。始まる前に危険地域から順次、脱出をしていくべきです」

「議員自らが逃げ出してどうするんだ。政府はどうなる。経済はガタガタになるぞ。外資が引き上げる理由になる。東日本大震災を思い出せ。原発事故の放射性物質が火山灰に替わっただけだ」

「すでに経済はガタガタです。南海トラフ地震と首都直下型地震の影響で。これからは、富士山噴火を恐れながら復旧を考えるのですか。私たちは何ものも気にすることなく、復旧のために全力を尽くしたい」

「我々もそうしてきた。事実、首都圏ではインフラも徐々に元に戻りつつある」

「噴火によって、その努力はすべて無駄になります。だったら早めに安全な場所に避難して、今後のことを考えるべきでしょう。幸い、コロナ禍でオンラインによる仕事のノウハウは多少はできました。ネット環境さえあれば何とかなるんじゃないですか」

「サービス業、製造業などは当分の間、停滞状態です。国の援助が必要でしょう。コロナ禍と同じです」

「今回の相次いだ災害でも、大きな被害を受けていない道府県もあります。広く全国に援助を求めるべきです」

様々な声が飛び始めた。

国会は紛糾した。与野党問わず、東京脱出派と東京残留派に分かれたのだ。基本は首都圏、大都市選出議員は東京に残ることを主張し、地方議員は東京脱出を主張した。

美来の方を見ていた亜矢香が突然立ち上がり、マイクの前に行った。

「みなさん、あなた方は現状を理解しているとは思えない。まず次の噴火の真偽を確かめる。噴火の可能性が高いと判明したら、避難の方法と、受け入れ先を見つけなければならない。全国の自治体に打診して、受け入れ可能な人数を試算してもらう。補助金を付ければ相当数集まる。でも、おそらく必要数には足らない。外国に目を向ける必要があるかもしれない」

全員が驚いた表情で亜矢香を見ている。

美来が亜矢香を擁護するように横に立った。

「まず富士山噴火の避難マップをもう一度国民に説明しましょう。その上で、親戚や友人に受け入れてもらえる人は避難を促します。その後富士山に何か顕著な兆候が見られたら、最終的に全員を安全な場所に移すことにします。おそらく、マップより危険地域は広がります」

「補助金が必要ですか。この国家的非常時です」

「避難を円滑に進めるための必要経費です。福島原発事故の時には、避難地区の者には補償金を払っています。マスコミにはほとんど出ませんが、あの狭い地域に十兆円以上の金が動いています。コロナ禍で組まれた予算は百兆です。今度も誰も文句は言いませんよ」

美来は慎重に言葉を選びながら話した。この時期に揚げ足を取る議員はいないだろうが、メモを取っている野党議員もいる。

「避難する第一陣は病人と身体の不自由な人、高齢者、子供、妊婦など、避難に時間がかかる方たち。それが終われば、しばらく様子を見ればいい。臨機応変に行動することが一番です」

野党議員から声が上がった。反論しようとする亜矢香を美来が制した。

国会は二時間余りで閉会した。これ以上話し合っても、有益な意見は出ないと判断したからだ。結論は決まっている。臨機応変な避難だ。手遅れにならないように、これが鉄則だ。

執務室に戻ると、美来は三国谷を呼んで指示を出した。

「政府機能移転の準備をして。すべてのデータのバックアップ体制をチェック、移動するときに持って行くもののリストの作成と、選別を始めてください。パソコン、資料、当面の政府の運営に必要なものです。担当者もね。ただしこれは、政府内で極秘に行なってください。与野党ともに外部に漏れないように」

三国谷は冷静に聞いている。心づもりはしていたのだろう。

「移転場所は決めているのですか」

「服部さんに候補を探すように頼んでる。頼りないけどね。東京の近くで安全な場所。これも極秘事項。マスコミには知られたくない。政府は自分たちだけで逃げ出す準備をしていると、必ず言い出す者が出てくる」

三国谷は何か言いたそうに口を開きかけたが、何も言わなかった。

「そんな顔をしないで。大丈夫。服部さんは必ず利根崎さんに相談してるから」

「利根崎氏は何をしてるんです。昨日から見かけませんが」

「彼には自分の会社があります。だから直接頼めなかった」

さり気なく言ったが、気になっていたことだ。


その夜、美来は善治に電話をした。待ち構えていたように声が返ってくる。

〈補償金などという言葉は使うな。金をバラまくとなると、みんながもらいたがる。法は公平であらねばならない。たとえ、形だけであってもな。必ず後で問題が起こる〉

「私も考えた。でも大丈夫。そんなお金は日本にはない。今は緊急性を要する。何と言われようと、命の方が先」

いつもは必ず反論してくる善治の言葉が返ってこない。しばらくして話し始めた。

〈国民に説明を尽くせ。富士山の大規模噴火が近いこと、早急な避難が必要なことをマスコミを通じて、おまえ自身が全国民に訴えるんだ。幸い、おまえは国民に信用されている。ただし、今は、だ。野党が騒がないのはそのためだ。しかし今後は分からない。東京から出て行けと言うんだからな〉

「都民に向けて話すつもり。納得してくれるまで」

〈すべての日本国民に向けてだな。都民なんてしょせん、全国からの寄せ集めだ。東京の危険性を全国民に訴えれば必ず都民の耳にも届く。親戚や友人の誰かが聞いていて、故郷に呼び戻す者もいる〉

コロナ禍では逆だった。東京でコロナウイルスの恐怖を強調すると、感染者が出ていない地方や離島にまで恐怖は浸透した。

もう一度、〈国民に丁寧に説明しろ。必ず、おまえの言葉で〉と言って善治が電話を切った。

父の言葉を納得できたのは初めてではないか。美来はスマホを耳に当てたまま、善治の言葉を反芻していた。

政府は朝、昼、夕方に、専門家による富士山噴火に関する定期的な会見を始めた。現状の富士山の様子と、噴火の危険性を国民に説明するためだ。その前に必ず美来も顔を出した。それに加え、美来の指示により首都圏を含む降灰地区の全住人の避難計画の策定も進めていた。

降灰地区では、連日、避難についての説明会が行なわれた。美来はユーチューブに流すと同時に、様々な会場に出向き、住民に語りかけた。

美来は渋谷で開かれる説明会の一つに来ていた。会場は小学校の体育館で、避難所にも使われていたので五百名あまりの人がいた。

「東京を見捨てるというのか。俺たちは東京を離れない」

美来が会場に現れると同時に、最前列の中年男が拳を振り上げて叫び始めた。

「捨てるのではありません。一時的に避難するだけです。現実に噴火が始まり、それが数か月続けば、交通がマヒして東京を中心に首都圏は閉ざされた孤島になります」

「一、二か月、家に閉じこもっていればいいんだろ。コロナ禍では外出の自粛が三年以上に及んだ。噴火はもっと早く収まる」

「コロナ禍といえど通信や交通は問題なく動いていました。噴火が始まれば首都圏の交通は止まり、通信も不通になります。電気を含め、ガスや水道など生活インフラにも不都合が生じます。食料を含め、日用品もなくなります。そうしたことが実際に起こってからでは対応できません」

美来はできる限り分かりやすい言葉で具体的な事例を話した。

「では、俺たちにどこに行けというんだ。俺は東京で生まれ、東京で育った。子供も孫たちも、親戚の多くも東京に住んでる。地方に知り合いなどいない」

「できる限りの用意はします。だから、命を第一に考えてください」

美来はそう言うのが精一杯だった。

「あんたが何を言おうと、俺は政府を信じないね。政府が何もしなかったから、こうなったんだ」

周りからは賛同の声が上がっている。国民ももっと自分たちの国の危険性を認識すべきだった、喉元まで出かかった言葉を呑み込んだ。

帰りの車が走り始めたとき、助手席の男が振り向いた。利根崎だ。

「なぜ首都圏全域の噴火警戒レベルを5にしない。復旧の邪魔になると考えているのか。きみの判断基準は人命救助第一のはずだが」

前置きもなく突然、利根崎が話し始めた。噴火警戒レベル5は強制が入る。

「私自身、分からないのよ。半年の間、国民が全力を尽くしてここまでやって来た。あともう一息で、希望が見えてくる。それを放棄して逃げろなんて。そんなに急には決められない」

「放棄でも、逃げ出すのでもない。一時的に避難して、様子を見るだけだ」

「ここで復旧を止めれば、もうこの国は浮かび上がれないような気がする」

美来が低い声で答える。胸に突き上げてくるものがある。拳を握り締めて必死でこらえた。

利根崎は反論せず、美来から視線を外し、前方を向いた。総理としての苦しみと矛盾を多少は理解してくれているのか。

美来は車窓に視線を移した。灰色の街が広がっている。


その夜、美来は利根崎と服部、三国谷を官邸に呼んだ。

「最悪のシナリオを考えてください」

美来は服部に頼んだ。

服部はタブレットを立ち上げると、美来に示して話し始めた。すでに考えているのだ。

「噴火が数年にわたって続き、年に数回は大規模噴火が起こります。富士山周辺には火山弾が降り注ぎ、流れ出た溶岩流が町や山を焼き尽くす。首都圏に降る火山灰の量が半端ではない。交通を含め生活インフラがすべて止まり、健康被害も出る。つまり人は住めないってことです。ただし最悪を十とすれば、これは五程度です。だから私は避難を勧めている」

妙に落ち着いた服部の表情と話し方が美来には真実味を増し不気味だった。

「最悪の十の状態はどうなの」

「山体崩壊って知ってますか」

「噴火によって山が崩れ、形が変わることでしょ」

「セントヘレンズ火山は一夜のうちに、まったく別の山になりました」

一九八〇年、アメリカ、ワシントン州のセントヘレンズ火山は、山体崩壊を起こした。火山内部に帯水層があり、そこに高温のマグマが押し上げられ、大量の水蒸気が発生して水蒸気爆発が起きたのだ。このとき同時に膨大な量のマグマも噴出している。

この爆発によって起こった巨大な岩屑《がんせつ》雪崩で、標高二千九百五十メートルの山の北側が大きく崩れ、二千五百五十メートルになった。四百メートルも低くなり、形も大きく変わったのだ。この時の火砕流は時速百二十五キロで周囲の町を呑み込み、大きな被害を出した。

「セントヘレンズ火山の爆発の影響が収まるまで六年かかり、アメリカ経済にも影響が出ました」

服部はさらに続けた。

「一八一五年のインドネシアのタンボラ火山の大噴火はさらにひどかった。この噴火は一八一二年に始まり、一八一五年の四月に大噴火を引き起こしました。人類史上最大規模の噴火です」

もっとも影響を受けたのはスンバワ島の周辺だが、噴火による火山灰や火山ガスが大気中に放出され、気温が下がり、世界的な気候変動が引き起こされた。一八一六年は「無夏の年」とも呼ばれるほど寒冷な気候となり、世界中で飢饉《ききん》が広がった。アフリカ、アジアの貧困地帯には作物が回らなかった。その結果、世界で飢餓が起こった。この火山噴火による直接、間接の影響で数十万人が死亡したと言われている。

「次の噴火は宝永大噴火より、遥かに大きな噴火になります。政府はその事実を国民に告げ、対策を取るべきです」

「富士山にも山体崩壊が起こるというの。今は細い噴煙を上げている程度よ」

「その下には巨大なマグマ溜まりができ始めています。それも凄まじい勢いで。前の二つの地震の影響が、かなり大きかったようです。日本列島下のプレートが、想定外の動きをしています」

「私たちが知りたいのは、次の噴火がいつかってこと。それに正確な噴火の規模」

美来の声に苛立ちが混じった。

「いつもそれを聞いてくる。日にちや時間までは分からない。でも、そんなに遠い未来じゃない。早ければ、今起こっても不思議じゃない」

服部が美来の視線から逃れるように下を向いた。指先が細かく震えている。

「今回の噴火はハザードマップの想定を遥かに超えています。大噴火の後、火砕サージと火砕流が発生し、御殿場一帯を埋め尽くします。さらに、愛鷹《あしたか》山の東と西の両サイドを通り、三島《みしま》、沼《ぬま》津《づ》方面と富士宮《ふじのみや》、富士方面に向かい――」

愛鷹山は富士山の南東にある標高一千百八十八メートルの山だ。その南に裾《すそ》野《の》市、三島市、沼津市がある。

「すぐにレベル5の避難指示を出し、首都圏も避難準備を始めます。ただし、避難計画が整うまでは国民には秘密にしておきます」

美来は服部の言葉を遮り利根崎に向き直った。

「避難は降灰ルートの住民だけでいいんじゃないんですか」

三国谷が慌てて言う。

「線引きが難しい。見えない線を引いて、区別しなきゃならない。必ずグレーゾーンが出てくる。広域にわたり交通がストップし、生活インフラも止まります。グレーゾーンの人は、どうやって生活するのです。周辺地域も含めて避難します」

美来は強い口調で言う。

「レベル5が出れば、直ちに避難を始めることができるように準備してください。ただし当分の間、国民とマスコミには知らせないで」

「国民には知る権利がある。自分たちの命を護るために」

服部の不安と怒りの入り混じった声が返ってくる。

「避難準備ができていない。パニックが起こるだけ」

「こんなのは絶対に良くない。私たちは何のために研究を続けているんだ」

服部が懇願するような目で美来を見つめている。

「もう少し待って。その代わり、たった今から避難準備を始め、数日以内に避難を指示します。それまでは国民に不安を与えないで。暴動でも起これば、取り返しがつかない」

暗に服部の行動を戒めているのだ。美来は国民の精神が折れ、パニックが起こることに不安を感じていた。


翌日、利根崎と服部が避難計画を持ってきた。

二人とも昨日と服装が同じだった。徹夜で作業をやっていたのだ。美来も執務室で、明け方になって数時間眠っただけだ。

美来の目は計画書に釘付けになった。とても一晩でできるものではない詳細なものだ。かなり前から準備をしていたのか。

「これって、エイドを使って作ったんじゃないの」

「岐阜本社の研究所にあるエイドは、汎用性のある救助プログラムだ。地図と被害状況のデータを入力すれば、最適な脱出ルートとアドバイスを与えてくれる。ただし今回は難しい。二つの巨大地震で、交通機関、道路状況などすべてが大きく変わっている。とりあえず最新の衛星画像を使用してルートを出した」

「この救助プログラムをいつから作ってたの」

目を計画書に向けたまま聞いた。

「東日本大震災の後からだ。何度も改良と進化を繰り返している。服部博士にはさんざん脅かされていたから」

利根崎が服部に視線を向けると、かすかに頷く。

最初に富士山周辺の全住民を避難させる。目途がついた段階で富士山の東側、首都圏の住民避難にうつる。中心になるのは自衛隊、県警と警視庁だ。

「かなり難しいことは覚悟しておいた方がいい。首都圏の二千万人以上の人を火山灰が届かない東京より北か、富士山より西の県に移動させるのだ」

「私は東北や北海道を勧めます」

「外国という選択肢もある」

美来の言葉に三国谷が視線を外した。

「まず、この避難計画に従って準備に入ります。関係省庁の責任者を呼んで。できるだけ早く」

三国谷の助言に従い、災害対策基本法に基づいて災害緊急事態の布告を行なった。政府と東京都が一体になって、人、企業など、受け入れ可能な道府県を探し始めた。同時に、必要な交通手段、インフラ、食料、住宅などの情報が集められた。

国民に対して富士山噴火情報と首都圏からの避難計画が発表された。

「首都圏に住む住民の方たちに、富士山噴火警報、警戒レベル5が発令されました。居住地域に重大な被害を及ぼす危険があります。速やかに避難を始めてください。避難に際しては、警察、消防、自衛隊の指示に従ってください」

美来は国民に向けてテレビやSNS、ユーチューブを使って呼びかけた。

利根崎と服部は富士山噴火のシミュレーション映像を全国に流した。

だが国民は一つの方向には向かなかった。一部は東京から逃げ出そうとし、一部は富士山噴火は陰謀論だと言って信じようとしない。残りは、今まで通りの生活を続けている。

その中で様々な宗教団体に動きがみられ、日本中に世紀末思想が広まり、暴動やストライキが起こり始めた。そういう状況を見て、再び海外の投資家、企業家たちは日本から逃げ出し始めた。

「政府を信じてください。もう時間がありません。冷静に行動してください。また必ず、東京に帰る日がきますから」

美来は国民に訴え続けた。

一週間がすぎたが富士山は時折り細い噴煙を上げるだけで、大噴火の兆しは見られなかった。国民の大半は平常の生活を続けていた。

あれほど騒いでいたマスコミも、静観を支持する論調に変わっていった。世論は服部に対して冷たくなった。「ハズレ予言者」「一を百に言う男」「大風呂敷の男」などの言葉が再びSNS上に並んだ。服部がラッパを吹いている写真に、「ホラ吹き男」とキャプションを付けたものまである。それに対して、服部は沈黙を続けた。

5

眼前には新しい都心が広がっていた。

高層ビル群の周りの瓦礫は片付けられ、崩れ焼け落ちていた地区も更地になり新しい町づくりが始まっている。

久しぶりに見る降灰のない青空だった。昨夜、雨が降った。その前までは大気の中に火山灰が混ざり、霞《かすみ》に覆われたような灰色の空が広がっているだけだった。今日は遥か西の方角が見渡せ、その先に山の連なりが広がっている。頭一つ抜き出ている山が富士山だ。

美来と吾妻東京都知事は都庁の展望室にいた。

三十分前まで都庁の会議室に首都圏の知事たちが集まり、復旧と復興について話し合っていたのだ。美来はオブザーバーとして招かれていた。新しい首都東京、首都圏は、新しい日本につながると話したのだ。その上でしばらくの間、首都圏からの避難を訴えたが、吾妻都知事以外の知事たちの反応は今一つだった。正面立って反対はしないが、協力的ではなかった。復旧の進展を理由に、避難を延期しているようにも思えた。現実の動きが早急すぎ、かつ規模が大きすぎて頭が付いていかないのだ。

吾妻とは首都圏と降灰地域の避難計画について話し合った。近隣県との連絡を含め、協力を求めている。吾妻から関係各県には連絡がいっているはずだ。

会議が終わり吾妻に誘われて展望台に上ってきた。

二人はそれぞれ、政府と都のロゴ入りの防災服を着てスニーカーを履いている。各自スーツ姿の警護官が付き、明らかに他の客に比べ異質だった。

「今日は多いですね。東京の現在の姿を見てもらうために、危険のない日は開放しています」

吾妻の言葉通り展望室には二十人ほどの人がいた。東京の復活を見てみようという呼びかけに応じて、来ている人たちだ。吾妻は富士山噴火の前には、この数倍の人が来ていたと話した。客の何人かは二人に気づいているらしいが、時折り視線を向けてくる程度だ。

「この東京の復活はあるんでしょうか」

吾妻が視線を展望ガラスに向けたまま呟いた。

「それはあなた方、都民の力によると思います。また、日本国民の望みでもあります」

復活してもらわないと困りますと繰り返して、美来は笑みを見せた。

「震災直後はここから見える光景の三分の二が黒か灰色の平地でした。焼け野原と瓦礫の山。都心と副都心部の高層ビル群がかろうじて残っている程度でした。今も実態は大して変わりませんが、色が違うとは思いませんか」

美来は目を細めて、かつての東京を思い出そうとした。半年前、そこには確かに東京と呼ばれた人口千四百万人の巨大都市が存在していたはずだ。しかし、今、目の前に広がっているのは何だろうか。

「新東京と呼ぶにはまだ幼すぎますね。これから、大きく変えるつもりです。亡くなった人たちにむくいるためにも」

吾妻が気を取り直すように言う。

「新しい東京、新しい首都、いい言葉ね。私も力に――」

「あんた、早乙女総理じゃないのか」

突然声がして、中年男が美来に近づいてくる。

遠藤警護官が男の前に立ちふさがり、腕をつかんだ。フロア中の視線が二人に集中する。

「私は大丈夫。放してあげて」

美来の声にも、遠藤警護官は男の腕をつかんだままだ。

「なぜここにいるんだ。とっくに逃げ出したのかと思っていた。東京の見納めに来たのか」

男は警護官の腕を振り払おうともがきながら言う。

「あんたは東京を見捨てるつもりか。東京は日本の首都だぞ。東京に残って何とかしようとするのが、総理大臣じゃないのか」

「私の仕事は国民を守ることです。そのためなら、何でもします」

「見え透いたウソを言うな。東京を逃げ出す用意をしているじゃないか」

「逃げ出すのではなく、避難です。噴火が収まればまた戻ってきます」

「見てくれよ。向こうに見えているのが富士山だ。静かなもんだ。噴火は、もう収まってるだろ。あんたの目は節穴か」

男が富士山を指さして、怒鳴るように言う。周りから、そうだという複数の声が上がる。

「でも、富士山の下には膨大な量の――」

美来は出しかけた言葉を呑み込んだ。

突如、空気が変わったような気がしたのだ。ピンと張り詰めた空気。ゆったりした時の流れに、鋭利な刃物が突き刺された感じだった。

無意識のうちに、富士山に目をやっていた。山頂から白煙が噴き出し天空に広がっていく。その中を黒煙が貫くように上る。それらの真ん中に濃いオレンジ色の輝きが見え隠れした。

「富士山が噴火している」

背後で声が聞こえ、人々が展望ガラス前に集まってくる。警護官たちが二人の背後に立った。

富士山の頂上に赤い炎が輝いている。溶岩の流出だ。やがて展望台のガラスの震動を感じ始めた。噴火による空振《くうしん》の到達だ。

「今度の噴火はかなり大きいぞ。前のも大きかったが、数倍はある」

「ここからずいぶん離れているんでしょ。それでも噴火の震動と音を感じる」

「逃げた方がいい。すぐにここにも影響が出る」

様々な声が聞こえる。白煙は見る間に広がり、巨大な雲となって富士山の上空を覆い、流れていく。

「みなさん、静かにして。落ち着いて、エレベーターに向かってください。富士山と東京は百キロ離れています。影響が出るまでにまだ一時間以上あります」

美来が一気に言った時、スマホが震え始めた。吾妻もスマホを取り出している。

〈富士山が噴火しました。前よりかなり大規模です〉

三国谷の興奮した声が鼓膜を打つ。

「すぐに官邸に戻ります」

「ここは私に任せてください。総理は直ちに官邸に戻ってください。私の警護官が案内します」

同様な電話だったのだろう。吾妻が美来の耳元で言うと、他の人たちの方に向き直った。

「私は東京都知事の吾妻です。慌てないでください。都庁は安全です。エレベーターも動いています。これから私の指示に従って、一階まで降りてください」

吾妻が大声で言うと、美来から離れてエレベーターに向かった。

「非常口から下に降ります」

吾妻の警護官が美来たちを誘導する。警護官が肩を抱くようにして歩き始めた。

振り向くと展望台の客の半数はエレベーターに殺到し、残りはまだ富士山を見ている。

「この下の階に職員用エレベーターがあります。それで降ります。地下まで降りると、車を待機させています。知事の指示です」

吾妻の警護官が説明する。

「総理を地下までお連れします」

吾妻の警護官が地下の番号を押した。

官邸の緊急対策室に入ると、職員以下、閣僚を含め百名近くの関係者が行き交っていた。消防、警察庁、自衛隊の者もいる。

三国谷が美来の横に来て経過を説明した。

「午後二時八分、富士山山頂で噴火が始まりました。三十分たった今も、噴火を続けています。富士山周辺の噴火警戒レベルは5で、すでに避難が開始されています」

前方の大型ディスプレーに噴火の様子が映し出されている。火口の中が濃いオレンジ色に染まっていた。新宿から見た噴火より迫力がある。噴き上がる噴煙のかなり近くで撮ったものだ。気象庁のドローンを使ったと説明があった。

「あと一時間ほどで溶岩が火口から溢れ出ます。溶岩流はこれまで主に静岡側に流れています。谷筋に沿って流れますが、今回は量が多く、谷からはみ出て流れる可能性があります。温度は千二百度。ゆっくりと流れています。溶岩の量としては、すでに前回を上回っております」

気象庁の技官が話し始めた。

利根崎が入ってきた。背後に隠れるように歩く、服部の姿が見える。美来は服部に近くに来るように合図した。

「直ちに被害を受けそうな地域に避難指示を出してください。自衛隊、各地の消防、警察に被災地の人命救助に全面協力するように指示を出してください」

服部が興奮した口調で言う。横で高野がメモを取り始めた。

「すべて総理の指示で手配済みです」

三国谷がモニターに目を向けたまま言う。

「服部さんが言ってたことよ。私はその指示を伝えておいただけ」

「静岡県と山梨県の知事から自衛隊に災害出動の要請が出ています。住民の移動の援助要請です。

富士山周辺は噴石、溶岩流がかなりひどいそうです」

「被害者の報告はありますか」

「富士山周辺の住民は前の噴火で避難済みです。現在、残っていたり戻ったりしていないか、確認中です」

「首都圏の被害は？」

美来は服部の方を見た。

「噴火から二時間後、あと一時間で東京にも火山灰が到着します。明日には、都内で十センチ以上になると思います」

「県のハザードマップとは、降灰の範囲も量も違う。二センチから五センチに上がっている」

三国谷が服部に確認する。

「それは数年前に作ったマップです。三百年かけて溜まったマグマの膨大なエネルギーにより、地下の状況も大きく変わっています。そのエネルギーが放出されます」

「今回の噴火はいつ収まるか、分かりますか」

「溜まっているマグマが空になるまでです。予想より噴火は大きそうです。今日中に溶岩流は駿河湾に達します。できる限り早く、溶岩流の危険地域の外に出ることです」

服部がタブレットを見ながら説明する。

「避難ルートは予定通りでいいの。噴火の規模とその時の天候で決まると言ってたでしょ。新幹線、高速道路は使えない」

「まず、富士山から遠ざかることです。車で名古屋方面に出るか、北に出るかしかありません。しかし、かなりの渋滞になるでしょう」

「富士山近郊は予定通り。静岡側は駿河湾に艦船を待機させています。山梨側は南海トラフ地震の被害がないので、高速道路の通行は可能です。車で日本海まで避難できます。そこまで、何とかして移動できないの」

美来の声が震えた。突然、足から力が抜けていく。思わず目を閉じその場に座り込んだ。

「落ち着いて深呼吸しろ。疲れているのは分かるが、今、きみが倒れたらどうなる」

耳元で低い声がした。目を開けると利根崎の顔がすぐ横にある。全身の力を込めて、美来は立ち上がった。

服部の予測はすぐに、発表された。

同時に政府発表として、美来によって全国に向けてテレビで流された。

「富士山が再び噴火しました。慌てないでください。避難手順はできています。みなさんは指示に従って動いてください。高齢者と疾患を持つ人を優先的に避難させるように」

富士山の周辺地域では、すでに避難が開始されている。北側の山梨県では甲府市を中心に飯田《いいだ》市、岐阜市を目指して移動が始まった。

南西側の静岡市では、溶岩流が到達する前に、西に逃げるか、海上に逃げるかのどちらかしかない。駿河湾にはすでに避難用の大小の船が集められている。

「次は首都圏ね。現在の状況はどうなの」

「上空の風速は十五メートルです。二時間後には首都圏に降灰が始まります」

「首都圏を含め、周辺の噴火警戒レベル5の地域も全住民の避難を始めてください」

美来は指示を出した。

服部の言葉通り、噴火が始まって二時間後には、首都圏の空は濃い灰色の雲に覆われ始めた。

夕方が近くなると、外はほとんど夜のように暗くなっている。空を厚く覆っている火山灰が太陽の光を遮っているのだ。灰色の雲からは、雪のように火山灰が降って来る。それは決して融《と》けることのない灰色の雪だ。

噴火は夜になっても続き、自衛隊から送られてくるドローン映像には、闇の中にオレンジ色に輝く溶岩が流れる富士山が映っている。富士山周辺の住民避難は徹夜で続けられていた。

〈リアルタイムの映像です。崩れた土砂は南斜面を滑り落ち、愛鷹山、富士宮方面に向かっています。燃えている山林や町も土石流に呑まれていきます。この勢いでは、すぐに駿河湾に達する可能性があります〉

映像は沼津港に変わった。

港に造られた津波防止用の大型展望水門「びゅうお」の周辺は避難住民で溢れていた。

高さ九・三メートル、幅四十メートル、重量四百六トンの巨大水門は、両側が展望塔になっていて、幅四メートル、長さ約三十メートルの連絡橋でつながっている。展望施設からは富士山、愛鷹山、南アルプスも見える。この大型展望水門は前の津波からも多くの住民の命を護った。

駿河湾は大小の船で埋め尽くされている。岸壁に止められた車のライトと、無数の船からの投光機の光で周辺は昼間のように明るい。

港に接岸した漁船やレジャーボートには人が押し寄せていた。これらの小型船が、湾内に停泊している数十隻のフェリーやクルーズ船、自衛隊の艦船やアメリカの空母などの大型船に、避難民をピストン輸送している。

何隻かの漁船は湾を出て太平洋に向かったが、人が乗りすぎたため横波を受けて沈没していた。

〈同じようなことが駿河湾全体で起こっているんだ。なんせ数十万人の脱出だ〉

〈御殿場や裾野、富士宮市に人は残っていないだろうな。残っていれば一たまりもない〉

映像を撮って送ってくる服部の友人たちの声が聞こえる。おそらく、逃げ遅れた住民も多数いるに違いない。

テレビ画面にも、駿河湾の様子がリアルタイムで映し出されていた。自衛隊のヘリからの映像だ。ヘリは海岸線に沿って飛んでいる。湾周辺の町に殺到した避難民が、うごめくアリのように見える。

〈空母は田子《たご》の浦《うら》沖に停泊しています〉

パイロットの言葉とともに、ヘリは機首を空母に向けて高度を下げていく。

ひときわ目立つ巨大なアメリカの原子力空母を中心に、自衛隊とアメリカの艦船が十隻以上停泊している。それらの船を目指して漁船やレジャーボートが港から避難民を運んでいる。

複数の自衛隊のヘリが空母に着艦しているのが見えた。

画面が変わった。

空母の甲板に立っているヘルメットを被った女性レポーターが、話し始めた。

〈艦内にもすでに千人以上が避難しています。到着した避難者たちを速やかに艦内に誘導するように放送がありました〉

空母の甲板からも噴煙を上げる富士山が見えた。山体崩壊。服部の言葉が美来の脳裏に甦って来る。

空母上も混乱を極めていた。離着艦の指示を出しているのはアメリカの兵士だ。パイロットは英語でやり取りをしている。艦橋下の甲板には避難民が艦内に入る順番を待って並んでいた。おそらく千人を超えている。

「都内の映像はないの。テレビでやってるでしょ」

美来の声で映像が切り替わり、東京渋谷のスクランブル交差点が現れた。午後四時すぎから始まった降灰で、画面が霞んでいる。人通りはまばらでコロナ禍のゴーストタウンを思わせた。

〈道路を走る車はまるで砂漠を走る車のようです。降灰を巻き上げながら走っています〉

渋谷のスクランブル交差点に立った女性アナウンサーが行き交う人たちの声を拾っている。

〈不気味だね。死の灰が降ってくる〉

〈降灰よ。鹿児島育ちで火山灰には慣れてるの。でも、こんなに大量に降ってくるのは鹿児島でもない〉

〈車の上の灰は拭かずに、叩《はた》き落とせってテレビで言ってた。拭き取ると、車体の表面を傷つけるんだって。ケイ素が多く含まれているから、ガラスと一緒〉

カメラは近くの開いているコーヒーショップに入った。

〈噴火が始まって六時間程度でこれだ。早く帰ろうって言ったのに〉

道路から店に避難してきた客たちが言い合っている。

美来はテレビの映像をそのままにして、音を消すように指示した。


翌日、明るくなってから、官邸、危機管理室はやっと落ち着きを取り戻していた。

気がつくと、横浜辺りから見えていた富士山が見えなくなっている。頂上から噴き上げていた白煙と黒煙が混ざりあい、広がって隠したのだ。白煙は幅を広げながら空を覆っている。空の一部が灰色の絵具で塗りつぶされているようだ。その灰色は陽の光を遮り、濃さを増している。

まだ昼間なのに夕刻のように薄暗く、大気が黒い粒子で埋まっていくようだ。

「東京でも避難が必要です。少なくとも、子供と高齢者、災害弱者は避難を急がせてください」

「避難が終わっているのは住民の八割といったところです。留まりたいという、高齢者も多くいます。説得を続けていますが、強制というわけにはいかないので」

美来が聞くと、消防庁の幹部が答えた。横で警察庁幹部が頷いている。

「強制的に避難させることはできないの。時間がたてばたつほど避難が難しくなっていく」

「予定通りやればいい。慌てると、ロクなことが起こらない」

利根崎が小声で言う。あまり熱くなるなと言っているのだ。

「私がもう一度、呼びかけます」

美来が言ったとき揺れを感じ、デスクの端を強く握って身体を支えた。官邸が揺れるとは、かなり大きな地震だ。

「これは東京直下型地震の余震じゃない。テレビの声を大きくしてください」

服部の声に高野がリモコンを操作した。

〈午後一時二十五分、静岡で地震が起こりました。マグニチュード4・5です。静岡市は震度五強が確認されました。東京は震度五弱です。各地の震度は次の通りです〉

部屋中の者がテレビを見ている。

火山灰に覆われた灰色の大気の中に朱色の溶岩を噴き上げ、噴煙を上げる富士山の姿が浮かぶように映っている。

「東京直下型地震の余震というより、富士山噴火によって引き起こされた揺れに近いと思います。噴火の影響は今後、様々なところに出ます。地震、地割れ、地下水の枯渇などです」

服部がタブレットを見ながら言う。

「静岡と山梨の避難はどのくらい進んでいるの」

「ほぼ終了したと聞いています。ただし噴火警戒レベル5のエリアです」

「富士山から東京まで約百キロ離れている。なぜ、そんなに大騒ぎするんだ」

居合わせた閣僚の一人が聞いてくる。何度も言わせないで、美来はその言葉を封印した。

「噴石、溶岩流、火砕流はさらに広がる恐れがあります。噴火警戒レベル5の範囲は広げるべきです」

服部の言葉に気象庁の技官も頷いている。

「さらに深刻なのは、今後はかなりな量の降灰があります。降灰地域も即刻、避難を始めるべきです。日常の生活ができなくなります」

「首都圏を含めて降灰地域全域ですか」

そうですと、服部が答える。部屋中の視線が服部に集まった。

「問題は、この噴火がどれだけ続くかってことです」

服部が苦しそうな声を出した。

「俺は鹿児島生まれ、鹿児島育ちだが、降灰なんて年中行事だった。ひと雨で流され、きれいになる。サツマイモも桜島ダイコンも火山灰のおかげだ」

「神聖なお山、富士山を悪者扱いするな。お山の罰が当たり、南海トラフ地震や首都直下型地震が起こったんだ。日本人はもっと謙虚になって、自然を尊ばねばならん。またお山が怒り出すぞ」

様々な声が飛びかい始めた。中には感情に任せたものもある。

「降灰地域の強制避難については、国会で審議する必要があります」

美来が議論はこれで終わりという口調で言った。

首都圏には交通を含めて、医療関係など様々な事故が多発し始めている。スーパーやコンビニには、買い溜めに走る住人で混雑し、暴力沙汰などの事件も起きている。

通行禁止になった高速道路以外の幹線道路には、東京、横浜、千葉などの首都圏の都市から逃げ出そうとする車の列が延々と続いていた。東京の東と北は降灰は一センチ程度で何とか車は走れる。だが降灰による事故や故障車が続出して、まったくと言っていいほど動いていない。

6

二回目の富士山噴火から三日がすぎた。富士山はこれが日常だというふうに、オレンジ色の火柱と火山灰を噴き上げている。

官邸の危機管理室は二十四時間体制で機能していた。美来以下、大臣たちは徹夜で指示を出していた。

都内は道路を含め建物も灰色に変わり、町は静まり返っている。まだ都内に残っている住民は家にこもり、息を潜めていた。

「灰を片付けても次がすぐに降ってくる。空を覆う灰で陽の光が通らない。これから何日もこんな光景が続くの」

美来が服部に聞いた。

「何週間か、何か月か。あるいは何年かに渡るかもしれません。だから避難が必要なのです」

「火山灰は風で飛ばされないの」

「飛ばされます。その結果ビルの隙間や送風口に入り、詰まらせるんです。雨でも降ればぬかるみます。送電線、変電設備、化学工場、その他の工場では致命的です。乾くと硬くなって落ちにくいし、整備が必要になります。それが噴火のたびに繰り返されることになります」

「設備ごとドームで覆うことはできないの」

「可能ですが、完全密封は無理です。火山灰は花粉同様微小で風に飛ばされ、どこからでも入り込みます」

火山灰に覆われた東京、人影のない東京、動くもの、音が消えた死の町になっている。美来はモニターの中の光景を脳裏に刻みつけた。

「噴煙に含まれる火山灰が通常より多くなっている。今後、大規模噴火の回数が増え、間隔が短くなります」

タブレットを見ていた服部が顔を上げて言う。

「やはり避難は急がせる必要があります」

美来は服部の言葉を聞きながら考えていた。


美来は閣議の後、公邸に戻りベッドに腰かけた。全身の力が抜けていく。まともに寝ていない日々がすでに半年近く続いている。

〈首都圏に降灰が激しくなっています。外出は控えてください。車の運転も危険です。交通事故も多くなっています〉外出の自粛を訴えるパトカーのスピーカーの声がかすかに聞こえてくる。

噴火当初は目や喉の痛みを訴える者が多かったが、その後は降灰による交通事故や転倒の怪我人が増え始めた。降灰はひっそりと、しかし確実に、人体にも影響を与えている。

富士山より東の関東圏の公共交通機関はすべて止まっている。復旧のシンボルとして地震後、もっともはやく動き始めたタクシーも、降灰による事故の多さで町から姿を消していた。

東京の地表に降り積もった降灰の厚さは十センチに迫っている。上空を覆う火山灰の厚さは数十メートルに達していると、気象庁から発表があった。鹿児島の桜島噴火を参考にして降灰対策を行なっていたが、五センチを超えてから対応できなくなっている。

首都圏のコンビニやスーパー、デパートからは、出回り始めていた食料、水、トイレットペーパー、マスク、医薬品、電池を中心に、商品の大部分が消えていた。交通が止まっているので補充の目途はついていない。

国民と政府の関心事はこの噴火がいつ終息するかだが、服部を含め明確に答えられる専門家はいなかった。政府は東京を離れようとしない人たちには家での待機を訴えたが、新宿や渋谷にはゴーグルと防塵《ぼうじん》マスクを着けた若者たちの姿が見られた。彼らは差し迫った脅威とは考えていないのだ。コロナ禍のように感染の恐れもない。

美来がテレビをつけると、どこのチャンネルも、終日、富士山の噴火状況と周辺の町と関東一円の降灰地域の状況を映し出していた。

若者たちが多く集まるスポーツバーも開いていた。店の奥にある大型テレビは、富士山噴火の特番をやっている。

〈テレビの音、もっと大きくしてくれよ。後ろまで聞こえない。それに前の人、座ってくれよ〉

若者の声が聞こえている。日本中の視線が富士山に向いていた。

西日本とまだ降灰の影響を受けていない東北、北海道を中心とした東日本から、支援物資が続々と送られて来るが、降灰地区の手前で止められ、被害地域には輸送の手段がない。

〈日本は完全に三つの地域に分断されています。噴火により直接被害を受ける富士山周辺の市町村、降灰の影響を受けている関東地域。そして、その他のほとんど影響のない地域です。しかし、降灰の影響を受ける地域は広がりつつあります〉

女性アナウンサーが、色分けされた地図を指しながら説明している。

〈たった数日でこれほど変わるとはね。日本が三つに分断されたんだ〉

インタビューを受けた若者の一人が言う。

〈それだけもろい国だったってことだ。俺らはちょうど中間地域にいるってことか〉

〈違う。富士山の麓と同じよ。火山弾や火砕流の危険はないけど、こんな所には住めないでしょ。住めないって点では同じ〉

学生グループが話していたが、女性のひと言で全員が黙り込んでしまった。

〈今後、降灰はますます多くなり、地域も広がります。影響を受ける地域の人は、不必要な外出を避けて室内に留まるようにしてください。火山灰は室内にも入り込むため、できる限り密閉度を高めてドアの開閉を減らすことが重要です〉

レポーターが説明している。

テレビ画面がスポーツバーから外に変わった。濃い霧に覆われたような夜の町が広がっている。

〈こちら、神奈川放送局です。小型飛行機がエンジントラブルで、横浜の市街地に墜落しました。乗員七名は全員が死亡。住人にも多数の死傷者が出ていると報告があります。炎が見えます。火災が発生しているもよう。火災です〉

男性アナウンサーの声が大きくなった。

画面には遠目にだが降灰の中、燃え盛る炎が映っている。テレビ局の屋上からの放送か。

〈小型飛行機は管制塔の指示を無視して羽田を飛び立ちましたが、十分後にはエンジンの不調を訴える無線が管制塔に入っています。東北に向かおうとしたようですが、離陸直後から高度を維持できず、ビルに突っ込みました。火山灰と関係があるのでしょうか。専門家によると、首都圏の上空にはかなりの量の火山灰が漂っているようです〉

アナウンサーは渡された原稿を読み始めた。画面は火災現場に変わっている。

〈現在、火災が発生しています。神奈川県西部、地震では大きな被害は免れた地域です。目撃者によると、電柱の変圧器から突然炎が上がったということです。火山灰によるショートが原因ではないかということです。降灰の影響により消防車の出動が遅れ、火災は広がっています。このままだと、広域火災になる恐れがあります。管轄区外の消防署の隊員も出動していますが、機材不足で十分な消火活動が困難な状況です〉

その時、炎が数倍に膨れ上がった。スタジオのコメンテーターからワッという声が上がる。

〈近くには肥料製造の化学工場もあります。周辺住人に避難指示が出ました。しかし、この降灰の中をどこに避難すればいいのでしょう。また爆発です。前のより大きい〉

アナウンサーに放送局のスタッフが駆け寄っていく。何ごとか耳打ちをして原稿を手渡した。

〈新しいニュースが入ってきました。大型バスと乗用車との衝突です。小学生を避難させていたバスに乗用車が突っ込みました。死者、二十三名。乗用車を運転していたのは、二十二歳の女子大生。百キロ近いスピードで走っていました〉

「この降灰の中をなんでそんなに急いでいたの」

美来の口から思わず出た。

〈家から母親と荷物を運んでいたと言ってました。今日中にもう一度、荷物を取りに帰る予定で急いでいたと言っています。助手席に同乗していた母親は、肺がつぶれて死亡しました。彼女自身も左脚に重傷を負っています〉

アナウンサーの言葉に美来は息を吐いた。彼女も母親も、災害の犠牲者に違いない。女性は一生、事故の苦しみを背負って生きていかなければならない。

「いよいよ、決心するときが来た」

美来は呟いた。

翌日の朝、総理執務室で美来が三国谷から住民の避難状況の説明を受けていると、利根崎と服部が入ってきた。

服部がテーブルに地図を広げる。富士山から東を中心にした、降灰地域の最新のシミュレーション地図だ。地図は降灰の厚さによって色分けされている。美来は地図上に屈み込んだ。富士山を中心に東に赤からピンク色が広がっている。

「最新のデータをもとにして、降灰地域を書き込んだものです。私と気象庁の技官とで作りました。赤い部分は少なくとも降灰が十センチ以上ある地域です。車は通れません。都内も二日後の朝には十センチに達します。車で避難する場合、今日中に赤いエリアから出なければなりません。都心から、歩いて出られる距離ではありません。赤の地域ではヘリは使えません。エンジンに灰が詰まり、墜落の恐れがあります」

服部が地図を見ながら説明する。

「どうすればいいの。あなたは考えているんでしょ」

「首都機能移転を本気で考えた方がいいかもしれません」

服部が思い詰めた表情で美来を見ている。

「今までにも案としては出てきたでしょ。でも、議論はされたが誰も本気で考えたことはなかった」

兄が言っていたことを思い出した。日本人は過去にとらわれすぎる。技術立国、GDP世界二位の国。真面目で勤勉、世界で尊敬されてきた国と国民だ。だが保守的で大きな変化を嫌う臆病な島国の国民でもある。

「今後、少なくとも数年間は東京に住むことは難しくなると思います」

服部が遠慮がちに言う。横では腕組みをした利根崎が二人を見ている。

「首都圏からの避難方法は、三通りあります。群馬を通って日本海側に出るか、西の名古屋方面に行くかです」

「三番目は」

「東側は神奈川、東京をピークに降灰量は下がっていきます。そのさらに東、茨城、栃木方面は降灰は届きません。ただし今のところは、どこで降灰がゼロになるか分かりません」

「降灰地域にはどのくらいの人が残っているの」

「震災前は、神奈川は九百二十万人、東京都は一千四百万人、千葉は六百三十万人の住人がいました。首都直下型地震によって脱出は進みましたが、まだ五分の一以上の人が残っています」

「子供と高齢者、災害弱者と言われる人たちの避難は概《おおむ》ね終わっています。若くて健康な人はすでに自力で避難している。残っているのはよほど東京が好きか、身体的に避難が難しい人。そして、その家族です」

「優先順位を付けて、脱出させるしかない。歩ける人は歩いてもらう」

「花粉症と同じ。家に籠っているから大丈夫という人もいます」

「誰もいなくなるのよ。水道も電気もガスも止まる。交通も止まり、物資の輸送もできなくなる。それがいつまで続くか分からない。陸の孤島となり、誰も助けに来られないのよ」

いつの間にか四人は無言で地図を見ていた。

「分かった。でも今は、降灰地区からの脱出だけを考えましょ。これ以上、死者を出したくない。でもこのことはギリギリまで極秘に。バレたら必ず騒ぎだす者がいる。東京を脱出するんだから」

全身から力が抜けていく。その場に座り込みたい欲求にかられた。何とか踏んばって身体を支えた。また過換気症候群か。美来はその思いを振り払った。自分の正しいと思う道を行け。

「東京を脱出します。今からその準備に取り掛かってください」

美来は決意を込めて言った。

「でもその前に、どうしてもやっておかなければならないことがある」

美来は強い意思を込めて言った。

「首都圏の全員避難ですか」

「誰も取り残さない。最後に出るのは私。それと法的に正当性を持たせたい。総理としての使命だと思っている」

服部の言葉に美来が答えた。三国谷が顔を上げて美来を見つめ、姿勢を正した。

第五章　未来へ

1

富士山噴火後、五回目の衆参両院の会議が始まっていた。現在、衆議院議員は百九十八人、参議院議員は百八十七人が東京に残っていた。異例ではあるがと前置きして、衆参両議院三百八十五人が一堂に会して議会を運営していた。

議場は混乱していた。

議題は首都圏全域に火山噴火の避難指示を出すかどうかだ。それには降灰を火山弾や火砕流と同レベルに命の危険があると考え、噴火警戒レベルを首都圏にまで拡大解釈すればいい。避難指示を出した場合、議員も避難が必要であり、いつ解除ができるか分からない。復旧、復興計画は一時中止になる。そのため、野党が反対した。与党の中にもあからさまに反対する者もいる。

「今、首都圏に避難指示を出すと、この半年間の苦労が水の泡になる。ようやく瓦礫を片付け、新しい都市づくりの計画を始めた。多くの人が戻ることができた。海外の投資家もそれを認め、資金の引き上げを自粛している。そうしたことすべてがムダになってしまう。これは大多数の東京都民も思っていることです」

野党議員が熱く主張している。時折り与党議員からも拍手が上がった。

今、採決すれば大差で東京脱出が決まるだろう。しかし反対する者もいる。この採決だけは全員一致でなければならない。美来のこだわりに違いないが、そんなことは無理だ。しかし――。

聞いているうちに美来の頭は痛み始めた。目を閉じていると、降灰の音が聞こえてきそうだった。自分は総理であっていいのか。自分の指示でこの国を滅亡に追いやっているのではないのか。

兄、健治の顔が浮かんだ。小学生のころ眠れないとき、兄の部屋に行ってベッドに横になり、勉強している兄の後ろ姿を見ていた。「ここにいてもいい。一人でいると怖いから」「いいけど。美来は強いのか弱いのか分からなくなる。きっと強いんだろうけど」。兄は笑みを浮かべて言った。こういう時、兄ならどうすると、無意識のうちに考えている。慎重な人だった。それ以上に優しい人だった。間違いなく命を最優先する。生きてさえいれば、新しい道が開ける。そう考えると、肩の荷が下りた気がする。すべてをそれで通せばいい。ライフ・イズ・ファースト。

顔を上げると消えていた議員の声が戻ってくる。同時に「東京を捨てるな」「復興はどうなる」といった声が耳の奥に響いた。

立ち上がりマイクの前に行くと、話していた議員を横に押しやった。

「黙りなさい」

マイクに向かって叫んだ。一瞬、議場から物音が消えた。議長も唖然とした顔で美来を見ている。一瞬何が起こったか分からないのだ。

美来は議場をゆっくりと見回して言った。

「私たちはこの半年、必死で復旧、復興に取り組んできた。やっと、わずかな光が見えてきたところです。半年前の日本を取り戻すことができる。でも――」

思わず言葉が途絶えた。美来の心に込み上げるものがある。議員たちの視線が美来に注がれているのを感じる。

「あなたたち、雑念を捨てなさい。今回の一連の災害で、私たちは多くのものを失ってきた。しかしまだ、大切なものを多く持っている。家族、友人、家、財産、住んでいる場所。そして生きている私たち自身もです。かけがえのない大切なものです。その中で優先順位をつけなさい。せっかく取り戻しつつあるものを、なくすかもしれない。しかし再建できるものと、できないものがある。もう一度、考えてください。今日の前にある、あなたたちにとってもっともかけがえのないものとは何かを」

美来は深く息を吸った。

「今日の議論はこれまでとします。明日の朝、一番に再開します。それまでにもう一度、頭を冷やして考えてください」

美来はゆっくりと議員たちを見渡し、深々と頭を下げて議場を後にした。


美来は三国谷と利根崎とともに総理執務室に戻った。

「全都民、いや首都圏の全住民の避難が必要だ。強制的に裁決できないのか」

「野党が反対しています。与党内にも反対する者が相当数います。みんな、東京に強い思い入れがあるのでしょう。こうした中で裁決に持ち込むのは反対です」

利根崎の言葉に三国谷が答える。

「だが野党の中にも賛成派はいる。なぜ採決にこだわる。総理の判断で押し通せないのか」

「私は三国谷さんの意見に賛成。まるで戦時下の内閣。たとえ全住民の避難が決まっても、日本は分断されます。こういう時だからこそ、手順以上のものを踏んでおきたい」

「驚いたね。意外とまともなんだ。だがいちばん大事なことは、手遅れにならないことだ」

利根崎の言葉に美来は反論のしようがなかった。残された時間は多くはない。

「現在の日本は戦後に似ています。あの時、日本中の大都会と工場地帯は壊滅しました。瓦礫の中に戻ってきた人々は、何に希望を持ったのでしょう」

三国谷が美来を見つめた。

「戦争が終わり民主主義が広まった。新しい世界が始まるという希望ですか」

「そうです。日本中が一丸となり、ここで努力すれば新しい日本が生まれると信じたからでしょう。自分たちの努力で、新しい世界が来ることを確信していたからです」

「現在の日本の希望は――」

美来は言葉に詰まった。半年たってやっと形が見えてきた。それを一時中断して、避難することが国民に与える影響は少なくはない。

「この状態が長く続くはずがないと信じているから耐えているのです。震災前の生活に戻れると信じるからこそ、苦しい生活を我慢してでも生きていける。それが長引くと知った時、多くの者は心が折れます。人は希望を失った時がいちばん怖い。自暴自棄になる者が出るかもしれない」

「私たちが必ず元の生活に戻します」

「だったら、総理自身が国民に訴えるべきです。なぜ避難が必要か。避難が解除され、復旧が終わるまでは頑張ってほしい。外資に対しては、資本主義の大原則、利益追求は待ってほしいと」

三国谷の声と目は真剣そのものだ。

「総理の思う通りにやればいい。そのために、長瀬前総理はあなたに日本の将来を託しました。総理に推し、あなたは総理になった。問題が起これればその都度、修正していけばいい」

三国谷は美来を諭すように言う。美来は無意識のうちに頷いていた。

夜、美来は善治に電話をした。

半年前はあれほど頻繁にかかってきていた電話も最近はまったくない。美来が心配になるほどだ。諦めたのか、三国谷や津村たちの情報だけで十分だと判断したのか。

〈そろそろくる頃だと思っていた〉

呼び出し音が鳴ると同時に声が聞こえた。無愛想だが怒っている様子でもない。

「じゃ、状況を話す必要はないね。こんな時、父さんならどうするの」

〈なぜ都民の避難を急ぐんだ。せっかく復旧が軌道に乗ってきているのに。俺には富士山が逃げ出さなければならないほど危険な山とはどうしても信じられない〉

映像を見てないのか。確かに遠く離れた高知でSNSもやらず、テレビだけでは富士山の脅威は十分には伝わらないかもしれない。

「他の議員と同じようなことを言わないでよ。たかが火山の噴火とタカをくくっているんでしょ。せっかく、勇気を出して相談しているのに」

美来は、「勇気を出して」の言葉を強調した。

〈聞いてみただけだ。現在が戦後最大の危機であることは分かっている。俺は総理になったことがない。だから、総理の心情は分からない。だが、おまえの性格はよく知っている〉

前置きはいいから解決策があるなら教えて。喉元まで出かかった言葉を我慢した。

「人命を第一にしたい。人さえ残っていれば国の再建はできると信じている。私が信頼する火山の専門家の意見だと、この噴火は当分続く。最悪、年単位でね。その間、降灰で富士山より東の首都圏内は人が住める環境ではなくなる。だから被災地域の人たちを避難させたい」

〈噴火が長引くというのは、確かな情報なのか〉

確認する言い方だ。美来は服部の研究について話した。

「噴火、しばらくの停止、再噴火。すべて彼の言葉通り。今後噴火はもっと激しくなり、この状態が長期に渡り続く。気象庁も彼の意見に賛同している。純粋に科学的なデータだけで出した結論。感情が優先している国民や議員とは違う」

〈おまえの首都圏全員避難に対して、野党が反対しているんだったな。しかしそれが野党なんだ。政府の暴走を止める〉

「これは暴走なんかじゃない。国民の命を救う唯一の方法。それが野党の反対で行き詰まっている。与党の中にも反対する議員がいるから問題。進展が見られない。東京が好きだとか伝統を重視するとかの感情論は捨てて、現実を優先したい。これだけは党派を超えて意思統一したい」

美来は語気を強めたが、善治は反論してこない。

〈おまえはその言葉に責任を取れるか。総理を辞めるとか議員を辞めるとか、そんな軽い言葉じゃない。一生、その結果を背負って生きるということだ〉

「そのつもり」

美来は即答した。しばらく、いやほんの一瞬かもしれないが善治が沈黙した。

〈正雄《まさお》に頼め〉

そう言うと電話は切れた。美来はしばらくスマホを耳に当てたまま立っていた。どういうことだ。善治が言った正雄とは赤松《あかまつ》正雄、民自党の元幹事長だ。震災以後、高齢と体調不良を理由に目白《めじろ》の自宅に引きこもっている。聞こえてくる声は、政府に反対しているということだ。

迷った末、三国谷に電話した。最初の呼び出し音が消える前に三国谷の声が聞こえた。

その日の深夜、美来は三国谷と目白にある赤松の自宅の門の前に立っていた。

高野が赤松の秘書に電話したが、「先生は時間がない」という返事だった。一人で来るつもりだったが、三国谷がついてきたのだ。

「本当に善治先生が、正雄に頼めとおっしゃったんですね」

　立ち始めてすでに三十分がすぎている。

「正雄って、赤松正雄でしょう。確かにそう聞こえた、私の耳にはね」

「私には時間の無駄のような気がします」

「じゃ、なぜ私につき合うの。父さんに言われたの」

「こんな所に一人で立つのは苦痛でしょ。せめて、話し相手がいればいいと思いましてね。と言うのは嘘で、善治先生に頼まれました。ただ、娘に付きそってくれと」

　震災前は住宅地だったが、今は半分は焼け野原だ。まだ復興計画が定まっていない。赤松の家は何とか焼け残っている。

「三国谷さん、赤松さんとは友達なんでしょ。元は同じ派閥と聞いたけど。政治家に真の友達なんているの」

「いますよ。ただしどう転んでもライバルにならない者です。あまりにキャリアが違いすぎるとか、歳の差ですかね。私は赤松先生とは年齢は一回り近く違います。キャリアは二回り」

「赤松さんと父は、初当選した年が同じ。でも父が二歳上。どんな人なの、赤松さんって」

「昔風の政治家です。父上は赤松修一郎《しゅういちろう》、大蔵大臣、通産大臣をやられてます。赤松先生もこの震災がなければ、総理の椅子が回っていたかもしれません」

「エリート政治家一家というわけか。手ごわそうね。で、どんな政治家なの。私が聞いているのは彼の父親じゃなくて本人について」

「保守本流を守ろうとする昔風の政治家です。そこが善治先生とは違うところかな。善治先生はもっと現実派です。赤松先生は党ファーストの人です。党の理念にかなった日本づくりを常に頭に置いておられる。最大の特徴は野党とのパイプが太い。そんなに応援したいなら、野党に入れとよく言われていました。善治先生と赤松先生は今でも頻繁に連絡を取り合っているはずです」

昔風というのは古臭いということか。過去を残したがるタイプ。美来の心に不安が広がる。ではなぜ善治は正雄に頼め、などと言ったのだ。

「面倒そうね。東京を逃げ出すなんて言おうものなら、水をかけられて塩をまかれそう」

美来の言葉に三国谷が考え込んでいる。

雨が降り始めた。三国谷がカバンから傘を出してさしかけてくる。彼は石橋を叩いて渡るタイプだ。

「濡《ぬ》れてたほうが状況としてはいいんですがね。火山灰混じりの灰色の雨。その中で、門前で佇《たたず》む子猫たち。そこまで下手には出られない。あなたは総理だ。風邪でもひかれると日本が危ない。でも、できるだけ惨めに見えるように頭を下げて」

「赤松さん、私たちを見てるの。でも、あのカメラ――」

二人は正面カメラの死角になりそうな位置に立っていた。

「当然です。防犯カメラはあれだけじゃないです。録画もしてますよ。いっそ、倒れてやりますか。慌てて救急車を呼んでくれるかもしれない。それとも警察を呼ばれるか」

「どちらも、すぐには来ない。深夜だし、この状況よ」

「赤松先生が電話するのは一一〇や一一九ではなくて、トップ、消防庁長官か警察庁長官の携帯電話です。飛んできます」

美来はため息をついた。自分でも何をやっているんだろうと思う。

そのとき門が開き、和服姿の老女が出てきた。美来も一度会ったことがある赤松夫人だ。

美来と三国谷は、夫人に案内されて応接室に通された。テーブルの上には資料が積んである。ファイルには、「富士山噴火シミュレーション」と書かれていた。服部が書いた論文だ。赤松は服部が作った富士山噴火のシミュレーション映像も見ているに違いない。その上で反対しているのか。

「この忙しい時期にお待たせした」

寝巻姿の赤松が現れた。三国谷がかすかに息を吐いた。

「善治は元気か」

座るなり美来に聞いた。二人はお互いに名前を呼び合う間柄なのだ。

「父に前に会ったのは、南海トラフ地震の直後でした。私が高知に帰ったときです。以来会ってはいませんが、昨日電話で話しました。元気そうでした」

「善治から電話があった。内容は分かっているだろう。俺とあんたの父さんとは初当選の時以来、ずっと一緒だった。ただあいつの方が引退は早かった。健治くんを亡くしてから、あっという間に歳をとったからな。沈み込むことも多かった。あいつのことだから強がってはいたが」

意外な話だった。兄が死んだときも父の大きな変化を感じなかったのは、自分の思い込みか。

「一九八六年、俺と善治が初当選した年だ。三十五歳だった。最初の国会、俺たちは隣の席だった。議員宿舎の部屋も隣り同士、会派も同じだった。大臣になるのはあいつが一年早かったがな。よく二人で酒を飲みながら天下国家を論じた。当時日本はジャパン・アズ・ナンバーワンで、世の中に勢いがあった。世界は日本製品で溢れ、世界の大都市には企業派遣の日本人が闊歩《かっぽ》していた。俺たちも日本を世界一の国にするという気概があった」

赤松は遠くを見るように目を空に漂わせた。

「戦後八十年、日本は俺たちが復活させたと自負している。国民の生活はよくなり、自信も持てる国になったと信じている。この辺りは、色々言う奴がいるがね。とにかく一つの難関、時代は乗り越えた」

美来にも異存はない。横で三国谷も頷いている。

「ところが今回、戦後最大の危機が日本を襲った。ここで舵取りを間違ったら、日本は再起不能になる」

赤松はふうっと、息を吐いた。これも賛成だ。だったらなぜ反対する。

長い時間がすぎた。無言だった赤松が唐突に口を開いた。

「あんたは利根崎高志という男とどういう関係かね」

「私の補佐官です。ネクスト・アースのＣＥＯであり、エイドの導入に力を借りました」

「木村《きむら》から早乙女美来総理に会ってやってほしいと電話があった。彼は利根崎から頼まれたそうだ。木村は俺の後援会の会長だ。現在生きてる奴で、俺の頭が上がらない唯一の男だ。それだけ尊敬に値する男だ。利根崎という男に頼まれたと言っていた」

木村隆《たかし》はエアテックの会長だ。エアテックは日本最大の通信ＡＩ企業で、彼は経団連会長も務めたことがある。利根崎の知り合いだとしても不思議ではない。

「そろそろ潮時だとも言われた。この歳になると理性と感情が正反対の方を向いているらしい。後悔なく死にたければ、引退しろとも言われた。政治家に重要なのは引き際だともな」

「私は父に言われて状況をお伝えにまいりました」

「俺もバカじゃない。善治から送られてきた資料には目を通した。確かに日本は境界線上にある。どっちに転ぶか、舵取り次第だ」

赤松はテーブルの資料に目をやった。

「ちょっとしゃべりすぎたな。寝る時間をとっくにすぎている。悪いが帰ってくれ」

赤松が立ち上がった。

「でも――」

言いかけた美来の腕を三国谷がつかむ。二人は座ったまま赤松が部屋を出て行くのを見ていた。

帰りは夫人が門まで送ってくれた。

「なんなのあれは。失礼じゃないの。なんで三国谷さんは止めたの。肝心の話は何もしていない。彼が一方的にしゃべっただけじゃない。それも、聞きたくもない昔の思い出話」

美来は振り返って言った。門の前には夫人がまだ立っている。美来は慌てて頭を下げた。

「大丈夫です。なぜだか分かりませんが、赤松先生は機嫌が良かった。すべてうまくいきます」

三国谷が驚きを含んだ声で言う。


翌朝、国会が開かれた。出席議員は前回より三割ほど多い。入院中と聞いていた議員もいた。前回とは変わって、非常に静かだった。野党第一党友民《ゆうみん》党の質問席にはなぜか赤松が座っている。

美来は前回に続き、首都圏を富士山噴火警戒レベル5にして、全住民を避難させる必要性を述べた。

赤松が最初の質問者としてマイクの前に立った。議場にざわめきが起こったが、ぎょろ目で議員席を睨むと、空気が変わり緊張感が溢れた。

「まずはこの震災で亡くなった国民、議員の方々に黙禱《もくとう》しようではありませんか。立てる人は立ってくださらんか」

そう言うと、一歩下がって頭を下げると目を閉じた。

全員が慌てて立ち上がり、黙禱を始めた。あまりの長さに美来が目を開けると、赤松は感慨深げに議員席を見回している。議員たちはまだ頭を下げ目を閉じている。

「さて、そろそろ始めましょう」

　穏やかな口調で言うと、議員たちは座った。

「ここに集まったみなさん。我々は非常に幸運だった。こうして生き残っていることがです。この運は亡くなった国民、同僚のためにも、有効に使おうではありませんか」

　赤松は悠然と議員たちを見回した。

「これから、歴史に残る決断をするということです。この半年で我々日本人は一生分の経験をしました。今後はどん底から這《は》い上がらなければならない。しかしそれだけでは日本の再生は難しい。我々の時代は終わったとつくづく痛感した次第であります。戦後社会がどうのこうのと、言っている場合でもないのでしょう。新しい感性で時代に合った新生日本をつくらなければ、今後世界では生き残ることはできないのでしょう。私はこの政権にかけようと思う。これは決して無責任で不謹慎な意味ではない。私の感じるままの心だ」

「そんな弱気じゃ困る。あんたは与党の重鎮なんだから」

　どこかから声が聞こえた。赤松は声の方を見て軽く頷いた。

「外を見てくれ。半年前は瓦礫で埋まっていたが、それを片付け復興の兆しが見えていた。だが今は降灰で灰色の空と空気だ。少なくとも私の想像力、気力を超えた状況だ。きみたちの何人にこの状態から本気で抜け出そうという気力があるのかね。言葉だけじゃダメだ。新しい知恵と考えが必要だ。古い考え、いや過去をきれいに捨てて新しく出直す覚悟が必要だ。十年、二十年続く、気力と体力が必要だろう。戦後を思い出してくれ。一夜が明けると、日本中の指導者、識者が黒を白だと言い出した。そのくらいの覚悟でなければ、この難局は乗り切れんだろう」

　赤松は淡々と続けた。その言葉は議員たちを説得するとともに、自分に言い聞かせるもののようにも感じる。

「戦後を考えてくれ。戦前、戦中に力を持ち、国を動かしていた者の大部分が戦犯として失脚した。次を担う者は動きやすかった。新しい発想で国の未来を考えることができた」

「我々は邪魔だと言いたいのか」

ヤジが飛んだが、赤松が視線を向けると次の声は上がらなかった。

「早乙女美来総理は首都圏の住民全員の脱出を提案しておられる。理由は十分に分かっていると思う。私もここ数日、それればかり考えている。しかし他により良い案は見つからなかった。私の日本を、首都東京を愛する心は誰よりも強いと信じている。だが残念ながら、我々は東京から一時撤退すべきではないか。総理は国の芯をなすものは国民だと言っておられる。私もそう考える。国民さえ無事なら、国の再建はできると信じている。その国民を護る役割こそ、議員として我々の最高の目的とするべきではないかね」

美来は思わず拍手をしそうになったが、その腕を三国谷がつかんだ。

「私事で恐縮ながら、私は今回の事態が多少なりとも落ち着けば、議員引退を表明しようと思っている」

静まり返っていた議場からはさらに音が消え、静寂が支配した。各議員の呼吸音が聞こえてきそうだった。

赤松は美来に向き直った。

「もう、私や善治の時代ではない。きみたちが新しい日本をつくれ」

美来と議員たちに向かって一礼すると、演台を降りた。

政府は災害対策基本法に基づいて、降灰危険地域の住人たちに避難指示を出すことの裁決を行なった。全員一致により、可決された。赤松の行動と演説は、かなり意図的で芝居がかってはいたが、多くの議員の心を動かしたのだ。それにより、災害緊急事態の布告を行なった。

直後に行なわれた政府の「首都圏を富士山の噴火警戒レベルに含める」法案は、全員一致で可決された。避難対象住民は、首都圏を含む近隣の降灰地域だ。これはこれまでの高齢者、身体障碍者《しょうがい》、子供を対象としたものから、全住人に避難対象を拡大したものとなる。

首都圏で先に示した降灰危険地域の住人たちに、速やかに避難指示を出すことを決定した。国会での会議後一時間で、気象庁でも、首都圏全域を噴火警戒レベル5とし、避難指示を出した。

「避難地区の住民は首都圏を中心に約二千万人。都内にはまだ五分の一以上の住民が残っています。中には高齢者、病人も含まれています。公共交通機関は止まっている。どうやって関東地区から安全に脱出させるのがもっとも安全か、考えてください」

美来は議員たちに投げかけた。自身への問いかけでもあるのだ。

その日の夜、美来は善治に電話をした。

「赤松さん、父さんとのことを色々話してくれた。自分たちが戦後復興を受け継ぎ、現在の日本をつくり上げたって自慢していた」

〈肝心の首都圏全員避難はどうなった〉

「今日の国会で、富士山に関する噴火警戒レベル5は首都圏にも適用されることになった。赤松さんが、もう俺や善治の時代ではない、きみたちが新しい日本をつくれって」

今回の事態が落ち着けば引退する、と語ったことは言わなかった。すでに知っているだろう。

善治は無言だった。しばらくして〈がんばれよ〉という言葉とともに電話は切れた。


翌朝、総理執務室に行くと利根崎が待っていた。

張り詰めていた神経が緩むのを感じる。最近、無意識のうちに彼を探している自分に気づき戸惑うことがある。

どこにいたのか聞こうとしたとき、利根崎の強い口調の声が聞こえた。

「何を迷ってる。避難は早ければ早いほどいいことは分かっているはずだ。服部によると、すでに一般車両の通行は難しい。特殊タイヤが必要だ」

「私とあなたは違う。あなたほど強くはなれない」

思わずヒステリックに叫んでいた。張り詰めていた感情が爆発したのだ。利根崎の表情が変わった。

「きみは十分に強い。だから総理に推されてここまでやって来た」

「買い被りよ。実際は優柔不断な臆病者。嫌なこと、面倒なことからは逃げ出してきた。まだ迷ってる。私が総理になったことは正しかったかどうか」

「しかし、きみは逃げ出さなかった。どこかで自分を信じている」

美来は混乱した。一度は逃げ出したが、兄の死によって戻ってきた。トミさんからは政治家向きだと言われた。

「国民の前では弱音は吐くな。僕も国民の一人だ」

「強く賢い国民よ。みんながあなたのようであればね」

「人間、一度死ねば強くなれる。腹を括《くく》れば、恐怖は薄まる」

「冗談は言わないで。あなたは死んだことがあるの」

美来が利根崎を見ると、目は笑っていない。睡眠薬の過剰摂取で病院に運ばれたことがある。平井の言葉を思い出していた。

しかし、実際の避難は富士山山麓の町以外はたいして進んではいなかった。

富士山は黒煙を上げ、火山灰を吐き続けている。日に一度は大規模噴火を起こし黒煙と火柱を上げた。その規模は目に見えて巨大になり、首都圏の降灰も多くなっていった。美来の焦りは大きくなっていった。

2

首都圏を中心に噴火警戒レベル5になったために、残っている住民は降灰地区外に移動しなければならない。三宅島の全島避難と同じだ。降灰地区を離島と考え、その外の安全地帯に全島民を避難させるのだ。

多様な避難ルートを用意しておくように。これは、服部の助言だった。利根崎はエイドを使って、現在使用できる避難ルートの地図をネット上に流している。

避難には車以外では東京湾か相模《さがみ》湾に出て、船で安全地区に脱出するしかない。陸路であれば、茨城県、埼玉県、栃木県へ出るルートがある。政府は帰宅困難者と同様に、港や陸路の集合地点にバスを待機させ、各地につくられた避難地に送る。そこまでは各自がそれぞれ何とかたどり着くように呼びかけた。

東京駅、新宿駅、渋谷駅、池袋《いけぶくろ》駅など、都内の拠点駅のバスステーションが集合場所に決められた。住民はそこに集まり、待機していたバスに乗り、満員になり次第出発する。持ち出せる荷物は、各自大型トランク一個と、車内持ち込み用の荷物を一つと決められた。

バスは降灰地域外に住民を降ろすと主要駅に戻り、再び避難民を運ぶピストン輸送を行なった。

基本は家族単位で移動して、最初の一週間は政府や受け入れの県が用意した災害避難用の住居が与えられる。その後は各自、親戚や友人、新しい住居や職場へと移動していく。

トラブルは絶えなかった。持って行ける荷物が少なすぎる。忘れ物を取りに帰りたい。家族がいなくなった。動かせない病人がいる。飼っているペットを連れて行きたい。もう少し東京に残る。今、自宅を売りに出している、という者までいる。

政府は降灰地域の全住民避難を目指し、誠意を持って対応したが、スムーズには進まなかった。東京に執着する個人や企業が多すぎるのだ。東京脱出の原因が百キロも離れた富士山噴火による降灰だということに、疑問を持っている者もまだ多くいる。

美来自らが中心となり避難の重要性を訴えた。だが首都東京の重みは美来が考えていた以上に強いということを思い知った。

一方、静岡、山梨県など富士山に隣接して、火山弾や溶岩流の直接的な被害を受ける地域住民の避難は進んでいた。溶岩流で山や林が燃え上がり、大人の頭ほどの大きさの噴石が家の屋根を砕き、車を破壊する様子を見ると恐怖が湧いてくるのだ。

政府は自衛隊の災害出動に限り、各県知事の判断ではなく、政府の判断で出動できる態勢を取った。同時に全隊員に、火山灰の降下を含めて火山噴火についての知識を得ることを指示した。

閣議が終わり執務室に戻って、美来は利根崎や数名の閣僚たちと全首都圏の住民避難について話し合っていた。

「住民全員が避難の必要性を認識するころには、車での移動はできなくなります。東京湾にできるだけ多くの艦船を集めてください。現在、首都圏の太平洋岸の道路は、高速道路を含めて全面開通にはなっていません。各自が車で移動を始めると交通渋滞がさらにひどくなります」

「海上自衛隊の艦船にも連絡して東京湾に待機するように伝えて」

「アメリカからも全面的に協力するとの申し出がありました」

亜矢香が首都圏からの住民脱出をアメリカ政府と交渉していた。

アメリカ海軍は、日本近海やハワイなどにいる艦隊を日本に派遣する意思があることを日本政府に打診してきた。結果、駿河湾に派遣した空母ロナルド・レーガンに加えて、空母ジョージ・

ワシントンを中心に、日本近海の艦船を関東地区に派遣してくれることになった。沖縄の米軍基地内に備蓄している食料や医薬品を中心にした支援物資の追加は、すでに届いている。

住民の移動方法と受け入れ先は徐々に整っていった。

準備は出来たが、避難はなかなか進まなかった。やはり東京にこだわる住民が多くいるのだ。政府は全力を挙げて、降灰地区からの脱出を国民に訴えた。

「なぜみんな、東京にこだわるのかしら」

「江戸時代から四百年、日本の中心として発展してきたからではないですか。政治、経済、文化についても東京は他の都市から抜きん出ています。日本と言えばまず東京です。それに魅力を感じて様々な人がここに来た。東京に代わる都市は日本にはありません」

三国谷の言葉は違和感なく美来の心に入ってくる。

「対案がないからじゃないのか。東京がダメなら、第二の首都、都市に行けばいいという」

利根崎が三国谷の言葉を遮るように言う。彼は東京で育ったが、現在は名古屋に住んでいる。

「それが、どこかってことが問題なんでしょ。大阪でいいんじゃないの。日本第二の都市だし、大阪都構想もあった。大部分の人はそう考えてるんでしょ」

高知で育ち、アメリカに長く住んだ美来にとって、日本の首都がどこにあっても同じように思える。

「大阪では拒否されます。大阪はまだ南海トラフ地震からの復旧途中です。さらに上町《うえまち》断層という南北に続く活断層があります。しばらくは、よけいなことを考えるのはやめましょう」

「政府はどこに置くべきか、決めておくべきです。一時的だとしても首都になるんです」

昔、首都機能移転について議論されたときがあった。仙台、岐阜、三重、広島、福岡などの都市の名前が挙がったが、途中で立ち消えてしまった。誰もが本気では考えなかったのだ。日本人の大部分には生まれたときから、日本の首都は東京と刷り込まれている。

「首都候補として強く推せる都市はないのですか」

美来は利根崎に聞いた。答えよりも利根崎の考えに興味があったのだ。

「僕はどこでもいい。世界から見れば、東京であっても大阪であってもさほどの違いはない。リアルタイムで相手を見ながら話せるツールはいくらでもある」

オンラインで国内の都市はおろか世界の国ともつながっていることを言っているのだ。

「臨時政府をどこに移すか、いずれ議会にかけなければなりません。できれば全員一致で決めたい。たとえ一時でも東京を脱出するのよ。一人でも反対すればうまくいかない気がする」

「うまくいかなければどうする。東京と心中するか」

美来は答えない。三国谷は美来と利根崎の話を無言で聞いている。

政府をどこに置くにせよ、まず首都圏から住民を避難させなければならない。少しずつであるが、すでに動き始めている。

「降灰はすぐに十センチ以上になる。私の計算だといずれ二十センチを超える。そうなると普通の車は走れない」

服部が平然とした顔でデスクに置いたタブレットを指した。

降灰は視野に入る範囲だけでも家々の屋根、建設中のビル、重機、車の屋根などに均等に降り積もっている。これらをすべて取り除くのはやはり無理がある。時折り町を歩く人を見つけたが、防塵マスクとゴーグルを着けている。どこか他の星に迷い込んだような錯覚に陥る。

さらに数日がすぎたが、服部の言葉通り富士山噴火は止まる気配はなかった。

高齢者や介護が必要な者は優先して避難させてはいたが、まだ多くの者が残っている。警視庁と自衛隊は二十四時間体制で避難を支援した。

降灰は日々増えて、道路には十センチを超える灰が積もっている。一般の車は走行が難しくなり、乗り捨てられた車が目立つようになった。自衛隊の車も重量のある兵員輸送車か、キャタピラ付きの車が走るようになった。

三国谷が総理執務室に入ってきた。

デスクの上にタブレットを置いた。首都圏では首都直下型地震以後、新聞はすべて電子版になっている。配達が不可能な状況が続いているのだ。一面に東京避難計画の題字が見えた。

「政府の仮移転計画」がたてられ、すでに準備が行なわれているとある。ひそかに進められていたはずの計画が漏れているのだ。

「すでにかなりの部分が漏れて、騒がれているようです」

「やっと出たって感じね」

美来は落ち着いた口調で言った。どういう形で発表すべきかと考えていたところだ。

「政府機能移転を計画していると発表すべきです。総理、あなたならできると信じています」

「服部博士の言葉によれば、来週にも富士山から東の降灰地域は、防塵マスクなしでは歩けなくなるそうだ。数日中には電気が止まる。電気が止まれば水道とガスの管理もできなくなる。生活インフラはすべてダウンする」

三国谷に続けて利根崎が言う。

「自家発電があるでしょう」

「発電機の燃料は数日分しかない。補給路は降灰で閉ざされている」

三国谷がスマホを美来の前に突き出した。日本にミサイルが飛んできて残った都市を次々に破壊していく動画だ。爆発、噴き上がる炎と噴煙。生成ＡＩで作ったかなりリアルな映像だ。

「こんな時にも人の恐怖を煽《あお》る人間がいます。ただの冗談や悪ふざけではすまされない状況になりつつあります。信じてパニックが起こり、騒ぎが広まれば暴動を起こす者たちも出ます。そうなっても、取り締まる余裕はありません」

「いよいよ、首都圏には住めないということね」

三国谷と利根崎が同時に頷く。理解していたつもりだが、実際に聞くと重い現実と重なり美来の頭に広がっていく。

「東京脱出計画を急げということ。すでに法的裏付けもできてるし」

「必ず反対する者が出てきます。政府として彼らを放っておくことはできないでしょう」

「首都圏にも噴火警戒レベル5が発令されている。住民全員を強制的に避難させる時が来てるのか」

美来が呟くように言う。

3

首都機能移転計画が決定され、降灰地区全住民の避難計画が進んでいることが表ざたになると、首都圏はさらに慌ただしくなった。

数日のうちに、都内から外国人の姿が消えた。外国政府のチャーター便に限り、羽田国際空港を開放したのだ。祖国から帰国のために飛行機が来ない国や、搭乗できなかった外国人のためには、日本政府が飛行機を出して、韓国のソウルに送り届けた。

東京を中心に首都圏の地価が下がり、十分の一にもなっている。日本企業の株価と売買は凍結されているが、裏では捨て値で売買されているという噂が絶えなかった。降灰により、生活インフラが度々止まるようになった。スーパーから日用品が消え、経済、生活ともに首都圏は大混乱に陥った。複数のデモ隊が官邸と国会に押し寄せた。

「官邸前の交差点の映像です」

総理執務室のモニターには官邸前の交差点が映っていた。三国谷の指示で、警備室から流されている。東京脱出反対派が総理官邸前で抗議をしている。

〈政府は直ちに退陣して、東京から出ていけ。東京は私たちが護る〉

先頭ではマイクを持ったがっちりした初老の男が声を張り上げている。

「護るって、どうやって護るんだ。教えてほしいね」

横に立っていた国交大臣が呟くような声を出した。服部が美来の前に出た。

「何人か中に入れて話し合われてはどうです。私でよかったら、私が——」

「放っておきましょう。何が起こるか分かりません」

三国谷が服部を睨みつける。珍しく彼も苛立ちを隠せない。

「私が官邸前に行って、彼らと会います」

三国谷が止めようとしたが、美来はドアに向かって歩き始めていた。

官邸前の交差点では五十人ばかりのデモ隊が大声を出していた。集まっている者は四十代以上の男が多いが、若者や女性もいる。

警護官に囲まれるようにして出てきた早乙女総理を見て、デモ隊から一瞬声が消えた。

「あの女、本物なのか」

拡声器を持って先頭に立っていた中年男性が、隣の男に問いかけている。

美来は機動隊を押しのけ、彼らの前に出た。

「私は総理の早乙女です。みなさんに話を聞いてもらうために来ました」

左右には警護官がいつでも間に入れるように身構えている。背後には利根崎が立っていた。

「みなさん、この状況を見てください。東京は降灰に覆われています。すでに除去できる限度を超えています。あと数日で輸送車も走れなくなります。手遅れになる前に脱出すべきです」

「勝手な理由を付けて、首都移転を進める気だろう。東京こそが、日本の中心なんだ」

「そうだ。政府が率先して逃げ出してどうする」

周りの者たちも集まってきた。

「逃げるのではありません。一時、避難するのです。東京は——残念ながら人が住める状態ではなくなります。私たちは何としても生き抜いて、この国を次の世代に残さなければなりません」

「その言葉を信用しろというのか。俺たちはこの半年間、必死に働いてきた。やっとここまで復旧したんだ。今度はそれを捨てて逃げ出すというのか。俺は東京で育った。親父も、お袋も、爺さんも、婆さんも、そのまた爺さんも婆さんもだ。東京以外で暮らした経験なんてないんだ」

男は大声で叫ぶように言うと周りから賛同の声が上がる。

「俺は地震で家も家族も、すべてを失くした。その上、生まれ育った東京を出て行けというのか。補償金は出るのか。東日本大震災の原発事故の時は出たよな。それも億単位だと聞いてる」

「そうだ。東京を追い出すなら補償金を出せよ」

「もう時間がないのです。前の災害から私たちは生き延びてきました。その命を護るためです。東京は間もなく、降灰で覆われ、電気、水道、ガスなどの生活インフラが止まります。その前に避難する必要があります」

美来は声を張り上げた。

「そんなことは聞き飽きた。東京を捨ててどこに行けというんだ。どこで生きていけばいい。俺はもう、家族も財産もすべてを失くしているんだ」

「政府も精一杯のことをやります。生きてさえいれば、また東京に戻ってくる機会はあります」

「その結果がこれだ。俺たちに未来なんてない。東京と心中するよ。たっぷり道連れを連れて」

美来は強い力で突き飛ばされた。倒れる瞬間に男が腕を振り上げるのを見た。その間に利根崎の身体が割り込み、覆いかぶさってくる。

怒鳴り声と激しく揉《も》み合う音が聞こえる。何か所かで悲鳴が上がった。一瞬意識が消えたが、すぐに我に返った。

横には利根崎が倒れている。額に当てた手の指の間からは血が流れている。

辺りはデモ隊と駆けつけた機動隊で騒然としていた。

「救急車を呼んで。頭が割れている」

顔を上げると、男が数人の警護官に地面に押し倒されている。

「目を開けてよ。生きてるんでしょ」

美来は利根崎の前に座り込み頬を叩いた。横には拳大の石が転がっている。

美来は両腕を警護官につかまれ、引き起こされた。

「官邸に帰ります。ここは危険です」

「彼も連れて行って。私をかばって石で殴られた。彼の安全が分かるまで私はここを動かない」

「行ってくれ。僕は大丈夫だ」

利根崎が身体を起こそうとするが、もがくように手足を動かすだけで、意思通りにはならない。

「二人を連れて行く。車を回してくれ」

遠藤警護官が大声で指示を出しているのが聞こえる。

利根崎は官邸の医務室に運ばれ、脳震盪《のうしんとう》と診断された。数日は安静にしているようにと指示され病院に運ばれたが、夕方には退院していた。

利根崎の退院を聞いた美来はすぐにスマホを出した。

「なぜ退院したの。数日は安静が必要だと官邸の医師から聞いている」

〈きみと同じだ。じっとしてはいられない性格なんだ〉

「茶化さないで。あなたは政府にとって重要な人。もしものことがあったら――」

思わず言葉がとぎれた。様々な思いが一気に込み上げ言葉が出てこない。

〈悪かった。しかしきみと同じだ。やらなければならないことが山ほどある〉

「分かった。もう勝手にして。心配して損した」

しまったと思ったときには電話を切っていた。涙が出そうになった。なぜ私の周りには自分勝手な人が多いのか。

「どうかしましたか」

声に振り向くと三国谷が立っている。

「暴力は許せない。それも、こんな時に。今後は、もっと厳しく対処する」

「総理も軽率でした。こんな時だからこそ、注意してください。何が起こるか分かりません。何も自分からオオカミの中に飛び込んでいくことはない。慎むことも政治家の資質の一つです」

三国谷の言葉に美来は反論できなかった。確かに自分が出て行かなければこんなことは起こらなかった。

翌日の電子版の新聞には、「総理暴漢に襲われる」「勇気ある行動に国民の賛同」など、三国谷の心配に反して、美来の行動に賛同したものが多かった。

美来は、今後は危険なデモには防衛出動として自衛隊を出すと宣言した。

ノックとともにドアが開いた。

美来が顔を上げると、ドアの前に徳山が立っている。東京政治経済新聞の記者だ。今朝、官邸に来るように電話をしたのだ。やはり彼も東京に残っていた。

「気を付けるんだな。今、東京は地方からも応援が来ておかしな奴で溢れてる。分かるだろ」

美来が襲われ、利根崎が怪我をしたことを言っているのだ。

「あなたの力を借りたい。もう時間がない」

徳山が美来を見つめて考え込んでいる。

「電話でも言っただろ。俺は東京に残るつもりだって」

「だから、私はあなたに頼みたい。国民感情はあなた方の方が詳しいし影響力がある」

美来は富士山の本格的な噴火がいよいよ近いこと、首都圏の人たちに避難を訴えても、一部の者たちは応じないことを話した。

「生きてさえいれば、いつかは帰ってくることができます。脱出の時は首都圏すべての生活インフラを遮断します。ですから、全員がそろって出ることが必要なのです。最後に東京を出るのは私です」

徳山は一瞬美来を見て、考え込む仕草をした。

「コロナ・パンデミックは日本だけではなく、世界に恐怖を生み出した。周りで人がバタバタ死んでいく。膨大な数の死だ。見えない恐怖だ。恐ればかりが先に立つ。ウイルスは目には見えないが、苦しみと死、そして何より数字という形で存在を明らかにした」

「降灰は見えるから怖くないというのね。すぐには人は死なないし。でもその先には多数の死が待ち構えている」

「災害なんてそんなものだ。実際に起こってみなければ本当の怖さは分からない。今までの二つの地震と津波は死と破壊という形で見えていた。国民の周りは死と瓦礫で溢れていた。戦争と同じだ。目の前に遺体と瓦礫があり、生活インフラが破壊され止まった。国民は何もできなかった。絶望と敗北だ。諦めが人を支配した」

徳山は苦しそうに顔をゆがめた。彼もこの震災で両親を亡くしたと聞いている。

「今度の恐怖は、今のところ言葉の恐怖に過ぎない。特に東京の住人にとっては。噴石だ、降灰だ、溶岩だと言われても、実際に見えるのは富士山だ。噴煙を上げてはいるが、変わらずどっしりとそびえている。おまけに百キロ離れている。恐怖を感じない者がいても当然だろうな」

徳山は美来の言葉を切って捨てるように言う。

「国民に富士山の危険性を納得させ避難を促すには、何て言えばいいの」

「説得しかないね。誠実に言葉を尽くして説得する」

それとも、と言って美来を見ている。美来が頷くと続けた。

「恐怖を植え付けるか。コロナ禍と同じように。あんたは、どこまで覚悟ができている」

「国民の命を救うためには、何でもする。私たちは多くを望んではいない。噴火が収まり火山灰の影響がなくなるまで、東京から避難してほしい」

「俺も東京に残ると決めてた。しかし、あんたの話を聞いていると、一度くらい東京を離れてみようかという気になる」

徳山は肩をすくめると出て行った。

翌日の朝刊に徳山の署名記事が載った。

〈近づく大噴火。富士山は三百年間、沈黙を守り続けてきた。ここに来てやっと重い口を開き、語りかけてくる。迫りくるその時〉

〈南海トラフ地震と首都直下型地震によって覚醒させられた富士山。語りかけてくる言葉は、人間は出ていけ〉

二つの見出しがついた徳山の記事が続く。内容は政府が言い続けてきたこととさほど違いはない。しかし、微妙な違いは確かにある。誠実、言葉を尽くす、昨日、徳山が言った言葉を思い浮かべた。美来はやっと気づいた。彼は読者と同じ目線で語りかけているのだ。

さらに、過去の火山噴火の恐ろしさを具体的な例を挙げて書いてある。溶岩流、火山泥流、火山灰などが引き起こす被害だ。四十三人が犠牲になった雲仙《うんぜん》・普賢岳《ふげんだけ》の火砕流の話も取り上げていた。記事に盛り込まれている被害者の遺族の言葉は胸を打った。

昨日の彼の言葉とは反対に、誠実で納得のできるものだった。

最後に早乙女総理の言葉が続いている。

〈私たちは幸い科学技術という新しい武器を持っています。この武器を駆使して、大噴火が近づいている可能性が高いことを知りました。この情報を得て無視することはできません。一人が生き残ることは、その十倍、二十倍、それ以上の人たちを悲しみと絶望から救うのです。希望すら与えてくれます。東京は逃げません。一度、東京を離れることはできませんか。私たちは避難した場所から、しばしその状況を見守ることができます。そしてまた、笑いながら帰ってくることもできるのです〉

徳山の記事が出てから、テレビやラジオも早期の避難を促すようになった。これも、徳山が働きかけたのだろう。残っている都民の意識も変わっていった。現状を考えると、早めに避難した方が得策であることを理解したのか。〈一度、東京を離れてみるのも悪くない〉。徳山の言葉が広がっていった。美来の心にも強いインパクトを残した。避難は急速に進み始めた。

避難は急ピッチで続けられた。

三国谷と高野が執務室に入ってきてテレビをつけた。

「横浜市の西部で火事が起こっています。かなりの大火です」

オレンジ色の炎の連なりが画面いっぱいに広がっている。

「あの辺りの建物は、地震にも津波にも何とか残っていたんじゃないの」

「降灰の影響が大きな地区です。噴火警戒レベル5の地区ですから住民の避難は終わっているはずです。だから発見が遅れ、気づいた時にはすでに手遅れになっていました。かなり広域に広がっています」

「なぜ火が出たの。人は残っていないはずでしょ。あの映像は誰が撮ってるの」

「ドローンです。テレビ局のドローンが発見して映像を流しています」

「火事には気を付けるように徹底させたはずでしょ」

「誰かが火をつけたという話があります。いくつかの町が無法地帯になってるって」

「消防と警察はどうなっているの」

「到着に一時間以上かかりました。降灰で車が走れません。現在、まともに走れるのは自衛隊の特殊車両だけです」

すでに警察も消防も撤退の準備に入っている。さらに、降灰地帯には防塵マスクなしでは滞在できないはずだ。マスクをしていても長期滞在していると健康被害が出ると、専門家は注意している。

「火元の住宅所有者が放火したとも言われています」

一瞬、ためらう様子をした高野が言う。

「やめてよ、何のために」

「色々専門家が議論していますが、終末論が多いですね。どうせ戻れないなら、毎日見ているのが辛い。だったらいっそ燃やしてしまえとか」

美来は持っていた書類をデスクに置いた。

「富士山から東に向かって、丹沢《たんざわ》山から神奈川県、東京都の降灰地域は人口がゼロになる。盗難などの犯罪も起こる。今後は防犯にも最大限の注意を払って」

「定期的に警察と自衛隊がパトロールします。防犯カメラも多数取り付けています。衛星写真も公開するつもりです。また必ず帰ってくることが前提での避難です」

高野は言うが説得力は低い。

美来は窓に視線を向けた。降灰は激しくなっている。薄い霧のような火山灰の粒子が濃さを増し、町を覆い隠していく。

「もっと急ぐべきです。数日後には車が走れなくなり、全員歩いて避難することになります」

服部の言葉に美来は迷っていた。まだ本音では全員避難に反対する議員たちも少なからずいる。死者は富士山の麓だけで、火山灰による直接の死者が出たという報告はない。

「総理も避難すべきです。首都圏のほぼ九十五パーセントの避難が完了しています」

「私はここを去る最後のグループよ。まだ、完全避難の報告が来ていない」

「指揮官は後方から全体を見るべきです。急いで避難しましょう」

三国谷が珍しく強い口調で言う。

利根崎はディスプレイから視線を外した。すでに何十回も眺めた地図が表示されている。現地では九割がた準備を終えて、到着を待っている。先発隊は半数が到着してすでに業務に入っている。総理が口癖のように言っている「政治空白を避ける」ためだ。

富士山噴火の兆候を服部から聞いた時から準備に入っていた。総理の性格からして移転はギリギリまで延びるだろう。政府が一時的とはいえ、首都機能を全面的に移転するとは思えない。しかし、どうしても必要なことだ。候補地として利根崎が提案した時、三国谷官房長官ですら初めは納得していなかったが、事態が進むにつれて移転の必要性は理解した。それ以後は協力的だった。「総理には詳細は知らせないでおきましょう。目の前の問題に集中してもらいます。今以上の心労は与えたくありません。ただ、移転先は我々を信じ、任せてほしいとだけ言っておきます」利根崎も納得した。

頭が痛み始めた。目を閉じて頭の中を空にしようとした。脳震盪を起こして以来、長時間の集中ができなくなっている。

あと一つ、三国谷に頼まれたことがある。「いくら総理の頼みでも、私のような老体には酷すぎる」うんざりしたような口調で言った。

「やっかいな総理だが周りの者をその気にさせる」

呟くように言うと頭の痛みがわずかに楽になった。

4

官邸の危機管理室も人員は三分の一に減っていた。残りの者たちはすでに移動している。

降灰はますます激しくなった。都内ですでに十センチを超えているところがほとんどだ。防塵マスクは三十分たたない間に目詰まりし、フィルターを替えなくてはならない。一般車両の走行は難しくなり、降灰地区を走っている車は自衛隊のライトアーマーがほとんどだ。

ライトアーマーとは軽装甲機動車ＬＡＶの愛称だ。乗員四名、時速百キロ、行動距離約五百キロを走ることができる。軽と言っても重量は四・五トンあり、噴石の直撃でもびくともしない。

総理官邸は完全に閉じられ、内部の空気は空調でコントロールされていた。

「噴火が急速に激しくなっていて、火山灰も予測の倍以上の量とスピードで放出されています」

服部がスマホを切って美来に向き直って言う。電話の相手は気象庁の技官だ。

「このままだと数日中に陸路も空路も断たれます。電気、水道、ガスが止まり、店舗も病院もない地域で孤立することになります」

考え込んでいた美来が顔を上げた。

「今後は二十四時間体制で住民の避難を行ないます。その旨を各部署に知らせてください」

「我々、政府の避難も必要です。この官邸から指示を出すにも限度があります」

三国谷は政府の完全移動を促しているのだ。

「まずは住民の避難を完了させます。政府の避難はそのあとです」

「政府関係は臨時に岐阜方面への移動が進んでいます。もっとも近い安全都市です。降灰の影響は受けませんし、先の二つの震災からも大きなダメージは受けていません」

「それはあなたたちに任せます。私は降灰地区の住民避難に全力を尽くします」

美来は強い意思を込めて言い切った。

すでに都内では大部分の住民が避難し、最後のグループの脱出が始まっている。強硬に東京滞在を主張していた人たちも日々積もる火山灰の現実を見ていると、東京を離れないわけにはいかなくなったのだ。

〈またしても都内で火事です。この二日間で十件目です。消防車はすでに安全地帯に移動しています。くれぐれも火事には注意してください〉

テレビにはドローンで撮影した都内が映っている。ほぼ完全に闇に包まれ、その中でオレンジ色の炎が上がっていた。

「また、誰かが火を付けたの」

「降灰による高圧電線のショートです。それが住宅に延焼しています」

「その地区だけ電気を止めることはできないの」

「かなりの範囲が停電になります。水道、ガス施設も大きな影響を受けます」

「自家発電があるでしょう」

「限度があります。そろそろ我々も避難を考えるべきです。これ以上留まるとかえって被害を大きくします。誰かが残っている限り、電気は止めるわけにはいきません」

「政府の完全避難はいつ可能ですか」

「総理の決断次第です。たった今でも可能です」

三国谷の言葉に美来は考え込んだ。

「一つお願いがあります。最後に東京の現状を見ておきたい」

「最後の見回りは消防と警察がやっています。総理は報告を受け決断を下してください」

官邸前で美来がデモ隊の一人に襲われ、利根崎が怪我をしてから神経質になっている。

「これは歴史です。それに関わる者として、自分の目と耳と肌で感じ取っておきたい」

かなり感傷的な言葉だが、兄もきっと同じことを言うだろう。今この時は日本史に残る瞬間なのだ。

「明日の朝、最後の避難援助チームがルートを回って呼びかけをした後、残っている我々が撤退します。あと一時間で自衛隊の避難援助チームが帰ってきます。私は確認に行ってきます」

「私一人でも行ってやるから」

三国谷は美来の言葉を無視して総理執務室を出て行った。

三国谷と入れ替わるように利根崎が入ってきた。

「これを着ろ」

デスクに紙袋を置いた。中にはナイロン製のパーカーとズボン、長靴が入っている。美来が着替えてくるとゴーグルが渡された。ゴーグルをかけると、利根崎が一歩下がって見つめる。

「総理大臣には見えない。僕はこっちのほうが好きだね。これを着ければ完璧だ」

取り出したのは工事現場用の防塵マスクだ。これで顔はほぼ隠れる。

美来と利根崎は公邸を出て日比谷《ひびや》公園に向かって歩いた。

道の両側には、復旧のためのブルドーザーやクレーン車、ダンプカーなどの重機が並んでいる。再建のために鉄骨の足場が組まれている建物も多い。道路も補修はほぼ終わっている。そのすべてが灰色の膜に覆われていた。噴火の前までは東京を離れていた人が戻りつつあった時期で、復旧のための車両と作業車、作業員が行き交っていた。

「この程度の降灰は大した被害じゃない、なんて言うなよ。これからが本番だと服部は言っていた。天から灰色の悪魔が降りてくる。悪魔は大地を覆い、人間を灰色の檻《おり》に閉じ込める。だがやがて人の体内にも侵食してくる。これも服部の言葉だ」

美来が立ち止まった。視線の先には建設中のビルの基礎に突っ込んだ車がある。フロント部分が大きく潰れ、フロントガラスが割れていた。しぼんだエアバッグの黒い染みは血か。

思わず息を吞んだ。視線の先には小さな公園があり、灰色の木々がうなだれるように立っている。その根元の辺りに数十羽の鳥の死骸がある。カラス、スズメ、ハトなど灰に半分埋もれて死んでいる。全身が硬直して動けない。利根崎が美来の肩を抱くように腕を回し歩き始めた。

「国民は怯えている。その上希望を失くしかけている。災害慣れの次の段階だ。張り詰めていた気力のタガが外れ打ち砕かれた。どうしていいか分からないのだ。こういう状態では彼らに正しい判断は難しい。だから、きみが正しい決断を下さなきゃならない」

美来は最初に名古屋に行ったとき見た、東南海地震の避難所の状況を思い浮かべた。広いドームは八万人以上の避難住民で溢れていた。彼らは心身ともに疲れ切り、気力を失くしていた。一番の問題は希望が見えないことだ。あれから半年、かすかだがやっと光が見え始めた矢先だった。わずかでも気を緩めたり、目を離せば逃げていきそうな希望だった。だがその希望すら打ち砕かれようとしている。

「服部がこの光景を目に焼き付けておくようにと言ってる」

美来は改めて辺りを見回した。心に染みるような静寂の中で、東京全体が薄い灰色に包まれている。道路、高層ビルを含む建物、焼けて建物の土台だけをさらしていた地区も、灰色の膜のような火山灰に覆われていた。だが、火山弾も溶岩の流れもなく、富士山の麓の町ほど目立った被害は報告されていない。

灰色の高層ビル群が続いている。その隙間からやはり灰色に染まった町が見える。偏西風とともに、高度五キロを流れる火山灰から落ちてくる灰が雪のように舞っていた。

どこかで見た光景だ。あれは昔見た核戦争で廃墟と化した町の光景だ。一面、死の灰で覆われた滅び去った人類の町だ。美来は呆然と眺めていた。横に立つ利根崎も町を凝視している。同じことを考えているのか。

「急ぎましょ。できるだけ多く見ておきたい。私たちの国に何が起こっているか」

美来は防塵マスクとゴーグルとヘルメットを確認すると、歩き始めた。くるぶしまで火山灰に入り込む。振り向くと新雪の中に残した足跡のように見える。

永田町を抜けて新橋《しんばし》に出た。

「別世界みたいね。映画で見た、核戦争で滅びた地球のよう」

「放射性物質の死の灰と火山灰はまったく違うものだ」

「そのくらい知ってる。例えで言っただけ」

「例えにしても適切じゃない。国民の前では言うな」

今までになく強い言葉で、美来は無意識のうちに頷いていた。

「分かってる。しっかり見ておきましょ。これが私たちの首都東京」

美来は先に立って歩き始めた。


官邸に戻り執務室に入ると、三国谷と服部が待っている。

利根崎が時計を見た。

「あと二十分で官邸の屋上に迎えのヘリが来る。乗員予定者に総理も含まれているんだが、どうする」

「この降灰の中をヘリが飛べるの」

「米軍のヘリだ。僕が頼んで回してもらった。中東の砂漠仕様のヘリで、特別のフィルターを付けている。ギリギリ飛べるらしい。ダメな場合は途中で不時着だ」

「住民の全員避難は終わっていないでしょ」

「現在、消防と警察で最終チェックに入っています」

三国谷を見るとスマホを見ながら答えた。

「降灰地区には一人も残さない。私はそれを見届けてから官邸を離れる」

「好きにするんだな。僕は行かなければならない」

利根崎は服部に手を上げると部屋を出て行った。

「あなたは行かないの」

「総理は必ず残ると言うから、私も残ってくれと利根崎さんに頼まれました。あなたには科学的アドバイスが必要だと」

服部はそう言って肩をすくめた。

5

美来は総理官邸、執務室の窓の前に立った。

灰色の世界が広がっている。降灰が永田町のビル群を覆い空気までも灰色に染めている。

降灰危険地区からの住人の避難が終わり、政府機関も避難を開始する日だった。

「もう都内のほぼすべての場所で十センチ以上積もっています。車の走行限度をとっくに超えています」

「我々は岐阜に行くんでしょ。先発隊は一週間前に到着していると聞いていています」

美来は振り返って、三国谷に視線を向けた。

「すでに準備を終え、我々の到着を待っています。新しい場所での臨時内閣の発足です」

三国谷が美来を見つめて言う。

政府機能移転の詳細な説明を受け、東京脱出の日を決めた時の三国谷との会話を思い出した。

三国谷がデスクに地図を広げ、日本列島の中央辺りを指した。

「富士山から西に二百キロ。岐阜県の北部の町です」

美来は東京から地図上を西にたどった。赤石《あかいし》山脈、木曾山脈、飛騨《ひだ》山脈、そして飛騨高地が続く。その山々を越えると、赤いマーカーで丸印が付いている町、飛騨市がある。町の南百二十キロの所に名古屋市がある。

「この町に臨時政府を置きます。名古屋と大阪は南海トラフ地震の影響がまだ残っています。今後も余震が続くでしょう。津波もあるそうです。内陸がいいという結論になりました」

三国谷が三つの山脈を指した。飛騨市はその中央あたりだ。

「これらの山脈により降灰もなく、富士山噴火の影響はほぼないという専門家の結論です。南海トラフ地震の影響も直接には受けていません。しかしこれはあくまで、仮にということです。我々は東京に戻ります」

「新政府がスタートできる施設はあるの。生活インフラを含めて、通信、オフィス、宿泊施設なども必要でしょう。交通も考えなければならない」

「利根崎さんが臨時政府立ち上げの準備をやってくれています。通信施設、電源施設、会議室、宿泊施設などがそろっています。とりあえず、政府関係者五百人は収容できます。その後は順次、整えていきます。交通は今後の課題ですが、通信施設が完備していれば当分は問題なしという結論です」

とりあえず官邸機能維持を最重要にして、その他の省庁などの政府機関は被災地の復旧、復興に対する重要度に合わせて周辺の市町村におくことを話した。さらに三国谷は通信施設が充実しているので、オンラインによる議会の開催も十分に可能であること、政府職員も半年程度は単身赴任になるが、一年ほどで家族を含めた生活環境を整えることができることを強調した。

「東京や神奈川、千葉など首都圏の役所も近くに移転すると聞いてるけど」

「すでに移転を完了しています。臨時都庁は大垣《おおがき》市に置かれています。今ごろは全国に散った住民の把握に追われているでしょう」

首都圏の県庁、役所は政府の近隣がいいということで岐阜県内に移転したのだ。

「服部博士の言葉だと最低一年余りは富士山の噴火は続くと覚悟して、さらに東京に再度首都としての機能を取り戻すのに二年はかかるとのことです。最低三年は政府の機能はここに集約されることになります」

三国谷は地図とタブレットを使って説明した。


臨時政府は岐阜に置くという話は了承していたが詳細については、その時初めて聞いた。誰もが政府移転の話に触れなかったのは、首都圏からの全住民避難に追われている美来によけいな心配を与えないようにという三国谷の心遣いか。

「利根崎さんは、今どこにいるの」

ヘリで官邸を出てからの連絡はない。美来も意識して電話をしなかった。

「飛騨市です。彼はネクスト・アースの本社と研究所のある町に、新社屋を準備していました。その途中に南海トラフ巨大地震が起こり、中部地方の復興に関わっていました。その過程でそこを中部の復興の拠点にと考えて、整備していたようです」

「その施設を政府に提供してくれるのね」

三国谷が頷いた。

「すでに用意はできているんでしょ。政治空白は絶対にあってはならない」

政治空白、つまり無政府状態だ。三国谷が頷いた。彼も善治の口癖を聞いていたのだろう。

「総理が到着次第、政府機能は継続できます。総理があまりに忙しそうだったので、私の判断で手配しました」

おそらく利根崎の意向もあったのだ。美来はあえて新政府については聞かなかった。

「関係者の方たちに謝意を伝えておいてください。早急に政府機能移転を行ないましょう」

「横田基地から自衛隊機で名古屋に飛びます」

「羽田空港は使えないの」

「最後の便が一時間前に離陸しました。今ごろは閉鎖作業に入っています。管制塔、飛行機の格納庫。すべて封鎖します。富士山噴火が収まり、安全が確認されれば、すぐにでも再開できるようにするためです。成田は在住外国人専用として、外国のチャーター機を優先しています。しかし明日には閉鎖します。横田基地も二時間程度で使用できなくなります」

高野が入ってきて、ライトアーマーの準備ができたことを告げた。

「他の車両はもう走れないの」

「ギリギリ走れますが、帰りはどうなるか分からないそうです。陸自の現場の者の言葉です」

「降灰地区の最終チェックが終わりました」

衛星電話を耳に当てていた三国谷が言う。すでに首都圏の通信施設は閉鎖され、スマホは使用できなくなっている。

「全員が避難したでしょうね」

「私たちが最後です。万が一住民から連絡があれば救出態勢も整えています」

三国谷が言うが、自分自身を納得させる言葉でもあるのだろう。

「すでに自衛隊が待機しています。総理の指示があり次第、首都圏のすべての電気、ガス、水道を止めます。降灰地区に通じるすべての幹線道路が封鎖されます」

「首都圏のすべてのインフラ設備を止めて、降灰地区を封鎖します」

美来は強い決意を込めて言った。三国谷が衛星電話を出して指示を伝えている。

「みなさん、行きましょう」

美来は窓に目を向けた。わずかに点灯していたネオンの明かりが消えている。

「装甲車両を官邸に回してくれ。安全性が確保できる車だ。私も総理に同行する」

「ライトアーマーが正面出口で待っています」

三国谷の言葉に遠藤警護官が答える。

総理執務室を出るとき美来は立ち止まり、振り返った。半年余りの滞在だったが何年分もの思いが詰まっているように感じる。横で三国谷が目を閉じている。彼にとっては美来以上の思いがあるに違いない。

正面玄関に出ると、ライトアーマーが止まっている。美来と三国谷と高野の三人は自衛隊員に誘導されて車に乗り込んだ。奥の座席にパンパンに膨らんだデイパックを抱えた男が座っている。美来を見て引きつったような笑みを浮かべ、右手を上げた。服部だった。

正午をすぎたばかりだが都内は薄暗い。火山灰が上空を覆い、町全体を降灰のベールが覆っているのだ。美来はコロナ禍を思い出していた。

ライトアーマーは降灰を巻き上げながら静寂の中を走った。すべての音を東京を覆った降灰が吸収しているのか。防塵対策はされているが、火山灰はわずかだが隙間からも入り込み、人の全身に絡みついてくる。

美来は灰色の町を眺めながら心に刻み込んだ。

「横田基地に着くまでに一時間ほどかかります。道路は降灰でスピードは出せません」

横田基地に残っている航空機は一機だけだった。美来たちが乗る政府専用機だ。しかし旅客機ではなく、自衛隊の大型輸送機だ。

「この機が一番安全だそうです。二時間ほどの飛行です。我慢してください」

滑走路は十分前に火山灰の除去作業が行なわれたというが、すでに薄《う》っすらと降灰がある。米軍はすでに降灰地域外の基地に移動している。

「ここも、封鎖するんでしょ」

「最後の米軍輸送機は、一時間前に民間人を乗せて離陸しました。アメリカ人以外の者も乗せて、沖縄に向かっています」

美来と残っていた数名の閣僚たちは輸送機に乗り込んだ。広い機体内部は、各省庁から持ち出した段ボールで埋まっていた。その隙間に、五十名以上の官僚と政府職員がうずくまるように座っている。ギリギリまで各省庁で仕事をしていたのだ。

「有り難う、政府職員のみなさん。国民と政府を代表して感謝します。しかし、私たちの仕事はこれからです」

美来は大声で言うと、深々と頭を下げた。どこからかすすり泣くような声が聞こえる。美来も涙をこらえるのがやっとだった。

「総理、こちらにどうぞ」

三等空佐の襟章のついた航空自衛官が、美来を操縦席に近いシートに案内した。横に窓が付いている。

美来は空佐の手を借りてシートベルトを締めた。

「これから名古屋飛行場に向かいます。名古屋市の北十五キロにある小さな空港です。航空自衛隊と県が共有していて、小牧《こまき》空港とも呼ばれています」

隣に座っている空佐が言う。

一本の滑走路しかない小さな空港だ。南海トラフ地震の時には、分刻みで救助ヘリが離着陸を繰り返したと報告書に書いてあった。

「中部国際空港、セントレアじゃダメなのね」

「南海トラフ地震でほぼ全域が水没しました。まだ完全には復旧ができていません。我々は名古屋空港でヘリに乗り換え、飛驒市に向かいます。所要時間は二十分ほどです」

三国谷がやってきて美来の隣に座った。

「飛驒市には臨時政府と官邸が用意されています。すべて利根崎氏のおかげです」

「新社屋があるんでしょ。でも、オンライン勤務の普及で、出社は必ずしも必要じゃないと考えている。彼にはこの状況がすでに分かっていたのでしょうね」

「そうかもしれません。あまりに用意周到なので、私も驚いています」

「東海地方、中部地方より西は復旧、復興は進んでいます。近畿と四国地方です。その点を内外にアピールする必要があります」

「東京の状況を考えると、そんなことはとても言えない。私たちは逃げ出したのよ」

「総理としての義務です。自分の命を大切にすることは」

美来は再度、窓に顔を寄せた。火山灰が偏西風に乗って流れていく。

〈ようこそ、我が最終機へ。最後のお一人が到着して、日本版エアフォース・ワンとなりました。まもなく、当機は離陸します。飛行時間は約一時間。みなさんが日ごろ乗り慣れている旅客機とは違いますが、くつろいでください。機内サービスは水のボトル各自一本です〉

機長の声とともに、機体はゆっくりと動き始めた。

輸送機は急激に高度を上げていく。

「できる限り高度を上げます。飛行は火山灰の層の上です。層の厚さは数キロに及ぶそうです」

辺りは何も見えなくなった。灰の海を潜る潜水艇のような感じだ。

突然、視界が開け、青い空が広がる。火山灰の層を通り抜けたのだ。眼下には灰色の雲が流れていく。

「この下に東京があるのね。首都圏が広がっている」

美来は降灰に覆われた東京を思った。灰色の町。とても人が住める状態ではないだろう。

やがて富士山が見え始めた。噴水の口から噴き上げる水のように山頂から火山灰が放出され、東に流れながら広がっていく。

タブレットを見ていた三国谷が一瞬ためらった様子を見せたが、美来に手渡した。頼んでいた南海トラフ地震と首都直下型地震の直近のすべての被害データだ。死者二十三万六千五百三十二人、行方不明者六万八千二百五十三人、倒壊家屋約五十三万戸。被害総額約四百九十二兆円。

「現時点で把握している被害状況です。富士山の噴火により、さらに加算が予測されています」

美来は目を閉じた。想定外、天文学的、予想を遥かに超えた数字、国家予算の三倍強、言い方は様々だが、壊滅的な数字であることには間違いない。過去の大戦でもこれほどの被害が出たであろうか。しかも、この被害はまだまだ続いているのだ。

「国民に発表すべきではないですね。これを見て復活しろというのは酷すぎます」

「私もそう思います。マスコミには算定中と言うことにして情報を伏せておきましょう」

美来は頷いた。様々な思いが押し寄せて涙が流れそうになった。半年以上前、東京から名古屋に向かうヘリから見た太平洋岸の光景。高知を襲った三十メートルを超える大津波、ドミノ倒しのように崩れた東京の高層ビル群。そして首都圏上空を覆う火山灰。エイド、ネクスト・エイドによって多くの命が救われたことは事実だ。私たちは現在、新しい政府に向かって飛んでいる。

〈富士山上空にかかります〉

スピーカーからパイロットの声が流れた。

窓から東を見ると、雲に覆われている。あの雲はいつもの雲ではなく、流れていく火山灰の層なのだ。その雲は次第に濃さを増している。時折り、オレンジ色の光が上がる。

富士山上空を通りすぎると、突然、視界が開け、眼下に山が広がる。降灰の層を抜け出たのだ。緑の山並みが美来の視野一杯に広がる。「日本は言われているよりずっと広い」利根崎の言葉を思い出した。「僕が美来であったなら」兄の言葉が耳に響く。

突然、まばゆい光が美来の全身を包み精神の中に溢れた。光の中を飛んでいる錯覚に陥る。

「やはり、明日の朝、記者会見を開きます。この被害データを国民と世界に向けて発表します」

三国谷は驚いた表情で何も言わず美来を見つめている。

「この半年余りの間に私たちに、私たちの国に何が起こったか。現実を見つめ、考える必要があると思います。過去を正しく捉え、現実を直視することで初めて未来が開けます」

美来は決意を胸に、息をゆっくりと深く吸った。

「私たちはこの国をもっと知るべきです。現実を知ることで新しい未来が開けます。私たちはすべてを失った戦後からも立ち上がりました。今度も同じです」

「承知しました。到着次第、会見があることを各マスコミに伝えます。早乙女美来総理」

三国谷の声が聞こえる。

参考資料

『人が死なない防災』片田敏孝
集英社新書　2012年

『首都直下 南海トラフ地震に備えよ』鎌田浩毅
SB新書　2024年

「別冊宝島 図解でわかる富士山大噴火」
宝島社　2012年

「ニュートン2013年2月号／富士山大噴火」
ニュートンプレス　2013年

「ニュートン別冊　地球温暖化の教科書」
ニュートンプレス　2022年

「ニュートン別冊　最新予測 巨大地震の脅威」
ニュートンプレス　2024年

ほかに各省庁、各自治体のホームページ、テレビ、新聞記事など

本書は書き下ろしです。

装幀　岡 孝治

写真　iStock.com/B_Lucava

高嶋哲夫（たかしま・てつお）

1949年岡山県生まれ。慶應義塾大学工学部卒業、同大学院修士課程修了。日本原子力研究所研究員を経て、カリフォルニア大学に留学。

79年、日本原子力学会技術賞を受賞。

94年、「メルトダウン」で第1回小説現代推理新人賞、99年、「イントゥルーダー」で第16回サントリーミステリー大賞・読者賞をダブル受賞。

他に『ミッドナイト イーグル』『M 8 エムエイト』『TSUNAMI 津波』『原発クライシス』『東京大洪水』『首都感染』『富士山噴火』「沖縄コンフィデンシャル」シリーズなど著書多数。

チェーン・ディザスターズ

2024年 11月 10日　第1刷発行

著　者　高嶋哲夫《たかしまてつお》

発行者　樋口尚也

発行所　株式会社 集英社

〒101－8050　東京都千代田区一ツ橋 2－5－10

電話　03 － 3230 － 6100（編集部）

03 － 3230 － 6080（読者係）

03 － 3230 － 6393（販売部）書店専用

印刷所　大日本印刷株式会社

製本所　株式会社ブックアート

ISBN978-4-08-775470-4 C0093

定価はカバーに表示してあります。

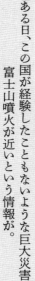

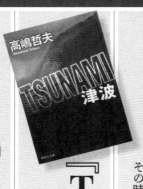